Maeve Haran

Zwei Schwiegermütter und ein Baby

Maeve Haran

Zwei Schwiegermütter und ein Baby

Aus dem Englischen
von Ariane Böckler

Blanvalet

Die Originalausgabe erschien unter dem Titel
»Baby Come Back«
bei Little, Brown and Company, London.

Umwelthinweis:
Dieses Buch und der Schutzumschlag wurden auf
chlorfrei gebleichtem Papier gedruckt.
Die Einschrumpffolie (zum Schutz vor Verschmutzung) ist aus
umweltschonender und recyclingfähiger PE-Folie.

Der Blanvalet Verlag
ist ein Unternehmen der Verlagsgruppe Bertelsmann

1. Auflage

Satz: Uhl + Massopust, Aalen
Druck: Presse-Druck, Augsburg
Bindung: Großbuchbinderei, Monheim
Printed in Germany
ISBN 3-7645-0119-7
http://www.blanvalet-Verlag.de

1. Kapitel

»Ach herrje!«

Der Knopf, der vergeblich versucht hatte, Molly Merediths neuerdings üppige Brüste im Zaum zu halten, flog in hohem Bogen durchs Zimmer und landete in der halb leer gegessenen Schachtel Thornton's Pralinen vor dem Fernseher. Molly schüttelte ihre ebenso ungebändigten roten Haare, die – wie ihre Großmutter stets zu sagen pflegte – die Farbe polierten Messings hatten, obwohl Molly selbst eher fand, dass der Farbton verrosteten Sprungfedern ähnelte, und machte sich auf die Suche nach ihm, indem sie ihren Tacker beiseite legte und von der Leiter stieg.

Bevor sie vor sechs Monaten ein Baby bekommen hatte, waren ihre Brüste wie zwei kleine Mandarinen gewesen, aber nach der Geburt hatten sie melonenhafte Ausmaße angenommen und ein regelrechtes Eigenleben entwickelt. Von einer übermütigen Freundin aus dem Geburtsvorbereitungskurs angestachelt, hatte sich Molly gar zu einem ausgesprochen unziemlichen Spritzwettbewerb herausfordern lassen, schlimmer als jeder Wettstreit zwischen kleinen Jungen darum, wie weit sie pinkeln konnten. Molly hatte um Busenlänge gewonnen.

Die Zeit reichte nicht, um den abtrünnigen Knopf wieder anzunähen, wenn sie die Vorhänge rechtzeitig fertig haben wollte, um Joe zu überraschen. Also nahm Molly, einfallsreich wie immer, den Tacker zur Hand und verschloss damit ihre Bluse, bevor sie die Leiter wieder hinaufstieg, um den

Querbehang an der Gardinenstange anzubringen. Sie hatte gerade die letzte Klammer hineingeschossen und war ein paar Schritte zurückgetreten, um ihr Werk zu bewundern, als sich Joes Schlüssel im Schloss drehte.

Sie wünschte sich so sehr, dass Joe die Vorhänge gefielen – ebenso wie ihre kleine Wohnung und jeder Aspekt ihres gemeinsamen Lebens.

»Was meinst du?« Molly zeigte mit großer Geste auf die auffälligen Vorhänge in exotischem Violett und Jadegrün, die sie aus billigem Stoff vom Markt genäht und dabei die kühne Hoffnung gehegt hatte, die Aussicht auf einen Parkplatz und zwei Hochhäuser verbergen zu können.

Ihr Mann Joe schenkte dem Fenster seine ungeteilte Aufmerksamkeit. Die extravaganten Vorhänge waren typisch Molly. Bunt, völlig schrill und absolut unpassend für eine Schuhschachtel-Wohnung mit zwei kleinen Schlafzimmern und einer winzigen Küche. Und doch wirkten sie phänomenal und verwandelten irgendwie den ganzen Raum.

»Herrlich«, lobte er. »Genau wie du. Wie hast du meinen geheimen Wunsch erraten, in einem Bordell in Louisiana zu wohnen?«

»Es sieht nicht die Bohne aus wie in einem Bordell in Louisiana«, korrigierte ihn Molly streng. »Vielleicht wie in einem türkischen Harem …«

»Ich glaube nicht, dass es in Peckham besonders viele türkische Harems gibt. Du solltest eines Tages Bühnenbildnerin werden. Das Talent dazu hast du jedenfalls.«

»Es ist ein bisschen gewagt, oder?«, pflichtete Molly ihm fröhlich bei. »Den restlichen Stoff hab' ich übers Sofa drapiert, damit ich hier liegen und Pralinen essen kann, während ich Eddie stille.« Sie lehnte sich zurück und räkelte sich genüsslich.

»Pass auf«, sagte Joe und ging mit viel sagender Miene

auf sie zu. »Wenn du deine Trümpfe richtig spielst, könntest du meine Lieblingsfrau werden. Dann kriegst du mich jede Nacht.«

Molly lachte und tat so, als liefe sie davon, doch er fing sie und stieß sie auf das frisch dekorierte Sofa. »Und zwar ab sofort.«

In diesem Moment fing Eddie, das Baby, im anderen Zimmer zu schreien an.

»Die Freuden des Elternseins«, witzelte Joe trocken. »Ganz schön schlau, dass sie einem im Geburtsvorbereitungskurs nicht sagen, dass man nie wieder Sex haben wird. Sonst könnte man es sich noch anders überlegen.«

»Dann ist es schon ein bisschen zu spät«, meinte Molly.

»Soll ich ihn holen?«

Molly nickte. Sie liebte ihr Baby heiß und innig, war aber immer froh über fünf Minuten Ruhe. »Und ich hole uns einen Drink.«

Sie summte vor sich hin, während sie sich in der kleinen Küche zu schaffen machte und eine Flasche billigen Weißwein entkorkte. Noch immer konnte sie kaum glauben, dass sie und Joe tatsächlich verheiratet waren.

Joe war der attraktivste und schickste Student ihres Jahrgangs gewesen – oder vielmehr sämtlicher Jahrgänge. Mit seinem hübschen, grüblerischen Gesicht, den dunklen Haaren und den erstaunlich hellen blauen Augen hatte er im Vergleich zu den anderen wie ein Angehöriger einer anderen Spezies gewirkt. Das und seine zeitweiligen Anfälle Byronscher Trübsal und Geistesabwesenheit hatten dazu geführt, dass ihn manche Kommilitonen hochnäsig fanden. Einmal, auf einem Besäufnis in der Studentenkneipe, hatte er ihr gestanden, dass er noch nie das Gefühl gehabt hatte, irgendwo dazuzugehören, weder im College noch im Leben. »Vielleicht liegt das daran, dass ich adoptiert bin«, hatte er mit nervösem Lachen gesagt, da er Angst hatte, sie könnte ihn des Selbstmitleids beschuldigen und ablehnen, aber sie hatte den Schmerz in seinen Augen gesehen, und er war ihr zu Herzen gegangen. Danach erschienen ihr all die anderen Studenten langweilig unkompliziert.

Molly war von Natur aus Optimistin, bodenständig und praktisch. Molly glaubte daran, dass sie alles Mögliche reparieren konnte, und dazu gehörte auch Joe.

Doch die Stimmungsschwankungen hatten nicht aufgehört – im Gegenteil, sie hatten sich verstärkt. Manchmal verschwand Joe einfach. Er hatte mit Joggen angefangen, und das hatte anscheinend geholfen, ihm ein Ziel und ein Ventil für seine ruhelose Energie zu geben.

Und dann war Molly schwanger geworden. Zuerst hatte der Gedanke sie entsetzt. Joe würde sich doch bestimmt in eine Ehe gedrängt fühlen, die er nicht wollte? Aber die Neuigkeit hatte eine wunderbare Wirkung gehabt. Joe war begeistert gewesen und hatte darauf bestanden, dass sie auf der Stelle heirateten. Während all ihre Freunde sich immer noch fragten, was sie mit ihrem Leben anstellen sollten, hatte Joe seinen Beruf gefunden, indem er Handbücher für Autobastler verfasste.

Sie seufzte, als sie den Korken herauszog. Er schien mit ihrem gemeinsamen Leben recht zufrieden zu sein, aber es war Molly bisher nicht gelungen, seine plötzlichen Anfälle von Trübsinn zu kurieren.

Sie nahm die Weingläser und tappte hinüber in das kleine Schlafzimmer. Joe hatte Eddie aus seinem Bettchen genommen und aufs Ehebett gelegt. Als er nun auf ihn herabblickte, leuchteten seine Augen vor Zärtlichkeit.

Die Ähnlichkeit zwischen den beiden war dermaßen frappierend, dass es ihr regelmäßig den Atem raubte. Vater und Sohn besaßen das gleiche dunkle Haar in einer glänzenden, fast pflaumenblauen Schattierung, die gleiche blasse Haut und diese erstaunlichen Augen, so strahlend blau wie die Flügel eines Eichelhähers. Sogar ihre Hände waren gleich, bis hin zu den quadratisch zulaufenden Fingernägeln und den breiten Nagelhäutchen.

»Er sieht dir ja so ähnlich«, flüsterte sie voller Lebensfreude.

»Ich weiß.«

Unvermittelt wandte Joe sich ab, als wären seine Gefühle zu tief für Worte. Über sein Gesicht schien sich ein Vorhang herabzusenken.

»Ich gehe joggen.«

Molly wollte schon protestieren und erklären, dass das Abendessen fertig sei, aber sie kannte die Anzeichen für einen von Joes Stimmungsumschwüngen und beschloss, es ihn auf seine Weise ausleben zu lassen. Er fing ihren Blick auf und rang sich ein entschuldigendes Lächeln ab, doch der Schmerz, den sie inzwischen kannte, war wieder da. »Tut mir Leid.«

Als er gegangen war, legte sie sich neben das Baby aufs Bett und starrte ihm in die Augen, als läge in ihnen die Lösung. »Warum ist dein Dad so unglücklich? Er liebt dich, aber nicht einmal das scheint zu genügen.« Molly lehnte sich wieder zurück und kämpfte mit den Tränen. Warum hatte sie sich eingebildet, dass sie, Molly Meredith, die Macht besaß, Joes Wunden zu heilen, nachdem alles andere versagt hatte?

Sie nippte ein Schlückchen Wein, stillte das Baby und schlief ein, ohne sich auch nur ausgezogen zu haben.

Es war dunkel, als sie wieder aufwachte. Eddie lag friedlich schlafend in ihrer Armbeuge neben ihr. Joe war nirgends zu sehen.

Auf einmal krampfte sich Mollys Magen vor Panik zusammen. War ihm etwas passiert? Und doch wusste sie im selben Augenblick, dass dies nicht der Fall war. Aber vielleicht war mit *ihnen* etwas passiert. Vielleicht würde es ihr doch nicht gelingen, in Joes Abgründe vorzudringen. Und vielleicht hatte Joe das auch erkannt.

Als sie sich aufsetzte, kalt, steif und unglücklich, ging die Wohnungstür. Vorsichtig, um ihn nicht aufzuwecken, legte sie Eddie wieder in sein Bettchen.

Sie hörte Joe in der Küche herumwerkeln, war aber zu müde, um auch nur das Schlafzimmer zu verlassen und zu ihm zu gehen. Kurz darauf kam er herein, in den Händen ein Tablett mit Tee und Keksen und mit einem Lächeln, das derart ehrlich um Verzeihung bat, dass es wirkte wie ein Sonnenaufgang.

»Tut mir Leid, dass ich so lange weg war. Ich habe nachgedacht.«

Mollys Herz hämmerte. Worüber hatte er nachgedacht? Dass ihre Ehe trotz Eddie nicht funktionierte? Dass er allein sein musste?

»Ich habe einen Entschluss gefasst.«

Wieder spürte sie ein Pochen, durchdringend und schmerzhaft.

»Diese verfluchten Depressionen, die ich immer wieder habe – ich bin mir sicher, dass sie etwas damit zu tun haben, dass ich adoptiert bin. Deshalb habe ich beschlossen, meine leibliche Mutter zu suchen. Meinst du, du könntest mir dabei helfen?«

2. *Kapitel*

Mollys Erleichterung war so massiv, dass es fast schmerzte. Er dachte nicht daran, sie zu verlassen – er wollte ihre Hilfe. Und der Grund war wirklich einleuchtend. Das Bedürfnis, zu wissen, woher man stammte, war so übermächtig, dass sie sich fragte, warum er nicht schon früher daran gedacht hatte.

Joe erriet ihre Gedanken. »Ich habe schon mal überlegt, sie zu suchen, als ich achtzehn war, aber du weißt ja, wie Pat ist.«

Molly wusste allerdings, wie Joes Adoptivmutter war. Pat hatte ihr ganzes Leben um Joe herum aufgebaut und wäre am Boden zerstört, wenn sie erfahren müsste, dass er vorhatte, seine leibliche Mutter zu suchen. Das Wort »Verrat« wäre dafür in Pats Augen noch untertrieben gewesen.

»An meinem achtzehnten Geburtstag habe ich mir ein Buch über das Aufspüren von Verwandten aus der Bücherei geholt und es unterm Bett versteckt wie ein Pornoheft.«

»Ein Pornoheft wäre Pat lieber gewesen.«

»Ja. Nur hat sie dann kurz darauf befürchtet, sie könnte Brustkrebs haben, und da habe ich es nicht über mich gebracht, ihr das anzutun. Also habe ich das Buch wieder in der Bücherei abgegeben und die Sache vergessen.«

»Nur dass du sie nicht wirklich vergessen hast.«

»Genau.« Er kuschelte sich auf dem Bett an sie. »Ich dachte, dass sich vielleicht alles lösen würde, wenn wir ein

Baby hätten, aber irgendwie hat es das noch schlimmer gemacht. Eddie und ich sind uns dermaßen ähnlich, dass ich mich frage, ob diese Gene von meiner Mutter stammen. Ich überlege die ganze Zeit, wo sie wohl ist.«

»Und jetzt möchtest du versuchen, sie zu finden?«

»Ja.« Er richtete den eindringlichen Blick seiner blauen Augen auf sie, voll von anrührender Hoffnung. »Hältst du mich jetzt für komplett verrückt?«

Molly wandte sich zu ihm um und verlor sich in den blauen Tiefen seiner Augen. »Nein, es leuchtet mir vollkommen ein.«

»Du hast doch ein Händchen für solche Dinge. Ich weiß noch, wie du dem Jungen von nebenan bei seiner Geschichtsarbeit geholfen hast.«

»Daten über die normannische Eroberung auszugraben ist etwas anderes, als deine Mutter zu finden«, entgegnete Molly.

»Aber du bist so praktisch und gründlich und entschlossen.«

»Das hört sich an, als wäre ich Bibliothekarin.«

»Aber eine charmante, überzeugende und unwiderstehliche. Du bist der einzige Mensch, den ich kenne, der es geschafft hat, sich vor einem Strafzettel herauszureden, nachdem er schon ausgedruckt war.«

»Da hab' ich gelogen. Ich habe behauptet, ich hätte Wehen.«

»Genau. Skrupellos bist du auch. Eine ideale Mischung. Und noch dazu unheimlich sexy.« Er zog sie sanft, aber fest an sich. »Ich liebe dich, Molly. Bitte hilf mir.«

Molly wusste, dass sie im Grunde keine Wahl hatte. »Natürlich helfe ich dir. Und jetzt komm her, mein süßer, hinreißender, toller Mann…«

Am nächsten Morgen erwachte Joe als erster. Nackt

sprang er aus dem Bett und trottete pfeifend in die Küche. Molly staunte über die Veränderung an ihm.

»Pass auf!«, warnte sie ihn. »Die alte Mrs. Jenkins von nebenan hält immer Ausschau nach dem Milchmann.«

Joe stand am Küchenfenster, lehnte sich hinaus und schenkte der Nachbarin sein strahlendstes Lächeln. »Hallo, Mrs. Jenkins. Was macht der Hexenschuss von Ihrem Bert?«

»Besser, vielen Dank, Joseph«, kam die fröhliche Antwort der Achtzigjährigen. »Aber Sie sollten sich lieber was anziehen«, fügte sie verschmitzt hinzu, »sonst holen Sie sich noch den Tod.«

Molly versteckte den Kopf unterm Kissen. »Deinetwegen bekommt sie noch einen Herzinfarkt, das liebe, alte Schätzchen.«

»Unsinn«, lachte Joe und ging ins Nebenzimmer, um Eddie aus seinem Bettchen zu holen. »Das kennt sie doch alles schon seit Urzeiten, was, Eds?«

Voller Liebe beobachtete Molly ihre beiden Männer und glaubte, ihr müsse vor Glück das Herz platzen. Alles würde gut werden. Molly hatte seit jeher instinktiv gehandelt, und diesmal war sie sich ihrer Sache besonders sicher.

Immer noch im Morgenmantel winkte sie Joe nach, als er zur Arbeit fuhr, und überlegte, was sie anziehen sollte. Das Leben wurde ständig besser. Abgesehen davon, dass sie und Joe eine gewichtige Entscheidung gefällt hatten, war sie heute Mittag mit Claire zum Essen verabredet und konnte ihre Begeisterung mit ihr teilen.

Claire war Mollys engste Freundin, ihre Verbündete und Vertraute, wenn es um Männer, Unglücksfälle und Schwiegermütter ging, und ihre Leidensgenossin im Weinlokal um die Ecke, wenn Worte nicht mehr ausreichten.

Molly hatte schon oft gedacht, dass sie sich nach dem Grundsatz »Gegensätze ziehen sich an« gefunden hatten.

Während Molly groß und gertenschlank war – abgesehen von den jüngsten Entwicklungen an ihrem Oberkörper – und wilde, rote Haare hatte, die so widerspenstig waren, dass sie sie mit drei Spangen bändigen musste, war Claire knabenhaft und kurzhaarig und gerade mal einsfünfzig. Was ihr an Körpergröße fehlte, machte sie durch Ehrgeiz wett. War Molly mit Mann, Heim und Kind vollauf zufrieden, wollte Claire die Welt erobern.

Als Claire, die gespürt hatte, dass bei ihrer Freundin nicht alles im Lot war, das Essen vorgeschlagen hatte, hatte Molly erwogen, Eddie mitzunehmen, aber Claire meinte, das Restaurant ließe keine Babys zu, nicht einmal welche mit goldenen Kreditkarten. Glücklicherweise hatte sich Joes Adoptivmutter Pat erboten, von Essex herzukommen und auf ihn aufzupassen.

Es wäre Mollys erstes Mittagessen ohne Kind, und sie musste gestehen, dass sie ihm entgegenfieberte.

»Molly, Liebes«, wollte Pat als Erstes wissen, sobald sie ihren Mantel ausgezogen hatte, »wo steht denn bei dir das Sagrotan?« Pat zog eine Schürze aus ihrer Tasche und legte sie an wie ein Soldat, der gleich zum Sturmangriff antritt.

Sie fand es beunruhigend, dass Molly auf ziemlich unsystematische Art einkaufte und dazu neigte, Eis mit Schokosplittern und Mandelplätzchen zu kaufen anstelle vernünftiger Dinge wie Ajax und Waschmittel. Molly hasste Großmärkte und ging lieber täglich – manchmal auch zweimal täglich – im Laden an der Ecke einkaufen. Sie hatte eine für beide Seiten erfreuliche Beziehung mit dem Ladeninhaber Mr. Sawalha und dessen weitläufiger Familie entwickelt, die ihre unerschütterliche Heiterkeit trotz des englischen Wetters, rassistischer Bosheiten und dem Entstehen von Großmärkten auf der grünen Wiese nicht verloren hatte. Mr. Sawalha erkundigte sich stets ausführlich nach Eddie und gab Molly irgendeine Süßigkeit für ihn mit. Hinten im Laden schmunzelte dann seine Frau und wandte angesichts der unwissenden Männer, die nicht begriffen, dass Säuglinge keine Kaubonbons, Fondant-Spiegeleier oder eine Art länglichen Fruchtgummis mit dem schönen Namen Astro-Belt aßen, den Blick zum Himmel.

»Tut mir Leid, Pat, aber ich habe kein Sagrotan«, erklärte Molly. »Ich nehme immer Spülmittel und einen alten Lumpen.«

»Meine Güte«, stöhnte Pat aus vollem Herzen, »bei dir müssen ja sämtliche Oberflächen das reinste Bazillenparadies sein.«

Molly sann über diese treffende Beschreibung nach. Das Wort klang eher nach einem tropischen Feriendorf für Bakterien.

Pat machte sich auf den Weg in den Laden und kehrte bis an die Zähne bewaffnet mit Sprays, Topfkratzern und einem Mittel zurück, das versprach, kurzen Prozess zu machen, was Molly auch gleich tun würde, wenn sie nicht ganz schnell aus der Wohnung verschwand. Jeden Moment mussten die Bazillen mit erhobenen Händen herauskommen. Der Gedanke an Claire und das schicke Restaurant wurde von Minute zu Minute verlockender.

Molly wusste, wenn sie zurückkehrte, hätte die gesamte Wohnung, von den Fußleisten bis zur Decke (und sogar hinter dem Schrank, den nur drei starke Männer vom Fleck bewegen konnten) einen Frühjahrsputz hinter sich, und sie müsste unendlich dankbar sein. Nur wäre es ihr lieber gewesen, wenn sie vorher gefragt worden wäre. So musste sie nämlich den wenig taktvollen Wink mit dem Zaunpfahl schlucken, dass ihre Wohnung zuvor wie ein Schweinestall ausgesehen hatte.

»Eddie wacht schätzungsweise in einer halben Stunde

auf«, erklärte Molly. »Im Kühlschrank steht abgepumpte Milch.«

Pat schürzte missbilligend die Lippen. Ob nun deshalb, weil Joe als Adoptivkind mit Flaschennahrung aufgezogen worden war, oder weil Pat den Vorgang an sich Ekel erregend fand, wusste Molly nicht. Sie vermutete, wenn sie je versuchen sollte, ihr Baby in Gegenwart ihrer Adoptiv-Schwiegermutter zu stillen, würde Pat ihr zuerst die Brust mit Sagrotan einsprühen.

»Ich habe auch ein Baby aufgezogen, weißt du«, bemerkte Pat säuerlich. »Ich nehme an, Eddie wird einen Tag mit seiner Großmutter überleben. Willst du so ausgehen?« Pats Tonfall legte nahe, dass selbst die kaum verhüllte Lady Godiva besser gekleidet war.

Aber Molly hatte sogar sehr genau über ihre Kombination aus einer weißen Cargohose und einem schlichten T-Shirt nachgedacht. Sie wollte nicht so tun, als versuchte sie mit den Yuppie-Frauen im Karriere-Kostüm mitzuhalten, und so war ihr diese Aufmachung ideal erschienen.

»Dann bis später, Pat. Und danke, dass du auf Eddie aufpasst.«

Die Bakterien in ihrer Wohnung mochten anderer Meinung sein, aber Molly war froh, dass Pat den weiten Weg auf sich genommen hatte, um Molly das Mittagessen mit ihrer Freundin zu ermöglichen. Molly konnte sich zwar nicht vorstellen, dass Pat jemals mit einer Freundin Mittagessen gegangen war, aber vielleicht trafen ihre Freundinnen und sie sich, um einander zu gestehen, dass sie die Mülltonnen nicht ausgewaschen und hin und wieder den Staub unterm Couchtisch ignoriert hatten.

»Amüsier dich gut«, wünschte Pat und winkte ihr zum Abschied. »Und mach dir keine Sorgen wegen Eddie. Dem fehlt's an nichts.«

Spontan schloss Molly sie in die Arme. Joes plötzlicher Entschluss, sich auf die Suche nach seiner leiblichen Mutter zu machen, würde für Pat am schwersten zu verkraften sein. Sie würden ungemein vorsichtig sein müssen, wie sie ihr das beibrachten.

Als sie in dem schicken Restaurant ankam, war Claire nirgends zu sehen. Molly hatte keine Lust, sich zwischen all die schicken Karrierefrauen, die über andere schicke Karrierefrauen lästerten, an die Bar zu setzen, und ging auf die Toilette. Sie war vollauf damit zufrieden, zu Hause zu sein, und es wäre ihr ein Gräuel gewesen, Eddie einer Tagesmutter zu übergeben, aber in dieser von Ehrgeiz geprägten Atmosphäre fühlte sie sich kaum besser als eine Aussätzige. Ja, eventuell hätte sie ganz gut verdient, wenn sie sich mit einer Sammelbüchse und einem Schild mit der Aufschrift »Vollzeit-Mutter – bitte spenden Sie großzügig, damit wir diese heilbare Krankheit ausrotten können« draußen aufgestellt hätte.

Bis sie sich die Haare gebürstet und ihr Make-up aufgefrischt hatte, war Claire eingetroffen und hatte bereits eine Flasche Wein bestellt.

Molly musste zugeben, dass sie das erwachsene, komplett kinderfreie Ambiente genoss. In letzter Zeit waren die einzigen Speisekarten, die sie zu Gesicht bekommen hatte, die von McDonald's gewesen, wo sie andere Mütter mit Säuglingen und Kleinkindern traf. Einen Augenblick lang musterte sie ihre Freundin. Claire war seit jeher klein und zierlich mit einem Hauch von Wildfang gewesen, aber seit sie diesen Job hatte, war etwas von dem Glanz, bei einer großen Zeitung zu arbeiten, auf sie übergegangen, und sie strahlte die reichlich einschüchternde Aura des Erfolgs aus.

»Na, was gibt's Neues an der Heimatfront? Langweilst du dich noch nicht zu Tode?« Claire schenkte Wein ein.

»Du bist doch nur eifersüchtig, weil dein Leben eine leere Wüstenei ist, abgesteckt von den bedeutungslosen Meilensteinen aus Ehrgeiz und Enttäuschung«, spöttelte Molly.

Beide prusteten vor Lachen. Dieses Spielchen trieben sie jedes Mal. In Wirklichkeit gab es zwar Dinge im Leben der anderen, um die sie einander beneideten, aber trotzdem war jede von ihnen froh, ihr eigenes zu führen. Eine höchst erfreuliche Grundlage für eine Freundschaft.

»Irgendwie reden wir dauernd nur über mich. Aber was ist mit dir?«, hakte Molly nach. »Was tut sich in der mörderischen Welt von Amalgamated Newspapers?«

Claire sah einen Moment lang betroffen drein. »Also, offen gestanden läuft es nicht so großartig. Man munkelt von Entlassungen.«

»Aber das trifft bestimmt nicht dich. Du bist doch so gut.« Molly stupste ihre Freundin viel sagend. »Außerdem – bist du nicht, ähm … mit deinem Chef?«

»Emotional verbunden?«, ergänzte Claire hilfsbereit. »Das ist echt ein Witz. Ich habe noch nie begriffen, weshalb ›emotional verbunden‹ bedeutet, dass man mit jemandem ins Bett geht. ›Körperlich verbunden‹ träfe es wesentlich genauer.«

»Egal, wie du es nennst – nützt das denn nichts?«

Claire sah ernüchtert drein. »Ich weiß nicht einmal, ob es diesmal etwas nützen würde, wenn ich die Künste einer Thai-Prostituierten beherrschte. Ich wurde als Letzte eingestellt, und das heißt, dass ich als Erste rausfliege, es sei denn, ich liefere ihnen einen wirklich gigantischen Knüller. Aber genug von mir und meinen egoistischen, oberflächlichen Interessen. Wie bekommt dir die Mutterschaft? Du wirkst anders, irgendwie fröhlicher. So wie du aussiehst, wenn du zu einem deiner Kreuzzüge wie ›Haltet Peckhams Straßen sauber‹ oder ›Adoptiert eine Oma‹ aufbrichst.«

»Tja, das tue ich auch – gewissermaßen. Joe hat mich um

Hilfe bei etwas gebeten, das ihm wirklich am Herzen liegt, und ich bin so wahnsinnig erleichtert. Er war in letzter Zeit dermaßen trübsinnig, dass ich schon dachte, er stünde kurz davor, mich zu verlassen, oder er hätte zumindest eine heimliche Affäre.«

»Joe würde dich nie verlassen. Ich kann mich noch an euren Hochzeitstag erinnern. Er hat ausgesehen, als hätte er das große Los gezogen. Das hat mich schwer für ihn eingenommen.«

Der Neid hatte jede Einzelheit in Claires Gedächtnis geätzt. Molly in einem elfenbeinfarbenen Belle-Epoque-Kleid, das sie selbst geschneidert hatte (zum Teil mit Heftklammern, wie sie hinterher gestand) und dessen seidene Falten die sanfte Schwellung ihres bereits schwangeren Bauches verbargen, und Joe in einer bestickten Weste, die ihn mitsamt seinem attraktiven Gesicht und den dunklen Haaren Zoll für Zoll zu einem modernen Mr. Darcy machte. Und Claire zu der Überzeugung brachte, dass sie auf ewig ledig bleiben würde.

»Und was ist diese große Sache, um die er dich gebeten hat? Doch wohl kein flotter Dreier mit einem Bernhardiner oder so?«

Der Kellner suchte sich genau diesen Moment aus, um diskret an ihrem Tisch zu erscheinen. Er zuckte nicht mit der Wimper.

»Moment bitte, wir sind noch unentschlossen«, erklärte Claire.

»Offen gestanden hat er mich gebeten, ihm dabei zu helfen, seine leibliche Mutter zu finden.«

»Ach herrje. Wann ist er denn auf die Idee verfallen?«

»Gestern. Nachdem er zwei Stunden lang verschwunden war und ich schon kurz davor stand, die Polizei zu alarmieren, kam er zurück und hat es verkündet. Ehrlich gesagt freut es mich. Ich war schon immer der Meinung, dass es ihm massiv helfen würde, vor allem, seit wir Eddie haben. Es liegt einfach in der Natur des Menschen, wissen zu wollen, wo seine unschönen kleinen Macken herkommen. Heutzutage wird doch alles auf die Gene zurückgeführt.«

Trotz allem war Claire von der Waghalsigkeit des Vorhabens beeindruckt.

Molly war erstaunlich. Sie glaubte daran, alles reparieren zu können – von einem zerbrochenen Spielzeug bis zu einem zerbrochenen Traum. Das war es, was sie so einnehmend – oder ärgerlich – machte, je nachdem, ob es das eigene Leben war oder das von jemand anderem, das sie in Ordnung brachte.

»Joe hatte doch schon immer Stimmungsschwankungen. Manchmal taucht er in seine eigene Welt ab, und man hat das Gefühl, als seien die Mauern meterdick. Man dringt einfach nicht zu ihm durch. Und doch kann man nicht sagen, dass er depressiv wäre oder so. Für mich ist es einfach *furchtbar*. Früher habe ich mir immer gesagt, dass es nur sein Bedürfnis nach Raum ist.«

»Schwer sechziger-Jahre-mäßig.«

»Aber manchmal ist es ein Gefühl wie ein Schlag ins Gesicht. Sonst ist er stets so liebevoll, und das macht es nur noch schlimmer. Ich weiß, dass es einen Grund dafür gibt. Deshalb fand ich es ja so verblüffend, als er mich um Hilfe gebeten hat.« Molly begann sich für ihr Thema zu erhitzen wie ein früher Heiliger, der sich an einer Feuersbrunst berauscht, und übersah die neugierigen Blicke der Gäste an den umliegenden Tischen. »Ich habe einiges über das Thema gelesen, Claire. Vielen Adoptierten geht es wie Joe. Wenn er seine Mutter finden und sie Joe davon überzeugen kann, dass er ihr etwas bedeutet und sie ihn geliebt hat, könnte das unheimlich viel bewirken. Ich meine, womöglich war sie ein mittelloser Teenager und wurde von ihren Eltern unter Druck gesetzt. Es gibt da schreckliche Geschichten…«

»Molly, halt mal die Luft an«, warf Claire ein, besorgt darüber, wie schnell das alles ging. »Was, wenn dem nicht so war? Was, wenn sie ihn wirklich nicht wollte, wenn es eine Vergewaltigung oder eine Affäre war? Nicht jede wünscht sich, dass ihr verschollener Sohn oder – nebenbei bemerkt – dessen Frau auf einmal in ihr Leben platzt. Was, wenn sie ihn gar nicht kennen lernen will? Es könnte eine Million Gründe dafür geben, dass sie ihn weggegeben hat. Womöglich lehnt sie ihn erneut ab, und wie fühlt er sich dann? Hör mal, wir schreiben über solche Geschichten. Da gibt's nicht nur glückliche Gesichter und tränenreiche Wiederbegegnungen.«

Aber der Versuch, Molly aufhalten zu wollen, wenn sie erst einmal in Fahrt war, ähnelte dem Versuch, einen Wirbelwind in einer Flasche zu fangen. »Wenn sie ihn nicht kennen lernen will«, beharrte Molly, als gäbe es nichts Einleuchtenderes auf der Welt, »dann muss ich sie eben dazu überreden. Schließlich würde es ihr auch gut tun. Es sei denn, sie ist eine völlig herzlose Kuh.«

Claire empfand vorübergehend Mitleid mit der herzlosen Kuh, falls Molly sie je aufspürte. Molly neigte dazu, die Welt in Schwarz und Weiß einzuteilen.

»Wenn ich sie finde und sie ihn wirklich nicht sehen will, könnte ich ja eventuell so tun, als hätte ich sie nie gefunden.«

Claire fasste mit einer Hand über den Tisch. »Ich hab' dich unheimlich gern, Molly. Aber meinst du nicht, dass du in diesem Fall ein bisschen Gott spielst?«

»Clairey, ich glaube, dass das wirklich gut für unsere Ehe ist.«

»Na, dann trinke ich darauf.«

Molly stieß mit ihr an und sah sich im Raum um. »Pass

auf, wahrscheinlich erreiche ich ohnehin nichts. Du wirfst mir doch ständig vor, ich sei hirntot und säße nur mit dem Baby zu Hause, während du dich draußen in der Welt durchboxt. Damit hätte ich endlich eine sinnvolle Aufgabe.« Mit hörbarem Zungenschnalzen, das keine weitere Diskussion gestattete, wechselte sie das Thema. »So, was wollen wir essen? Ach, und was noch wichtiger ist: Claire, lädst du mich ein? Schließlich hast du dieses Lokal vorgeschlagen. Ich könnte mir nicht mal die Oliven an der Bar leisten.«

»Natürlich lade ich dich ein«, versicherte ihr Claire. »Ich kann zwar Pizza Express nicht auf meine Spesenabrechnung setzen, aber diesen Schuppen hier akzeptieren sie. Also, wen soll ich heute als meinen Gast eintragen?« Sie zwinkerte ihrer Freundin zu. »In diesem Licht würde ich sagen, siehst du Kate Winslet sehr ähnlich oder vielleicht auch Minnie Driver.« Molly warf den Kopf in den Nacken und lachte. »Nein, wenn schon, dann die gute Kate.« Claire hob ihr Glas. »Viel Glück bei deiner Suche. Auf Molly, die Mutterfinderin!«

Damit stellte sie ihr Glas ab und wirbelte abrupt herum, um die Schritte einer hinreißenden dunkelhaarigen Frau zu verfolgen.

Die Leute in der kleinen Bar neben dem Restaurant schienen angesichts der neu Eingetroffenen zurückzuweichen wie das Rote Meer.

»He, ist das nicht Stella Milton?«, flüsterte Claire laut. Ihr journalistischer Instinkt meldete sich sofort zur Stelle. »Mein Gott, im wirklichen Leben ist sie sogar noch aufregender. Tony, mein Chef, kriegt jedes Mal fast einen Orgasmus, wenn er sie in diesem Werbespot für das Auto mit der vielen Beinfreiheit sieht.«

Molly reckte den Hals und versuchte so zu tun, als versteckte sie sich hinter der riesigen Speisekarte, als Stella an ihnen vorbeirauschte, die Verkörperung weiblicher Eleganz, das dunkle Haar so geschnitten, dass es ihr Kinn umspielte und die gemeißelten Mulden unter ihren Wangenknochen betonte. Ihre Oberlippe schwang sich über die untere und wirkte wie eine dezente sexuelle Einladung.

Andere Schauspielerinnen waren schöner, doch es gab nur eine Stella Milton, die Shakespearesche Sexgöttin. Ihre gesamte Erscheinung ließ einen an zerwühlte weiße Bettlaken und heiße, erotische Nachmittage denken.

»Woher hat sie nur diese Wangenknochen?«, fragte Molly und tastete ihr Gesicht nach ihren eigenen ab. »Meinst du, sie hält die ganze Zeit den Atem an?«

»Lass das, Moll. Du siehst aus wie eine Zwetschge mit Verstopfung, nicht wie ein Sexsymbol.«

»Ich habe sie neulich im Nachmittagsprogramm gesehen«, gestand Molly. »In dieser Sendung, wo sie zusammen essen und plaudern. Weißt du, dass sie Spaghetti um die Gabel rollen und gleichzeitig witzige Anekdoten erzählen kann?«

»Das ist nicht das einzige Kunststück, das man ihr nachsagt.« Claire kramte in ihrer Handtasche und überließ es Molly, die trüben Gewässer sexueller Handreichungen selbst zu ergründen, auf die ihre Freundin angespielt hatte. Manchmal war Molly froh, dass sie zu Hause saß.

»Es könnte aber auch sein«, murmelte Molly vor sich hin, »dass sie eine verdammt gute Schauspielerin ist und die anderen neidisch sind.«

»Soll ich mich trauen, zu ihr zu gehen und sie um ein Interview zu bitten?« Claire war schon halb aufgestanden. »Pass auf, sie hat garantiert eine kosmetische Operation hinter sich. Niemand sieht in ihrem Alter dermaßen gut aus, es sei denn man ist Tina Turner oder hat seine Seele dem Teufel verkauft.«

»Warum gehst du nicht hin und fragst sie?«

Doch es war schon zu spät. Stella Milton war verschwunden, und eine Wand anderer Speisegäste, allesamt zu vornehm, um zu starren, stand zwischen Claire und ihrer Beute.

3. Kapitel

Auf der anderen Seite des Restaurants zog Stellas Agent Bob Kramer, mit dem sie zum Mittagessen verabredet war, eine Augenbraue hoch und wartete, bis seine Klientin bei ihm angelangt war. Im Lauf der Jahre hatte Stella die Fähigkeit entwickelt, sich ihrer Wirkung genau bewusst zu sein, ohne es zu zeigen. Sie konnte in Restaurants schlendern, den Blick auf den Rücken des Oberkellners geheftet, als wäre er der wichtigste, faszinierendste Mann des Universums, und dabei die Aufmerksamkeit aller Gäste an den umstehenden Tischen ignorieren, ohne snobistisch oder hochnäsig zu wirken. Es war Teil ihrer Kunst, einen Mythos unnahbarer Sexualität um sich herum zu erzeugen, ohne je mit jemandem sprechen zu müssen. Doch selbst Stellas mächtiger Zauber konnte nicht ewig anhalten. In Wirklichkeit näherte sie sich dem Ende ihrer Lebensspanne als Sirene, und Bob wäre froh gewesen, wenn sie sich dazu hätte überwinden können, das einzusehen.

Er fragte sich, was hinter der heutigen Einladung eigentlich steckte. Dieses Mittagessen war eine äußerst kurzfristig anberaumte königliche Vorladung gewesen. Sie hatte darauf bestanden, dass er sämtliche anderen Termine absagte. Bob war sich nicht sicher, ob seine Klientin noch gefragt genug war, um ein derart herrisches Wesen zu rechtfertigen. Katharina die Große hatte das Russische Reich unter sich gehabt und konnte damit ihre Haltung begründen, doch Stella besaß lediglich ihre Schönheit, ihre Sinnlichkeit und ihre beträchtlichen schauspielerischen Fähigkeiten. Bis jetzt hatte das gereicht. Aber konnte eine Frau über vierzig ein solches Entgegenkommen verlangen?

Der Strahler über seinem Kopf spiegelte sich in seinem kahlen Schädel, während Bob diese Überlegungen anstellte. »So, Stella, meine Liebe, welchem Anlass verdanke ich denn die überraschende und erfreuliche Tatsache, dir so kurzfristig gegenübersitzen zu dürfen?«

Stella gewährte ihm ein ironisches Kräuseln ihrer vollen Lippen. Bob war einer der wenigen Männer, die sie nie zu bezirzen versucht hatte. Ein Agent war von wesentlich dauerhafterem Wert als ein Liebhaber, doch ihr Zauber war nützlich als Trumpf in der Hinterhand. Stellas gesamtes Leben setzte sich daraus zusammen, dass sie immer noch Trümpfe im Ärmel hatte. Manchmal war sie geradezu enttäuscht, wenn sie sie nicht einsetzen musste.

»Es gibt da eine Rolle, die ich haben will.«

»Mhm. Natürlich. Und wer hat sie im Moment, das arme, arglose Lämmchen?«

»Ich glaube nicht, dass sie schon besetzt worden ist. In New York wird sie von Suzi May gespielt.«

»Ah. *Dunkle Nacht und Verlangen.* Aber Stella, die Hauptfigur in dem Stück ist blond.«

»Ich kann blond sein.«

»Herzchen, sie ist unter dreißig.«

»Ich kann auch unter dreißig sein. Ich habe gesehen, wie sie das in Italien machen. Herr Ober, könnten Sie mir einen Gummiring bringen?«

Der Kellner, der gerade mit einem Tablett voller Drinks vorbeikam, sah drein, als würde er bis ans Ende der Welt gehen, um einen für sie aufzutreiben. Zum Glück lag der Kassenschrank etwas näher.

Die Gäste an den Nebentischen bemühten sich, nicht zu

glotzen, als Stella an beiden Schläfen eine Haarsträhne fasste und daran zog, was eine sofortige Straffung ihres Gesichts zur Folge hatte. »Die Schauspielerinnen dort machen es alle, und keine davon erinnert einen an wiederbelebte Leichen, wie es in den Staaten nach chirurgischen Eingriffen der Fall ist.«

»Das Problem ist, Stella, meine Liebe, dass ich gerüchteweise gehört habe, die Rolle sei schon vergeben.«

»Dann stimm sie um. Sag ihnen, ich spreche für die Rolle vor. Sag ihnen, die Gage ist mir egal.«

»Moment mal, Stella.« Bob hatte sie noch nie so entschlossen gesehen. »Manche Dinge sind heilig. Um diese Rolle tobt der Konkurrenzkampf. Altmodischer Glamour ist wieder in Mode, und viele von diesen jungen Schauspielerinnen haben dafür ein Händchen.«

»Die tun doch nur so«, behauptete Stella und griff nach ihrem Mantel, den sie über die Stuhllehne drapiert hatte. »Ich bin das Original. Besorg mir die Rolle.«

»Willst du denn nichts essen?« Bob war beim Studieren der Speisekarte schon das Wasser im Mund zusammengelaufen. »Es sollte doch ein Mittagessen werden.«

»Für die Rolle muss ich schlank bleiben.« Stella strahlte ihn mit ihrem Tausend-Watt-Lächeln an, aber als Agent einiger der schönsten Schauspielerinnen Londons war Bob dagegen immun. Essen war ihm lieber als Frauen. Davon bekam man zwar mitunter Verdauungsstörungen, aber zumindest weckte es einen nicht mitten in der Nacht und verlangte nach Sex.

»Mal sehen, was ich tun kann.« Er stand auf, um sie zur Tür zu begleiten.

»Aber sicher. Dann bis bald.« Wie gewohnt schien Stella die Blicke gar nicht zu bemerken, die ihr auf ihrem Weg durchs Lokal gefolgt waren, aber sie hätte einen Plan davon zeichnen können, wer starrte und wer nicht.

Draußen winkte Bob ihr ein Taxi herbei – leicht zu finden, da die meisten schicken Mittagsgäste sich gerade erst hingesetzt hatten – und schloss galant die Tür. »Meinst du nicht, Stella, meine Liebe«, begann er, lehnte sich zum Fenster herein und senkte die Stimme, »dass du aufhören solltest, auf Rollen aus zu sein, die für Achtundzwanzigjährige gedacht sind?«

Stella tat so, als hätte sie nichts gehört, und winkte ihm zum Abschied. Sie hatte eigentlich in ihre Wohnung zurückfahren und sich mit Richard, ihrem geduldigen und großzügigen Liebhaber treffen wollen, doch eine Art Impuls trieb sie in Richtung Victoria Station. Es war eine Reaktion auf Bobs negative Einstellung. Was sie brauchte, war eine Dosis ihrer erfrischenden Mutter Beatrice. Bea war schon achtzig und immer noch unverwüstlich.

Sie war zwar vielleicht nicht die zugänglichste aller Mütter gewesen, sinnierte Stella – Bea war ebenfalls Schauspielerin und hatte einen großen Teil von Stellas Kindheit damit verbracht, auf Tourneen mit Musikkomödien um den Globus zu reisen –, doch sie hatte eine nüchterne Direktheit an sich, die Stella tröstlich fand. Ihre Mutter sah die Welt immer noch als einen Ort, der schlicht und einfach aus Gut und Böse und Schwarz und Weiß bestand und hielt nichts von Nabelschau. Sich selbst zu analysieren, hatte Bea stets gesagt, sei der Fluch von Stellas Generation.

»Entschuldigung«, unterbrach der Taxifahrer Stellas Tagträume, »aber sind Sie nicht die Dame, die diesen Werbespot für das Auto macht?«

Stella empfand einen Anflug von Ärger darüber, dass man sich nach einundzwanzig Filmen, zahllosen Shakespeare-Aufführungen und einem frühen »Kunst«-Film, in dem sie sich splitternackt ausgezogen hatte, nur aufgrund dieses Werbespots an sie erinnerte. »Ja«, antwortete sie markig, »die bin ich.«

»Hoffentlich haben Sie in meinem Taxi genug«, gluckste er amüsiert.

Stella sah verständnislos drein.

»Beinfreiheit, meine ich.«

Stella lächelte matt und rief sich in Erinnerung, wie viel sie für den Spot bezahlt bekommen hatte. Genug, um sich für *Dunkle Nacht und Verlangen* mit einem Hungerlohn zufrieden zu geben. Wenn sie die Rolle überhaupt bekam.

Stella reiste gern. Es hatte etwas Sicheres, Heimeliges an sich, zwischen zwei Orten zu sein. Nichts wurde von einem erwartet. Wenn ein Wagen geschickt wurde, um sie zu einem Drehort oder der Aufzeichnung für eine Fernsehsendung zu bringen, wünschte sie oft, sie könnte darin sitzen bleiben, statt anzukommen und ihren Glamour anzuknipsen. Es war harte Arbeit, eine Legende zu sein.

Den ersten Teil der Reise bildete der Zug nach Brighton. Auf dieser Strecke war man dermaßen an Prominente gewohnt, dass einem der Mann am Imbisstresen schon fast ein Autogramm von *sich* gab. Trotzdem behielt Stella ihre Sonnenbrille auf und versteckte sich hinter einer Ausgabe des scharfsinnigen *Guardian*. In Brighton stieg sie um und fuhr die paar Haltestellen bis Ovington, wo sie für die letzten Meilen nach Lower Ditchwell, wo ihre Mutter wohnte, ein Taxi nahm.

Lower Ditchwell war ein Dorf im Hügelland mit nicht einmal vierzig Häusern und so bilderbuchhübsch, dass es bereits Platzdeckchen, Spielkarten und hin und wieder eine Pralinenschachtel geziert hatte. So weit Stella wusste, hatte es nie ein Upper Ditchwell gegeben, das den ersten Teil des Namens erklärt hätte.

Es war bereits Juni, doch sie hatte so viel gearbeitet, dass sie es gar nicht bemerkt hatte. In Lower Ditchwell war es unmöglich, die Jahreszeit nicht zu bemerken. Früher war das

Dorf für sein Überleben vollkommen von den Launen des Wetters abhängig gewesen. Seine Häuschen mochten ja mit ihren Rosenbogen über den Türen und den Mauern aus rohem Feuerstein dekorativ aussehen, aber vor hundert Jahren war jedes davon mit Arbeit im Herrenhaus, bei der Kirche oder auf einem Bauernhof verbunden gewesen. Die meisten von ihnen waren innen feucht und ließen die Landarbeiter unter ständigem Husten leiden. Es gab fast gar keine Möbel, abgesehen vielleicht von einem harten Stuhl und einem rohen Holztisch, und die Häuschen waren mit so vielen Kindern angefüllt, dass nur das Hausschwein, das besser genährt wurde als der Nachwuchs der Landarbeiter, die Familien vorm Verhungern bewahrte.

Die ursprünglichen Bewohner der Häuschen wären beim jetzigen Anblick ihrer früheren Behausungen in Ohnmacht gefallen. Jeder versuchte die anderen mit einer Masse an Hängekörben, Zier-Schubkarren voller Fleißiger Lieschen, angebauten Wintergärten und weißen Gartenmöbeln zu übertrumpfen.

Heute hatte kein einziger Hausbesitzer mehr einen Bezug zum Land – abgesehen vielleicht von dem schwulen Gartenarchitekten im umgebauten Schulhaus, der davon lebte, dass er Gärten nach den Prinzipien des Feng Shui anlegte.

Allein ein Häuschen leistete all dieser Verstädterung Widerstand, obwohl »Häuschen« vielleicht ein zu simples Wort war, um das elegant proportionierte Haus aus goldgelbem Stein mit seiner weißen, von einem fein geschnitzten Türsturz überwölbten Haustür zu beschreiben. Dies war Beas Haus, die Frucht eines Lebens, das sie damit verbracht hatte, mit Noel-Coward-Retrospektiven und Dauerbrennern der Musikkomödie wie *The Boyfriend* durch die ehemaligen Kolonien zu touren. Wenn ihre Mutter Schuldgefühle hatte, weil sie während Stellas gesamter Kindheit im Ausland gewesen war und ihre Tochter auf Gedeih und Verderb den Nonnen im Internat ausgeliefert hatte, so zeigte sie es jedenfalls nie. Die Nonnen hatten gut für Stella gesorgt und waren ganz außer sich vor Begeisterung, als Stella nach drei Tagen stiller Einkehr glaubte, den Ruf Gottes vernommen zu haben und sich womöglich dem Orden verschreiben zu wollen. Als das mulmige Gefühl in ihrem Bauch, das Stella mit ihren dreizehn Jahren als die Stimme Gottes interpretiert hatte, sich als ihre erste Periode entpuppte, verloren die Nonnen das Interesse an ihr.

Stella schmunzelte vor sich hin. Seitdem war sie dem Nonnendasein nur noch einmal nahe gekommen, und zwar als sie die durchgedrehte, sexbesessene Mutter Oberin in einem Film von Ken Russell gespielt hatte. Sie hoffte nur, dass die Nonnen ihn nie gesehen hatten.

»Stella, Liebes, das ist aber eine nette Überraschung! Warum hast du denn nicht vom Bahnhof aus angerufen? Ich hätte dich doch abgeholt.«

Bea setzte den breitkrempigen Schlapphut ab, den sie stets bei der Gartenarbeit trug, und umarmte ihre Tochter. Ihre Kluft bestand aus ausgebleichten Reithosen, uralten Reitstiefeln und einer weißen Rüschenbluse. Nach wie vor trug sie die auffälligen falschen Wimpern aus ihrer Bühnenzeit und sah aus wie eine verwirrende Mischung aus Vita Sackville-West und Barbara Cartland.

Stella hoffte, dass ihre Mutter – im Gegensatz zu Vita – keine Affäre mit einer verheirateten Frau hatte. Vermutlich nicht, wenn sie es sich genauer überlegte. Das ganze Dorf wüsste Bescheid, und außerdem liebte Bea trotz ihres fortgeschrittenen Alters die Gesellschaft von Männern.

»Hallo, Beatrice, du alte Schachtel.« Stella und ihre Mutter hatten sich nie mit mütterlichen Kosenamen aufgehalten. »Schön, dich zu sehen.«

»Das finde ich auch. Du kommst gerade rechtzeitig, um mir dabei zu helfen, vierundzwanzig Gläser Orangensaft zu machen.«

Verständnislos folgte Stella ihrer Mutter aus dem grellen Sonnenlicht in das kühle, blumengeschmückte Wohnzimmer mit seinen niedrigen Balken und den blassgelben Wänden. Ihre Mutter, die nie eine vornehme Dame vom Land gewesen war, hatte in den letzten Jahren ein außergewöhnliches Gespür dafür entwickelt, wie eine solche zu wirken. Vielleicht war es die jüngste in einer Reihe zahlreicher Rollen, und Bea spielte sie genau wie die anderen brillant.

»Wozu brauchst du denn vierundzwanzig Gläser Saft, um Gottes willen?«, wollte Stella wissen. »Du erwartest doch wohl keinen Männerchor?«

»Nur ein Ausflug der Dorfschule. Sie dürfen mich besuchen, meine alten Kostüme anziehen und mir ein kleines Stück vorführen. Sie werden begeistert sein, wenn du mit mir als Jury fungierst. Obwohl ich bezweifle, dass auch nur ein paar von ihnen alt genug sind, um deine Filme zu kennen.« Sie machte eine Kunstpause. »Zum Glück.«

»Glaub das nicht. Das Poster von diesem dämlichen Film über die Motorradfahrerin hängt in den besten Jungeninternaten an jeder Zimmerwand. Das hat man mir zumindest berichtet.«

»Nur, weil du unter deiner Lederkluft nichts anhast«, kommentierte Bea eine Spur zu bissig. »Red dir bloß nicht ein, es hätte etwas mit deinen schauspielerischen Fähigkeiten zu tun.«

»Das ist mir klar.«

Jegliche weitere Unterhaltung wurde von der Ankunft einer lärmenden Horde Kinder übertönt, die johlend und hüpfend aus Kleinbussen stiegen und Beas friedliches Häuschen stürmten. Ein Stück weit die Straße hinunter wackelten mehrere Vorhänge aus Liberty-Stoffen vor Missbilligung. Bea schien es nicht zu bemerken. Es war typisch für ihre Mutter, so sinnierte Stella, dass sie ihre Tochter nicht einmal gefragt hatte, warum sie so unvermittelt an einem Donnerstagnachmittag aufgetaucht war, ohne auch nur vorher kurz anzurufen.

Aber warum, so fragte sich Stella, war sie eigentlich gekommen? Falls sie die Versicherung brauchte, dass sie für die Rolle in *Dunkle Nacht und Verlangen*, die sie haben wollte, nicht zu alt war, so war sie bei Bea eher an der falschen Adresse.

Die Schulkinder, die sich mittlerweile als viktorianische Damen und bunte Zwanziger-Jahre-Schönheiten – dazu eine kleine Rothaarige mit elizabethanischer Halskrause und Wams – verkleidet hatten, kamen wieder ins Zimmer marschiert, um eine verworrene Darbietung aufzuführen, in der Elizabeth I. Mrs. Bridges aus *Das Haus am Eaton Place* Befehle erteilt.

»Herrlich, Kinder«, gratulierte Bea. »Ihr seid alle wunderbar.«

»Diese Kostüme müssen ein Vermögen wert sein«, bemerkte Stella, als eine zehnjährige Julia auf einen Charleston-Steppschuh aus pinkfarbener Seide stieg und einen breiten Abdruck hinterließ. »Du solltest sie versteigern lassen, anstatt diese Horde Kinder auf sie loszulassen.«

»Mir ist es lieber, wenn sie benutzt werden«, entgegnete Bea. »Und jetzt zieht bitte meine feinen Sachen aus, bevor ihr euren Saft trinkt«, wies Bea die Kinder mit der ganzen Autorität einer geborenen Lehrerin an. »Und vergesst nicht, sie aufzuhängen, damit sie fürs nächste Mal bereit sind!« Sie wandte sich wieder an ihre Tochter. »Du hast im Grunde nie etwas an Kindern finden können, oder, Liebes?«

»Soll heißen?«, fragte Stella gereizt zurück.

»Soll heißen, dass du zu dem Schluss gekommen bist, dich nicht für die Mutterschaft zu eignen. Das war wahrscheinlich sehr vernünftig von dir.« Beas Ton legte nahe, dass sie kein Wort davon meinte.

Stella spürte eine Feuerwand aus Wut um sich herum auflodern. Ihre Mutter konnte sich keine Spitze verkneifen. »Du hast mir nie verziehen, dass ich ihn zur Adoption frei gegeben habe, was?«

»Natürlich fand ich deine Handlungsweise egoistisch. Es hätte weniger drastische Alternativen zu einer Adoption gegeben. Wir hätten dir helfen können, wenn du nur darum gebeten hättest.«

»Egoistisch!« Stella hörte, wie ihre Stimme schrill wurde und all die wohlklingenden Vokale verlor, an denen sie in ihrer Ausbildung so lange gefeilt hatte. »Ich war egoistisch? Das ist aus deinem Mund ein starkes Stück!«

All ihre Erinnerungen an die Einsamkeit und Verlassenheit in diesem verdammten Kloster, in dem sie sogar während der Ferien festsaß, wallten trotz der vielen Jahre dazwischen in ihr auf und befeuerten ihre Wut auf die Heuchelei ihrer Mutter. »Du hast dich nicht ein einziges Mal um mich gekümmert! Du bist einfach mit Vater nach Woolloomooloo, Sarawak oder Larnaka abgereist und davon ausgegangen, dass mir nichts fehlt.«

Auf einmal wirkte Bea schwer getroffen. Die Falten ihres dünnen Halses schienen sich plötzlich übereinander zu stapeln wie Hula-Hoop-Reifen. »Ich musste. Dein Vater hat hier keine Arbeit gefunden. Die einzigen Stücke, für die wir gemeinsam engagiert wurden, wurden im Ausland produziert.«

Stella gestattete sich einen Moment der Bitterkeit für den Vater, den sie eigentlich nie richtig kennen gelernt hatte. Doch jetzt war es zu spät. Er war gestorben, als sie Mitte Zwanzig war.

»Er hätte ja fahren und du dableiben können.«

»Das wäre das Ende unserer Ehe gewesen. Dein Vater hat sich seit jeher gern nach anderen Frauen umgesehen. Damals herrschte die allgemeine Meinung, dass man seine Ehe über seine Kinder stellen muss.«

»Damit hattest du jedenfalls keine Probleme.« Stella hatte gar nicht so verbittert klingen wollen, aber es fiel ihr schwer, jetzt aufzuhören, wo sie schon angefangen hatte.

Bea war genauso reizbar. »War es das alles wert, Stella? Für deine sagenhafte Karriere als Schauspielerin, die sich auszieht? Wie oft hast du es inzwischen schon gemacht? Zehn-, zwölfmal? Und lass uns die nackte Julia nicht vergessen, mit der alles angefangen hat.« Sie nahm die Hand ihrer Tochter und drückte sie fest. »Überlegst du eigentlich manchmal, was aus dem Baby geworden ist? Was für eine Art Leben dein Sohn führt?«

Stellas Gesichtsausdruck ging Bea zu Herzen. Sie sah aus wie ein teures, verhätscheltes Tier, das vom einzigen Menschen, auf den es sich verlassen konnte, getreten worden ist. »Hör mal, Stella, Liebes – ich hätte das alles nicht sagen sollen. Du hast Recht. Ich habe mich egoistisch benommen, als du klein warst. Die Tatsache, dass sich die allgemeine Einstellung geändert hat, ist keine Entschuldigung. Ich habe nicht das Recht, dir Herzlosigkeit vorzuwerfen.«

»Zerbrich dir darüber nicht den Kopf.« Stellas Ton war so eisig, dass er einem die Fingerspitzen hätte gefrieren lassen können. »Ich nehme an, du erkennst das Gefühl wieder.«

Es war nicht Beas geliebte Tochter, die mit übertriebener Lässigkeit nach ihrer Jacke griff und das Haus verließ, sondern die weithin bekannte, glamouröse Schauspielerin.

Bea sah Stella nach, wie sie in stillem Schmerz davonstolzierte, und wünschte, sie könnte einige ihrer Vorhaltungen zurücknehmen und die scharfkantige Wunde zwischen ihnen heilen. Doch ihr mangelte es an Worten. Alles, was sie gesagt hatte, war wahr gewesen, und das wussten sie beide. Manchmal war das Schlimmste am Mutterdasein, dass man der einzige Mensch war, der die Wahrheit aussprechen konnte.

4. Kapitel

Später, in ihrer kleinen, aber heiß geliebten Wohnung, die nur wenige Ausgewählte betreten durften, sinnierte Stella über das Leben nach, das sie sich selbst aufgebaut hatte. Die Wohnung war winzig, lag jedoch ausgesprochen günstig mitten in Covent Garden, so dass sie zu jedem Theater, in dem sie spielte, zu Fuß gehen konnte. Es gab einen Dachgarten mit einem kleinen Gewächshaus, das sie mit Jasmin bepflanzt hatte. Hier konnte sie sitzen, den schweren Duft einatmen und die Sterne betrachten, während sie den Geräuschen der geliebten Stadt tief unten lauschte. Es war nicht die Art von Wohnung, in der man Kinder aufziehen würde, genau wie Stellas zwei zinnoberrote Art-Déco-Sofas nicht die Art von Farbe hatten, die man wählen würde, wenn klebrige Finger in der Nähe waren.

Warum, so fragte sich Stella wütend, sollte Erfolg nur danach definiert werden, ob man Kinder hatte? Zählten denn Talent, harte Arbeit und ein instinktives Verständnis dafür, worauf ein Dramatiker hinauswollte, gar nichts? Konnte der Wert eines Lebens lediglich danach bemessen werden, ob man der bereits überzähligen Bevölkerung noch eine Seele hinzufügte?

Wie konnte ihre Mutter die Andeutung wagen, dass ihr Leben sinnlos gewesen sei? Ihre Mutter mit ihren peinlichen falschen Wimpern, ihrer Stimme, die wie Sandpapier klang, das durch Honig kratzt, und die ihre gesamte schauspielerische Laufbahn auf abgelegenen Provinzbühnen verbracht hatte, eine lächerliche Figur, die stets versuchte, ihre Unbekanntheit durch schrille Kleidung zu kompensieren, die Parodie einer Schauspielerin. Stella wusste noch, wie sie jedes Mal versucht hatte, sich vor Verlegenheit zu einer Kugel zusammenzurollen wie ein Igel, der Gefahr wittert, wenn Bea in einem neuen und schauderhaften Gewand, das aussah, als wäre es bei einer Produktion von *Der Mikado* übrig geblieben, an die Schule kam, um sie abzuholen. Ihre Mutter hatte es entweder nicht bemerkt, oder es war ihr egal gewesen.

Tja, Stella war es auch egal. Warum sollte es sie kümmern, was irgendjemand anders dachte, insbesondere ihre Mutter?

Sie wählte die Nummer ihres Agenten. Bob blieb oft lange im Büro, was bei einem Agenten beruhigend war. Und wenn er nicht im Büro war, dann saß er in irgendeinem Stück, bei dem ein Klient mitspielte, oder tat jemandem schön, der einem anderen nützen könnte. Bob schien überhaupt kein Privatleben zu haben und dies auch gar nicht zu vermissen. Während manche Leute die Midlife-Crisis bekamen und beschlossen, ihren Job hinzuwerfen, um sich dem Buddhismus oder dem Landleben zu widmen, kaufte sich Bob lediglich eine neuere und noch leistungsfähigere Errungenschaft der Technik, um seine Kontaktadressen auf den letzten Stand zu bringen.

Heute Abend war er in seinem Büro. »Bob. Hier Stella. Hast du etwas über *Dunkle Nacht* in Erfahrung gebracht?« Stella verschwendete nie Zeit mit Freundlichkeiten, wie etwa andere nach ihrem Befinden zu fragen.

»Mhm. Tut mir Leid, meine Liebe, aber die Rolle ist felsenfest vergeben. Roxanne Wood hat sie bekommen.« Roxanne Wood war nicht nur eine der neuen, begehrten Schauspielerinnen, sondern auch der junge und schöne Spross einer Bühnendynastie.

»Aber sie ist noch ein Kind! Sie hat noch gar nicht gelebt. Sie werden sie zehn Jahre älter machen müssen.«

Er hätte entgegnen können: »Immer noch leichter als zehn jünger.« Doch das tat er nicht. Der Gedanke schwebte trotzdem irgendwo zwischen ihnen. »Sie wollten allerdings wissen«, fuhr er fort und hielt gleich wieder inne, um auf die Explosion zu warten, und ohne sich sicher zu sein, ob er weitersprechen sollte, »ob du eventuell daran interessiert wärst, ihre Mutter zu spielen.«

»Ich hoffe, du hast ihnen gesagt, dass sie sich ins Knie ficken können.« Wütend knallte Stella den Hörer auf.

»Ja«, gestand Bob der toten Leitung, »hab' ich. Nur dass ich es nicht so höflich ausgedrückt habe.«

Stella zitterte noch vor Zorn, als es an der Tür klingelte. Richard, der geduldigste und genügsamste aller Liebhaber, stand mit einem riesigen Strauß weißer Lilien vor der Tür.

»Exotisch und wohlriechend«, sagte er lächelnd, »wie du.«

Die Ironie bestand darin, dass Richard zwar ruhig und unauffällig wirkte, aber Tiefen besaß, die für den durchschnittlichen Betrachter unsichtbar waren. Nur wenige Männer, wie machohaft sie auch auf den Rest der Welt wirken mochten, waren stark genug, um es mit Stella aufzunehmen. Männer gingen – nicht ganz zutreffenderweise – davon aus, dass sie sexuell so erfahren war, wie sie im Film oder auf der Bühne wirkte. Ganz egal, wie abgebrüht sie auch sein mochten, sie glaubten allen Ernstes, dass Stella Milton ihre Brustwarzen hart machte, indem sie sie mit Eiswürfeln einrieb, die sie dann aufaß, wie sie es in *Einsame Nächte und wie man sie übersteht* getan hatte, oder dass sie tatsächlich eine Affäre mit ihrem eigenen Vater gehabt hatte wie in *Daddy*, oder noch gewagter, dass sie der etwas ausgefallenen

Gewohnheit frönte, den Liebhaber, der sie betrogen hatte, eigenhändig einzubalsamieren wie in der schwarzen Komödie *Rat mal, wer zum Essen blieb*.

Es hätte ja einfach sein können, dass es Richard an Fantasie mangelte, aber er war der einzige Mann, der begriffen hatte, dass sie lieber im Bett Pizza aß, anstatt kopfüber von der Lampe hängend zu vögeln, und sich gern ab und zu am Samstagabend einen Videofilm anschaute, genau wie der Rest der Bevölkerung. Vor allem wenn Stella Milton nicht mitspielte.

Stella machte eine Flasche Wein auf, und sie setzten sich zusammen auf die Terrasse. »Ich liebe London«, sinnierte Stella. »Wie irgendjemand im hintersten Winkel auf dem Land leben kann, ohne jede geistige Anregung, die über Klatsch und Gärtnern hinausgeht, ist mir ein Rätsel.«

»Du hast deine Mutter besucht, was?«, riet Richard. »Wie war Dame Beatrice?« Das war Richards Kosename für Bea, die er sehr gern hatte.

»Herrisch. Durchgeknallt. Sie hatte das Haus voller kreischender Kinder, die in ihren wertvollen Bühnenkostümen herumgehüpft sind, obwohl sie sie doch für einen Haufen Geld versteigern lassen könnte.« Das Bild erinnerte sie schmerzlich an die Vorwürfe ihrer Mutter.

»War das alles, was dich verärgert hat?« Richard kannte sie gut genug, um zu spüren, dass noch mehr dahinter steckte.

»Nein. Gehen wir ins Bett.« Diese Ankündigung überraschte Richard, da normalerweise er es war, der den Anstoß zum Liebesspiel gab.

Ohne eine Antwort abzuwarten, verschwand Stella in dem kleinen Badezimmer, das über die hellste Beleuchtung verfügte, die Richard außerhalb des London Palladium je gesehen hatte.

Er begann sich rasch auszuziehen, bevor Stella es sich anders überlegte. Die Badezimmertür stand offen, und kurz darauf lehnte Stella, beleuchtet von etwa fünfhundert Watt, am Türpfosten. »Richard, sag mir die Wahrheit. Wenn ich mich ausziehe, sehe ich dann akzeptabel aus, oder denken die Leute: ›O Gott, nicht schon wieder diese schlaffen, alten Brüste‹?«

»Jedenfalls nicht, wenn sie wie ich empfinden.« Richard hob die Bettdecke und zeigte ihr den Beweis.

Es war nicht ganz die Antwort, die Stella sich erhofft hatte, aber sie würde genügen müssen.

»Richard«, sagte sie unvermittelt und mit einer Stimme, die so untypisch für sie war, dass er sich zu ihr umwandte, »glaubst du, dass wir für ein Baby zu alt sind?«

Er zog ihren Kopf an seine Schulter herab. »Zu alt vielleicht nicht, aber garantiert zu egoistisch.«

Stella vergrub das Gesicht in der Decke. Warum benutzte jeder in Bezug auf sie immer wieder dieses Wort?

Ein bisschen früher am selben Nachmittag hatten Molly und Claire ihren Salat mit Büffelmozzarella und gebratenen Paprika verspeist, und Molly hatte der Verlockung eines Tiramisu-Eises nachgegeben. Claire hatte aus figürlichen Gründen abgelehnt, war aber begeistert gewesen, als Molly sich hinreißen ließ. Wenigstens würde jetzt der Kellner nicht verächtlich den Mund verziehen und sie für Geizkragen halten, wie es so oft in noblen Restaurants der Fall war, wenn man nur Kaffee bestellte.

Zu Mollys Erstaunen wartete Joe am Straßenrand, als sie das Lokal verließen. Eddie stand in seinem Buggy daneben.

»Was macht ihr beiden denn hier?«, fragte sie hocherfreut.

»Ich hatte einen Termin in der Stadt, also bin ich nach

Hause gefahren und habe Mum abgelöst. Wir wollten dich überraschen. Hast du dich gut amüsiert?«

»Wir haben Stella Milton gesehen. Sie sieht umwerfend gut aus«, erzählte Molly begeistert.

»Ihr bewegt euch ja in vornehmen Kreisen.«

Eine Zigeunerin mit einem jämmerlich aussehenden Strauß folienverpackter Trockenblumen kam vorüber. »Weißes Heidekraut als Glücksbringer, Schätzchen?« Sie hielt Molly die Blumen hin.

Claire hatte schon den Mund geöffnet, um abzulehnen, doch Molly reichte ihr ein Pfund und nahm die Blumen. Sie hielt sie sich unter die Nase, um daran zu riechen. Es war überhaupt kein Heidekraut, sondern weiß gefärbte Stranddisteln ohne jeglichen Duft.

Als sie Mollys enttäuschten Blick sah, nahm ihr die Zigeunerin das armselige Büschel wieder weg und besprühte es mit einem billigen Parfum. »Alles wird gut«, flüsterte die zahnlose Frau in Mollys Ohr, als sie ihr den Strauß wieder reichte. Ihr Atem war so widerwärtig, dass Molly fast das Gesicht abgewandt hätte. »Sie tun das Richtige.«

Mit offenem Mund sah Molly der Frau nach, als sie ohne einen weiteren Blick zurück in Richtung Oxford Street davonging, um weitere Leute auf Einkaufsbummel anzusprechen. Was die Zigeunerin gesagt hatte, war so allgemein, dass es alles Mögliche bedeuten konnte, aber da Molly eben Molly war, beschloss sie, es als wundersames Omen zu verstehen, und fühlte sich in absoluter Hochstimmung.

Claire sah zu, wie ihre Freundin den Sicherheitsgurt ihres Babys löste und Eddie in eine zärtliche Umarmung schloss. Obwohl sie selbst keine Kinder wollte – oder zumindest jetzt noch nicht –, konnte Claire nicht umhin, von Mollys Freude an ihrem Sohn gerührt und sogar ein wenig neidisch auf sie zu sein.

Ein Hauch Windeldüfte brachte sie wieder zur Vernunft.

»Puh!« Claire fächelte die Luft zwischen ihnen. »Lieber du als ich!«

Während Molly sich nach einem Platz umsah, wo sie Eddie wickeln konnte, wandte sich Joe an Claire. »Na, was treibt unsere aufstrebende Journalistin denn immer so?« Er und Claire mochten sich, was man an dem beißenden Spott zwischen ihnen ablesen konnte. »Hast du den Chefredakteur schon entthront?«

Claire gestand nicht, dass sie sich eher den Kopf darüber zerbrach, ob sie überhaupt ihre Stelle behalten konnte. »Nicht ganz. Ich muss los. Bis bald mal, ihr beiden. Tschüs, du Wonneproppen.« Sie kitzelte Eddie an den Zehen, und er gluckste begeistert.

Molly winkte ihr nach, bevor sie sich zu Joe umdrehte. »Echt eine nette Überraschung, dass du hier auftauchst.«

»Ich wollte mich nur bei euch beiden entschuldigen.«

»Es wird alles gut«, versicherte ihm Molly. »Die Zigeunerin hat es mir gerade gesagt.«

»Tatsächlich?« Joe lachte und zauste ihr die Haare. »Na, dann ist ja alles in Butter. Hat sie dir zufällig gleich den Namen meiner leiblichen Mutter verraten?«

»Das kostet vermutlich mehr als ein Pfund.«

Am nächsten Tag, in den verträumten Momenten zwischen Schlafen und Wachen, hatte Molly dieses herrliche Gefühl, dass etwas Wunderbares auf sie wartete, wie wenn man weiß, dass noch ein Geschenk für einen bereitsteht, das man noch nicht ausgepackt hat. Dann fiel es ihr wieder ein. Heute würde sie mit der Suche nach Joes leiblicher Mutter beginnen. Heute würde sie den ersten Schritt unternehmen, alles in Ordnung zu bringen.

Sie musterte das Gesicht ihres schlafenden Mannes neben

sich auf dem Kissen. Das Bett war eigentlich zu klein für sie beide, aber es war die einzige Größe, die ins Zimmer passte, wenn sie noch Platz haben wollten, um ihre Kleider aufzuhängen. Im Grunde gefiel es Molly sogar. Es hieß, dass sie Joes Wärme und die Umrisse seines Körpers an ihrem spüren konnte. Sogar ohne sich auszustrecken wusste sie, dass er neben ihr lag, und das verlieh ihr ein sicheres Gefühl.

Molly gab ihm einen Kuss und kredenzte ihm dann einen greifbareren Beweis für ihre Gefühle in Form einer Tasse Tee.

»Du bist eine Göttin«, murmelte Joe dankbar. »Aphrodite in einem rosa Frotteebademantel.«

»Die gehören bei Göttinnen zur Grundausstattung. Und jetzt steh auf, sonst kommst du zu spät zur Arbeit.«

Nachdem er gegangen war, räumte Molly die kleine Wohnung auf, gab Eddie sein Frühstück und schnallte ihn in seinen Buggy. Die Bücherei machte um halb zehn auf, und sie plante, eine Minute vorher dort zu sein. Sie ging auf einen Sprung in den Schreibwarenladen und kaufte sich ein Notizbuch, während sie sich davor warnte, allzu euphorisch zu sein, da ihre Suche womöglich nie zu einem Ergebnis führte und sie und Joe dann mit den Nachwirkungen dieser Enttäuschung zurechtkommen mussten.

Die Abteilung mit den Nachschlagewerken und Sachbüchern befand sich im ersten Stock, und es gab keinen Aufzug. Also musste sie Eddie und den Buggy den ganzen Weg hinauftragen. Niemand bot ihr seine Hilfe an. Dem äußeren Anschein nach waren die meisten Leute wohl deswegen hier, weil sie sonst nirgends hin konnten, oder um die Stellenanzeigen für einen Job zu studieren, den sie nie bekommen würden. Lethargie und Verzweiflung lasteten schwer über dem Raum. Molly sperrte sich dagegen, sich einschüchtern zu lassen. Sie hatte schließlich ein Ziel.

Mit der reichlich unwilligen Hilfe der Bibliothekarin suchte sie einen Stapel Bücher zusammen, die sie durcharbeiten wollte, solange Eddie sie ließ. Sie begann mit einem Buch namens *Wer sagt mir, wessen Kind ich bin?*

Mollys Herz pochte. Es stand alles da: die Ruhelosigkeit, die Joe plagte, die Stimmungsumschwünge, die ihn überfielen, und sein Unbehagen dabei, sich selbst aus dem Nichts erschaffen zu müssen.

Als sie da so in der trübsinnigen Stille der Bibliothek saß, merkte Molly, wie ihr die Tränen über die Wangen kullerten, da sie zum ersten Mal die Tiefen von Joes Einsamkeit begriffen hatte. Leute, die sich selbst Leid taten und ihren Hintergrund für alles verantwortlich machten, waren ihm seit jeher zuwider gewesen, und doch war er eindeutig in gewissem Maße ein Opfer des seinen. Wie schrecklich musste es sein, wenn nie jemand sagte (auch wenn es einen noch so ärgerte, wenn es jemand tat): »Du bist genau wie dein Vater« oder dass man die Nase von seinem Onkel oder die lustige Art von seiner Tante geerbt hätte. Menschen, die geborgen in einem Netz aus Cousinen, Brüdern, Schwestern und Tanten aufwuchsen, mochten solche Bemerkungen vielleicht uferlos nervtötend finden, aber sie stellten einen in den Mittelpunkt einer Struktur, die das eigene Selbstgefühl stützte. Sie wünschte, Joe wäre bei ihr, so dass sie ihn fest halten und ihm sagen konnte, dass alles gut werden würde, weil Molly dafür sorgen würde.

In diesem Moment wachte Eddie, der geschlummert hatte, auf und lächelte.

»Wir werden deine richtige Oma finden«, versprach sie ihm. »Und dann wird alles gut.«

Sie empfand eine neue Leichtigkeit in ihren Schritten, als sie die Bücher zurückgab. Was sie gelesen hatte, hatte sie aufgewühlt, und sie konnte es kaum abwarten, mehr zu erfahren.

Sie war so glücklich, dass sie in ein Café ging und sich einen Karamellkuchen sowie einen schrecklich dick machenden Vanille-Milkshake gönnte.

»Auf unsere Nachforschungen, Eddie«, prostete sie ihm zu, und er strampelte mit seinen kleinen Füßchen, als wüsste er bereits das Ergebnis ihrer Ermittlungen und dass es erfreulich wäre.

Später war sie mit Claire verabredet, die bei der Zeitung die Namen einiger Fachleute herausgesucht hatte, bei denen sich Molly erkundigen konnte.

Die *Daily Post* lag an der Ecke des Ludgate Circus, am Rand des Stadtbezirks City of London. Um ihre Lage wurde sie von sämtlichen anderen Zeitungen beneidet, die sich früher in der Fleet Street gedrängt hatten und jetzt in einsame Neubaukomplexe verbannt worden waren, die meilenweit von der Innenstadt entfernt lagen. Die *Post* bot in beiden Richtungen einen sagenhaften Ausblick auf den Fluss.

Sogar die hohe Eingangshalle war in Mollys Augen grandios. Sie musste sich Mut zusprechen, um überhaupt den riesigen Empfangstresen ansteuern zu können, hinter dem eine einschüchternd wirkende Dame von etwa fünfzig Jahren Furcht erregend Hof hielt. Molly fühlte sich unsicher in ihrer Latzhose und mit ihrem Buggy, den sie durch diesen Tempel heftigen Konkurrenzkampfes rollte.

Beim Anblick des kleinen Eddie schien die Empfangsdame dahinzuschmelzen wie ein Eisberg im Juli. »Ach, ist der aber süß. Genau wie mein kleiner Enkel. Wie alt ist er denn?«

Eine Schlange aus wichtig aussehenden Leuten bildete sich, die die Rezeptionistin allesamt ignorierte und stattdessen hinter ihrem Marmortresen hervorkam und fragte, ob sie ihn mal auf den Arm nehmen dürfe.

Molly war ziemlich erleichtert, als Claire endlich mit einer

Aktenbox in der Hand auftauchte und die Frau gezwungen war, ihr Eddie zurückzugeben und sich wieder ihren Pflichten zu widmen. »Wissen Sie, Claire«, bemerkte die Ältere, »Sie sollten sich auch so eines zulegen. Es würde gut zu Ihnen passen.«

In Erinnerung an das Aroma von Eddies Windel wich Claire zurück wie eine Jungfrau vor einem Vampir. »Nein, danke. Ich bleibe lieber allein und unglücklich.«

Sie schleppte Molly in die Angestelltenkantine und kaufte ihnen den billigsten Kaffee und die miesesten Muffins, die Molly je untergekommen waren. »Sie werden subventioniert, weißt du, und den Blick gibt's gratis dazu«, erläuterte Claire und führte Molly auf die Terrasse. »Schade, dass wir mit unseren Seelen dafür bezahlen müssen. Gefällt es dir hier draußen? Ein bisschen frisch, aber ungestörter.«

Als sie sich gesetzt hatten, machte Claire die Aktenbox auf. »Bitte schön.« Sie zog einen dicken Stoß Kopien heraus und reichte sie ihr. »Alles, was du je über Adoption wissen wolltest. Und dazu noch einiges, was du nie wissen wolltest. Also, was für Daten hast du denn schon?«

»Sein Geburtsdatum natürlich, aber sonst nicht viel.«

»Keine Ahnung, wie er mit Geburtsnamen hieß?«

Molly schüttelte den Kopf.

»Oder vielleicht den Geburtsort?«

»Nein. Ich glaube aber, dass es in der Nähe von dort sein muss, wo Patricia und Andrew wohnen. Sie sind immer sehr fürs Lokale. Ich bin mir sicher, dass sie sich an eine Einrichtung in ihrer Umgebung gewandt hätten.«

Claire legte ihre Hand kurz auf die ihrer Freundin. »Molly, Schätzchen, ich bin ja stets zu Abenteuern aufgelegt, aber hast du dir schon mal überlegt, wie Pat und Andrew darauf reagieren werden, wenn sie erfahren, dass du nach Joes leiblicher Mutter suchst?«

»Natürlich. Ich weiß, wie schwer das für die beiden sein wird, deshalb versuche ich ja, äußerst vorsichtig ans Werk zu gehen. Andrew versteht es bestimmt, aber wie Pat reagiert, steht auf einem anderen Blatt. Sie hat so viel in Joe investiert und will kein Wort der Kritik von ihm hören. In ihren Augen gibt es nur ein Problem in unserer Ehe. Und das bin ich.«

»Dann fang lieber bei Andrew an. Frag ihn, an welche Daten er sich erinnern kann. Nichts ist zu unbedeutend, alles kann weiterführen. Und such Joes Geburtsurkunde heraus; die muss er für eure Hochzeit gebraucht haben.«

»Ich glaube, die haben sie noch.« Mollys Hand fuhr an ihren Hals. Wenn sie es aus dem Blickwinkel von Patricia und Andrew betrachtete, erkannte sie, wie heikel das alles werden würde.

»Steht darauf der Name seiner Mutter?«

»Nicht, wenn es die ist, die nach der Adoption ausgestellt wurde.«

»Du wirst mit den offiziellen Kanälen anfangen müssen.« Claire reichte Molly ein blaues Heftchen mit dem Titel *Die Suche nach familiären Verbindungen*. »Da drin stehen ein paar Tipps, wie es schneller geht, aber es wird trotzdem schwer werden. Es ist allerdings wesentlich leichter als früher und noch leichter, falls Joes Mutter auch *ihn* finden möchte. Es gibt ein so genanntes Kontaktregister. Das ist eine Liste von Eltern, die erklärt haben, dass sie verständigt werden möchten, wenn ihr Kind je beschließt, nach ihnen zu suchen.«

»Ist das üblich?«

»Es kommt relativ häufig vor. Ein Baby wegzugeben ist etwas, das einer Frau nachgeht. Manche kommen nie darüber hinweg und können es gar nicht erwarten, ihr Kind wiederzufinden, aber viele Frauen lehnen es aus moralischen Gründen ab und finden es unfair dem Kind oder dessen neuer Familie gegenüber, aktiv nach ihm zu suchen. Wenn sie ihren Namen in dieses Register aufnehmen lassen, zeigt das, dass sie gefunden werden wollen. Joe wird sich auch dort registrieren lassen müssen.«

Als sie mit einer von Zeitungsausschnitten ausgebeulten Tasche zur U-Bahn-Station zurückging, versuchte Molly sich Joes Mutter, Eddies Großmutter, vorzustellen. War sie ein mittelloser Teenager aus einer Sozialwohnung gewesen und hatte nicht für ein Kind sorgen können? Eine Frau, die später geheiratet und weitere Kinder bekommen, aber Joe vielleicht nie vergessen hatte? Eine Frau, die womöglich jetzt noch unter der Trennung von ihrem Kind litt und sich sehnlichst nach einem freudigen Wiedersehen verzehrte?

Von diesem frohen Gedanken inspiriert, beschloss Molly, Joe aufzufordern, sich registrieren zu lassen und der Frage nachzugehen, ob sich Joes Mutter ebenfalls gemeldet hatte. Die Vorstellung, wirklich etwas zu tun, bewahrte ihre Hochstimmung. Außerdem – so musste sie sich eingestehen – lenkte es sie vom Grübeln darüber ab, wie Patricia und Andrew reagieren würden.

Trotz der wunderbaren Lage lauerte Paranoia hinter den Bildschirmen von Amalgamated Newspapers. Am häufigsten trat sie in den Fluren auf, wo sich abseits der Großraumbüros kleine Grüppchen sammelten, auf den Damentoiletten oder auf der Treppe vor dem Gebäude, wo sich die eingefleischten Raucher auf eine Zigarette trafen. Ein gewisses Quantum Angst galt als akzeptabel – völlig normal in einer Branche, wo die Menge an intelligenten jungen Berufsanfängern die Anzahl der verfügbaren Stellen bei weitem überschritt. Aber seit sich herumgesprochen hatte, dass ein Stellenabbau ins Haus stand, hatte sich das Maß an Klatsch,

Andeutungen und nackter Panik verdichtet wie Qualm auf einem Schlachtfeld.

»Hier steht«, las Claire von ihrem Bildschirm ab, auf dem sie die neuesten Kurznachrichten der Press Association durchgegangen war, »dass Kommunikationswissenschaft mittlerweile das beliebteste Studienfach an den Universitäten ist und jedes Jahr mehr Absolventen fertig werden, als es in der gesamten Medienwelt Stellen gibt.«

»Halt die Klappe, Claire«, verlangte ihre Kollegin am Schreibtisch daneben, »und lies uns was Erfreuliches vor. Gibt's bei PA nicht ein paar schöne, beruhigende Axtmorde?«

»Tony will dich sprechen, Claire!«, plärrte jemand vom anderen Ende der Feuilleton-Redaktion.

Claire kniff sich mit Zeigefinger und Daumen die Nase zu, als spränge sie gleich in ein Schwimmbecken. Es war eine kindische Angstgeste, die all ihre erwachsene, nach außen hin demonstrierte Unerschütterlichkeit nicht hatte unterdrücken können. Was zum Teufel wollte Tony von ihr? Sie hatte ihre Story bereits zugewiesen bekommen und würde sich bis zum Abgabetermin ganz schön beeilen müssen, nachdem sie so viel Zeit mit Molly zugebracht hatte.

Tony war der Ressortleiter des Feuilletons und außerdem Claires verheirateter Geliebter.

Sie hatte eigentlich nicht vorgehabt, sich mit einem verheirateten Mann einzulassen, ja sogar geschworen, sie würde sowohl sich selbst als auch der jeweiligen Frau zuliebe Ehemännern aus dem Weg gehen. Und dann hatte sie vor einem halben Jahr – Claire konnte kaum fassen, wie abgeschmackt das war – auf der Weihnachtsfeier zu viel getrunken und sich am Schluss knutschend mit ihm in seinem Auto wiedergefunden. Dass er damals als Weihnachtsmann verkleidet gewesen war, da er zuvor die Weihnachtsgeschenke für die ganze Abteilung verteilt hatte, war ihre einzige Entschuldigung für ihr schandhaftes Benehmen. Sie hatte es schon als Kind geliebt, den Weihnachtsmann zu besuchen. Glücklicherweise hatte ihr der Weihnachtsmann seinerzeit nicht die Hand in die Bluse geschoben wie Tony.

Claire musste angesichts der Erinnerung schmunzeln, vor allem über den Teil, als er sie hinten in seinem Range Rover auf seine Knie gezogen und gefragt hatte: »Und was wünschst *du* dir zu Weihnachten, kleines Mädchen?«

Es hätte Anlass zu einer Klage wegen sexueller Belästigung sein können, wenn sie nicht so bereitwillig mitgemacht hätte. Seitdem fehlte der Affäre die anfängliche Dramatik jenes Augenblicks, aber dumm, wie sie war, hatte sie Tony mit der Zeit lieb gewonnen.

Heute spielte Tony »Großer Schreibtisch«, was bedeutete, dass er sich hinter demselben verschanzte und versuchte, den zwei Metern massiver Eibe zwischen ihnen eine gewisse Autorität abzuringen.

»Hör mal, Schätzchen.« Tony sah sich in seinem Büro um, als könnte er ein verstecktes Mikrofon in der Yuccapalme entdecken. »Ich dürfte dir das eigentlich gar nicht sagen, aber ich habe eine Liste mit Entlassungsvorschlägen gesehen.« Er lächelte mitfühlend, streckte eine Hand aus und drückte die ihre, während er entsetzlich verlegen dreinsah. »Du warst Nummer zwei.«

»Aber ich bin genauso gut wie die anderen Schreiberlinge da draußen«, protestierte sie wütend.

»Viel besser wahrscheinlich, aber du bist als Letzte eingestellt worden, also musst du zweifelsfrei beweisen, dass du es wert bist, behalten zu werden, sonst fliegst du. Das hat nichts mit Talent zu tun, es geht nur um die Höhe der Abfindung. Dein Talent mag ja größer sein, aber dein Scheck wäre kleiner als bei den anderen.«

»Und was kann ich tun?«

»Treib eine Story auf, die so wahnsinnig umwerfend ist, so unglaublich spannend, so absolut exklusiv in unserem Blatt, dass sie statt deiner jemand anderen rauswerfen müssen.«

»Gut.« Claire merkte, wie ihre Hand schon wieder in Richtung Nase unterwegs war, und musste sich zusammenreißen. »Dann mach' ich mich mal lieber auf die Socken.«

»Kann ich heute Abend vorbeikommen?«

»Ich bin zu beschäftigt mit der Suche nach einem Knüller.«

»Komm schon, Clairey, dann kannst du wieder beim Weihnachtsmann auf dem Knie sitzen.« Er versuchte, aufreizend zu wirken, was ihm komplett misslang.

»Hat dir noch nie jemand gesagt«, entgegnete Claire bissig, »dass es keinen Weihnachtsmann gibt? Er ist nur eine Erfindung der Marketing-Abteilung.«

»Fast hätt' ich's dir abgenommen«, erwiderte Tony mit derart herzzerreißend einnehmender Miene, dass sie schwach wurde.

»Dann eben um neun. Und sag bloß nicht, du verpasst deinen Zug nach Godalming.«

Claire kehrte an ihren Schreibtisch zurück und versuchte den Mut nicht sinken zu lassen, während sie krampfhaft überlegte, woher sie eine Story nehmen sollte, die so gut war, dass sie ihren Job retten würde.

Der Frühsommer in London war immer herrlich. Molly hatte das Gefühl, von nichts als strahlend blauem Himmel und roten Geranien umgeben zu sein, während vor den Straßencafés lächelnde Menschen saßen. Die Parks waren noch frisch und grün und nicht so ermattet und zerzaust, wie sie es in zwei Monaten sein würden. Jeden Tag strampelte Eddie mit seinen dicken, nackten Patschfüßen im Planschbecken des Parks um die Ecke, das gerade erst mit sauberem Wasser gefüllt worden war und noch nicht den schmierigen Überzug aus weggeworfenen Eisverpackungen und Chipstüten angenommen hatte. Jeden Morgen, bevor sie ihn dorthin brachte, lief Molly zur Haustür hinunter, um nachzusehen, ob ein Brief gekommen war, in dem die freudige Nachricht stand, dass sich Joes Mutter in das Kontaktregister hatte eintragen lassen. Doch es kam keiner. Als der schwüle Juli die frischen Freuden des Juni verdrängte, traf endlich ein Brief ein.

Kurz darauf hüpfte Joe die Treppe hinunter. Er war spät dran und erinnerte Molly an einen schlampigen Schuljungen. Er hatte in der Arbeit viel zu tun gehabt und war völlig geistesabwesend. So abwesend, dass er beinahe auf Eddie getreten wäre, der auf der Fußmatte herumkrabbelte, und den gelbbraunen Umschlag zuerst gar nicht sah. Er kam von der Adoptionsabteilung des Standesamts in Southport.

»Na los, mach ihn auf«, drängte Molly und hielt den Atem an. Es war die erste konkrete Reaktion, die sie erhielten, und sie brauchten beide eine Ermunterung.

Joes Schultern sackten herab. »Fehlanzeige. Sie hat sich nicht registrieren lassen.«

Molly umarmte ihn besonders fest und versuchte ihre Enttäuschung zu unterdrücken. Es wäre für alle Beteiligten so viel leichter gewesen, wenn sie tatsächlich gefunden werden wollte.

Und es gab noch eine zweite Frage. Bedeutete die Tatsache, dass seine Mutter sich nicht hatte eintragen lassen, dass sie *auf keinen Fall* gefunden werden wollte?

Molly seufzte. Jetzt, da sie wusste, dass Joes Mutter nicht versucht hatte, Kontakt zu ihm aufzunehmen, würde sie einen Schritt weiter gehen müssen. Am Sonntag würden sie wie jede Woche zum Mittagessen zu Joes Adoptiveltern Patricia und Andrew fahren.

Würden sie es wagen, die beiden um Hilfe zu bitten?

Molly wusste, dass Pat ihre Schwiegertochter befremdlich fand. Mollys wilde Lockenmähne, ihre farbbespritzte Latzhose und ihr Hang, den Esstisch limonengrün zu lackieren oder eine ganze Küche selbst zu bauen, unterschied sich enorm von allem in Pats ruhigem, berechenbarem Leben. Pat begriff auch nicht, wie man einer jungen Ehefrau erlauben konnte, mit ihrer Freundin laute Weinlokale zu besuchen und dort Gott weiß was auszuhecken. Außerdem hatte Molly sogar einmal Joe dabei besiegt, wer am schnellsten ein Pint Bier austrinken konnte, was Patricia mit leichtem Schaudern zu der Bemerkung veranlasst hatte, dass Molly ganz anders war als die Hausfrauen, die sie sonst kannte.

Es störte sie auch, dass Andrew, ihr eigener Mann, eine solche Schwäche für seine temperamentvolle Schwiegertochter hatte. Molly hatte ihn bei ihrem allerersten Besuch für sich eingenommen, als sie ehrliches Interesse an Andrews Werkzeugsammlung gezeigt hatte.

Als Joe sie das erste Mal mitgebracht hatte, hatte sie eine geschlagene Stunde mit Andrew in seinem Schuppen verbracht und ihn über die Leistungsfähigkeit seines Workmate und die jeweiligen Vorteile der Bohrspitzen von Black & Decker gegenüber jenen von Bosch ausgefragt. Patricia, die Bohrspitzen ungefähr so interessant fand wie die Fußballergebnisse auf Norwegisch, hatte mit verkniffenem Schweigen abgestaubt.

»Ach, komm, Schatz«, hatte ihr Mann gespöttelt, »du wärst doch auch begeistert, wenn sie dich über deinen neuen Wäschetrockner ausfragen würde.«

Bis Sonntagmittag hatten Molly und Joe noch immer nicht entschieden, ob sie das Thema anschneiden sollten.

Wie stets erwartete Pat sie, indem sie in ihrem Bungalow in der kleinen Stadt Mere-on-Sea vor ihrem Panoramafenster stand.

Mere-on-Sea war das schickere Ende von Westbeach-on-Sea, falls man bei Westbeach überhaupt von einem schickeren Ende sprechen konnte. Eine Fahrstunde von London gelegen, war es zur Zuflucht für die buntesten und – in Pats Augen – gewöhnlichsten *Emigrés* aus dem Londoner East End geworden. Wenigstens besaß Mere-on-Sea eine würdige Ausstrahlung, die seinem lauten Nachbarn fehlte.

»Hallo, Molly, Schätzchen, gute Fahrt gehabt?« Andrew, so bemerkte Patricia voller Unmut, hatte ebenfalls Ausschau nach Molly und Joe gehalten, und zwar vom günstigerweise höher gelegenen Werkzeugschuppen aus.

»Prima, danke.« Joe umarmte Andrew mit unverhohlener Zuneigung. »Eddie hat den ganzen Weg geschlafen. Das muss der doppelte Brandy gewesen sein, den wir ihm eingeflößt haben.«

Andrew bog sich vor Lachen. Es war dauernd das Gleiche, dachte Pat. Andrew hatte eine Art am Leib, auf die andere Leute und sogar ihr eigener Sohn ansprachen.

Da sie sich ausgeschlossen fühlte, trat sie einen Schritt zurück in den Schatten und wäre in ihrem Wunsch, unsichtbar zu sein, fast über den Couchtisch gestolpert.

»Hallo, Joe, Liebes«, sagte sie steif, als sie kurz darauf herauskam. Sie musterte Mollys lehmverkrustete Nikes. »Möchtest du die vielleicht im Flur lassen?«

Im Haushalt der Merediths musste jeder seine Schuhe ausziehen, um den »neuen« beigen Teppich zu schonen. Dass er inzwischen schon seit über fünf Jahren lag, war Patricia irgendwie entgangen. Das wunderte Molly nicht bei einer Frau, die nach wie vor die Plastiküberzüge auf den Sitzen ihrer Esszimmerstühle hatte. Es erstaunte Molly immer wieder, dass Joe in diesem Haus aufgewachsen sein sollte. Es war verflixt schwer, sich einen kleinen Jungen mit schmutzigen Knien und Gummistiefeln vorzustellen, der hier herumtobte.

»Musst du Eddie noch vor dem Essen stillen? Ich habe ein Handtuch ins Gästezimmer gelegt.« Patricia hielt nichts davon, Brüste irgendwo anders herauszuholen als in der Abgeschiedenheit eines kalten Zimmers.

»Nicht nötig, er schläft gerade.«

»Gut. Wann sollen wir esssen?«

Das Sonntagsessen bei Patricia war stets gleich, und so wollten es ihre Männer auch haben. Es gab Roast Beef, trotz all der Ängste wegen BSE, für die Patricia keine Zeit hatte. Das einzige Zugeständnis bestand darin, das Fleisch ausgebeint statt am Knochen zu kaufen, und das auch nur, weil die Regierung es so angeordnet hatte. Dazu gab es Bratkartoffeln, einen einzigen, riesigen Yorkshire-Pudding, Rosenkohl, Karotten und Meerrettichsoße aus dem Glas. Die beiden Männer, deren Gaumen so fein waren wie der von Escoffier, schmeckten sogar den Unterschied, wenn Patricia die Marke wechselte.

Molly sah zu Joe hinüber. Sie sah ihm an, dass er versuchte, Mut zu fassen. »Offen gestanden, Mum, wollte ich dich und Dad etwas fragen.«

»Aber dann bleibt das Fleisch zu lang im Rohr«, erklärte Pat, als hätte Joe vorgeschlagen, den Beginn des Festbanketts beim Oberbürgermeister zu verschieben.

»Wir können doch den Herd kleiner stellen«, schlug Andrew vor, der begriffen hatte, dass etwas Wichtiges anstand. »Setzen wir uns erst mal.« Er führte sie in das blitzblank geputzte Wohnzimmer. Joe begann, kaum dass sie sich hingesetzt hatten.

»Es ist Folgendes, Mum…«

»Ihr trennt euch doch nicht etwa? Nicht nach so kurzer Zeit?«

»Ganz und gar nicht«, erwiderte Joe ruhig. »Es geht um etwas, worüber ich schon lange nachdenke, aber ich will eure Gefühle nicht verletzen. Ihr wart so wunderbare Eltern.«

Pat sah auf einmal aus wie ein alter Fußball, der auf der Straße von einem Lastwagen platt gefahren wird. »Du willst sie suchen, stimmt's? Darum geht es doch, oder?«

5. Kapitel

Es soll keine Kritik an dir sein, Mum«, sagte Joe rasch. »Du und Dad habt mir immer so viel Liebe gegeben, wie ich mir nur wünschen konnte. Aber ich muss mir einfach über mich selbst klar werden. Herausfinden, warum es so gekommen ist.«

Das Schweigen war so weiß und tief und eisig, dass Molly fürchtete, sie könnten allesamt hineinstürzen und nie wieder zum Vorschein kommen.

Schließlich ergriff Pat mit verhuschter, müder Stimme das Wort. »Ich dachte, du seist ein glückliches Kind gewesen.«

Joe raste durchs Zimmer und umarmte sie. »Du warst eine wunderbare Mutter …«, begann er, doch Pat schnitt ihm das Wort ab.

»So wunderbar, dass du sie finden musst.«

Sie ging mit solcher Bosheit auf Molly los, dass alle ganz entsetzt waren. »Du hast ihn dazu gedrängt, stimmt's?« Der Groll sprühte aus ihren Worten wie die Funken aus weiß glühendem Metall, das in kaltes Wasser getaucht wird. »Zu mir hat er nie ein Wort in der Richtung gesagt, kein einziges Mal, bis du dahergekommen bist.«

Andrew, der unangenehmen Tatsachen offener gegenüberstand als seine Frau, sah drein, als wolle er sie unterbrechen, doch Pat schimpfte weiter. »Du bildest dir ein, du hättest die Weisheit mit Löffeln gefressen, was, du Studierte mit deinem *Guardian* und deiner Populärpsychologie? Die leibliche Mutter hat eine Art göttliches Recht, oder? Und die

Adoptivmutter zählt überhaupt nicht!« Pat war in bedrohlicher Weise aufgesprungen und hatte eine Schale mit Nussmischung gepackt, die sie sich nun wie einen Schild vor die Brust hielt.

»Du hast ja keine Ahnung, wie es ist, wenn man keine Kinder bekommen kann«, fauchte sie Molly an. »Jeden Monat betet man, man verspricht Gott, man würde alles dafür tun, jeden Preis bezahlen, und nichts passiert. Man lässt sich untersuchen. Sie kratzen an einem, bohren in einen hinein und stecken einem Geräte in den Bauch. Dann werden sie herablassend. Und man muss es sich gefallen lassen. Jede einzelne verdammte Demütigung.« Molly zuckte unter dem Fluch aus Patricias Mund zusammen. Von ihren prüden Lippen klang er wie die schlimmste vorstellbare Obszönität. »Und dann wird irgendein Flittchen aus purer Blödheit schwanger und wirft ihr Baby auf den Schutthaufen.« Selbst Andrew war von der Gehässigkeit seiner Frau erschüttert. »Und weißt du, was? Selbst wenn du es mit nach Hause nehmen darfst, dieses Baby, das sie nicht haben will, das sie weggeworfen hat und das du aus ganzem Herzen liebst, musst du monatelang warten, kannst du dir das vorstellen, monatelang, bevor es dir gehört. Sie, die geheiligte Mutter, kann es sich anders überlegen und sich das Kind zu irgendeinem x-beliebigen Zeitpunkt wieder schnappen. Du traust dich nicht einmal, es zu lieben. Kannst du dir vorstellen, was das für ein Gefühl ist? Kannst du das? Und jetzt erlaubt ihm das Scheiß-Gesetz auch noch, dass er sich auf die Suche nach ihr machen darf.«

Ein Schmerzensschrei, eher animalisch als menschlich, hallte durch Pats ordentliches Wohnzimmer. Sie warf die Nüsse zu Boden und lief nach oben, mit Andrew im Schlepptau.

Molly merkte, wie alles Blut aus ihrem Gesicht wich. Sie

hatte all das unterstützt, hatte geholfen, den Deckel dieser Pandorabüchse der Gefühle zu lüften. Wenn sie doch nur nach oben gehen und ihre Schwiegermutter umarmen könnte, ihr sagen, dass es ihr Leid tat und dass alles gut werden würde. Aber stimmte das? Von Pats Warte aus nicht. Ihre Welt hatte sich bereits unwiderruflich verändert.

Eddie, der bislang friedlich geschlummert hatte, spürte den Aufruhr, wachte auf und begann ebenfalls zu heulen.

Kurz darauf erschien Andrew wieder.

»Dad, es tut mir ja so Leid.« Joe kämpfte selbst mit den Tränen. »Ich wusste nicht, wie ich es sonst hätte sagen sollen. Glaubst du, dass es falsch von mir ist?«

»Sie hat eben einen Schock erlitten. Dass sie die ganze Zeit damit gerechnet hat, macht es fast noch schlimmer.«

Er trat hinüber an den kleinen Schreibtisch aus poliertem Holz, das einzige Möbelstück im ganzen Raum mit einem gewissen Wert, und zog eine Schublade auf. »Hier ist deine Geburtsurkunde. Vermutlich hast du sie seit deiner Hochzeit nicht mehr gesehen.«

Oben hatte das Weinen aufgehört.

»Kann ich raufgehen?«, wollte Joe wissen.

»Ob sie sich wohl wieder beruhigt?«, fragte Molly, als Joe nach oben verschwunden war. »Es muss ja schrecklich für sie sein.«

»Pat hat sich Joe immer anders gewünscht – dass er mehr wie ihr leiblicher Sohn gewirkt hätte. Es war ihr jedes Mal ein Gräuel, wenn er erwähnt hat, dass er adoptiert ist.« Andrew nahm ein Foto vom Kaminsims zur Hand und dachte an den liebenswerten, manchmal so verlorenen kleinen Jungen, der stets in ein Buch vertieft war und völlig anders zu sein schien als seine Klassenkameraden. »Pat gibt es ja nicht gern zu, aber Joe hat es immer sehr belastet, dass er adoptiert war. Er wollte es den anderen Jungen in der Schule erzählen, weil er ehrlich sein wollte, der Gute, und sie haben ihn deswegen traktiert. Ich werde nie das eine Mal vergessen, als er gesagt hat: ›Wenn ich in die große Schule gehe, Dad, erzähle ich keinem, dass ich adoptiert bin, sondern tue so, als wäre ich wie alle anderen.‹ Das hat er natürlich nie seiner Mum gebeichtet. Er wusste, dass er sie schützen musste. Sie hat ja nur ungern darüber geredet.«

»Glaubst du eigentlich, dass es Joe wirklich helfen könnte, sie zu finden? Vielleicht gibt es noch andere Gründe dafür, warum Joe so bedrückt ist, die nichts damit zu tun haben.«

»Er war von klein auf eine ruhelose Seele. Ich glaube, er hat sich bei uns nie richtig geborgen gefühlt. Pat weiß das, aber sie würde es nie zugeben. Vielleicht sollte man Geheimnisse lieber offen legen.«

Aus einem Impuls heraus umarmte ihn Molly. »Ob du nun sein leiblicher Vater bist oder nicht, Joe kann von Glück sagen, dass er dich gehabt hat.«

Andrew nahm die Geburtsurkunde zur Hand, die Joe fallen gelassen hatte, als er nach oben gestürmt war, um Pat zu trösten. »Ich weiß nicht, wie viel die nützt. Es ist die, die nach der Adoption ausgestellt wurde. Die, auf der der Name seiner Mutter steht, haben wir nicht zu sehen bekommen. Da müsste Joe einen offiziellen Antrag stellen. Falls es euch irgendetwas nützt – wir haben ihn über die Herz-Jesu-Gesellschaft adoptiert, also können die vielleicht weiterhelfen. Sie haben eine Zweigstelle hier und eine zweite in Sussex. Nach dem, was eine der Nonnen gesagt hat, stammt er hier aus der Gegend. Und noch etwas fällt mir ein: Sein richtiger Name könnte Lewis lauten.« Andrew lächelte verschmitzt. »Das dürfte ich eigentlich gar nicht wissen, aber auf dem Kopf stehende Schrift lesen ist eine meiner nutzlosen Fähigkeiten.«

»Alles andere als nutzlos. Danke, Andrew. Ich weiß, dass es auch für dich schwer sein muss. Ich habe Joe und Eddie so sehr lieb.«

»Das weiß ich doch. Und er liebt dich ebenso. Mir ist klar, dass er launisch sein kann. Ich will auf keinen Fall, dass er seine größte Chance auf Glück verschleudert, und ich bin fest davon überzeugt, dass du und Eddie das seid.«

»Also findest du, dass wir die Sache in Angriff nehmen sollen?« Molly begriff, wie sehr sie sich im Grunde alle auf Andrews ruhige Art verließen.

»Das habt ihr doch schon beschlossen. Selbst wenn nichts dabei herauskommt oder die Mutter nichts von ihm wissen will, vielleicht ist es ein Geist, den Joe zu Grabe tragen muss.«

Kurz darauf kam Joe wieder herunter. »Am besten fahrt ihr jetzt nach Hause«, empfahl Andrew. »Lasst sie sich ausweinen und ein bisschen schlafen.«

»Vielleicht hätten wir es ihr gar nicht sagen sollen.« Joe biss sich auf die Lippe. »Ich meine, die ganze Aufregung könnte umsonst sein.«

»Es ist besser, wenn sie darauf vorbereitet ist. Keine Sorge. Pat ist hart im Nehmen. Sie verkraftet das schon. Entzieh ihr nur deine Liebe nicht.«

Nachdem Molly und Joe das Baby mit all seinen Utensilien ins Auto gepackt und sich in getrübter Stimmung auf den Heimweg nach Peckham gemacht hatten, ging Andrew nach oben.

Pat lag auf der pinkfarbenen Chenille-Tagesdecke und starrte ihnen durchs Fenster nach. Andrew legte sich neben sie.

Nach wie vor unter Tränen klammerte sich Pat an ihren Mann. »Ich werde ihn verlieren, Andrew, ich weiß es.«

Andrew begann ihr rhythmisch auf den Rücken zu klopfen, genau wie er es bei Eddie machte und wie er es früher bei Joe getan hatte. »Er war nie unser Eigentum, Schatz. Wir haben gewusst, dass das passieren kann. Wir haben ihm gegeben, was wir konnten, und jetzt müssen wir hoffen, dass es zählt.«

Trotzdem wischte sich Andrew eine Träne aus dem Auge, als Pat endlich eingeschlafen war. Er betete normalerweise nicht, aber es gab Zeiten, da wünschte er, es gehörte zu seinen Gewohnheiten.

Die Frage war, ob es für alle Beteiligten wirklich besser wäre, wenn die Frau – wer auch immer sie war – Joe anerkannte, oder nicht.

»Möchtest du es wirklich noch angehen?«, fragte Molly, als sie das Auto ausgeladen hatten. »Ich meine, wir können es auch einfach sein lassen, wenn du es zu schwierig findest.«

Anstelle einer Antwort schloss Joe sie in die Arme. Das Erstaunliche war, dass es sie bereits näher zueinander gebracht hatte. Die Erfahrung, dass das Leben nicht ewig einfach oder heiter war, hatte dazu geführt, dass sie einander auf einmal noch mehr zu schätzen wussten.

»Soll ich jetzt den Bauchtanz vorführen?«, fragte Molly und schüttelte ihr langes Haar. Sie wollte ihn aufheitern und ihm das Gefühl geben, dass er geliebt wurde.

»Mein Gott«, witzelte Joe. »Sag bloß nicht, meine Frau versucht mich auf dem Fußboden im Wohnzimmer zu verführen? Ich muss mir angewöhnen, öfter nach meinen Wurzeln zu suchen.«

»Hier ist es genauso gut wie sonst wo. In unserem Bett liegen doch ohnehin meist drei.« Molly begann seinen Hosengürtel zu lösen. »Eine ganz bestimmte Wurzel würde ich jedenfalls gern gleich finden.«

Gemeinsam plumpsten sie auf das durchgesessene alte Sofa unter dem theatralisch drapierten Vorhang und taten genau das, was man in einem Harem eben so macht.

Nachdem Joe am nächsten Tag zur Arbeit gegangen war, setzte sich Molly wieder aufs Sofa, diesmal vollständig angezogen, und schmunzelte angesichts der Erinnerung. Wenn sie einmal Geld verdienen wollte, sollte sie vielleicht erotische Betthimmel entwerfen. Noch im Morgenrock räumte sie die Wohnung auf und legte Eddie auf ein Schaffell, wo er fröhlich strampelte. Sie fühlte sich wunderbar verrucht und unheimlich erleichtert, dass sie und Joe einander so nah zu sein schienen. Sie überlegte, ob sie Pat anrufen sollte, beschloss dann aber, noch ein Weilchen damit zu warten. Vielleicht war es leichter für Pat, wenn sie Molly zur Schurkin des Stücks erklärte. Molly legte eine CD von ihrer Lieblingsgruppe U2 auf und begann zur Musik zu tanzen, während ihr der Morgenrock von der Schulter rutschte.

Als es an der Tür klingelte, war sie sicher, dass es jemand von den Nachbarn sein musste, der sich über den Lärm beschweren wollte. Aber es war kein Nachbar. Es war Claire.

Claire sah den dekadenten Morgenrock und den selbstzufriedenen Gesichtsausdruck ihrer Freundin. »Aha, vermute ich da vielleicht eine glückliche Familienzusammenführung mit einer Runde Sex zur Feier des Tages?«

Molly kicherte. »Was in aller Welt machst du denn zu dieser Tageszeit hier? Hast du keinen Job, bei dem du erscheinen musst?«

»Ehrlich gesagt wollte ich über Huren in Streatham recherchieren. Aber da sämtliche Huren gerade damit beschäftigt waren, sich die Muschis enthaaren zu lassen oder weiß Gott was Huren vormittags treiben, war keine zu sprechen. Also hab' ich mir gedacht, ich schaue mal bei dir vorbei.«

»Aber Streatham liegt meilenweit weg!«, wandte Molly ein.

»Beides befindet sich im Süden von London«, meinte Claire beiläufig. »Es macht dir doch nichts aus, so zu tun, als wärst du eine Hure, oder? Dann könntest du mir nämlich ein oder zwei zitierfähige Sätze sagen.« Sie musterte ihre Freundin. »Apropos, in dem Aufzug siehst du sowieso wie eine aus.«

»Seit wann tragen Huren Morgenröcke und weiße Socken?«, protestierte Molly.

»Du würdest dich wundern. Die Freier zahlen extra für weiße Socken. Und dieser Schlafzimmerblick würde sie erst recht ihre Kreditkarten zücken lassen.«

»Der Schlafzimmerblick ist nichts als Erleichterung. Weißt du was?« Sie bugsierte Claire in die Küche. »Mach uns doch eine Tasse Kaffee, und ich ziehe mich zwischenzeitlich an.« Claire war alles andere als eine Hausfrau. »Das heißt, falls du Instantkaffee machen kannst.«

»Und, wie war es? Hat sie dir Vorwürfe gemacht?«

»Natürlich hat sie mir Vorwürfe gemacht. Offen gestanden war es grauenhaft. Die arme Pat. Aber Andrew war eine große Hilfe. Er hat uns das hier gegeben.« Molly zog die Geburtsurkunde hervor. »Aber viel besser waren die kleinen Details, die er noch wusste. Joe ist durch eine Organisation namens Herz-Jesu adoptiert worden, vermutlich von deren Filiale in Sussex, und der Name seiner Mutter könnte Lewis gewesen sein.«

»Moll, das ist ja sagenhaft. Da hast du mehr Anhaltspunkte, als du von den Behörden bekommen wirst, und auch deutlich mehr, als die meisten Leute je haben.« Molly glaubte es ihr. Sie wusste aus den Büchern, die sie bereits durchgeblättert hatte, was für ein bürokratischer Aufwand das war.

Claire kitzelte Eddie am Bauch. »Weißt du«, gestand sie, während sie sich erhob und ihre hauchdünnen Strümpfe nach Laufmaschen absuchte, »manchmal beneide ich dich um den Fratz und alles.«

Molly lachte. »Du hast vielleicht eine Art, dich auszudrücken. Aber du bist noch nicht reif für einen Fratz. Du brauchst eher einen Schatz. Übrigens, was macht denn dein Freund, der Ressortleiter des Feuilletons?«

»Er warnt mich, während er mir mit seinem Schniedel winkt, dass ich in hohem Bogen rausfliege, wenn ich nicht eine richtig gute Story finde.«

Molly war entsetzt. »Gott sei Dank bin ich zu Hause. Die Zeitungsbranche klingt ja entsetzlich.«

»Ich glaube, er hat es nett gemeint.«

Am Ende kochte Molly den Kaffee selbst, da Claire keinerlei Anstalten dazu machte. »Claire, ich brauche deinen journalistischen Spürsinn. Wenn du nach deiner Mutter suchen würdest, wo würdest du dann anfangen?«

Claire überlegte kurz. »Schreib an die Herz-Jesu-Gesellschaft, die Joes Adoption vermittelt hat. Erzähl ihnen, du seist Joes leibliche Schwester und wolltest ihn unbedingt finden. Teil ihnen mit, dass du in drei Tagen vorbeikommst. Nenn keine Absenderadresse, sonst schreiben sie zurück und sagen dir ab. So bringst du sie aus der Ruhe, und sie sehen in seiner Akte nach. Wenn du dann dort bist, sprechen sie bestimmt mit dir. Dabei lassen sie womöglich ein paar Angaben fallen. Und dann bete zum Herzen Jesu.«

»Mein Gott, Claire«, staunte Molly, »du kennst dich wirklich gut aus mit solchen Sachen.«

»Das muss ich ja verdammt noch mal auch. Ich bringe den ganzen Tag damit zu, Dinge herauszufinden, die mir die Leute nicht verraten wollen, und die Dinge, die sie mir erzählen wollen, über Bord zu werfen. Die Frage ist nur, ob ich gut genug bin, um meinen Job zu behalten. Und jetzt muss ich zusehen, dass ich in die Redaktion komme, bevor mein Schreibtisch jemandem zugewiesen wird, der billiger ist als ich.«

Sobald Claire gegangen war, tat Molly genau das, was ihre Freundin ihr geraten hatte. Sie schrieb an die Herz-Jesu-Gesellschaft, unterschrieb den Brief mit Molly Lewis und teilte ihnen mit, sie würde in drei Tagen vorbeikommen. Das war ihre erste echte Lüge, doch Molly musste sich beschämt eingestehen, dass sie zwar leichte Gewissensbisse hatte, aber andererseits einen unleugbaren Schauder der Erregung empfand.

6. Kapitel

Während Molly die nächsten drei Tage vor Aufregung glühte, schien es fast, als hätte Joe das Interesse an der Sache verloren.

»Soll ich überhaupt hinfahren?«, fragte sie ihn an dem Tag, an dem sie vorhatte, das Kinderheim der Herz-Jesu-Gesellschaft aufzusuchen.

»Das liegt bei dir«, wich er aus, ließ aber die Autoschlüssel auffällig deutlich mitten auf dem Küchentisch liegen.

»Ich verstehe das als Ja, okay?«

Die Fahrt nach Sussex ließ sich nicht gerade viel versprechend an. Die Straßen im Süden Londons dampften vor Hitze, Eddie quengelte, der Verkehr war schlimmer als an einem Feiertag, und als Molly die richtige Autobahnausfahrt verpasste und zusätzliche zwanzig Kilometer fahren musste, fragte sie sich schon, ob das ein Omen war.

Dreh um, Molly Meredith, und misch dich nicht ein, würde es wahrscheinlich wie von Zauberhand gleich auf einem dieser blinkenden Tempolimit-Schilder aufleuchten.

Schließlich fand sie das Kinderheim der Herz-Jesu-Gesellschaft. Es lag in einem kleinen Dorf, das unpassenderweise Plumpington hieß. Der Name brachte Molly zum Grinsen, obwohl ihr klar war, dass nur wenige Mütter, die kurz davor standen, ihre Babys wegzugeben, die witzige Seite sehen würden.

Im Grunde war die Bezeichnung »Dorf« eine Übertreibung. Der Ort war, wenn er auch auf dem Lande lag, eher eine Ansammlung schmuckloser, moderner Häuser, dazu ein Bauernhof mit Wellblechdach statt der üblichen warmen, rotbraunen Ziegel und ein heruntergekommenes Bushäuschen aus Beton. Das Kinderheim selbst war kaum zu verfehlen. Es war ein hässlicher Zweckbau aus den sechziger Jahren. Davor stand eine Tafel mit einem bedrohlich aussehenden roten Herzen, das von einem Messer durchbohrt wurde, und aus dem dicke Tropfen neonroten Blutes quollen.

Eine weltlich gekleidete Nonne, die aber dennoch so deutlich als Nonne zu erkennen war, als trüge sie einen weißen Schleier und ein Habit, öffnete die schwere Holztür. Sie war eine freundliche Irin, ganz und gar nicht der missbilligende, schmallippige Typ, den Molly erwartet hatte. Sie hatte runde, wettergegerbte Wangen und ungewöhnlich blassblaue Augen, die leicht kalt und unnahbar hätten wirken können, wenn nicht ihr warmes Lächeln das verhindert hätte. Molly fragte sich, ob sie auf der Stelle abgewiesen werden würde. Stattdessen winkte die Nonne sie herein.

»Sie müssen Miss Lewis sein«, begrüßte sie Molly und fasste Eddie zärtlich unters Kinn. »Früher in unserer alten Kluft sind die Babys immer vor uns erschrocken. Ich bin übrigens Schwester Mary. Bevor wir uns der modernen Zeit angepasst haben, habe ich Schwester Assumpta geheißen, also ist das eine weitere Verbesserung. Ich habe das Besuchszimmer für unsere Unterhaltung vorgesehen.«

Molly folgte Schwester Mary einen langen, rot gefliesten Flur entlang, der blitzblank war und intensiv nach Karbolseife roch. »Ich nehme immer Flash, wenn ich an der Reihe bin«, vertraute Schwester Mary ihr an, »aber heute ist Schwester Bernadette dran, und sie macht es lieber auf die mühsame Art.« Zu Mollys Erstaunen zwinkerte die Nonne.

Am Ende des Korridors bemerkte Molly eine merkwürdige Raumanordnung. Rechts und links waren zwei identische Türen. Jede führte in einen kleinen Raum dahinter, der jeweils über einen Ausgang zur anderen Seite verfügte

Schwester Mary hielt inne. »Die Mütter und Babys haben oben gewohnt, bis das Baby alt genug für die Adoption war. Hier fand die Übergabe statt. Die Mutter brachte das Baby auf dieser Seite herein und gab es der zuständigen Nonne, die es in den Raum gegenüber trug, wo die zukünftigen Eltern warteten. Wir haben diese Seite immer das traurige Zimmer und die andere das glückliche Zimmer genannt.«

Molly starrte ins traurige Zimmer und erschauerte, da sie die Wolke von Kummer und Verlust beinahe spüren konnte, die wie eine ansteckende Krankheit in der Luft hing, obwohl alles frisch weiß gestrichen war. Sie stellte sich die jungen Mädchen vor, wie sie ihre Babys anzogen, um sie wegzugeben, und ihre Liebe mitsamt dem Baby in die kleine Decke oder das Jäckchen hineinwickelten und es zum letzten Mal umarmten oder küssten, bevor sie sich mit einem Elternteil, der eine versteinerte Miene aufgesetzt hatte, und dem entsetzlichen, grauenhaften Trennungsschmerz auf den Weg ins Kinderheim machten. Vielleicht empfanden sie mitunter Erleichterung darüber, dass ihnen ihr junges Leben wieder gehörte, aber wie viele waren wohl mit geröteten Augen und eingesunkenen Schultern wieder gegangen, als sie begriffen hatten, dass sie diesen Moment nie und nimmer vergessen würden, ganz egal, was noch vor ihnen liegen mochte?

Molly ertappte sich dabei, wie sie sich eine Träne aus dem Augenwinkel wischte, und nahm Eddie besonders fest in die Arme.

Schwester Mary tätschelte sie. »Ihr Bruder muss auch hier durchgekommen sein.«

Von Gefühlen übermannt, hätte Molly beinahe unbedacht gesagt: »Welcher Bruder? Ich habe keinen Bruder.« Doch sie fing sich noch rechtzeitig.

»Natürlich wickeln wir hier inzwischen keine Adoptionen mehr ab«, erklärte Schwester Mary. »Es gibt nicht genug Babys. Die Mädchen sind heute klüger; sie wissen Bescheid über Verhütung und Abtreibung.« Die Nonne hielt inne und sinnierte über eine Welt nach, in der sich die Mädchen mit Kondomen mit Erdbeeraroma und der Pille danach auskannten. »Und das ist auch gut so«, fügte sie rasch hinzu. »Ich habe hier genug Tränen gesehen, um das Rote Meer zu füllen.«

»Waren sie denn unwillig? Ihre Babys herzugeben, meine ich?«

»Manche von ihnen wurden tretend und schreiend hier hereingezerrt.« Schwester Mary berührte das Kreuz an ihrem Hals. »Es war ein grauenhafter Prozess, absolut unmenschlich. Die neuen Eltern konnten die Mutter weinen und kreischen hören, wenn ihr das Kind weggenommen wurde, und dann bekamen sie Schuldgefühle, weil sie es ihr weggenommen hatten. Die Spanische Inquisition hätte sich kein besseres System ausdenken können. Man wollte, dass diese Mädchen für ihre Sünde teuer bezahlten.«

»Sogar noch 1975, als mein Bruder geboren wurde?«

»Die Moral ändert sich langsamer, als man glaubt. Überall höre ich dieses Geschimpfe, wie unmoralisch die Welt geworden sei, und ich denke mir: ›Na, zum Glück!‹ Das bedeutet zwar, dass weniger Babys zu Adoption freigegeben werden, aber wesentlich weniger Leid für diese armen Mädchen.« Die Nonne erinnerte sich plötzlich daran, wer sie war. »Ich bin mir nicht sicher, ob die Mutter Oberin mir darin zustimmen würde oder der Papst. Aber Moral ist nicht immer nett, ganz egal, was die Kirche dazu sagen mag.«

Sie waren an einem kleinen, frisch geschrubbten Raum angelangt, dessen Wände so weiß waren wie in einem griechischen Kloster und der entfernt nach Weihrauch aus der daneben gelegenen Kapelle und nach Bienenwachs von den polierten Möbeln roch. An einer Wand hing ein kleines Kruzifix.

»Jetzt habe ich aber genug gequasselt«, entschuldigte sich Schwester Mary. »Meine Familie musste mich ins Kloster schicken, nicht weil ich sonst etwas angestellt hätte – sehen Sie mich nur an, das wäre ja wohl unwahrscheinlich –, sondern weil ich nicht einmal damals den Mund halten konnte. Und jetzt, dreißig Jahre später, kann ich es immer noch nicht. Was wollten Sie denn über Ihren Bruder wissen?«

»Er wurde im Februar 1975 mithilfe Ihrer Gesellschaft adoptiert, fast sicher durch diese Zweigstelle«, plapperte sie drauflos, in der Hoffnung, die Nonne würde sie nicht bedrängen.

»Wenn dieses Baby Ihr leiblicher Bruder war, heißt das dann, dass die Frau, die ihn zur Adoption freigegeben hat, Ihre Mutter war?« Schwester Mary musterte sie scharf.

Molly überlegte schnell. »Ja. Ja, genau. Das war meine Mutter.«

»Sie sehen ihr aber nicht besonders ähnlich.« Die Nonne wandte sich ab, als hätte sie schon zu viel gesagt.

»Sie erinnern sich also an sie?« Molly schlug das Herz bis zum Hals, doch sie versuchte, die Erregung aus ihrer Stimme zu halten, um die bereits indiskrete Schwester Mary nicht daran zu hindern, noch mehr auszuplaudern.

Die Nonne blickte nach oben auf das Kruzifix, als suchte sie Orientierung.

»Wie hätte ich sie vergessen können? Sie war ja so schön. Und ganz anders als all die anderen.«

»Mum war schon immer etwas Besonderes«, bluffte Molly. »Bestimmt wäre sie gerührt, wenn sie wüsste, dass Sie sich so gut an sie erinnnern. Ich wüsste zu gern, wie sie damals war«, bohrte Molly sachte weiter. Die Nonne sprach tatsächlich von Joes leiblicher Mutter!

»Zuerst einmal war sie älter als die meisten. Selbstsicher. Aus der Mittelschicht. Und sie kam allein. Das war damals ungewöhnlich.«

Molly durchfuhr eine beklommene Vorahnung. Das entsprach überhaupt nicht dem Bild, das sie sich von Joes Mutter gemacht hatte. Also kein Mitleid erregendes junges Mädchen, das von einem wutentbrannten Vater gezwungen wurde, sein Baby wegzugeben. Die Nonne zeichnete das Bild einer Person, die ihr Schicksal durchaus selbst in der Hand hatte.

»Aber schließlich war ihre Familie auch völlig verschieden von den Leuten hier. Kultivierte Menschen. Aus London.«

»Sie kannten sie?« Erneut kam eine Schockwelle über Molly. »Es muss doch schrecklich für sie gewesen sein, als man ihr meinen Bruder weggenommen hat?«

Schwester Mary seufzte. »Jeder zeigt seinen Schmerz auf andere Weise. Sie wollte ihn nicht ansehen. Sie stand nur auf und ging.« Die Nonne klang, als wäre sie wieder dort, in diesem traurigen, kahlen Zimmer. Dann, als wäre ihr gerade erst eingefallen, dass die junge Frau ja Mollys Mutter war, fügte sie hinzu: »Sicher hatte sie ihre Gründe. Haben Sie mal versucht, sie danach zu fragen?«

Molly zuckte erneut zusammen. »Sie spricht nicht gern darüber«, log sie.

»Es fordert den Frauen einiges ab. Sie dürfen nicht zu hart mit ihr ins Gericht gehen. Manche Frauen können nur auf diese Art mit dem Verlust umgehen. So tun, als wäre es nicht geschehen. Es ist ein heikles Thema; Sie sollten sie nicht verurteilen. Schmerz und Verlust wirken sich in den unterschiedlichsten Formen aus.«

In diesem Moment wachte Eddie auf, der bis dahin ruhig in seinem Babysitz geschlafen hatte, und begann zu brüllen, was Molly daran erinnerte, dass es an der Zeit war, ihn zu füttern. Molly wünschte, sie wäre so schlau gewesen, ihn bei Pat vorbeizubringen, statt ihn mitzunehmen. Nur dass sie momentan bei Pat nicht besonders beliebt war.

»Und natürlich«, fügte Schwester Mary hinzu, »hatten wir auch nicht so viele Amandas.« Mollys Herz hüpfte wie ein Lachs im kalten Wasser. Joes Mutter hieß Amanda! »Und keine war so hübsch wie sie. Ich habe mich oft gefragt, was wohl aus ihr geworden ist.« Sie musterte Molly eindringlich. »Es freut mich, dass sie eine Familie gegründet und weitere Kinder bekommen hat. Komisch, dass Sie ihr so gar nicht ähneln, aber die Vererbung geht seltsame Wege.«

»Ja. Ich komme mehr nach meinem Vater.«

»Aber Ihr Sohn schlägt nach ihr. Er sieht ihr sehr ähnlich. Die gleichen schwarzen Haare und diese außergewöhnlichen Augen.«

Molly hielt Eddie umklammert und versuchte, ihre Erregung im Zaum zu halten. Die verblüffende Attraktivität von Joe und Eddie musste schließlich irgendwoher kommen, und sie hatte seit jeher vermutet, dass sie auf seine Mutter zurückging. »Ich kann Ihnen keine genauen Angaben über das Paar machen, das Ihren Bruder adoptiert hat, das wäre falsch. Sie müssten an das Register schreiben. Vielleicht versucht er auch, Sie zu finden.«

»Danke, Schwester Mary. Das mach' ich. Sie haben mir heute wirklich geholfen. Jetzt ist mir schon viel wohler.«

»Es freut mich, dass Sie gekommen sind. Ich habe Ihre Mutter nie vergessen. Sie hatte etwas wirklich Besonderes. Ich hoffe, sie ist glücklich.« Als sie Molly hinausbrachte, blieb die freundliche Nonne stehen und nahm sie bei der Hand. »Ich habe Ihnen schon viel zu viel verraten, aber das ist meine Entscheidung. Natürlich hätten Sie einen offiziellen Antrag stellen sollen, und ich werde vermutlich jede Menge Ärger kriegen, aber ich bin zu alt für den ganzen Quatsch. Ich habe auch nie an Institutionen geglaubt, dieses blöde Männerzeug, sonst wäre ich jetzt Mutter Oberin. Gott strafe mich, wenn er will. Und Wiedersehen können so freudige Ereignisse sein. Ich hoffe, Sie finden Ihren Bruder, aber seien Sie vorsichtig, meine Liebe. Ich weiß, dass Sie nur das Beste wollen, aber Sie bewegen sich auf gefährlichem Gelände. Ein emotionales Minenfeld, könnte man sagen. Sie müssen sich sicher sein, dass Ihre Mutter das auch will. Nicht nur Sie.«

Der traurigen Stille des Heims entronnen, wurde Molly euphorisch. Andrew hatte Recht damit gehabt, dass Joes Mutter Lewis geheißen hatte, aber jetzt wusste Molly ihren vollständigen Namen und außerdem, dass sie außergewöhnlich schön gewesen war. Da sie hier in der Gegend gewohnt haben musste, gab es mit Sicherheit Leute, die sich an sie erinnern konnten. Die Begeisterung darüber, dass sie ihrem Ziel näher kam, war berauschend und überwältigend. Sie beschloss, die Gegend ein wenig zu erkunden.

Das nächste Dorf die Straße entlang lag nur ein paar Kilometer entfernt, aber was die Ausstrahlung betraf, Jahrhunderte weit weg. Molly wunderte sich, dass das Kinderheim mit seiner zerstückelten städtischen Architektur überhaupt eine Baugenehmigung bekommen hatte, nachdem es so dicht bei dem zeitlosen Garten Eden namens Lower Ditchwell lag. Vielleicht hatte es etwas mit rivalisierenden Gemeindeverwaltungen zu tun.

Sie konnte sich die Art von Rivalität durchaus vorstellen, die zwischen den größeren, überquellenden Schlafstädten und ihren friedlichen, vornehmeren Nachbarn bestand, die Angst vor der zersetzenden Wirkung von Billighäusern oder

Verwaltungskolossen hatten, die ihre idyllische englische Dorflandschaft verschandelten. Das Kinderheim der Herz-Jesu-Gesellschaft musste eine Beleidigung für die Augen der snobistischen Einwohner Ditchwells darstellen, noch dazu eine, die Gottes Genehmigung zur Schau trug.

Molly stellte ihr Auto auf dem Parkplatz des Pubs ab und hoffte, dass der Wirt es nicht merkte. Wie in allen idyllischen englischen Dörfern fehlten auch in Lower Ditchwell die Parkplätze, da der Ort zu einer Zeit entstanden war, als kein Mensch reiste, außer, wenn man unbedingt musste, und selbst dann vermutlich nur auf dem Pferd oder im Pferdekarren die zehn Kilometer zur nächsten Stadt. Geländewagen mit wuchtigen Känguru-Catchern waren damals noch ein weit entfernter, unbekannter Albtraum.

Das Dorf bestand aus etwa hundert Häusern, manche mit Strohdach, manche mit Dächern aus grauem Stein, der aus schweren Platten in einzelne Ziegel gespalten worden war. Die meisten Häuschen waren mit Feuerstein verkleidet und hatten weiße Türen. An diesem sonnigen Morgen war der Duft von Geißblatt und altmodischen Rosen überwältigend.

In einem der Häuschen entdeckte Molly eine Teestube und ging schnurstracks darauf zu. Tee war der natürliche Begleiter von Klatsch, und Molly wettete darauf, dass sämtliche Klatschtanten aus der Umgebung sich hier versammelten, um über Porzellantassen und hausgemachtem Biskuitkuchen den neuesten Tratsch auszutauschen.

Die Teestube war bis auf den letzten Platz besetzt, und Molly wurde ein wenig verlegen, weil sie ein quengelndes Baby mitbrachte. Die Gäste hier schienen eher im Alter von Großeltern zu sein, und zwar Großeltern extrem gut erzogener Kinder. Außerdem war das Lokal leider viel zu überfüllt, um Fragen zu stellen.

Die Besitzerin der Teestube erbarmte sich ihrer und besorgte ihr ein Plätzchen in einer Ecke, wo sie sich hinsetzen konnte. Molly suchte in Eddies Babytasche nach der Notfallflasche mit abgepumpter Milch, die sie immer dabei hatte, da sie spürte, dass das Quengeln jeden Moment zu ohrenbetäubendem Gebrüll anschwellen konnte.

»Soll ich sie kurz in die Mikrowelle stellen?«, fragte die Wirtin freundlich. »Ich weiß, dass man das eigentlich nicht soll, aber für meinen Enkel machen wir es auch oft. Es geht gut, wenn man sie fest schüttelt.«

»Danke.« Molly reichte ihr dankbar die Flasche.

Als die Frau zurückkehrte, fragte Molly, ob sie mal einen Blick ins Telefonbuch werfen dürfe. Sie hatte die ehrgeizige Idee, sich sämtliche Lewises aus der Umgebung herauszuschreiben, aber zu ihrer Bestürzung waren über hundert verzeichnet.

»Kann ich das irgendwo kopieren?«, fragte sie, während sie Eddie auf einem Knie balancierte und sich bemühte, ihn davon abzuhalten, das Telefonbuch zu zerkauen.

»Ein ganz schönes Früchtchen, was?« Molly versuchte die positiven Elemente in dieser Beschreibung zu finden. »Bei den Stores vielleicht. Sie haben die Poststelle. Doreen«, plärrte die Frau, so dass sämtliche Anwesenden zusammenzuckten, »haben die Stores einen Kopierer?«

»Mhm.« Ein freundliches Hundegesicht mit dicken Ponyfransen tauchte aus den dampfenden Tiefen der Küche auf. »Ich hab' mir den Bericht vom Tierarzt für die Behandlung meiner Haustiere dort kopiert.« Die Küchenfee stellte die Frage, die alle anderen nur dachten. »Suchen Sie jemanden? Vielleicht können wir Ihnen helfen.«

»Offen gestanden schon«, gestand Molly, wobei sie sich ganz und gar nicht sicher war, ob das eine besonders diskrete Methode war, um ihre Ermittlungen zu führen. Was, wenn Joes Mutter eine dieser Frauen war, die hier saßen und sich ein Rosinenbrötchen und ein bisschen Lästerei gönnten? Trotzdem konnte sie nicht widerstehen. »Ja, ich suche jemanden.«

»Vielleicht kennen wir den Betreffenden?« Zehn oder elf faszinierte Gesichter starrten Molly an. »Wie heißt denn die Person, die sie suchen?«

»Lewis.« Es klang so seltsam, wenn sie es aussprach. Sie nahm ihren ganzen Mut zusammen und fuhr fort. »Ich suche eine Frau namens Amanda Lewis.«

Sie hielt den Atem an.

»Lewis?«, wiederholte die Wirtin. »Hat nicht drüben am Polehampton Way eine Familie Lewis gewohnt? Die mit dem Reitstall?«

»Er ist tot«, meldete sich der einzige alte Mann in genüsslichem Tonfall zu Wort. »Ist eine Woche nach seiner Pensionierung an einem Herzinfarkt gestorben. Konnte vermutlich seine Frau nicht ertragen.«

»Wie hieß sie denn?«, fragte Molly ganz neugierig. »Die Frau?«

»Mabel.«

»Hatten sie eine Tochter, die eventuell Amanda geheißen haben könnte?«

»Nur Hunde und Pferde«, verkündete der alte Mann voller Genugtuung. »Meinten, sie hätten nie für was anderes Zeit gehabt. Aber wenn Sie mich fragen, dann hat er sich mehr für Schafe interessiert als für Frauen. Allerdings«, fuhr er fort und grinste die Versammelten anzüglich an, »ist das Southdown auch ein besonders hübsches Schaf. Allemal hübscher als seine Frau.«

Doreen wechselte rasch das Thema. »Hieß nicht das Paar bei Weighaven Lewis?«, fragte sie in die Runde.

»Das waren Geschwister«, erklärte der alte Mann.

»Geschwister?«, zischte Doreen. »Die sind doch ewig

Händchen haltend hier reingekommen. Wenn ich das gewusst hätte, hätte ich sie rausgeworfen!«

Der alte Mann kicherte höhnisch. »Vielleicht haben sie sich auch nur aneinander gekuschelt, um sich zu wärmen.«

»Charlie Farlow, du bist widerlich!«

»Zumindest lasse ich die Finger von meinen Verwandten«, entgegnete Charlie immer noch grinsend.

»Das kann man auch gut verstehen, wenn man deine Sippschaft anschaut.« Doreen wandte sich an Molly, der von all diesen ländlichen Enthüllungen leicht schwummrig wurde. »Tut mir Leid, meine Liebe, aber anscheinend gibt's bei uns im Dorf keine Lewises.«

Eddie hatte sein Fläschchen ausgetrunken, und Molly stand erleichtert auf und wandte sich zum Gehen. Sie stopfte alle seine Sachen in den Buggy und ging auf die Tür zu. Sie sehnte sich nach Sonnenschein und Luft. Einen Moment lang fragte sie sich, ob die Leute sie auf den Arm nehmen wollten.

Doreen war ihr nach draußen gefolgt. »Achten Sie nicht auf Charlie. Er ist nicht mehr ganz bei Verstand. Viel Glück bei Ihrer Suche.«

Molly schob Eddie auf dem schmalen Gehsteig davon, während Doreen wieder in die Teestube ging.

»Hör mal, Doreen«, piepste eine der ruhigeren alten Damen, »du hast den Mann vom Antiquitätengeschäft Lewis nicht erwähnt.«

Doreen schlug sich die Hand vor den Mund. »Aber der wohnt nicht hier. Er lebt in Brighton wie die übrigen affigen Antiquitätenhändler.«

»Trotzdem heißt er Lewis, oder nicht?«

»Das stimmt.« Sie wandte sich um, um nach Molly zu sehen, doch diese war, kaum dass sie außer Sichtweite der Teestube war, mit doppelter Geschwindigkeit zu ihrem Auto zurück gerast. Sie wollte wieder ins dreckige, drogenverseuchte London, weg von all diesen Schafe bumsenden und Geschwister schändenden Landbewohnern.

Sie hatte es fast zum Auto geschafft, als Eddie, von dem einen Fläschchen nicht satt geworden, wieder zu plärren begann. Diesmal würde sie ihn stillen müssen. Sie sah sich nach einem ausreichend abgeschirmten Fleckchen um und entdeckte ein hölzernes Bushäuschen. Obwohl es darin ein bisschen finster und muffig war, war es zumindest von Geißblatt und wilden Rosen umrankt. Sie hatte gerade begonnen, die Knöpfe ihrer Bluse zu öffnen, als sie bemerkte, dass jemand sie hinter der gestutzten Hecke des Hauses gegenüber beobachtete. Es war eine große, schlanke Frau mit einem Schlapphut, Reithosen und einer weißen Spitzenbluse, die fast wie die männliche Hauptfigur in einer vorweihnachtlichen Burleske aussah. Sie machte den Eindruck, als wolle sie etwas sagen. Vielleicht würde sie Molly darauf hinweisen, dass es sich auf dem Land nicht gehörte, ein Baby im Bushäuschen zu stillen. Molly überlegte sich schon eine treffende großstädtische Entgegnung.

Stattdessen sagte die Frau gar nichts und verschwand.

Kurz darauf ließ ein Schatten, der in das helle Sonnenlicht fiel, Molly aufblicken. Die Frau stand jetzt nur noch einen halben Meter weit weg. Verblüfft stellte Molly fest, dass sie alt war.

»Entschuldigen Sie bitte, meine Liebe.« Die Stimme war kräftig und rau und erinnerte Molly an Fernseh-Werbespots für Weltreisen oder luxuriöse Altersruhesitze an portugiesischen Golfplätzen. »Aber möchten Sie Ihr Baby nicht vielleicht an einem angenehmeren Ort stillen? Hier drin ist ja alles voll mit Katzenpisse und Kondomen.«

Molly, die langsam genug hatte von freimütigen Landbewohnern, die kein Blatt vor den Mund nahmen, wollte schon höflich ablehnen, als ein Instinkt sie ihre Sachen zusammensammeln und schwerfällig aufstehen ließ. Hier war es wirklich nicht besonders hygienisch.

»Ich habe eine kleine Laube, in die Sie sich setzen können.« Die Ältere ging Molly durch ein hölzernes Tor voran, das sich in die dunkle, glänzende Umarmung eines Efeubuschs schmiegte. Sie setzte Molly auf einen Gartenstuhl und steckte ihr ein bequemes, chintzbezogenes Kissen in den Rücken. »Ich hole Ihnen eine Tasse Tee. Ich weiß noch, wie durstig einen das alles macht.« Sie wies auf das Baby an Mollys Brust. »Ich habe damals immer Gin Tonic getrunken. Heute ist das ja absolut verpönt, ich weiß. Das arme Kind war vermutlich ständig angesäuselt. Möchten Sie einen Keks? Natürlich möchten Sie einen.«

Sie kehrte mit einem Teller köstlicher belgischer Schokoladenplätzchen zurück. Eddie, der vermutlich das neue und reizvolle Aroma von Schokolade wahrnahm, wandte den Kopf von Mollys Brust ab und seiner Gastgeberin zu.

Die Ältere zuckte zusammen und hätte fast den Teller Plätzchen fallen lassen. »Der ist ja süß«, sagte sie schnell. »Ein halbes Jahr?«

Molly nickte und lächelte vor Mutterstolz wie eine Verrückte.

»Und was für außergewöhnliche Augen er hat. Ozeanblau.«

»Die sind umwerfend, nicht wahr? Genau wie die seines Vaters.«

»Und sind Sie oder, ähm, sein Vater hier aus der Gegend?«

»Nein, wir wohnen in Peckham.« Die alte Dame hatte eine Mischung aus Wärme und Exzentrik an sich, die zu vertraulichen Geständnissen einlud. Bestimmt war sie, das spürte Molly, so unerschütterlich wie die Sphinx. »Aber ich vermute, die Mutter meines Mannes kam hier aus der Gegend. Ich glaube, sie hieß Amanda Lewis. Sie kennen sie nicht zufällig?«

Eddie suchte sich genau diesen Moment aus, um nach einem Plätzchen zu greifen und zu versuchen, es sich in den Mund zu stopfen, und Molly musste sich bücken und ihn retten, daher übersah sie den entsetzten Blick der Älteren. Er war alles andere als sphingenhaft, sondern wirkte eher, als hätte ein Geist einen Stepptanz auf ihrem Grab vollführt.

Eine Minute verstrich, ehe die alte Dame wieder sprach. »Hätten Sie etwas dagegen, mich ihn einen Augenblick halten zu lassen? Er ist so ein süßer kleiner Schatz.«

Molly zögerte. Eddie kam gerade in die Phase der Trennungsangst und ließ sich eigentlich nur von seiner Mutter gern halten oder, wenn die nicht da war, seiner Großmutter. Gelegentlich weinte er sogar, wenn Joe ihn auf dem Arm hatte, was Joe sehr bedrückte. »Na gut«, sagte sie schließlich.

Ihre Gastgeberin öffnete die Arme und drückte das Baby an sich, fest und selbstsicher. Zu Mollys Verblüffung beruhigte sich Eddie auf der Stelle. Die alte Dame sah ihm tief in die Augen, als übertrüge sie ihr Wesen auf seines. Dann lächelte sie.

»Mann«, stieß Molly völlig perplex hervor, »das macht er sonst nie, vor allem wenn er jemanden nicht kennt.«

»Vielleicht sind wir uns in einem früheren Leben mal begegnet, oder, was meinst du, ähm …«

»Eddie.«

Es kam Molly so vor, als umklammerte ihre Gastgeberin das Baby eine Winzigkeit länger, als üblich war, und ein leiser Angsthauch durchfuhr sie. Hier spielte sich irgendetwas Merkwürdiges ab. Was, wenn die Frau eine Psychopathin war oder eine Kindesentführerin mit einem tragischen Geheimnis in ihrer Vergangenheit?

Sachte barg Molly Eddie wieder in ihren Armen. »Ich sollte mich jetzt lieber auf den Weg machen. Sonst komme ich in die Stoßzeit und brauche Stunden.«

»Natürlich.« Auf einmal wirkte die Frau wieder ganz normal. »Ach, übrigens, ich habe mich gar nicht vorgestellt. Mein Name ist Beatrice Manners.«

»Das kommt mir irgendwie bekannt vor.«

»Es wäre möglich, wenn Sie dreißig Jahre älter wären. Ich war mal ein ziemlich großer Star in Musikkomödien. Vor allem Noel Coward. Aber vermutlich kennen Sie nichts von Noel Coward.«

»Doch, sicher.« Molly begann in schneidigem Tonfall: »›Amanda, my darling, I love you …‹«

Sie brauchte ein paar Sekunden, um zu begreifen, was für einen Namen sie gewählt hatte. Wie albern. »Auf Wiedersehen. Und vielen Dank für den Tee.«

»Tut mir Leid, dass ich Ihnen nicht helfen konnte.« Wie aus einer Laune heraus fügte sie hinzu: »Ach, möchten Sie mir nicht Ihren Namen und Ihre Telefonnummer dalassen, für den Fall, dass mir etwas einfällt?«

Molly schrieb beides auf.

Bea sah der jungen Frau mit ihrer wallenden roten Mähne und ihrem eigensinnigen Optimismus nach, wie sie die Straße zum Pub entlangging. Sie hatte dem Baby seinen Sonnenhut nicht wieder aufgesetzt, und sein dunkles, fast schwarzes Haar stand wie ein winziges Leuchtsignal vor Mollys weißer Bluse in die Höhe und erinnerte sie an ein anderes Baby, vor vielen Jahren.

Doch war es ein Signal der Hoffnung oder eine Warnung vor einer drohenden Katastrophe?

Bea seufzte. Nun war es passiert. In gewisser Weise war es fast eine Erleichterung. Sie ging hinein, aus der blendenden Sonne in die kühle Dunkelheit ihres Flurs. Das Telefon stand auf einem kleinen runden Tisch neben einem bestickten Stuhl. Bea nahm es und wählte die vertraute Nummer.

Als ihre Tochter sich meldete, senkte Bea die Stimme, als könne jemand lauschen. »Hör zu, Schätzchen, ich weiß nicht, wie ich dir das beibringen soll, aber gerade ist eine junge Frau vor meiner Tür aufgetaucht und hat nach Amanda Lewis gefragt.«

Sie wartete auf eine Reaktion, doch es kam keine. »Ich schätze, es muss seine Frau sein. Es war ein ganz schöner Schock, das kann ich dir versichern. Und jetzt sag mir mal bitte, was ich tun soll.«

7. Kapitel

Molly versuchte, das dumme Gefühl der Enttäuschung zu ersticken, das sie befallen hatte, als Beatrice Manners sagte, dass sie nie von einer Amanda Lewis gehört hätte. Der überaus hilfsbereiten Schwester Mary so viele Informationen abzuluchsen war genug Leistung für einen Tag gewesen. In dem Handbuch über die Suche nach verschollenen Verwandten, das sie sich besorgt hatte, stand auch, dass man sich nicht zu schnell zu viel erhoffen sollte. Es war ein langer Weg, der mit Enttäuschungen gepflastert war, und sie hatte schon mehr Erfolg gehabt, als sie sich hätte träumen lassen. Es war ein außergewöhnlicher Glücksfall gewesen, dass Schwester Mary so war, wie sie eben war. Wäre Mollys Brief in die Hände von Schwester Bernadette geraten, der anderen Nonne, die freiwillig und voller Hingabe die Flure auf allen vieren schrubbte, wäre Molly vermutlich mit einer barschen Abfuhr und fünf Ave-Marias zur Buße weggeschickt worden.

Satt, zufrieden und von der warmen Sonne eingelullt, war Eddie fest eingeschlafen. Molly wollte ihn gerade ins Auto heben, als sie versteckt in einer Gasse ein kleines Antiquitätengeschäft entdeckte. Ein seltsamer Ort für einen Laden. Die Hälfte aller potenziellen Kunden, die man anlocken könnte, ginge zwangsläufig ahnungslos vorüber. Die Wirtschaftlichkeit von Antiquitätengeschäften war Molly ohnehin ein Rätsel. Viele von ihnen schienen ausschließlich dem »Export« vorbehalten zu sein und hatten nie geöffnet, oder die Besitzer waren ständig außer Haus, um einzukaufen, oder sie hatten geschlossen, weil der Inhaber kurz weggegangen war und »In fünf Minuten zurück« wäre. Nur dass er nie nach fünf Minuten wiederkam.

Molly liebte Antiquitätenläden, je bunter, desto besser. Manche ihrer besten Fundstücke für die Wohnung stammten aus Trödelläden, dazu einige Knüller von Flohmärkten und ein oder zwei Glücksgriffe aus einem Bauschuttcontainer. Sie war die Sorte Frau, die ihre Freundinnen grün vor Neid werden lässt, indem sie Art-Déco-Lampen auf Schulflohmärkten entdeckt und Kopfenden von Messingbetten auftut, die als Tore zweckentfremdet werden und die sie in all ihrer Herrlichkeit wieder ihrer ursprünglichen Bestimmung zuführt.

Und hier war die Mitteilung wieder oder zumindest ihr Vetter zweiten Grades: »Bin auf der Bank«. Vermutlich hieß das »Bin im Pub«, da Mittagszeit war und das Dorfpub ein einladender, von Glyzinien umrankter Gasthof, mit dem Molly selbst schon geliebäugelt hatte.

Sie spähte durchs Fenster des Geschäftes. Es gab die üblichen Antiquitäten. Ein Schaukelpferd aus Kiefernholz, vermutlich massiv überteuert, ein paar Ciderkrüge aus Porzellan, ein walisischer Geschirrschrank, der mit hübschem Steingut dekoriert war, und in der Ecke ein Waschtisch mit weißen Fliesen mit Seerosenmuster auf dem Wandschoner. Molly konnte ihn sich bildlich in ihrem Badezimmer vorstellen, dessen Wände sie selbst freigelegt, gestrichen und mit Nut- und Federbrettern verkleidet hatte, um Geld zu sparen. Er würde fantastisch aussehen. Dann sah sie das Preisschild und musste ihre Enttäuschung hinunterschlucken. Sie konnten ihn sich unmöglich leisten.

Auf einem Tisch in der Ecke stand eine Auswahl kleiner Porzellanglöckchen. Porzellanglöckchen sammeln war Pats große Leidenschaft. Sie kaufte überall eines, wo auch immer sie hinfuhr, von Totnes bis Thailand. Vielleicht würde es ihre Beziehung verbessern, wenn ihr Molly eines kaufte. Sie klopfte laut gegen die Tür, doch nichts geschah.

Mitten in Mollys wüster Schimpftirade öffnete sich überraschend die Tür.

»Ich wette, das sagen Sie zu allen Jungs«, ertönte eine Stimme. Der Mann vor ihr war ein seltsamer Typ. Groß und hager, mit schulterlangen, hellbraunen Haaren und einem langen, schwarzen Regenmantel aus Leder, wirkte er wie ein Heavy-Metal-Star aus den Siebzigern, der sich für eine Rolle als Gestapo-Mann bewerben will. Trotzdem hatte er eine Art schäbigen Charme am Leib, der zum Teil auf das Grinsen seiner weit auseinander stehenden Zähne zurückging, die einen Besuch beim Zahnarzt dringend nötig gehabt hätten.

Er sah aus wie jemand, der einen erst übers Ohr hauen und einem dann eine Kleinigkeit gratis geben würde, um es wieder gutzumachen.

»Die Tür ist offen, wissen Sie?«, bemerkte er mit leichter Herablassung. »Wenn Sie nur genug Grips gehabt hätten, sie zu probieren.«

Molly machte den Mund auf, um ihn darauf hinzuweisen, dass es potenziellen Kunden eine Hilfe gewesen wäre, wenn er das Schild entfernt hätte, doch er war schon wieder im Laden verschwunden.

Eddie schlief immer noch, also ließ sie ihn ganz in der Nähe unter einem Glyzinienbusch stehen, wo sie ihn im Auge behalten konnte.

Im Inneren des Ladens atmete sie die erinnerungsträchtigen Düfte von Leinöl und Bienenwachs ein. Das Geschäft, so stellte sie fest, war von besserer Qualität, als sie erwartet hatte. Die Vorfahren anderer Leute schmückten die Wände, und manche davon sahen ziemlich alt und wertvoll aus. Sie inspizierte eine hübsche Kommode und schnappte dann angesichts des Preises erschrocken nach Luft.

Der Ladeninhaber zuckte die Achseln. »Die ist georgianisch. Ziemlich früh. Ein Einzelstück aus Kiefernholz. Mit Original-Griffen.«

Molly verkniff sich ein Schmunzeln. Wie hätte die Antiquitätenbranche ohne den Begriff »georgianisch« überleben sollen?

Sie musterte die Auswahl an Glocken, bis sie das ideale Stück für Patricia gefunden hatte. Es war aus blau-weißem Delfter Porzellan. »Wie viel kostet die denn?«

»Der Preis steht drauf«, erklärte der Mann. Er hatte sich wieder daran gemacht, im hinteren Teil des Ladens ein Bücherregal abzuschmirgeln.

»Schon, aber das ist nicht der Großhandelspreis. Wie viel können Sie denn nachlassen?« Antiquitätenhändler, das wusste sie, verkauften ihre Waren an andere Händler billiger als an die armen Normalkunden. Molly hatte nie begriffen, warum. Wenn sie Antiquitätenhändlerin wäre, wäre es ihr zuwider gewesen, wenn ein anderer Händler gekommen wäre, sie heruntergehandelt und dann in seinem Laden Profit aus ihrem Rabatt geschlagen hätte.

»Sie sind also selbst Händlerin?« Sein Tonfall legte nahe, dass Antiquitätenhändler normalerweise keine Latzhosen aus blauem Denim trugen und Kinderwagen mit sich herumschoben.

»Ja«, sagte Molly unerschüttert. Na ja, manchmal hatte sie einen Trödelstand auf dem Pfadfinderfest.

Er ließ ihr zwei Pfund nach, und Molly reichte ihm das Geld. Das Glöckchen war immer noch reichlich teuer, aber Patricia wäre begeistert, und es könnte dazu beitragen, sie freundlicher zu stimmen. Außerdem war es die Sache schon fast wert, es für zwei Pfund weniger zu kriegen.

Sie war schon halb zur Tür hinaus und dachte bei sich, dass dem Ladeninhaber ein Kurs an der Lovejoy Academy für aufgesetzten Charme nicht schaden könnte, als ihr auf einmal etwas einfiel. »Sagen Sie«, begann sie, während sie die Tür einen Spalt weit offen hielt und die kühle Brise aus der Gasse genoss, »Sie kennen nicht vielleicht jemanden namens Amanda Lewis?«

Das regelmäßige Reiben von Sandpapier auf Holz hörte vorübergehend auf, und er sah zu ihr auf. »Woher soll ich denn jemanden mit einem derart protzigen Namen kennen? Vielleicht fragen Sie lieber mal im Herrenhaus, wo der Landadel lebt, oder in dem Häuschen an der Ecke.« Er neigte den Kopf in die Richtung, aus der sie gekommen war.

»Da hab' ich es schon versucht. Die Dame dort kennt sie nicht.«

Über das Gesicht des Mannes zog ein hastiges Schmunzeln, dann fing er erneut an zu schmirgeln. »Dann kann ich Ihnen leider auch nicht helfen.«

Molly empfand die gleiche herbe Enttäuschung, die sie auch im Haus der alten Dame befallen hatte. Sie kritzelte ihre Telefonnummer auf einen alten Preiszettel oben auf dem viktorianischen Waschtisch. »Das ist meine Nummer, für den Fall, dass Ihnen irgendetwas einfällt.« Er sah nicht einmal hin.

Es war schon früher Abend, als sie nach Peckham zurückkam. Zu ihrem Erstaunen saß Claire auf der Treppe, die hinauf in ihre Wohnung führte. In ihrem schicken Kostüm passte sie ebenso wenig hierher wie eine Ausgabe der *Vogue* in einen Stapel des Anzeigenblättchens *Exchange & Marts*.

»Doch nicht schon wieder Huren in Streatham, die dummerweise nicht zu Hause sind?«, erkundigte sich Molly.

»Nein, eigentlich nicht. Du hast mich eingeladen.«

Molly wollte schon abstreiten, irgendetwas davon zu wissen, als ihr wieder einfiel, dass Claire Recht hatte. Wenn man nicht mehr arbeiten ging, passierte es einem leider, dass man vergaß, Dinge in den Terminkalender zu schreiben.

»Heißt das etwa, es wartet kein Dom Perignon auf Eis auf mich?« Claire half ihr, Eddies Sachen die Treppe hinaufzutragen. »Dann könnte ich womöglich feststellen, dass ich noch eine andere Verabredung habe.«

»Dusslige Kuh«, schimpfte Molly scherzhaft. Sie war überglücklich, ihre Freundin zu sehen, denn so konnte sie ihr von ihren Erfolgen berichten. »Du kannst dich mit Fusel von Safeway voll laufen lassen. Dann gewöhnst du dich schon mal daran, wie andere Leute leben, falls du wirklich in hohem Bogen rausfliegst.«

Claires elfenhaftes Gesicht verdunkelte sich. »Lass das, Moll. Es ist nicht witzig.«

»Entschuldige. Ich kann mir nur einfach nicht vorstellen, dass du mit deinem Ehrgeiz und deinen teuren Klamotten lange vor dem Arbeitsamt Schlange stehst. Irgendjemand stellt dich garantiert ein.«

»Ich möchte lieber gar nicht daran denken.«

»So warst du schon immer, Claire. Du willst nie darüber nachdenken, was du tun sollst, wenn etwas schief geht.«

»Wir waren schon immer Gegensätze, die sich angezogen haben. Du warst die Rebellin der Oberstufe, und ich war der Bücherwurm, nur darauf aus, die Noten zu kriegen und die Schule zu verlassen. Weißt du noch, als du dachtest, sie gäben uns Hundefutter zu essen, und einen Hungerstreik der gesamten Schule organisiert hast?«

Molly kicherte. »Ja. Dann haben sie eine italienische Köchin eingestellt, und bei der war *wirklich* Hundefutter in der Lasagne.« Sie schlug noch einmal auf den Aufzugknopf und hoffte, dass nicht jemand im obersten Stockwerk die Türen hatte offen stehen lassen.

»Also, wo bist du gewesen?«

»Auf Kriegspfad«, begann Molly kichernd und senkte verschwörerisch die Stimme. »Ich komme gerade aus Sussex von der Jagd nach Joes Mutter und habe ein paar verdammt gute Anhaltspunkte.«

»Von der Herz-Jesu-Gesellschaft? Hat mein Tipp etwas genützt?« Claire folgte Molly in die Wohnung und warf sich aufs Sofa, wo sie die Schuhe abstreifte und sich zusammenringelte wie eine kleine, hübsche Perserkatze.

»Weißt du noch, dass du mir geraten hast, ihnen ohne Absenderadresse zu schreiben und dann einfach dort aufzutauchen?«

»Hat es geklappt?«

»Wie am Schnürchen. Da war eine richtig nette Nonne, die mir allerhand Dinge erzählt hat, die sie mir gar nicht hätte verraten dürfen. Sie ist eine Art Rebellin, und ich vermute, nachdem sie dort keine Adoptionen mehr vornehmen, glaubte sie, unverblümter sprechen zu können. Andrew hatte Recht damit, dass Joes Mutter von dort stammt. Schwester Mary kannte offenbar die Familie. Es waren anscheinend flotte Londoner! Und mein Gott, Claire, was absolut verblüffend ist: Sie hieß Amanda.«

»Wow! Also nicht ganz der gequälte kleine Teenager, mit dem du gerechnet hast.«

»Sie war eine umwerfende Schönheit, hat diese Schwester Mary gesagt. Und Claire, das Allerheißeste war, dass sie gesagt hat, Eddie sähe genauso aus wie sie. Es war ein absolut irres Gefühl! Ich hatte den Eindruck, so nahe davor zu sein, sie zu finden, als säße sie im Nebenzimmer und würde auf uns warten. Ich konnte sie fast vor mir sehen.«

Molly schloss einen Moment lang die Augen und versuchte, das Bild einer Amanda in Fleisch und Blut heraufzubeschwören, die genauso aussah wie ihr Mann und ihr Sohn.

»Wusste die Nonne irgendwas über die Umstände? Warum sie Joe weggegeben hat oder so?«

»Nein. Nur, dass sie nicht geweint hat, als sie ihn übergeben hat. Und ich hatte den massiven Eindruck, dass die Familie von dort aus der Gegend kam, aber als ich ins nächste Dorf gefahren bin, haben alle behauptet, keine Amanda Lewis zu kennen.«

»Vielleicht tratschen sie nicht gerne gegenüber Fremden. Oder womöglich ist sie verheiratet, dann könnte sie einen anderen Namen angenommen haben.«

»Natürlich – ach, bin ich blöd. Sie könnte ja ganz anders heißen.«

»Oder vielleicht decken sie sie.« Claire zog dramatisch die Augenbrauen hoch. »Vielleicht haben sie alle etwas mit der Geburt zu tun und wollen nicht, dass irgendwelche Außenstehenden davon wissen. Wie in *Rosemarys Baby*.«

»Claire Simpson«, lachte Molly, »möchtest du etwa behaupten, dass Eddies Großvater der Teufel war?«

»Weißt du was?« Claire hüpfte ruckartig vom Sofa, was Eddie veranlasste, zu strampeln und zu quengeln. »Du solltest für die Zeitung darüber schreiben. Es ist aufregender als eine Detektivgeschichte. Massenhaft Leute würden sich dafür interessieren. Du könntest uns Schritt für Schritt auf deine Suche mitnehmen …«

»Ich bin keine Journalistin.«

»Das spielt keine Rolle; es ist *deine* Geschichte.«

Molly bremste sie. Claire witterte überall Geschichten, selbst wenn sie nicht im Dienst war, und spann Ideen weiter, ohne sich zu überlegen, was das für andere Menschen bedeuten könnte. »Claire, das kann ich nicht. Es ist Joes Leben, er wäre …«

In ihrer Aufregung hatte keine von ihnen gehört, dass Joe zurückgekommen war. Er versteckte sich hinter einem

Strauß gelber Rosen, die er gerade für Molly gekauft hatte. Er hielt sie ihr hin. »Leider noch ein bisschen unterernährt. Vor ihrer schönsten Blüte geschnitten.«

Molly gab ihm einen Kuss. »Gelb, meine Lieblingsfarbe! Die sind herrlich, vielen Dank. Ich habe ganz vergessen, dass ich Claire eingeladen habe, und dabei haben wir absolut nichts im Haus.«

»Keine Sorge, ich gehe schnell zum Laden an der Ecke. Mr. Sawalha freut sich immer über einen Schlag gegen die Großmärkte. Wie geht's dir, Claire-Bär?«

Claire musterte ihn. »Mein Gott, was für ein sagenhaftes Stück Mann. Ich vergesse immer wieder, wie sagenhaft. Du bist ein glückliches Weib, Molly.«

»Ich weiß.«

»Hört mal«, wandte Joe ein, »würdet ihr bitte aufhören, über mich zu reden, als wäre ich einer von den Chippendales?« Er zog eine Schnute. »Sogar Chippendales haben Gefühle, wisst ihr?«

»Nein, haben sie nicht, die sind aus Holz.« Claire lachte schallend über ihren eigenen Witz.

»Und, wie ist es heute gelaufen? Hast du irgendwas über meine wahre Herkunft in Erfahrung gebracht? Sag's mir nicht – in Wirklichkeit bin ich ein Gutsherr, nur dass ich leider unehelich geboren bin.«

Molly wusste, dass Joes witziger Ton seine Unsicherheit gegenüber dem ganzen Vorhaben verdeckte, aber Claire, die ihn nicht so gut kannte, verstand die Signale nicht.

»Nimm deine Frau in die Arme. Sie ist absolut sagenhaft. Sie hat lediglich herausgefunden, dass deine Mutter Amanda heißt, eine umwerfende Schönheit ist und wahrscheinlich irgendwo in Sussex gelebt hat!« Claire, deren ohnehin mangelnde Sensibilität durch die rauen Sitten bei der Zeitung noch weiter nachgelassen hatte, rumpelte vorwärts wie ein

Lastwagen ohne Handbremse. »Und außerdem wird sie für unsere glücklichen Leser darüber schreiben!«

Joes Miene wandelte sich. »Molly, Herrgott noch mal. Wie konntest du?« Jegliches Lachen war aus seinen Augen verschwunden. »Es muss doch wohl noch ein paar Dinge geben, die unter uns bleiben?« Er stampfte aus dem Zimmer, bevor Molly eine Erklärung abgeben konnte.

»O Gott, Molly, es tut mir ja so Leid! Das war unglaublich blöd von mir«, entschuldigte sich Claire.

»Das war es allerdings«, stimmte Molly ihr zu und war wütend auf ihre eigene Dummheit, weil sie Claire vor ihrem Mann davon erzählt hatte, und auf Claire, weil sie die dämliche Zeitungsidee ausgeplaudert hatte, ohne sich mit Molly abgestimmt zu haben. »Aber von mir war es noch dämlicher. Diskretion war noch nie mein zweiter Vorname.«

»Melissa«, murmelte Claire.

»Wie bitte?«

»Melissa ist dein zweiter Vorname.«

Sie bemerkte Mollys verletzten Gesichtsausdruck. »Ich gehe dann lieber«, bot sie an.

»Pass mal auf«, meinte Molly versöhnlich. »Es ist meine Schuld. Ich hätte es dir nicht vor Joe erzählen sollen. Es geht ihm offenbar unheimlich nahe, sie zu finden. Ich hätte dir erklären sollen, wie heikel das alles ist. Das Komische ist allerdings, dass er immer mehr das Interesse verliert, je näher wir ihr kommen.«

»Und ich hätte nicht ins Fettnäpfchen treten sollen. Hör mal, ich muss heute Abend unbedingt arbeiten. Ich habe massenhaft Interviews auszuarbeiten.«

Zum Abschied umarmte sie Molly. »Warum bist du eigentlich so erpicht darauf, seine Mutter zu finden, wenn er sich seiner Sache selbst so unsicher ist?«

»Weil er es im Grunde seines Herzens will«, sagte Molly

und dämpfte damit ihre eigenen inneren Zweifel. »Joe ist schon immer verkrampft und unsicher in Bezug auf seine Identität gewesen. Es ist ihm zuwider, das zuzugeben, weil er denkt, das seien Ausreden, aber ich *weiß* einfach, dass es wichtig für ihn ist, seine Mutter zu finden.«

»Bei dir klingt das wie ein Märchen, in dem der Held irgendwie den Fluch brechen muss.«

»Vielleicht ist es ein bisschen so ähnlich. Das Risiko ist nur, dass es genau wie im Märchen schief gehen kann und am Ende jemand vergiftet oder in einen wilden Schwan verwandelt wird.«

»Ich hoffe, du hast Recht, was Joe angeht. Sicher hast du Recht. Du findest eigentlich stets die beste Lösung. Du bist jemand, der das Leben tatkräftig anpackt. Du kannst dich einfach nicht zurücklehnen und den Dingen ihren Lauf lassen, selbst wenn man dir eine Million Pfund dafür gäbe, und das macht dich so typisch, Molly.«

Molly winkte Claire nach und lauschte, wie deren teure Schuhe die steinerne Treppe ihres reichlich schäbigen Wohnblocks hinabklickten. Versuchte Claire ihr klar zu machen, dass sie sich heraushalten sollte? Und wenn dem so war, hatte sie dann Recht?

Ein leises, ersticktes Geräusch aus der Wohnung veranlasste sie, besorgt herumzuwirbeln. Sie hatte Eddie auf seinem Schaffell liegen lassen. Gott sei Dank lag er dort noch, aber er hatte es geschafft, ihren Rucksack zu sich herzuzerren, und die Papiertüte mit dem Glöckchen für Patricia war herausgerollt. Eifrig kaute Eddie daran. Sie wand ihm die Tüte aus den klebrigen Händchen und nahm die Glocke heraus. Ganz unbewusst folgte sie einer Gewohnheit, die sie von ihrer Mutter übernommen hatte, und strich die braune Papiertüte glatt.

Sie wollte sie soeben in den Müll werfen, als ihr der Name

des Geschäfts ins Auge stach. Als sie dort war, hatte sie kein Schild über der Tür gesehen. Es hieß Lewis's Antiquitäten. Wohin es auch führen mochte – Molly wusste, dass sie jetzt nicht aufhören konnte.

8. Kapitel

Interessiert musterte Bob Kramer seine Klientin. Selten hatte er Stella so zurückhaltend erlebt. Sie war nicht, wie er erwartet hatte, mit schweren Geschützen im Anschlag in sein Büro gestürmt und hatte verlangt, dass er ihr schilderte, was er alles unternommen hatte, um ihr die Rolle in *Dunkle Nacht und Verlangen* zu verschaffen, die sie haben wollte. Ja, sie hatte die Rolle kaum erwähnt, sondern sich nur auf eine Art und Weise auf sein Sofa sinken lassen, die entfernt nach einer Niederlage aussah. Verstohlen warf er einen Blick auf sie, während sie sich in die Kritiken im Fachblatt *The Stage* vertiefte.

Sie trug das schwarze Etuikleid, das sie auch in dieser Autowerbung angehabt hatte, die ihr so viel Aufmerksamkeit eingebracht hatte. Es war ganz einfach – mit einem eckigen Halsausschnitt, der ihren berühmten Busen eher erahnen ließ, als ihn zu enthüllen, und das so fantastisch geschnitten war, dass es sie jünger machte als eine Schönheitsoperation. Als sie sich bückte, um etwas aus ihrer Handtasche zu nehmen, blieb sie an einem ihrer Strümpfe hängen (Bob sah keinen Hinweis darauf, dass sie Strümpfe trug, aber Stella war der Inbegriff verführerischer Weiblichkeit, und er konnte sie sich nicht in Strumpfhosen vorstellen). Wider besseres Wissen erlaubte sich Bob, sich Stellas Oberschenkel vorzustellen. Sie wären milchweiß und fest, doch mit einem leisen Hauch fleischiger Fülle, kissenweich zu berühren, vor allem an der zarten Stelle, wo sie sich trafen. Er dachte an all die jungen Männer, die ihn darum beneiden würden, dass er hier saß, die Tausende pubertierender Jungen, die davon geträumt hatten, dass Stella mit ihnen auf ihr Zimmer ging und ihnen die Hand in die Hose schob.

»Erzähl mir *genau*, was sie über Roxanne Wood gesagt haben.« Nun klang Stella schon wieder vertrauter, gefasst, bestimmt und daran gewohnt, ihren Willen durchzusetzen. Bob wunderte sich, wie erleichtert er war. Er mochte Stella. Sogar ihre Einstellung, auf alles zu pfeifen, beeindruckte ihn insgeheim, obwohl er das ihr gegenüber nie zugeben würde, da sie in diesem Punkt nicht auch noch bestärkt werden musste.

»Bescheuerte Säcke!«, schimpfte Stella. »Wie konnten sie die mir nur vorziehen? Ihr Gesicht ist so rund wie eine Schüssel Haferbrei und ungefähr genauso interessant. Und diese winzigen Brüste! Die sehen eher aus wie Windpocken als anständige Brüste!«

»Komm schon, Stella. Du kennst das Spiel besser als alle anderen. Sie ist eben momentan gefragt, und jeder will sie. Sie ist der Liebling der Medien. Es gibt jedes Jahr eine neue. Sie halten sich nie. Sie nutzen sich ab. Ganz im Vertrauen – ich glaube, es war diese Doppelseite über ihre Magersucht, die ihr die Rolle verschafft hat.«

Bob suchte unter seinem Schreibtisch nach der Zeitung, in der diese Enthüllung stattgefunden hatte, und so übersah er den kurzen, verängstigten Blick, der kurz Stellas hübsches Gesicht streifte.

»Dann soll ich wohl auch mein Leben mit dem Kopf in der Kloschüssel verbringen, oder was?«, zischte Stella.

»Sei nicht so bitter, Stella. Das ist nicht gut fürs Geschäft. Außerdem heißt das Bulimie. Du weißt doch, wie die Presse funktioniert. Nichts gefällt ihnen besser als eine schöne Leiche im Keller.«

Er betrachtete das beinahe slawisch anmutende Dreieck, das Stellas faszinierendes Gesicht bildete, den blassen Teint und das fast schwarze Haar, ließ den Blick dann über ihre herrlichen Wangenknochen schweifen, über den Mund mit seiner schmollenden Unterlippe und ihre spektakulären blauen Augen. Er war froh, dass er keine Frau war, und vor allem keine Schauspielerin. Das Geschenk der Schönheit war am schwersten zu tragen, wenn es zu schwinden begann, und die Schauspielerei war ein grausamer Beruf. Er brachte es nicht über sich, ihr zu verraten, dass sie für eine Rolle in einem Film in Erwägung gezogen worden war, der in Kürze in London gedreht werden sollte, und als zu alt abgelehnt worden war.

»Es ist der Hals«, hatte der angesagte junge Regisseur Bob anvertraut. »Den kann man einfach nicht verbergen. Bei einer Frau über vierzig lässt entweder das Gesicht nach oder der Körper. Beides kann man nicht behalten. Natürlich bin ich einer ihrer größten Fans. Früher bin ich tierisch scharf geworden, wenn ich sie in diesem Motorradfilm gesehen habe, aber das war schließlich vor fünfzehn Jahren.«

Nein, davon würde Bob ihr nichts sagen. »Du hast nicht irgendwas in petto, oder, Herzchen, das dich groß in die Sonntagsblätter bringen könnte?«

Stella zögerte nur den Bruchteil einer Sekunde.

»Ich doch nicht, mein Bester. Ich bin so langweilig wie die British Home Stores.«

Bob prustete vor Lachen. »So ein Jammer. Deiner Karriere würde ein hübscher kleiner Skandal gut tun.«

»Wirklich schade.« Sie lächelte, jeder Zoll die alte, bissige Stella. »Ich werde mich tatsächlich auf meine Schauspielkünste verlassen müssen, was?«

Molly hatte Eddie gerade sein püriertes Gemüse gegeben, als Joe aus dem Schlafzimmer kam. Im nächsten Moment spürte sie seine Lippen auf ihrem Hals. »Tut mir Leid, Liebes. Ich hätte dir und Claire gegenüber nicht so ausrasten sollen.«

Auch wenn sie erleichtert war, wollte Molly ihn das nicht gleich merken lassen. »Nein, hättest du nicht. Du hättest mir vertrauen können. Du hättest nicht gleich zu denken brauchen, dass ich deine persönlichen Angelegenheiten vor der ganzen Welt breittrete.«

Joe besaß den Anstand, verlegen dreinzusehen. »Im Moment weiß ich überhaupt nicht mehr, was ich über irgendwas denken soll. Wo ist Claire denn?«

»Du hast sie verjagt. Sie ist nach Hause gefahren, um sich im Fernsehen *Roseanne* anzusehen, damit sie weiß, wie es in einer glücklichen Familie zugeht.«

»O weh.«

»Ich mache jetzt Abendessen. Hast du nicht Lust, Eddie ein bisschen vorzusingen? Deine Version von ›I'm a Pink Toothbrush‹ gefällt ihm wesentlich besser als die von Max Bygrave.«

Joe lachte. »Wirklich? Dann sing' ich ihm vielleicht auch noch ›Katzenellenbogen by the Seeeee-ee-ee‹ vor.«

In ihrer kleinen Küche zerkleinerte Molly Tomaten und Basilikum. Als sie die ersten Töne von »There's a Tiny House« vernahm, entspannte sie sich. Joe war wieder der Alte.

»Er ist eingeschlafen«, flüsterte Joe fünf Minuten später, nahm sich ein Bier und setzte sich an den Tisch im offen anschließenden Wohnzimmer. »Riecht fein.«

Molly konnte ihre Aufregung nicht mehr länger für sich behalten. »Als ich in Ditchwell war, habe ich in einem Antiquitätengeschäft etwas für Pat gekauft.«

»Da wird sie sich freuen.«

»Ja, aber der Punkt ist, dass ich glaube, der Besitzer kennt Amanda und wollte es nur nicht zugeben. Am liebsten würde ich morgen noch mal hinfahren und versuchen, es ihm aus der Nase zu ziehen.«

Sie hatte gedacht, Joe wäre begeistert, doch stattdessen hielt er mitten unterm Tischdecken inne. »Hör mal, Moll, ich weiß, dass es berauschend sein kann, fast, als wärst du Privatdetektivin, aber findest du nicht, dass wir vielleicht ein bisschen taktvoller sein sollten? Ich dachte, es würde Jahre dauern, und auf einmal überstürzen sich die Ereignisse. Eventuell sollten wir es langsamer angehen und uns an die geeigneten Stellen wenden.«

»Wolltest du, dass es Jahre dauert? Womöglich, dass es überhaupt nie passiert?«

Schweigend aßen sie zu Abend. Molly sprach kein Wort. Ihr fiel einfach nichts ein, was sie hätte sagen *können*. Seine Mutter zu finden hatte in letzter Zeit ihr gesamtes Denken in Anspruch genommen. Möglicherweise hatte Joe ja Recht; es war ein riskantes Unterfangen, und vielleicht war sie schon richtig besessen davon. Doch noch während sie dies erwog, wusste sie, dass sie jetzt nicht aufhören konnte.

»Tut mir Leid«, sagte er, als sie sich auszogen, um ins Bett zu gehen. »Es ist eine solche emotionale Achterbahnfahrt. Ich habe genauso viel Angst, wie ich begeistert davon bin.«

Als Joe am nächsten Tag zur Arbeit gegangen war, zog Molly die Küchenschublade auf und nahm die braune Papiertüte heraus, in der das Glöckchen gewesen war. Ironie des Schicksals, dass es gerade Patricia gewesen war, die sie zu diesem Laden geführt hatte.

Ihre Hände zitterten, als sie die Tasten des Telefons drückte und die Bahnauskunft anrief. Ihr Instinkt schrie förmlich, dass der Mann aus dem Antiquitätenladen Amanda kannte, auch wenn er es leugnete. Aber sicher hätte Beatrice Manners es ihr doch gesagt, wenn Amanda aus Ditchwell stammte?

Diesmal nahm sie Eddie nicht mit. Sie rief Pat an und

fragte, ob sie eventuell in die Stadt kommen und auf ihn aufpassen könnte. Pat willigte ein, vielleicht froh darüber, Brücken schlagen zu können. Molly würde ihr das Glöckchen schenken und hoffen, dass sie es als Zeichen ihrer Zuneigung sah.

Ihre Schwiegermutter wurde durch das Geschenk etwas milder gestimmt. »Oh, die ist aber hübsch! Da ist ja eine kleine Holländerin drauf.« Begeistert brachte sie das Glöckchen zum Klingeln. »Wo musst du denn in derart fliegender Hast hin?«

»Nur zu einem unverbindlichen Gespräch wegen eines Teilzeitjobs«, schwindelte Molly.

»Was für ein Job?«

Molly zermarterte sich das Hirn. »Assistentin bei einem Innenausstatter.«

Patricia rümpfte die Nase und sah sich in der ausgefallen dekorierten Wohnung um. »Anscheinend hast du ein Gefühl dafür. Vorausgesetzt, es stört einen nicht, in einem Zirkuszelt zu leben.« Sie streckte die Arme nach Eddie aus. »Na, wer ist Omas süßer, kleiner Liebling?«

Eddie strampelte. »Er hat ein kleines Grübchen am Knie. Genau wie ich«, erklärte Patricia herausfordernd, um Molly zu einer Reaktion zu provozieren.

Molly tat ihr den Gefallen nicht. »Tausend Dank, Pat. Ich darf nicht zu spät kommen.«

»Viel Glück bei deinem Vorstellungsgespräch.« Patricia hatte schon hinzufügen wollen, dass *sie* nie einen Job angenommen hätte, als Joe so klein war, doch sie beschloss, sich tolerant zu zeigen. Außerdem würde das bedeuten, dass sie öfter auf Eddie aufpassen konnte.

Sie nahm ihren Enkel auf die Arme und überschüttete ihn mit Küssen. »Wenigstens scheinen deine Eltern die verrückte Idee aufgegeben zu haben, diese böse Frau suchen zu wollen«, vertraute sie dem grinsenden Baby an. »Da sind wir aber alle erleichtert, stimmt's?«

Eddie, der überhaupt nichts begriff, außer dem herrlichen Vergnügen, dass ihm auf den Bauch geprustet wurde, krähte zustimmend.

Molly freute sich, dass sie es fünf Minuten vor der Abfahrt des Zuges nach Brighton zum Bahnhof geschafft hatte und sich noch einen Kaffee am Kiosk vor dem Bahnsteig holen konnte, bevor sie einstieg.

Fünfundfünfzig Minuten später stieg sie in Brighton um und tuckerte mit einem Lokalzug, der an jeder Station hielt, auf Lower Ditchwell zu. Da Molly inzwischen vor Ungeduld fast platzte, hatte sie das Gefühl, als dauerte es fast genauso lang wie die Rückfahrt nach London. In Ovington, fünf Kilometer vor Ditchwell, stieg sie in einen Bus. Ein Taxi war zu teuer, und ein anderes Transportmittel gab es nicht.

Als sie ankam, war es später Vormittag. Während London unter schwülem, drückendem Wetter gelitten hatte, glänzte Ditchwell infolge eines phänomenalen metereologischen Kunstgriffs mit herrlichem, lebensfrohem Sonnenschein und strahlend blauem Himmel. Es schien, als besäße der Ort sein eigenes Mikroklima, verwöhnt von einem egoistischen Gott, der sich dieses kleine Fleckchen zu seinem persönlichen Paradies erwählt hatte. Der Himmel schien hier von einem tieferen Blau zu sein, fast wie Rittersporn, die Wolken flaumiger und weißer, die Hügel grüner und üppiger. Rosen umrankten die Türen aller Häuschen, Bienen summten in den Glockenblumen, Stockrosen nickten mit ihren edelsteinbunten Köpfen über die Mauern aus Feuerstein, die wie Eingänge zu Dutzenden geheimnisvoller Märchenwelten wirkten. Musste man eigentlich, so fragte sich Molly, einer besonders gesegneten, beneidenswerten Gruppe entstammen, um das Privileg genießen zu dürfen, hier zu leben?

Mollys Hochstimmung schwand, als sie in die schattige Gasse einbog, in der das Antiquitätengeschäft Lewis lag. Sie konnte es nicht fassen. Der Laden war schon wieder geschlossen, und zwar mit dem gleichen, altbekannten Schild. Einen Moment lang niedergeschlagen, setzte sie sich auf den warmen Stein des Mäuerchens gegenüber. Der Mann musste verrückt sein. Er hatte nie geöffnet, dabei würden gerade heute Hunderte von Autos mit potenziellen Kunden durchs Dorf fahren, sich in es verlieben und begierig danach lechzen, ein kleines Stückchen aus dem Paradies mit nach Hause zu nehmen.

Molly sprang auf. Die Rebellin der Schulmensa gab nicht so leicht auf. Sie erinnerte sich an das Pub. Jetzt musste es geöffnet haben, und Kneipenwirte wussten doch immer alles, selbst über die Einheimischen, die nie einen Schritt in ihr Lokal setzten. Aber irgendwie vermutete Molly, dass der Besitzer des Antiquitätenladens nicht zu dieser Gruppe gehören würde.

Das »Sun in Splendour« hatte erst vor ein paar Minuten aufgemacht, und so befanden sich nur wenige Gäste im Raum. Zuerst ließ der Kontrast zwischen dem leuchtend blauen Himmel und der düsteren, verstaubten Einrichtung Molly unsicher stolpern. Ein Vogel in einem Käfig neben der Bar krächzte nervtötend, nachdem sie eingetreten war.

»Hübsches Mädchen?«, fragte er.

»Ich nicht«, erwiderte Molly grimmig und rieb sich ihren leicht verrenkten Knöchel. »Und du hast wohl noch nie was von Sexismus gehört?«

»Natürlich nicht«, entrüstete sich der Wirt, der hinter einem Fass hervorkam und dreinsah, als würde er dem Vogel am liebsten die Ohren zuhalten, damit er nicht verdorben würde, »und es wäre mir auch lieber, wenn er nie davon hört. Dieses Londoner Geschwätz.«

Er rückte die Tüten mit Schweineschwarten zurecht, die auf einer Papptafel hinter der Bar hingen, damit man noch mehr von der linken Brust des darauf abgebildeten Models sah. »Und, was kann ich für Sie tun? Einen kleinen Sherry vielleicht oder ein Glas trockenen Weißwein?« Er sprach es in fast beleidigend gedehntem Tonfall aus.

»Dafür ist es noch ein bisschen früh, danke. Eigentlich suche ich jemanden. Den Inhaber des Antiquitätenladens.«

»Anthony? Der ist auf dem Klo. Im Laden hat er nämlich keines, abgesehen von diesem blau-weißen viktorianischen Ding, und in dem wachsen Geranien. Ein bisschen menschlicher Dünger könnte denen aber nicht schaden, sage ich immer.« Molly versuchte, diesen Gedanken nicht weiterzuspinnen. »Das da drüben ist sein Glas, wenn Sie auf ihn warten wollen.«

Molly sah zu einem kleinen, runden Holztisch mit schweren, verzierten Beinen aus Gusseisen hinüber. Darauf stand ein halb ausgetrunkenes Pintglas Bier und ein zweites, volles daneben. Der Mann verschwendete eindeutig keine wertvolle Trinkzeit.

Molly hatte gerade Mut gefasst, den Wirt nach Amanda zu fragen, als Anthony Lewis zurückkehrte.

Anzüglich musterte er Molly. »Hallo, Hübsche. Sind Sie hinter mir her oder hinter meiner Kommode?«

»Sie müssen dieses Tier unterrichtet haben. Ich werde sie beim Tierschutzverein melden, wegen Unzucht mit Vögeln.«

Anthony lachte anerkennend über ihr Wortspiel. »Nicht schlecht. Gar nicht schlecht für eine humorlose Londonerin.«

»Egal«, fuhr Molly ungerührt fort. »Die Kommode gefällt mir zwar, aber ich kann sie mir unmöglich leisten.«

»Nicht mal zum Großhandelspreis?«

»Sie wissen, dass ich keine richtige Händlerin bin.«

»Wenn es nicht um die Kommode geht, was kann ich dann für Sie tun?«

»Sie haben mir erzählt, Sie würden Amanda nicht kennen. Aber dann ist mir aufgefallen, dass Sie denselben Namen tragen und es mir offenbar absichtlich verschweigen.«

»Nicht alle Smiths kennen einander.«

»Wenn sie alle in einem so kleinen Dorf wohnen würden, schon.«

»Unsinn. Smiths mit Bindestrich würden Smiths ohne Bindestrich hier im Dorf nicht einmal Guten Tag sagen. Und warum interessieren Sie sich überhaupt für diese Amanda Lewis?«

»Ich habe guten Grund zu der Annahme«, begann Molly, die sich nicht ganz sicher war, ob sie das in einem Pub preisgeben sollte, dem modernen Pendant zum Dorfbrunnen, aber sei's drum, »dass Amanda Lewis die Großmutter meines kleinen Sohnes Eddie ist.«

Anthony Lewis verschluckte sich dermaßen an seinem Tanglefoot Bitter, dass er zu würgen begann und den Vogel mit Bier übersprühte. »Seine *Großmutter*, haben Sie gesagt?« Er begann zu lachen und schwankte auf seinem Stuhl vor und zurück. Es war ein raues, unangenehmes Geräusch. Molly musste unwillkürlich an eine große Krähe denken, die allein auf einem Pfosten sitzt und bedrohlich in die Dämmerung krächzt.

»Sie kennen sie also?« Rasch machte sich Molly ihren Vorteil zunutze.

»Schon möglich. Früher mal. Vor langer Zeit.«

Plötzlich schien die Realität einer wirklichen Person Amanda näher, ja tatsächlich in Reichweite gekommen zu sein, und Molly hielt den Atem an. Sie hatte schon fragen wollen, wie sie Amanda erreichen könne, aber es gab noch so vieles, was sie über dieses junge Mädchen wissen wollte, das jetzt eine Frau mittleren Alters war und so viel Macht darüber besaß, ihrer aller Leben zu verändern. Hundert Fragen kamen ihr in den Sinn. »Wie war sie?«

»Amanda?« Anthony Lewis zuckte die Achseln. Es war eine viel sagende Geste, die beschrieb, wie unmöglich es war, Amandas Persönlichkeit in Worte zu fassen. »Sie war ... einzigartig.«

»Einzigartig im Sinne von wunderbar?«, hakte Molly nach.

Er nickte. »Und einzigartig schrecklich.«

»Inwiefern?« Der Wirt, so fiel ihr auf, polierte ein und dasselbe Glas nun schon zum dritten Mal.

»Je nachdem, ob sie ihren Willen bekam oder nicht. Und ob man selbst der Betroffene war. Mit Amanda zu tun zu haben war wie in diesem Ausspruch von Andy Warhol: Man bekam seine fünfzehn Minuten Ruhm oder in ihrem Fall Liebe, und das musste einem ein Leben lang reichen.«

Allerdings hegte Molly in Anthonys Fall den Verdacht, dass es funktioniert hatte. Seine fünfzehn Minuten Amanda hatten ihm mit Sicherheit ein Leben lang gereicht. Betrüblicherweise schien es aber ein Leben der Bitterkeit zu sein.

»Könnten wir vielleicht in Ihren Laden gehen und ungestört reden?«

»Ungestört von Kunden natürlich.« Wieder dieses bittere Lächeln. Er nahm seine Zeitung. »Bis bald, Trev.«

Der Wirt sah geknickt drein.

»TBZNM«, zwitscherte der Star.

»Was soll das denn heißen?«, fragte Molly, neugierig geworden.

»Tschüs bis zum nächsten Mal«, erklärte der Wirt entschuldigend. »Ich fürchte, der dumme Vogel ist in der Ära von Jimmy Youngs Radio-Shows hängen geblieben.«

»Ganz wie sein Besitzer«, bemerkte Anthony schmunzelnd.

Als sie die paar Meter zurück zu seinem Laden gingen, spürte Molly förmlich, wie hinter ihnen die Vorhänge wackelten, obwohl sie wusste, dass es wie beim Anschleichspiel wäre und sie niemanden sehen würde, wenn sie sich umdrehte.

»Bitte«, begann Molly, als er ihr die Tür aufhielt, »erzählen Sie mir von ihr, alles, woran Sie sich erinnern können. Ich muss sie verstehen.«

»Wollen wir das nicht alle? Aber das ist nicht so einfach.«

»Wann haben Sie sie kennen gelernt? Sind Sie zusammen aufgewachsen?«

Anthony lachte. »Nein, ich stamme aus der Stadt. Amanda ist hier aufgewachsen. Aber sie hat nicht hineingepasst, nicht zu diesen pferdenärrischen Dorfleuten. Sie hat eigentlich nie richtig dazugehört. Das war Teil ihres Reizes.«

Molly dachte an Joe, der auch das Gefühl hatte, nicht dazuzugehören. Vielleicht war das genetisch. »Inwiefern war sie anders?«

»Ihre Eltern waren Exzentriker. Hielten sich für eine andere Spezies, faszinierender als die ganzen Dorftrottel hier in der Gegend. Und die Menschen spürten das und ließen sie in Ruhe. Amanda war es ganz recht so. Sie hat schon immer in einer Traumwelt gelebt. Oder, wie sie selbst sagen würde, sie hatte ein reichhaltiges Innenleben. Sie sammelte Puppenhäuser und muss ungefähr zwanzig Stück davon besessen haben, jedes mit seiner eigenen komplizierten, kleinen Welt. Amanda übte die Kontrolle aus, und es gab keine störenden echten Gefühle, die alles durcheinander gebracht hätten.« Dann erwachte der Fachmann in ihm wieder. »Diese Puppenhäuser müssen ein Vermögen wert sein. Ich wüsste gerne, ob sie sie noch hat.«

»Leben ihre Eltern noch hier?«

Anthony Lewis sah sie lang und durchdringend an. »Sie wissen es also wirklich nicht?«

»Was weiß ich nicht?«

»Sie haben Amandas Mutter bereits kennen gelernt. Das haben Sie mir selbst gesagt.«

»Da müssen Sie mich missverstanden haben …«

Doch Anthony Lewis sah sie mit dem Blick eines Zuhälters an, der einer Boa constrictor eine zarte junge Ziege zuführt.

»Sie meinen doch nicht Beatrice Manners?« Noch während sie es aussprach, wusste Molly, dass es stimmte. Am Verhalten der Frau war etwas merkwürdig gewesen. Molly hatte sie zwar ungemein sympathisch gefunden, aber auch irgendwie gespürt, dass ihr die Ältere etwas verschwieg.

»War Amanda sehr schön?«

»Vermutlich gibt es Frauen, die wesentlich schöner sind als sie.« Er nahm eine zarte Figur in die Hand, die Molly zuvor gar nicht aufgefallen war. Irgendetwas daran sagte ihr, dass sie das bei weitem wertvollste Stück im ganzen Laden war. »Die hier habe ich behalten. Sie erinnert mich irgendwie an sie.« Die Figur war etwa zwanzig Zentimeter hoch und hatte strahlend weiße Haut und glänzendes schwarzes Haar unter einem Fragonard-Hut. »Nur dass unsere Amanda keine Schäferin aus Meissner Porzellan war. Kennen Sie diese zahllosen Zeitschriftenartikel, in denen immer wieder versucht wird, Sex-Appeal zu definieren und zu erklären, wodurch er sich von reiner Schönheit unterscheidet? Darin wird regelmäßig Amanda beschrieben.«

Es hatte etwas unerwartet Rührendes, wie dieser leicht heruntergekommene Mann, der an seinem aus der Mode gekommenen schwarzen Ledermantel mitsamt den leicht ausgestellten Jeans festgehalten hatte und sich in seinem kundenlosen Laden verschanzte, das Figürchen umklammerte.

Molly sah auf die Uhr. Sie musste unbedingt zurück, um Pat abzulösen.

Auf einmal ertönte ein hässliches Klirren, und die Figur lag in Trümmern vor ihr auf dem Fußboden. Molly war überzeugt davon, dass er das absichtlich getan hatte.

»Ach du liebe Zeit, jetzt habe ich sie fallen lassen. Vielleicht an der Zeit, dass ich aufhöre, in der Vergangenheit zu leben, und in der Gegenwart neu anfange.«

Molly beschloss, den Laden zu verlassen. Sie hatte zwar nicht direkt Angst vor Anthony, aber war es nicht ein Zeichen für einen kleinen Spleen, dass er eine enorm wertvolle Porzellanfigur auf den Boden warf, nur um eine Aussage zu unterstreichen?

»Sie wissen nicht zufällig, wo Amanda jetzt zu erreichen ist?«

Ein boshaftes Funkeln leuchtete in Anthony Lewis' Augen.

»Um ihr die frohe Botschaft zu überbringen, dass sie Großmutter ist?«

»Unter anderem, ja.«

Erneut begann er zu lachen, so dass sich Molly noch eindringlicher fragte, ob der Mann noch ganz bei Sinnen war.

»Warum zum Teufel nicht?« Er schien die Frage an sich selbst zu richten, nicht an Molly. »Warum zum Teufel nicht? Höchste Zeit, dass das Leben sie mal ein bisschen einholt.« Er zog einen abgenutzten Terminkalender hervor und riss eine Seite heraus. Es standen keine Termine darauf. »Hier ist ihre Telefonnummer.«

Mollys Herz schlug noch heftiger als das eines gefangenen Vogels.

»Allerdings hat sie ihren Namen geändert.«

»Zu was?«

Der Mann prustete vor Lachen und rang schon wieder nach Luft.

»Das werden Sie bald erfahren«, keuchte er. Dann fegte er die Scherben des edlen Porzellans zusammen und warf sie in den Mülleimer.

Mollys Begeisterung hielt bis Victoria Station, wo ihr zu ihrem Entsetzen einfiel, dass sie nicht wie versprochen zwei Flaschen mit abgepumpter Milch für Eddie in den Kühlschrank gestellt hatte. Pat würde sie umbringen. Statt den Bus bis Oval zu nehmen und dann in die U-Bahn umzusteigen, winkte sie dem ersten Taxi, das sie sah. Trotzdem rechnete sie damit, schon vorn in der Straße von Eddies Gebrüll empfangen zu werden.

Zu ihrem Erstaunen herrschte seliger Frieden in ihrem Haus. Sie stürmte die Treppe hinauf und in die Wohnung.

Patricia saß auf dem Sofa, einen Papierkorb als provisorischen Schemel unter den Füßen, und sah sich »EastEnders« an. Eddie schrie nicht, sondern lag nur mit Hemdchen und Windel bekleidet in einem höchst gefährlich aussehenden Winkel bäuchlings auf Pats Knie und schlief tief und fest.

»Mein Gott, Pat, es tut mir ja so Leid. Mir ist das mit der abgepumpten Milch erst wieder eingefallen, als ich schon ...« Siedend heiß fiel ihr ein, dass sie fast zugegeben hätte, wohin sie heute wirklich gefahren war, und so formulierte sie ihren Satz rasch um: »... auf dem Rückweg von der Innenstadt war. Wie hast du es nur geschafft?«

»Ich bin in den Laden gegangen und habe Babymilch gekauft.«

»Aber er ist doch noch gar nicht abgestillt.«

»Jetzt schon«, verkündete Pat mit kaum verhohlener Selbstzufriedenheit. »Vermutlich habe ich dir einen Gefallen getan.«

Molly spürte das schmerzhafte Zerreißen eines unsichtbaren Bandes, den ersten Stich von Eddies Unabhängigkeit von ihr. Es war unsinnig, Pat einen Vorwurf zu machen, da sie doch das einzig Vernünftige getan hatte. Ihre Selbstzufriedenheit stand auf einem anderen Blatt, aber da Molly auf Grund des wahren Zwecks ihres heutigen Ausflugs und der Folgen, die das für ihre Schwiegermutter haben würde, wenn sie davon erfuhr, ohnehin ein schlechtes Gewissen hatte, zwang sie sich zur Großmut.

»Ich bin dir ja so dankbar, dass du in die Bresche gesprungen bist. Das war echt nett von dir. Lass mich Eddie mal nehmen. Mann, der sieht ja zufrieden aus.« Sie klaubte den kleinen Körper von Pats Knien. Er regte sich nicht.

»Ich habe ihm einen Teelöffel Whisky ins Fläschchen getan, genau wie ich es bei Joe immer gemacht habe.«

Molly schloss die Augen und sagte sich, dass es ihm schon nicht schaden würde. Wenn man davon absah, dass danach die Brust für ihn vermutlich so verlockend wäre wie ein gesundes Glas Orangensaft für einen Säufer.

Pat zog ihren Mantel an und nahm ihre John-Lewis-Tüte mit dem Strickzeug. Sie hatte eine außergewöhnliche Begabung dafür, beim Fernsehen komplizierte Muster zu stricken, ohne eine einzige Masche fallen zu lassen, während Molly und ihre Freundinnen praktisch keine Ahnung von Stricken, Nähen, Stopfen oder irgendeiner dieser Fertigkeiten hatten, deren sich ihre Großmütter befleißigt hatten. Obwohl sie wusste, wie grotesk das war, beneidete Molly Pat einerseits ein bisschen, während sie andererseits froh war, selbst der Wegwerfgeneration anzugehören.

Eine Woge plötzlicher Zärtlichkeit für ihre schroffe Schwiegermutter mit ihrem perfekt geputzten, spießigen Häuschen überkam Molly, und sie nahm sie in die Arme. Pat mochte es nicht gut geheißen haben, dass Joe den Ort verlassen hatte, an dem er aufgewachsen war, und nach London gezogen war, und auch nicht, dass er Molly geheiratet hatte, eine impulsive, unberechenbare Person mit einem Hang zu bordellartigen Heimdekorationen und verrückten Spontaneinfällen wie dem, dem sie momentan nachjagte. Aber sie hatte Joe Sicherheit und Liebe geschenkt, was allemal mehr war, als die schöne, aber offenbar egoistische Amanda getan hatte.

Pat, die solche unerwarteten Liebesbezeigungen von Molly nicht gewohnt war, kam ins Wanken und musste sich stützen. »Dann bist du also nicht böse auf mich?«, fragte sie. Die Selbstzufriedenheit war einem rührenden Hauch Unsicherheit gewichen.

»Natürlich nicht. Bestimmt schläft er wie ein Baby.«

Sie mussten beide über die Unsinnigkeit dieser Worte lachen.

»Es tut mir Leid, dass ich dich neulich so angefahren habe.« Molly hatte kaum je gehört, dass sich Pat bei jemandem entschuldigt hätte, und ganz gewiss nicht bei ihr. »Bestimmt warst du überzeugt davon, du würdest nur in Joes ureigenstem Interesse handeln.«

»Da bin ich wohl mal wieder ins Fettnäpfchen getreten, wie üblich.« Das ungewohnte Gefühl eines Waffenstillstands senkte sich über die beiden Frauen, nur leicht getrübt von Mollys Wissen, dass sich in ihrem Rucksack ein Zettel befand, auf dem die Telefonnummer von Amanda Lewis stand.

Aber natürlich bedeutete die Tatsache, dass sie die Nummer hatte, nicht, dass sie sie auch benutzen musste. Oder?

Jedenfalls tat der Whisky seine Wirkung.

Eddie lag friedlich träumend in seinem Bettchen und gab nicht einmal seine gewohnten, unruhigen kleinen Grunzlaute von sich. Er schlief sogar so friedlich, dass Molly, während sie das Abendessen machte, mindestens ein halbes Dutzend Mal nach ihm sah und ihm sogar einen Spiegel vor den

Mund hielt, um zu sehen, ob er sich beschlug. Er tat es. Eddie schlummerte selig und war nicht an Alkoholvergiftung gestorben.

Der Abend zog sich dahin, doch Joe war immer noch nicht zu Hause. Das war ungewöhnlich, da er meist anrief, wenn es später wurde. Aus einer Laune heraus deckte sie den Tisch wie für ein Festessen, was es ja in gewissem Sinne auch war.

Sie schaltete den Fernseher ein, aber nichts fand ihr Interesse. Sie war in einer dieser aufgedrehten, ruhelosen Stimmungen, wo ihre Aufmerksamkeit für nichts weiter reichte, als eine Modezeitschrift durchzublättern. Bei den vielen Fahrtkosten diese Woche hatte sie sich jedoch keine leisten können.

Erneut fiel ihr Blick auf Amandas Telefonnummer. Das war allerdings kein Wunder, da sie den Zettel aus ihrem Rucksack genommen und auf die Arbeitsfläche gelegt hatte, wo sie ihn kaum übersehen konnte. Nicht einmal Molly konnte sich einreden, es sei ein Omen, dass sie ihn bemerkt hatte.

Woher sollte sie eigentlich wissen, dass die Nummer echt und wirklich die von Amanda war? Ihr war klar, dass Joe derjenige sein musste, der den Kontakt aufnahm, aber was war schon dabei, wenn Molly die Nummer wählte, wartete, bis jemand abnahm und wieder auflegte, nur um zu wissen, dass sie stimmte? Natürlich könnte Amanda dann 1471 wählen und so die Nummer desjenigen erfahren, der gerade bei ihr angerufen hatte. Aber eigentlich hörte sie sich nicht an wie eine Frau, die ihre Zeit damit verschwendete, Nummern zu überprüfen.

Wo in aller Welt blieb Joe? Die Nudelsoße würde bald zu einer geronnenen, roten Masse verkocht sein.

Sie packte das Telefon, bevor sie es sich anders überlegen konnte. Es klingelte viermal. Bei jedem Klingeln war sie versucht, den Hörer aufzulegen, doch sie zwang sich, dranzubleiben. Nach dem vierten Klingeln schaltete sich ein Anrufbeantworter ein.

Die Ansage auf dem Gerät kam von einer rauchigen Frauenstimme von der Sorte, für die Werbeleute Tausende hinblättern, doch es waren die Worte selbst, die Molly vor Verblüffung, Fassungslosigkeit und der Ahnung, dass ihr Leben sich bald – ob zum Guten oder zum Schlechten – von Grund auf ändern würde, erstarren ließen.

9. Kapitel

Hallo, hier spricht Stella Milton. Offensichtlich bin ich nicht zu Hause. Also hinterlassen Sie mir bitte eine Nachricht oder, was noch besser wäre, sprechen Sie mit meinem Agenten Bob Kramer. Bob weiß mehr über mich als ich selbst. Bis bald.«

Molly stand wie angewurzelt da, den Hörer noch in der Hand, während am anderen Ende lastende Stille herrschte. Sie fühlte sich gleichermaßen außerstande, eine Nachricht zu hinterlassen, wie den Hörer aufzulegen.

Der Gedanke, dass es ein Irrtum sein könnte, kam ihr kurz in den Sinn, wie die Erleichterung, wenn man aus einem Albtraum erwacht und feststellt, dass es alles gar nicht wirklich war, aber ein sechster Sinn sagte ihr, dass sie sich etwas vormachte und es absolut wirklich war.

Nun begriff sie das boshafte Funkeln in Anthony Lewis' Augen. Amanda hatte ihn irgendwann einmal verletzt, und jetzt hatte er die Gelegenheit, es ihr heimzuzahlen. Außerdem bot der Haushalt der Manners, kultiviert und theaterverbunden, wie er war, genau die richtige Brutstätte für eine Stella Milton.

Molly fragte sich, wann genau Amanda zu Stella geworden war. Vielleicht nicht lange, nachdem sie Joe in dem Kinderheim zurückgelassen hatte? Das Image einer allein erziehenden Mutter hätte Stella Milton wohl nur sehr ungern mit sich herumgetragen.

Die Erinnerung an diese kühle, beherrschte, glamouröse

Frau, die sie im Ivy gesehen hatte, kam ihr wieder in den Sinn. Eine solche Frau hätte Joe ein sagenhaftes Leben bieten können! Wut wallte in ihr auf, als sie sich vorstellte, dass Joe für Stella ein peinliches Geheimnis gewesen war, ein lärmendes Baby, das krank werden, ihr die Figur verderben und ihr kultiviertes Image ruinieren könnte. Blöde Kuh!

Schwester Mary hatte gesagt, wie ungewöhnlich sie gewesen sei, wie anders als die anderen jungen Mütter. Schön und selbstsicher. Selbstsicher genug, um nicht einmal weinen zu müssen, als man ihr ihr Baby wegnahm. Die anderen Mütter mochten nicht so hübsch und elegant sein, aber zumindest hatten sie Gefühle.

Sie war so in ihre Wut verstrickt, dass sie Joe gar nicht kommen hörte.

Ihr Gesichtsausdruck veranlasste ihn, zu ihr zu laufen und sie in die Arme zu nehmen. »Mein Gott, Molly, was ist denn los?« Sachte nahm er ihr das Telefon aus der Hand und legte den Hörer auf. »Was ist denn passiert? Es ist doch nichts mit Eddie?«

»Nein, nein, alles in Ordnung.« Sie wusste nicht einmal ansatzweise, wie sie es ihm beibringen sollte.

Er fasste ihr Schweigen als Vorwurf auf. »Es tut mir Leid, dass ich so spät komme. Graham hat mich gerade noch erwischt, als ich schon gehen wollte. Der Mann hat etwas gegen jeden, der ein Privatleben führen will. Nur weil er selbst nie Lust hat, nach Hause zu gehen. Komm und setz dich, dann hol' ich dir einen Drink.«

Molly ließ sich aufs Sofa fallen und versuchte, Mut zu fassen. Hatte sie sich womöglich doch verwählt?

Er kehrte mit zwei Gläsern Wein zurück und setzte sich neben sie. »Und jetzt erzähl, was los ist.«

»Ich weiß gar nicht, wie ich es dir sagen soll. Oder ob ich es überhaupt sagen soll.«

»Red doch mal vernünftig, Mensch, Molly. Du willst mir doch nicht etwa sagen, dass du mich verlässt?« Die plötzliche Panik in seiner Stimme war herrlich beruhigend. »Ich meine, ich weiß, dass ich nicht besonders gut im Wahrnehmen von Signalen bin und manchmal mit Türen schlage, aber ich dachte, dass es im Grunde gut mit uns läuft.«

Sie berührte sein Gesicht. »Nein, ich verlasse dich nicht. Es ist nichts dergleichen.«

»Was dann?« Noch bevor sie antworten konnte, hatte er verstanden. »Du bist erneut da runter gefahren, stimmt's? Herrgott, Moll, ich dachte, wir lassen eine Zeit lang die Finger davon. Hör mal, ich weiß, dass es dir wichtig ist, und das rührt mich, aber ich habe auch darüber nachgedacht. Und zwar darüber, was es bedeuten würde, sie tatsächlich zu finden. Für Pat. Für uns alle. Und ich habe beschlossen, die ganze Sache lieber fallen zu lassen. Wenn sie mich finden wollte, wäre es etwas anderes, aber ich kann nicht einfach in das Leben einer Frau mittleren Alters hineinplatzen. Wahrscheinlich hat sie selbst eine Familie. Ich habe schon Pat und Andrew verletzt, ich will keinen weiteren Schaden anrichten. Es ist mein Problem, und ich habe beschlossen, das Jammern sein zu lassen und mein Leben weiterzuleben. Ich bin ein Glückspilz mit einem süßen Baby und einer fantastischen Frau. Wenn das nicht reicht, soll mich jemand erschießen!«

Molly wickelte sich die Quaste eines Kissens um die Finger. Wäre es denkbar, einfach alles ruhen zu lassen, obwohl sie wusste, was sie nun wusste? Darüber zu schweigen, wer Joes Mutter war, und all ihre Energien in ihre Ehe zu stecken?

Molly wusste, dass sie es nicht konnte. Jetzt nicht mehr.

»Vielleicht hätte ich nicht wieder hinfahren sollen, aber ich habe es getan, und es ist etwas passiert.«

»Was denn?« Joe sah argwöhnisch drein.

»Der Mann dort unten hat zugegeben, dass er Amanda Lewis kennt, und nach ein bisschen Überredung hat er mir ihre Telefonnummer gegeben. Ich kann gar nicht fassen, dass ich nicht schon früher zwei und zwei zusammengezählt habe. Ich meine, sie tragen sogar denselben Familiennamen.«

Die Bedeutung dessen drang nur allmählich zu Joe durch. »Und das ist die Frau, von der wir glauben, dass sie meine Mutter ist?«

»Ja. Als ich ihn nach der Nummer gefragt habe, hat er hysterisch gelacht und gemeint, es sei an der Zeit, dass das Leben sie einholt. Dann hat er mir erzählt, dass sie inzwischen ihren Namen geändert habe. Und mittlerweile ist mir klar, warum er sich so absonderlich benommen hat.«

»Moll, ich kann dir nicht folgen. Worauf willst du hinaus?«

»Joey, ich habe unter der Nummer angerufen …«

»Was zum Teufel wolltest du denn sagen?«, explodierte Joe. »Ich meine, sie hätte den Hörer aufknallen können, und dann wär's damit erledigt gewesen. Womöglich hätte sie nie eingewilligt, mich zu treffen.«

»Ich hatte gar nicht vor, mit ihr zu sprechen. Ich wollte mich nur vergewissern, dass die Nummer stimmt. Ich wollte sie dir nicht geben und deine Hoffnungen in die Höhe schrauben, nur um dann feststellen zu müssen, dass es die falsche Nummer ist. Der Punkt ist nur, dass ich die Stimme der Frau auf dem Anrufbeantworter erkannt habe.«

»Du meinst, es ist jemand, den wir kennen?«

»Gewissermaßen, aber nicht in dem Sinn, wie du meinst.«

»Komm schon, Moll, du redest wirres Zeug. Wer war es, Herrgott noch mal?«

»Ich glaube, du solltest dir ihre Ansage lieber selbst anhören.« Sie wählte die Nummer und reichte ihrem Mann den Hörer.

10. Kapitel

Joes Miene wechselte von Verständnislosigkeit zu Unglauben. Langsam legte er den Hörer wieder auf und wandte sich zu Molly um.

»Aber das ist der Anrufbeantworter von Stella Milton. Willst du etwa behaupten, dass Stella Milton meine leibliche Mutter ist?«

»Ich weiß, es muss ein brutaler Schock sein, aber ich glaube wirklich, dass sie es ist. Nur dass sie damals nicht Stella Milton hieß, sondern Amanda Lewis. Stella Milton ist ihr Künstlername.«

Joe setzte sich neben sie, und sie ließen beide ihre persönlichen Bilder Revue passieren. Stella, wie sie in *Die französische Geliebte* nackt auf die Kamera zugeht; Stella, wie sie in *Familienbande* ihren eigenen Onkel verführt; Stella in dieser Motorradkluft in *Verräterische Kurven*.

»Heiliger Strohsack, ich hatte ein Poster von ihr an der Wand, als ich in der Oberstufe war. Sie trug Motorradklamotten und hatte den Reißverschluss halb aufgezogen.«

Er ließ sich schwer gegen die Sofalehne fallen und starrte an die Decke, seine Gedanken ein Wust verwirrender Bilder.

»Herrgott, Molly! Bist du dir da wirklich sicher?«

»Fast. Aber Stella Milton ist die Einzige, die sagen kann, ob es wirklich wahr ist.«

»Und was soll ich deiner Meinung nach tun? Einfach anrufen und sagen: ›Hallo, Mum, ich bin das Baby, das du vor fünfundzwanzig Jahren weggegeben hast. Jetzt bin ich schon groß. Möchtest du mich kennen lernen?‹«

»Eventuell solltest du ein bisschen vorsichtiger ans Werk gehen«, empfahl Molly, der die bittere Ironie in seinem Ton widerstrebte. »Teil ihr so viel mit, dass sie weiß, wer du bist, und überlass den Rest ihr.« Sie wandte sich zu ihm und streckte eine Hand nach seinem Gesicht aus. »Du musst überhaupt nichts tun, weißt du? Du kannst auch einfach darüber nachdenken und später entscheiden, was das Beste ist.«

»Hast du schon mal versucht, mit einer scharfen Bombe unterm Kissen zu schlafen?«, wollte Joe wissen und sprang auf. »So ein Gefühl ist das nämlich!« Er wandte das Gesicht von ihr ab. »Ich kann das jetzt nicht entscheiden. Ich bin zu erschöpft. Ich werde versuchen müssen, darüber zu schlafen.«

Molly betrachtete den übertrieben gedeckten Tisch mit der Kerze und ihren besten Servietten und pustete die Flamme aus. Sie schüttete ihre liebevoll zubereitete Tomatensoße weg und schenkte sich noch ein Glas Wein ein. Was hatte sie denn erwartet? Dass Joe ihr in die Arme fallen, sie mit Küssen überschütten und ihr für diesen Knalleffekt danken würde?

Langsam, als müsste sie jeden Schritt durch tiefen Kies machen, bewegte sie sich durch die Küche, räumte auf und entfernte jede Spur ihres Festessens. Dann setzte sie sich allein an den Küchentisch.

Im Schlafzimmer zog sich Joe bis auf die Boxershorts aus und warf die Sachen auf seinen Stuhl. Normalerweise hätte er wohl versucht, alles ordentlich zu falten, aber heute Abend nicht. Er machte das Licht aus und zerknüllte das Kissen, bis es bequem war, aber er fühlte sich fast, als hätte er eine schmerzhafte Allergie. Er kam nicht zur Ruhe. An allen möglichen Stellen plagten ihn Juckreiz und kleinere Beschwerden, die er sonst nie spürte. Dazu kam noch sein Herzschlag. Er schien ihm schneller und lauter zu sein, als er ihn je wahrgenommen hatte. Irgendwo, verborgen unter den Schichten von Beklommenheit und Wut auf Molly, weil sie tatsächlich etwas aus seinem Traum *gemacht* hatte, flackerte eine kleine Flamme der Erregung. Molly glaubte, seine leibliche Mutter gefunden zu haben, und es war eine Frau, die schön, aufregend und glamourös war, eine Frau aus einer Welt, über die er nichts wusste.

Joe setzte sich auf. Ohne sich Zeit für weiteres Grübeln zu lassen, griff er nach dem Telefon im Schlafzimmer und wählte erneut die Nummer. Er hielt den Atem an. Was, wenn sie selbst an den Apparat ging? Nach viermaligem Klingeln, das Joe wie eine Ewigkeit vorkam, schaltete sich erneut die Bandansage ein. Eine Ansage mit dieser rauchigen, ungemein erotischen Stimme, die er schon für alles Mögliche von Autos bis zu Kosmetika hatte werben hören.

Die Stimme seiner Mutter.

Die Ansage endete, gefolgt von einem Pfeifton, nach dem er selbst eine Nachricht hinterlassen konnte. Fast hätte er den Hörer auf die Gabel geworfen. Stattdessen formulierte er folgende Worte, leicht verschlüsselt und zögerlich: »Hallo. Mein Name ist Joseph Meredith, und ich wurde am vierundzwanzigsten Januar 1975 im Kinderheim der Herz-Jesu-Gesellschaft in Sussex geboren. Ich habe Grund zu der Annahme, dass wir miteinander verwandt sein könnten, und wäre Ihnen sehr dankbar, wenn Sie sich bei mir melden würden.« Er hinterließ seine Nummer, und das Gerät schaltete sich ab, als er gerade zu Ende gesprochen hatte, wodurch er sich noch dämlicher vorkam. Hatte er es überhaupt geschafft, seine vollständige Telefonnummer zu hinterlassen, bevor er abgeschnitten worden war? Er überlegte, ob er noch einmal anrufen sollte, hatte aber nicht den Mut dazu. Das verkraftete er kein zweites Mal.

Er versuchte zu schlafen, doch er konnte die ganze Zeit nur daran denken, wann sie die Nachricht wohl bekommen und wie sie darauf reagieren würde.

Er sprang aus dem Bett und tappte leise in das kleine Nebenzimmer, wo Eddie schlief. Er beugte sich zu seinem Bettchen hinunter, hob das schlafende Baby heraus, drückte es sich fest an die Brust und atmete den sauberen, leicht antiseptischen Babygeruch ein. Eine Träne rollte über seine Wange, und er wischte sie weg. Es war das erste Mal, dass er je um seine Mutter geweint hatte. »Ich war noch kleiner als du, Ed, als sie mich weggegeben hat. Was in aller Welt hat mit mir nicht gestimmt, dass sie mich nicht bei sich behalten wollte?«

»Wie wär's mit einer schönen, entspannenden Nackenmassage?«, bot Richard an. Er begann so sachte, als wäre sie aus einem sehr wertvollen Teig, Stellas Schultern zu kneten, die verführerisch aus einem schlichten Kleid aus schwarzem Seidenkrepp ragten.

Sie waren gerade von der Vorpremiere eines neuen Stücks nach Hause gekommen. Es war ein faszinierender Abend gewesen. Eine unterhaltsame Mischung von Leuten aus verschiedenen Bereichen, nicht nur Schauspieler, die endlos davon schwatzten, wer die letzte Rolle bekommen hatte oder nicht, und dann das Stück, ein neues von Harold Pinter. Stella wusste allerdings, dass Richard in Wirklichkeit meinte, ob sie Lust hatte, mit ihm ins Bett zu gehen. Jedoch machte er diesen Vorschlag in dem anerkannten Code, den sie gemeinsam entwickelt hatten. Das hatte den zweifachen Effekt, seine Gefühle zu schonen und zu verschleiern, wer in Wirklichkeit in ihrer Beziehung das Sagen hatte.

»Eher nicht, Schätzchen«, lehnte Stella sanftmütig ab. »Heute Abend nicht. Ich lasse mich einfach mit einer Wärmflasche und einem guten Buch ins Bett fallen.«

»Was willst du denn mit einer Wärmflasche? Wir haben Hochsommer.«

»Weil du nicht da sein wirst, Schätzchen«, erklärte sie mit anmutigem Lächeln, »um mich warm zu halten.«

»Dann verabschieden wir uns am besten gleich.«

Sie sah verwirrt drein.

»Stella, ich hab's dir doch gesagt.« Ausnahmsweise knisterte Richards Stimme vor Ungeduld, weil sie ihm nicht zugehört hatte. »Ich gehe mit *Ein Inspektor kommt* auf Tournee. Leeds, Bath, Bristol und am Schluss Richmond. Ich bleibe sechs Wochen weg.« Wenn es sie doch nur kümmern würde.

»Dann viel Spaß, Schätzchen, und hüte dich vor all den jugendlichen Liebhaberinnen.«

Richard schüttelte den Kopf. Stella war nicht im Geringsten eifersüchtig auf irgendwelche jungen Frauen, mit denen er auf der Bühne stehen mochte. Als er ihr einen Gutenachtkuss gab, fragte er sich zum tausendsten Mal, ob er nicht strenger mit Stella sein und sich in den Mittelpunkt ihres Lebens drängen sollte. Sie hatte ihn mittlerweile seit fast einem Jahr mit Bedacht an den Rand geschoben, wie eine Promenadenmischung, die es nicht ganz zur Crufts-Hundeshow schafft und auf etwas unappetitliche Weise herumschnüffelt. Das Problem war nur, dass er sich ein Leben ohne sie nicht vorstellen konnte. Stella halb oder auch nur zu einem Viertel zu besitzen war etwas, wovon Millionen Männer nur träumen konnten.

Nachdem er gegangen war, öffnete Stella die Tür zu ihrem jasminbewachsenen Balkon und atmete den exotischen, leicht süßlichen Geruch ein. Auch sie hatte Schuldgefühle gegenüber Richard und verstand vollkommen, dass er mehr von ihr wollte. Sie war sich nur nicht sicher, ob sie es geben konnte. Er war ein anständiger Mann, und die waren selten genug. Wenn sie ihn aufgab, konnte er eine nette Frau und Kinder haben, die ihn zu schätzen wussten. Auf einmal fiel ihr die Frage wieder ein, die sie ihm kürzlich gestellt hatte, ob sie für ein Kind zu alt seien. Kein Wunder, dass er schockiert gewesen war. Wo in aller Welt war diese Idee hergekommen?

Ein kalter Angstschauer durchlief sie. Sie hatte bereits ein Kind. Ihr Sohn war fünfundzwanzig Jahre alt und laut ihrer Mutter bereits auf der Suche nach ihr.

Stella zog sich eilig aus, ging unter die Dusche und genoss den starken Strahl ihrer amerikanischen Duschvorrichtung. Zuerst heiß, dann eiskalt, damit die Haut geschmeidig blieb. Ihre Brustwarzen standen forsch nach oben, als sie aus der Dusche trat, und erinnerten sie an die Zeit, als sie in einem Gewand aus durchsichtiger Seide die Ophelia gespielt und jeden Mann im Theater zu der Überzeugung gebracht hatte, dass Hamlet wirklich wahnsinnig war, wenn er sie ins Kloster schickte.

Sie trocknete sich mit dem dicken, weißen Badetuch ab, das ihr immer wieder Freude bereitete, cremte sich mit teurer Anti-Age-Bodylotion ein und dachte darüber nach, welche Mühen die Menschheit auf sich nahm, um jung zu bleiben. Einmal hatte sie gelesen, dass Picasso wegen dessen verjüngender Eigenschaften den Urin trächtiger Stuten getrunken hätte. Jung war er jedenfalls geblieben – er hatte bis zu einem Alter Frauen verführt und Kinder gezeugt, in dem andere Männer schon Greise waren. Aber möglicherweise war das sein rein männlicher Egoismus, nicht die Hormone, die er sich zu so hohen Kosten einverleibt hatte. Sie war seit jeher der Überzeugung gewesen, dass Egoismus für Künstler unabdingbar war. Große Künstler verfügten fast immer über enorme Portionen davon, eine rücksichtslose Hingabe an das große Ziel, das erreicht werden musste, das keinerlei Aufweichung durch Schuldgefühle, die Beanspruchung durch eine Familie oder gar Liebe duldete. All ihre Energie wurde für die weiß glühende Reinheit ihres Schaffensdrangs aufgespart.

»Lass die Ausreden sein, Stella«, mahnte sie sich selbst mit ungewohnter Schonungslosigkeit. »Du magst ja gut sein, aber so gut bist du nicht.«

Als sie ins Bett schlüpfte, dachte sie darüber nach, wie verdammt unfair die Schauspielerei mit Frauen umging. Denn es waren die Frauen, ganz egal, wie begabt sie waren, die nach ihrem Aussehen beurteilt wurden, und Stella begann langsam, sich dem mittleren Alter ausgeliefert zu fühlen: zu alt für ein Sexsymbol und zu jung für ein altes Weib. War es das letztlich wert gewesen?

Ihre Gedanken wurden durch das Klingeln des Telefons neben ihrem Bett unterbrochen. Gott sei Dank würde der Anrufbeantworter das Gespräch annehmen. Sie ließ ihn stets eingeschaltet, damit sie hören konnte, wer es war und sich dann überlegen konnte, ob sie abnehmen wollte oder Bob zurückrufen ließe. Nur selten unterbrach sie das Bandgerät und gab zu, dass sie zu Hause war.

Doch die Stimme dieses Anrufers hatte etwas an sich, das sie veranlasste, sich aufzusetzen und zu lauschen. Der Tonfall barg eine Art stolzer Abwehrhaltung, als wollte er sagen »Ignorier mich doch, wenn du dich traust«, und machte sie damit auf der Stelle wachsam. Von der Mitteilung selbst nahm Stella nicht besonders viel wahr. Nur die Stimme und dieses Datum.

Er hatte angerufen.

Natürlich hatte sie gewusst, dass er das tun würde, seit

diese junge Frau am Haus ihrer Mutter aufgetaucht war. Ja, vielleicht hatte sie darüber hinaus ihr ganzes Leben lang schon gewusst, dass dieser Moment eintreten könnte, dass ihre Vergangenheit, die in einem heimlichen Teil ihres Selbst verborgen lag, die Stacheldrahtzäune durchbrechen könnte, die sie so sorgfältig aufgebaut hatte, und sich womöglich den Weg in ihre Gegenwart erkämpfte.

Stella merkte, dass sie kaum atmen konnte. Sie hatte einen Sohn. Einen Sohn, der jetzt ein erwachsener Mann war. Einen Sohn, der sie vermutlich hassen und ihr das Unrecht nie verzeihen würde, das sie ihm angetan hatte, indem sie ihn weggegeben hatte.

Wie ein Hund, der sich in die eigene Wunde beißt, nagte ihr Verstand unentwegt an dieser lange vergrabenen Erinnerung, der Erinnerung, die sie so mühsam zu vergessen versucht hatte.

Die Ironie lag darin, dass der Eindruck umso klarer wurde, je intensiver sie sich um Vergessen bemühte. Sie sah jenen Tag deutlich wie eine Momentaufnahme vor sich. Das Wetter war schön gewesen, von der Art, bei der einem warm ums Herz wird und man dankbar dafür ist, am Leben zu sein. Außer dass ihr völlig anders zu Mute war. Sie wäre am liebsten gestorben. Und das Wetter war ihr wie ein geschmackloser Witz erschienen.

Als er zur Welt gekommen war, hatte sie das Gefühl gehabt, zu ertrinken. Ihr passierten einfach keine Dinge, die sie nicht kontrollieren konnte. Andere Frauen ihres Alters, ja sogar noch jüngere, kamen mit ihrer Mutterschaft zurecht, aber sie bewältigte es nicht. Vielleicht lag es daran, dass sie selbst nie das Gefühl gehabt hatte, eine Mutter zu haben. Bea war dauernd irgendwo anders gewesen, hatte ihr Publikum begeistert und zum Lachen gebracht, aber nicht ihr eigenes Kind. Die Folge davon war, dass Stella völlig unfähig war, sich auf irgendjemanden zu verlassen, da ja die Person, auf die sie sich verließ, sie womöglich im Stich lassen könnte.

Hatte sie deshalb ihren Sohn weggegeben? Weil sie eventuell all ihre Liebe in ihn investierte und er sie dann vielleicht auch verließe? Oder lag es – was noch trauriger wäre – daran, dass sie überhaupt nicht liebesfähig war? Sie hatte ihre phänomenale Karriere zum Vorwand genommen, behauptet, sie bräuchte dafür ihre gesamte Energie, aber was hatte ihre Karriere ihr eingebracht? Eine hübsche Wohnung, einen Satz weißer Badetücher und die zweifelhafte Auszeichnung, dass die Hälfte der männlichen Bevölkerung scharf auf sie war.

Sie gab sich kurz ihren Fantasien hin. Was wäre gewesen, wenn sie ihn behalten hätte? Sie hatte es in den Augen von Freundinnen gesehen, die Freude, die daher rührte, ein Baby zu haben, das einen anhimmelte, das einen als die Quelle aller Güte und allen Segens ansah, das einen komplett so akzeptierte, wie man war. Sie hatte miterlebt, wie diese Freundinnen aufgeblüht waren wie Knospen im Frühling, und sie war verwundert gewesen und mehr als ein bisschen neidisch.

Doch danach waren sie nie mehr wie früher gewesen. Sie hatten diesen Laserstrahl des Ehrgeizes verloren, der so unabdingbar für schauspielerischen Erfolg war.

Jetzt, mit dem Abstand der Jahre dazwischen, konnte Stella es zugeben. Jener Tag war der schlimmste ihres Lebens gewesen. Als er zur Welt gekommen war, hatte sie die Nonnen schockiert, indem sie sagte, dass sie ihn nicht sehen wolle. Sie hatten ihr nicht geglaubt, waren überzeugt gewesen, dass sie nachgeben würde, aber sie kannten Stella nicht, oder die Macht von Stellas Glauben, dass all das gar nicht wirklich mit ihr passierte. Ihn nicht anzusehen war Teil dieses Glaubens.

Doch schließlich siegten die Nonnen. Sie bestanden darauf, dass sie ihn, wenn sie ihn zur Adoption freigeben wollte, selbst in den Raum hinunterbringen musste, wo die Übergaben stattfanden. Sie erfuhr nie, ob das stimmte. Im Grunde vermutete sie dahinter eine boshafte Schikane, die dazu dienen sollte, sie leiden zu lassen und sich mit ihren Sünden auseinander zu setzen. Vielleicht war es aber auch ein gut gemeinter, wenngleich brutaler Versuch, sie dazu zu bringen, es sich noch einmal anders zu überlegen. Es war typisch für das, was die Nonnen glaubten: das Märchen, dass eine Frau, wenn sie ihr Baby nur einmal sah, nicht mehr im Stande wäre, sich davon zu trennen.

Auf einmal steckte Stella den Kopf zwischen die Knie und versuchte, den plötzlichen Schmerz herauszupressen, der ihr Bewusstsein durchdrang. Er hatte so hilflos ausgesehen, so eng gewickelt, dass die Ärmchen seitlich eingeklemmt waren und man nichts weiter sehen konnte als ein kleines, dreieckiges Gesicht. Er hatte sie an eine winzige, undurchschaubare Mumie erinnert.

Als sie protestiert hatte, dass er sich nicht regen könne, hatten ihr die Nonnen versichert, dass Babys das lieber mochten, weil sie sich so sicher fühlten. Aber er wirkte nicht sicher. Der ängstliche Blick seiner dunklen, von langen Wimpern umstandenen Augen bohrte sich in ihr Herz und trat ihre sorgfältig errichteten Abwehrmaßnahmen nieder.

Sie hatte gefragt, ob sie ihn an sich drücken dürfe, nur ein einziges Mal. Und für diese paar Sekunden hatte die Zeit stillgestanden.

Kurz darauf hatte sie ihn sachte hingelegt und ausgewickelt. Seine Beine, die auf einmal frei waren, hatten vor Vergnügen gestrampelt oder vor Angst – ihr war nicht klar, was von beidem. Ratlos hatte sie auf seine winzigen Händchen mit den Mini-Puppennägeln und seine winzigen Füße gestarrt. Er war perfekt, abgesehen von einer kleinen, dunkler gefärbten Hautstelle innen am Handgelenk, einem fast unsichtbaren Muttermal. Sie hatte ihn einmal auf das zarte Mal geküsst und mit den Tränen gerungen.

Und dann hatte sie ihren Kummer in seiner schäbigen Krankenhausdecke vergraben und war wieder die andere Stella geworden, diejenige, die genau wusste, dass sie einen bleibenden Eindruck in der Welt hinterlassen würde. Sie saß da und tat so, als sei sie gefasst und bereit, ihr Baby für immer wegzugeben.

»Zeit zu gehen«, hatte die Nonne gesagt, diesmal eine andere, eine Irin, die freundlicher war und zu begreifen schien, dass das Leben nicht jenes einfache Schwarzweiß-Spiel war, das die Menschen gern hätten. »Bringen Sie's lieber hinter sich. Es sind gute Menschen, zu denen er kommt.«

Unter dem Tisch hatte Stella ein winziges, weißes Söckchen gesehen. Sie hatte nach unten gefasst und es aufgehoben. »Schwester ...«

»Behalten Sie's«, hatte die Nonne mit der Traurigkeit der ganzen Welt in der Stimme erwidert. »In seinem neuen Zuhause warten jede Menge davon auf ihn.«

Jetzt ließ sich Stella vom Bett gleiten und ging über den tiefen, cremefarbenen Flor ihres Teppichs an die Kommode. Ihre Schmuckschatulle stand in der dritten Schublade von oben, versteckt unter ihrer Unterwäsche. Sie hatte nie Schmuck von wirklichem Wert besessen, da sie modische und imposante Stücke mehr schätzte als wertvolle. Die Schatulle, ein Geschenk von Richard, bestand aus billigem, bunt bemaltem Holz und hatte kleine Schubladen für Ringe und Armreifen und größere für Halsketten. Sie hatte die vierte Schublade leer gelassen, abgesehen von ein oder zwei Briefen und einem Umschlag. Sie wusste gar nicht, vor wem sie diese Dinge verbarg, vor einem Dieb oder vor sich selbst.

Behutsam öffnete sie den Umschlag und schüttelte ihn.

Ein winziges, weißes Söckchen fiel heraus, auf die große, weiße Fläche ihres Teppichs.

Stella sank auf die Knie und weinte leise.

Was sollte sie nur mit diesem Anruf anfangen?

Am nächsten Morgen war Beatrice Manners wie jeden Tag früh auf den Beinen. Sie entsprach nicht dem Klischee der trägen Ex-Schauspielerin, die gegen Mittag aufsteht und sich dann aufs Kanapee legt. Ihr Wecker läutete stets um sechs, sommers wie winters, und es bereitete ihr Wohlbehagen, jeden Morgen das gleiche Ritual zu befolgen. Zuerst eine Tasse Tee. Sie hielt nichts von automatischen Teebereitern, und so ging sie nach unten in die Küche, um sich richtigen Tee zu machen. Während sie darauf wartete, dass das Wasser kochte, zog sie die Hintertür auf und studierte das Wetter. Das Haus hatte hinten Morgensonne, und inzwischen konnte sie so gut wie jeder Fachmann vorhersagen, was der Tag bringen würde. Einer der Gründe, warum sie so früh aufstand, war, dass vor sieben fast jeder Tag schön war. Erst gegen neun oder zehn löste sich das Strahlen des Tages in mattes Grau auf.

Sie sah auf, als sie das beruhigende Quaken einer Wildgans hörte. Eine Schwalbe stieß auf den kleinen Bach herab, der von ihrem liebevoll gepflegten Steingarten gesäumt wurde. Bea war zwar nicht geduldig genug gewesen, um Stella eine gute Mutter zu sein, was sie zutiefst bedauerte, aber sie hatte festgestellt, dass sie als alte Frau endlich genug Geduld aufbrachte, um eine gute Gärtnerin zu sein. Die Schwalbe war ein schlechtes Zeichen. Wenn sie so tief flogen, taten sie dies meist, um die Mücken zu fangen, von denen sie sich ernährten, und die Mücken hielten sich in der Nähe des Wassers, wenn Regen im Anzug war. Mücken mochten ja lästige, stechende Kreaturen und in vieler Hinsicht reichlich nutzlos sein, aber als Barometer funktionierten sie einwandfrei.

Nach ihrer Tasse Tee bestand ihre nächste Gewohnheit darin, zum Hof der Blacks zu marschieren und sich ihren Liter Milch in einer Mini-Milchkanne zu holen. In letzter Zeit hatte es viel Panikmache wegen unpasteurisierter Milch gegeben, aber das ignorierte Bea. Ihr waren die kleinlichen Vorschriften zuwider, die die Bauern behinderten und alles so streng reglementierten. Eileen, die Bauersfrau, hatte früher einen herrlichen Ziegenkäse gemacht, bis man ihr erklärt hatte, dass sie Maschinen anschaffen müsse, die dem industriellen Standard entsprachen, und sie es komplett aufgegeben hatte.

Dem Rat der Schwalbe folgend, nahm Bea auf den fünfzehnminütigen Hin- und Rückweg zum Bauernhof eine leichte Jacke mit. An schönen Morgen, wenn Champignons auf der Wiese standen oder sie Brombeeren sammeln wollte, bevor alle gepflückt waren, dehnte sie ihren Spaziergang aus, aber heute entschied sie sich dagegen.

Und tatsächlich, auf dem Rückweg verschwand die Sonne hinter einer schwarzen Wolke, und es hatte den Anschein, als werde gleich ein riesiger Eimer über dem Dorf ausgeleert. Die Dörfer hier in der Gegend hatten irgendwie alle ihr eigenes, spezielles Wetter, und es wunderte Bea, wie es im einen Dorf heiter und im nächsten regnerisch sein konnte.

Sie zog ihren Filzhut tiefer herab und schlug den Mantelkragen hoch. So konnte sie behaglich stundenlang gehen, ohne sich allzu sehr wie König Lear auf der kahlen Heide zu fühlen.

Sie hatte gerade das Pub passiert, als sie fast über den Auspuff von Anthonys uraltem Volvo gestolpert wäre, der so weit auf dem Gehsteig stand, dass kein Fußgänger mehr vorbeikam. Anthony legte die Standuhr, die er gerade aus dem

Kofferraum hatte holen wollen, vorsichtig wieder zurück und sah Bea entgegen. Sein wissendes Lächeln ließ ihn noch stärker als sonst wie einen deutschen Nebendarsteller in einem Kriegsfilm aussehen. Warum in aller Welt grinste er sie denn so übertrieben an, als kennten sie beide einen sagenhaft lustigen Witz, den kein anderer, geringerer Sterblicher je gehört hatte?

»Hallo, Beatrice«, begrüßte sie Anthony. »Du bist aber früh unterwegs.«

»Ich bin jeden Morgen um diese Zeit auf den Beinen«, erwiderte Bea schroff. »Ist die beste Tageszeit. *Du* bist derjenige, der früh dran ist. Für deine Begriffe jedenfalls. Normalerweise machst du deinen Laden doch nicht vor Mittag auf.« *Wenn überhaupt*, fügte sie in Gedanken hinzu.

»Wie geht's denn Amanda so?«, erkundigte er sich, während er so tat, als mache er sich an der Uhr zu schaffen.

»Gut.« Bea ignorierte die Tatsache, dass er Stellas richtigen Namen verwendet hatte, aber es beunruhigte sie trotzdem. Anthony hatte ihn seit Jahren nicht mehr im Mund geführt. »Sie ist sehr beschäftigt, wie immer.«

»Ich weiß«, sagte Anthony. »Ich lese hin und wieder etwas über sie in den Klatschspalten. ›Das Pin-up-Girl des *Times*-Lesers‹. Was soll das eigentlich heißen? Charlotte Rampling trifft Barbara Windsor?«

»Also, wirklich, Anthony, du kannst doch Stella nicht mit einer Art blondierter Bardame mit Riesenbusen und dämlichem Kichern vergleichen.«

»Mir würde nicht im Traum einfallen, Charlotte Rampling so zu beschreiben«, konterte Anthony.

Was war nur in den Mann gefahren? Bea musste sich eingestehen, dass sie Anthony nie hatte leiden können. Er besaß zwar durchaus einen gewissen wölfischen Charme, aber ihm mangelte es an Substanz. Er erinnerte sie massiv an viele zweitklassige Schauspieler mit mangelnder Willenskraft, die ihr begegnet waren, die Sorte Männer, die den Weg des geringsten Widerstands gingen.

Bea patschte den schmalen Weg neben ihrem Haus hinauf, vorbei an dem Rittersporn in verschiedenen Schattierungen von Blau, Pink und Weiß, der vom Regen derart niedergedrückt worden war, dass die Blüten nach unten hingen, und bewunderte ihre Sonnenblumen. Dieses Jahr hatte sie eine rote Sorte ausprobiert, doch sie war sich nicht sicher, ob es ein Erfolg war. Originale hatten etwas an sich, das in der Variation regelmäßig verloren ging. Gott kannte sich mit der Natur besser aus als die Gentechniker. Bea schüttelte den Regen von ihrem Mantel. Er war so heftig, dass er bereits die Wachsbeschichtung zu durchdringen begonnen hatte. Zumindest würde der Garten nach einer Phase fast spanischheißem Wetters die Veränderung zu schätzen wissen, auch wenn sie hoffte, es würde nicht die Blütenblätter von sämtlichen Rosen fegen. Das englische Wetter neigte dazu, dies genau in dem Moment zu tun, wenn die Rosen ihre höchste Perfektion erreicht hatten.

Ohne auch nur unter dem schmalen Vorsprung des steinernen Fenstersimses Schutz zu suchen, die Kleider patschnass an der Haut klebend, die Haare in Kringeln aufgelöst und einem verhärmten Bettlermädchen ähnlicher als einer Sexgöttin, stand ihre Tochter am anderen Ende des Gartenwegs.

»Stella, Liebes«, stieß Bea hervor. »Hast du denn keinen Regenmantel? Du holst dir noch den Tod.«

Es war eine dumme Frage, das wusste Bea. Stella gehörte zu den Frauen, die nie zu Fuß im Regen unterwegs waren – ja, im Grunde ging sie nie zu Fuß irgendwohin. Und doch stand sie hier vor Beas Tür und sah aus, als hätte man sie unter die Dusche gestellt, ihr Blick von Kummer umwölkt.

»Du hast von ihm gehört, stimmt's?«

Stella brauchte die Frage nicht zu beantworten.

Bea schloss die Tür auf und schob sie hinein. »Zieh mal gleich die tropfnassen Sachen aus. Ich hole dir meinen Morgenrock. Zum Glück ist es nur ein sommerlicher Wolkenbruch.« Sie schlüpfte aus ihrem Regenmantel und lief nach oben, dankbar, dass sie einen Moment zum Nachdenken hatte.

Das erklärte also Anthonys verschmitztes Grinsen heute Morgen. Sie hatte ihm von der Miene abgelesen, dass er nun die Gelegenheit witterte, eine alte Rechnung zu begleichen. Die junge Frau mit dem Baby musste ihn irgendwie gefunden und von Stella erfahren haben. Sicher war Anthony hocherfreut und nur allzu gern bereit gewesen, ihr zu helfen.

Während sie nach dem Morgenrock suchte, wurde Bea klar, dass Stella gekommen war, um ihren Rat zu erbitten. Was sollte sie ihr sagen? Bea hatte seit jeher an das Schicksal geglaubt. Vielleicht lag es an all den Jahren, die sie durch Asien gereist war, aber sie hatte einfach die Auffassung verinnerlicht, dass die Dinge geschahen, weil sie geschehen mussten, und sie war überzeugt davon, dass nichts, was der Einzelne unternehmen konnte, daran viel ändern würde. Diese Einstellung ärgerte den Dorfpfarrer, der sie als absolut unchristlich brandmarkte, aber Bea lachte nur und fertigte schöneren Blumenschmuck für die Kirche an als irgendjemand sonst.

Sie musste zugeben, dass Stella egoistisch gewesen war. Das wusste sie, da sie die gleiche Eigenschaft an sich selbst erkannte. Bea hielt nicht viel von Selbsterforschung, doch war sie unangenehmerweise darauf gekommen, dass sie vielleicht einen Anteil an der Ichbezogenheit ihrer schönen Tochter haben könnte.

Die Schauspielerei passte zu Stella, genau wie sie zu Bea gepasst hatte, weil sie Leidenschaft und Hingabe erforderte, aber auch weil sie Stella die Möglichkeit eröffnete, ihre wahre Persönlichkeit hinter den Rollen zu verstecken, die sie spielte. Ihr Beruf gab ihr die Möglichkeit, ihren persönlichen Dämonen gewissermaßen zu entkommen, weil sie ja stets so tun konnte, als sei sie jemand anders. Und er belohnte sie mit allgemeiner Verehrung, die keinerlei emotionales Engagement von ihrer Seite erforderte. Stella, so schien es Bea, hatte ein enormes Bedürfnis danach, geliebt zu werden, mit dem lediglich ihre Unfähigkeit, diese Liebe auch nur einem einzigen Menschen gegenüber zu erwidern, Schritt halten konnte.

Es war nicht das Rezept für ein glückliches Leben gewesen.

Hätte man Bea zehn oder auch nur fünf Jahre früher gefragt, ob irgendetwas davon eine Rolle spielte, hätte sie gesagt, dass Talent und die Gabe, anders zu sein, das waren, was im Leben wirklich zählte. Jetzt war sie sich da nicht mehr so sicher. Die letzten paar Jahre, die sie hier verbracht hatte, in einem berechenbaren und bequemen Rhythmus, waren die glücklichsten ihres gesamten Lebens gewesen. Wenn sie die Uhr hätte zurückdrehen können, hätte sie versucht, Stella ein Gefühl bedingungsloser Sicherheit und verlässlicher Liebe zu vermitteln, Dinge, die in der Kindheit ihrer Tochter eindeutig gefehlt hatten.

Sie nahm den Morgenrock und ging wieder nach unten.

Stella hatte sich ausgezogen und saß nun nur mit einem Spitzen-BH und dazu passendem Höschen bekleidet auf einem dunkelblauen Samtstuhl, während ihr die dunklen Haare über den Rücken tropften. Von einem der tiefgründigen ausländischen Regisseure gefilmt, mit denen Stella gerne arbeitete, hätte die Szene erotisch sein können, aber ihr erloschener Gesichtsausdruck und die bekümmert herabsackenden Schultern ließen das Bild nur traurig wirken.

»Du Ärmste. Ist es so schlimm?« Bea wickelte den Morgenrock um ihre Tochter.

»Ich kann gar nicht fassen, dass es mir so viel ausmacht.« Stella sah beiseite. »Es ist doch schon so lange her.«

»Ich hatte seit jeher die Befürchtung, dass es dir zu einfach vorgekommen ist.«

»Aber schließlich wissen wir ja beide, wie wir unsere Gefühle abschotten können, nicht wahr, Ma? Dir schien es nicht viel ausgemacht zu haben, mich zu verlassen.«

Bea rutschte auf ihrem Sitz ein Stück vor. Wenn es die Gliedersteife, die sie bei feuchtem Wetter oft plagte, nicht verhindert hätte, hätte sie sich am liebsten vor ihre Tochter gekniet und sie umarmt. »O doch, und wie! Es war entsetzlich für mich. Jeden Tag habe ich an dich gedacht. Ich habe mich danach gesehnt, hier Arbeit zu finden, damit ich bei dir hätte sein können.«

»Wenn du es mir nur gesagt hättest.«

»In meiner Generation hat man nicht so über Gefühle gesprochen wie in eurer. Außerdem warst du so schroff, so abweisend.«

»Und du bist nie auf die Idee gekommen, es könnte einen Zusammhang zwischen dem und der Tatsache geben, dass du mich die ganze Zeit allein gelassen hast?«

Stella kuschelte sich in den flauschigen, pinkfarbenen Morgenrock und sah mit einem Mal abwegig jung und verletzlich aus.

»Es tut mir Leid, Liebes«, sagte Bea und beugte sich zu ihrer Tochter vor, »dass ich dich derart im Stich gelassen habe. Aber irgendwann müssen wir eben alle unser Leben leben und aufhören, anderen Menschen Vorwürfe zu machen.«

»Ich weiß.« Stella setzte ein zartes, trauriges Lächeln auf. Sie streckte ihrer Mutter eine feuchte Hand entgegen, und Beatrice nahm sie.

»Du hättest seine Stimme hören sollen, Ma.« Stellas eigene Stimme klang leise und furchtsam. »So richtig widerborstig und voller Trotz.«

»Vermutlich wollte er sich selbst schützen. Der Anruf ist ihm sicher schwer gefallen. Du hättest ihm ja womöglich sagen können, dass er dich in Ruhe lassen soll. Der arme Junge muss vor Angst gezittert haben.«

»Was, wenn er mich hasst? Ich glaube, das könnte ich nicht ertragen.«

»Das bezweifle ich. Es ist eher wahrscheinlich, dass er dich finden muss, um sich über seine eigene Identität klar zu werden.« Fast hätte sie hinzugefügt, dass es Stella gut tun würde, echte Gefühle zu empfinden, aber das hätte grausam und herzlos geklungen. Wenn sie diesen jungen Mann wirklich kennen lernte, würde Stella schnell feststellen, wie es war, etwas zu empfinden, was sie nicht kontrollieren konnte.

Bea lächelte sanftmütig. »Es muss ein ziemlicher Schock für ihn sein, festzustellen, dass seine Mutter ein Sexsymbol ist.«

»Und was ist mit *mir*? Ich versuche verzweifelt, Roxanne Wood diese Rolle abzujagen. Sie ist selbst erst fünfundzwanzig. Was macht denn das für einen Eindruck, wenn herauskommt, dass ich einen Sohn habe, der genauso alt ist?«

Bea spürte, wie die Barrieren wieder aufgebaut wurden und erneut die alte Stella zum Vorschein kam.

»Und was willst du jetzt machen? Ihm sagen, dass du ihn lieber nicht treffen möchtest?«

»Du findest, ich sollte mich mit ihm treffen, stimmt's?«

Es gab Momente, da kannte Bea ihre Tochter besser, als Stella sich selbst kannte. Wenn sie jetzt ja sagte, würde Stella möglicherweise aufsässig und weigerte sich, ihn zu treffen, auch wenn das vielleicht gar nicht ihr wirklicher Wunsch war.

»Ich finde, es wäre dein gutes Recht, dich zu weigern. Für dich steht zu viel auf dem Spiel. Wie du sagst: Wenn es herauskommt, könnte es dir massiv schaden.« Sie hoffte bei Gott, dass Stella sie nicht beim Wort nähme.

Stella dachte darüber nach. »Findest du nicht, dass das ein bisschen unfair wäre? Und dass ich ihm ein Treffen schuldig bin? Schließlich bin ich seine Mutter.« Sie zögerte angesichts des unvertrauten Wortes in Bezug auf sich selbst.

Bea unterdrückte ein Schmunzeln. »So habe ich es noch gar nicht gesehen. Vielleicht könnte es nicht schaden, ihn wenigstens einmal zu treffen.«

»Solange die Presse uns nicht aufspürt.«

»Warum sollte sie, wenn du dir gut überlegst, wo ihr euch trefft? Hört er sich an wie ein junger Mann, der seine Geschichte verkaufen will?«

»Ma.« Manchmal konnte einen Bea auf die Palme bringen. »Ich habe lediglich seine Stimme auf dem Anrufbeantworter gehört. Womöglich bringt er einen Fotografen von *Hello!* mit – was weiß denn ich?« Doch das glaubte sie nicht. Joes Stimme hatte etwas an sich, das ihr sagte, dass sie ihm vertrauen konnte und ihm das alles viel zu wichtig war, um Profit daraus zu schlagen.

Und wenn Stella ehrlich war, so begann ganz tief in ihrem Herzen eine kleine Flamme der Liebe zu brennen.

11. Kapitel

Als Molly aufwachte, bemerkte sie, dass Joe sich auf den Ellbogen stützte und sie ansah.

»Du siehst wunderhübsch aus, wenn du schläfst. Eine präraffaelitische Schönheit, die nur darauf wartet, gemalt zu werden.« Er drehte sich eine ihrer Locken um den Finger.

»Ganz im Gegensatz zu der zänkischen, aufdringlichen, keifenden alten Schachtel, die ich im Wachzustand bin?« Joe hatte heute Morgen etwas Fremdes an sich, das sie verwirrte. Gestern Abend war er fuchsteufelswild gewesen. Heute Morgen schien es, als hätte sich der Sturm gelegt und Sonnenschein und klaren, blauen Himmel hinterlassen.

»Ich habe bei ihr angerufen, nachdem ich gestern Abend ins Bett gegangen bin«, gestand Joe.

»Stella Milton? Mein Gott, Joe, warum hast du mir das nicht gesagt?«

»Ich weiß nicht. Ich hab's einfach ganz spontan gemacht, bevor ich es mir wieder anders überlegen konnte.«

»Was hast du denn gesagt? Dass du ihr Sohn bist?«

»Nein. Ausnahmsweise habe ich mich mal an deinen Rat gehalten.« Von seinem spöttischen Lächeln wurde ihr warm ums Herz. Das war der Joe, den sie liebte. »Ich habe nur gesagt, dass ich am vierundzwanzigsten Januar im Herz-Jesu-Heim geboren wurde und Grund zu der Annahme hätte, dass wir verwandt seien. Ich habe versucht, so nüchtern zu klingen, wie ich konnte, um sie nicht zu verschrecken. Und dann habe ich unsere Nummer hinterlassen.«

»Joseph Meredith, du bist sehr tapfer.«

Joe tat so, als bedeute ihm ihre Bewunderung nichts, lächelte aber trotzdem. »Ich hatte ja kaum eine andere Wahl, nachdem du mir die Nummer gegeben hast.«

Molly verbarg den Kopf unterm Kissen. »O Gott, es ist alles meine Schuld. Du hättest das Ganze nie angefangen, wenn ich nicht wie ein ausgeflippter Maulwurf in der Vergangenheit herumgewühlt hätte.«

»Gewollt hätte ich es aber schon. Das ist der Unterschied zwischen dir und mir. Du bist ein Tatmensch. Vielleicht habe ich dich deswegen geheiratet.«

Er zog das Kissen weg und begann sie zu küssen. Molly wusste nicht, ob sie sich das nur einbildete, aber in seinem Kuss schien intensivere Leidenschaft zu liegen, als er seit vielen Monaten an den Tag gelegt hatte.

Sie schmolzen zusammen, beide froh über diese Gelegenheit, dem anderen etwas zu geben, und liebten sich. Der Höhepunkt kam schnell und leicht für beide. Im Nebenraum meldete sich Eddie, der spürte, dass sich da etwas abspielte, von dem er ausgeschlossen blieb, mit herzhaftem Krähen zu Wort.

»Gerade rechtzeitig«, keuchte Molly, und sie mussten beide lachen.

»Ich hole ihn«, erbot sich Joe und hüpfte aus dem Bett. Mit Eddie auf dem Arm kehrte er zurück und legte ihn sachte zwischen sich und Molly ins Bett.

Während Molly ihren Mann und ihren Sohn betrachtete, empfand sie eine übermächtige Woge von Zärtlichkeit und nicht den leisesten Schauder von Beklommenheit beim Gedanken an diese Büchse der Pandora, die sie womöglich ohne es zu ahnen geöffnet hatte.

Mollys Freundin Claire hatte einen schlechten Tag.

Tony, ihr Chef, war in höchst ungalanter Weise aus der

Redaktionssitzung gestürmt und hatte sie und ihre Kollegen vom Feuilleton davon unterrichtet, dass der Chefredakteur ihre Ideen für Schwachsinn hielt und sie sich lieber ein paar bessere einfallen lassen sollten, wenn sie nicht demnächst fürs Verbandsblatt der Sportfischer schreiben wollten.

Claire tat das, was sie immer tat, wenn sie dringend eine Story brauchte. Sie rief alle ihre Kontaktpersonen an, sogar die aus der Studienzeit, klapperte die anderen Tageszeitungen und ein paar der pfiffigeren Lokalblätter ab und kämmte dann die Agenturmeldungen sowie die *Celebrity News* auf ihrem Bildschirm durch, um herauszufinden, ob irgendjemand in der Stadt war, der auch nur ansatzweise für ein Interview in Frage kam. Dummerweise war die Sauregurkenzeit angebrochen. Rockstars hatten sich auf ihre *châteaux* in Frankreich zurückgezogen, es liefen keine wichtigen Filme an, und sogar die Fernsehsender sparten sich die interessanten Produktionen für den Herbst auf. Tote Hose also. Claire merkte, wie ihr der kalte Schweiß ausbrach, und sie musste zum neunten Mal das Klo aufsuchen. Ihr heißestes Eisen im Feuer war eine Schauspielerin, die in einer Fernsehserie eine Nebenrolle spielte und sich bereit erklärt hatte, aus dem Nähkästchen zu plaudern. Leider war die Story über das Scheitern ihrer Ehe bereits auf der Doppelseite einer Monatsillustrierten veröffentlicht worden. Die Tatsache, dass die Ehe nur sechs Monate gedauert hatte, machte das Ganze noch uninteressanter, ließ sich aber mit einem entsprechenden Kommentar der Kummertante der Zeitung, vielleicht unter dem Titel »Die Wegwerfehe – ein Merkmal unserer Zeit?« aufpeppen.

Sie ging mit ihrer Idee zu Tony und hoffte bei Gott, er würde sie nicht verwerfen. Etwas anderes hatte sie jedenfalls nicht zu bieten.

Tony war wenig beeindruckt. »Na, für heute wird das reichen müssen. Aber nächstes Mal musst du dir etwas Besseres einfallen lassen, Claire. Das ist doch Stoff für Lokalblätter.«

Voller Groll erwiderte sie Tonys Blick. Er war weiß Gott nicht der aufregendste Feuilletonredakteur der Presselandschaft, Ressortleiter hin oder her. Ihrer Ansicht nach hatte sie einige verdammt gute Ideen gehabt, aber Tony war zu fantasielos, um sie würdigen zu können. Seine stereotype Antwort lautete: »Das ist schon mal da gewesen«, aber in Wirklichkeit setzte sich der gesamte Journalismus ausschließlich aus Themen zusammen, die schon mal da gewesen waren. Es ging lediglich darum, wie man eine Story neu verpackte, aber Tony gab einem nie die Chance, das zu beweisen.

Als sie über den Schreibtisch hinweg ihren Liebhaber mit seinem zurückweichenden Haaransatz und den schlaffen Gesichtszügen musterte, wurde Claire klar, dass sie genug hatte. Heute war Freitag, und schon wieder stand ein Wochenende ins Haus, an dem sie auf Abruf lebte und sich fragte, ob er wohl anrufen oder es schaffen würde, sich loszueisen. Das war es nicht wert. *Er* war es nicht wert. Molly versicherte ihr ständig, dass sie jemanden finden könnte, der ihr wohler tat als Tony, und dass sie sich an einen Mann verschwendete, der sich nie dazu durchringen würde, seine Frau zu verlassen. Auf einmal sehnte sie sich danach, Molly zu sehen. Molly, die immer wusste, was richtig war, und die mutig und direkt war. Irgendwie wirkte Molly auf sie wie die Inspirationsquelle für ein Renaissancegemälde, das ihr einmal untergekommen war und auf dem irgendein Heiliger oder so in Rüstung und auf einem Pferd dargestellt war, wie er mit strahlendem Heldenmut und erhobenem Kopf in die Schlacht reitet. Ganz anders als das jämmerliche Häufchen Versagertum, als das sich Claire im Moment fühlte.

Sie war richtig ärgerlich, als Molly nicht ans Telefon ging und der Anrufbeantworter sich einschaltete. Sie merkte, dass sie sich mittlerweile darauf verließ, dass Molly stets greifbar war, ein Teil Hausgöttin und ein Teil kämpferische Idealistin, aber immer verfügbar, wenn man eine Stütze brauchte. Ihr kam in den Sinn, dass dies womöglich alle mit Molly machten – sie als ihren Mittelpunkt betrachteten, eine Art menschlichen Zelthering, der ihre verrücktesten Fantasien auf dem Boden der Tatsachen hielt oder sie aufrichtete, wenn der Boden unter ihnen ins Wanken kam. Zum Teil lag das daran, dass Molly stark und instinktgeleitet wirkte, nicht von Selbstzweifeln geplagt wie Claire, die das Gefühl hatte, von ihrem eigenen Ehrgeiz aufgefressen zu werden. Molly mit ihrer lebhaften Art und ihrem munteren Optimismus schien unerschütterlich außerhalb der wahnwitzigen Welt des Büroalltags zu stehen. Claire hoffte, dass Joe klar war, wie glücklich er sich schätzen durfte, weil er auf Molly bauen konnte.

»Ich schaue später kurz vorbei, wenn's recht ist«, vertraute sie dem Bandgerät an. »Gegen halb sieben. Tschüsiiii.«

Obwohl sich in dem Großraumbüro um sie herum ungefähr dreißig Leute befanden, herrschte fast völlige Stille. Nur das fieberhafte Klacken der Tastaturen wies auf die angespannte Atmosphäre hin. Der Redaktionsschluss stand vor der Tür …

Claire konzentrierte sich auf ihren Bildschirm und begann das Interview mit der Seriendarstellerin aufzumotzen, das sie bereits geschrieben hatte. Der Kommentar der Kummertante war sogar recht scharfsinnig. Trotzdem musste es doch aufregendere Themen geben, über die man schreiben konnte.

Wenn sie nur eines fände.

Sie war schon fast fertig, als Molly zurückrief und ihr

sagte, dass sie sich auf ihren Besuch freuten. Genau wie Claire beim Zustand ihres Kühlschranks und ihres Lebens gehofft hatte, schlug Molly vor, dass sie zum Essen blieb. Zumindest fing das Wochenende angenehm an. Claire wollte gar nicht daran denken, in was für einen Trott sie verfallen war. Entweder blieb sie zu Hause und war unglücklich, oder sie zwang sich dazu, auszugehen, und war unglücklich. Irgendetwas musste sich ändern. Vielleicht wäre es das Beste, wenn sie ihren Job verlöre. Eventuell erhielte sie ja eine Abfindung, und sie käme von Tony los.

Aus dem Nichts stieg ein Gefühl von Panik in ihr auf, so dass ihr der Brustkorb schmerzte und ihr das Atmen schwer fiel. Ihr wurde schlecht beim Gedanken an die yuppiemäßige Miete für ihre Wohnung und die erstaunliche Höhe ihrer Kreditkartenabrechnung. Sie stammte aus einer ernsthaften Familie mit dem Grundsatz »Wenn du es nicht bezahlen kannst, kannst du es auch nicht haben«. Mit zehn Jahren hatte sie sechsunddreißig Wochen lang auf ihr Fahrrad sparen müssen. Was hatte sie ihren Dad ausgelacht, als er sich geweigert hatte, im Tabakgeschäft an der Ecke ein Päckchen Old Holborn auf Pump zu kaufen, weil er seine Geldbörse vergessen hatte. Der Ladenbesitzer war schon fast beleidigt gewesen, als ihr Dad standhaft abgelehnt hatte. Aber er hatte sich an seine Grundsätze gehalten und erklärt, dass er nichts von Kreditkäufen hielt.

Jetzt wünschte sie, sie wäre ein bisschen mehr wie er.

Nach der Arbeit, auf dem Weg zu Molly, beschloss Claire zu sparen. Also ließ sie eine Menge verlockender schwarzer Taxis an sich vorbeifahren und nahm stattdessen die U-Bahn.

Die Fahrt war ein Albtraum. Nach Süden zu fahren war noch schlimmer als nach Norden. Die Züge waren so voll, dass sie sich sogar, nachdem sie den dritten abgewartet hatte, auf gefährliche Weise gegen die Tür quetschen musste, um hineinzukommen. Alle hatten diesen toten, glasigen Blick aufgesetzt, wie Fische, die zu lang beim Fischhändler gelegen hatten. Neben ihr stand ein massiger, verschwitzter Mann, der seinen Arbeitstag in der Kneipe verbracht zu haben schien. Jede Welle seines Bieratems brachte Claire der Überzeugung näher, dass sie in Ohnmacht fallen würde. Nicht dass das irgendwer gemerkt hätte. Nicht, bevor sie sie in ihrem Eifer, den Zug um 18.32 Uhr vom Bahnhof London Bridge zu erwischen, totgetrampelt hätten.

Endlich hatte sie es zu der Haltestelle geschafft, die der Wohnung von Molly und Joe am nächsten lag. Zwar stand ihr noch eine Busfahrt bevor, aber die Leute in den Bussen waren netter. Im Bus redeten die Taschendiebe wenigstens mit einem, bevor sie einem das Portemonnaie klauten.

Das schwüle Wetter hatte sich gelegt und einen klaren, blauen Himmel hinterlassen, der in ihr die Sehnsucht weckte, irgendwo anders als in der Stadt zu sein. Trotzdem musste Claire, als sie im Oberdeck des Busses saß, zugeben, dass die schmutzigen, von Menschen wimmelnden Straßen etwas Heiteres ausstrahlten. Jede Kneipe gab sich den Anschein, als läge sie in Paris statt in Peckham, und hatte Tische, Stühle und gestreifte Sonnenschirme auf den Gehsteig gestellt. Sogar die Kebablokale hatten ihre türkischen Wurzeln wiederentdeckt und ihr Mobiliar auf die Straße ausgelagert. Reggae-Musik mit Spuren von Jungle und Techno – zumindest war es das, wofür Claire es hielt –, dröhnte aus sämtlichen offenen Fenstern.

Als sie bei Molly klingelte, war sie bereit zu glauben, dass London doch kein solcher Höllenschlund war. Solange man es sich leisten konnte, hier zu leben. Was sie, wenn sie nicht ausgesprochen vorsichtig war, nicht mehr lange können würde.

»Hey, Babe«, begrüßte sie Molly in einem grässlichen Versuch witzigen Szenejargons. »Siehst geil aus.«

Was aber stimmte. Mollys Kleider waren zwar die gleichen wie immer – Cargohosen und ein nabelfreies Top, das einen niedlich schlaffen Post-Baby-Bauch enthüllte –, doch sie war sonnengebräunt und sah wirklich sexy aus mit ihrer wilden, offenen Mähne und einem Kugelschreiber mit Plastik-Sonnenblume, den sie aus unerfindlichen Gründen hinter einem Ohr stecken hatte.

In den Armen hielt sie Eddie, rundlich, braun und lächelnd.

Doch das Auffallendste war, dass die Beklommenheit, die Claire in den Augen ihrer Freundin gesehen hatte, verschwunden zu sein schien und von einem strahlenden Leuchten abgelöst worden war.

»Sag nichts. Es ist nicht nötig. Die eheliche Harmonie ist wiederhergestellt, ganz zu schweigen von sagenhaftem Sex, so wie du aussiehst. Eigentlich«, meldete sich die Journalistin in ihr zu Wort, »wäre das keine schlechte Idee für einen Artikel… ›Nach dem großen Streit der große Fick‹.«

»Schh!« Molly tat so, als hielte sie Eddie die Ohren zu. »Komm rein. Joe ist gerade einkaufen gegangen. Denkst du dir eigentlich nie etwas dabei, wenn du das Leben – vorzugsweise das anderer Leute – zu Zeitungskolumnen verarbeitest?«

»Die Antwort ist nein, deshalb kann ich es auch so gut.« Claire setzte sich und legte die Füße hoch. »Weißt du, du solltest wirklich Innenarchitektin werden. Deine Wohnung sieht aus, als käme sie direkt aus einem dieser ätzenden Artikel mit der Überschrift ›Schöner wohnen mit wenig Geld‹: Ich frage gar nicht erst, wie viel das alles gekostet hat. Garantiert weniger als mein völlig unpraktischer Designer-Esstisch, der dort, wo man die Weingläser abstellt, kleine weiße Ringe kriegt.«

»Ich beherrsche nur oberflächliche Veränderungen. Ich weiß nicht, ob ich Wände niederreißen und Bauarbeiter herumkommandieren könnte.«

»Was? Ich kann mich noch genau daran erinnern, wie du diesen Vermieter zur Schnecke gemacht hast, der uns in unserer Collegezeit zu viel Miete abgeknöpft hat. Nach dir hat er bestimmt nie wieder an Rothaarige vermietet.«

»Er hatte es verdient.« Molly grinste bei der Erinnerung daran, wie ihnen der Mann ihr Geld zurückgab und noch zehn Pfund dazu, nur damit sie verschwand. Sie hatte es genossen, den Zehn-Pfund-Schein zu zerfetzen, obwohl sie alle dermaßen pleite waren, dass es den anderen gegenüber vielleicht ein bisschen unfair gewesen war.

»Aber warum strotzt du eigentlich so vor Frühlingsfreude? Du hast doch nicht etwa im Lotto gewonnen oder so?«

Molly setzte Eddie auf den Boden – obwohl er nun langsam in das Alter kam, wo er zu krabbeln anfing und bald nichts in der Wohnung mehr vor ihm sicher wäre – und holte tief Luft. Eigentlich sollte sie Claire angesichts ihres Berufes nicht erzählen, was geschehen war. Andererseits würde sie aber vor Aufregung platzen, wenn sie es niemandem sagte. Immerhin hatte Claire ihr bei der Suche nach Stella geholfen, und auch wenn sie Journalistin war, würde sie nichts ausplaudern, wenn Molly sich von ihr Verschwiegenheit zusichern ließ. Schließlich war sie Mollys älteste Freundin.

»Ehrlich gesagt ist etwas absolut Irres passiert.«

Von Mollys Tonfall elektrisiert, setzte sich Claire kerzengerade auf. Was nun käme, war eindeutig kein landläufiger Tratsch in der Richtung, dass eine gemeinsame Bekannte von ihnen ihren Mann umgebracht oder eine lesbische Affäre mit dem Au-pair-Mädchen angefangen hatte. »Wow, Moll, was denn?«

»Du weißt doch, dass ich versucht habe, Joes leibliche Mutter ausfindig zu machen.« Molly hielt inne, da sie auf einmal daran zu zweifeln begann, ob ihre Enthüllung so ratsam war.

»Natürlich weiß ich das. Ich habe doch gesagt, du sollst Tagebuch führen, weil du darüber schreiben müsstest. Hast du es getan?«

»Gewissermaßen. Weißt du auch noch, wie ich herausgefunden habe, dass sie Amanda Lewis heißt? Tja, ich bin noch mal in das Dorf gefahren, aus dem sie stammen soll, um mich ein bisschen umzuhören, und dabei hab' ich es geschafft, dem Besitzer des Antiquitätengeschäfts dort aus der Nase zu ziehen, dass er sie kennt. Er hat mir erzählt, dass sie jetzt in London lebt. Als ich ihn dann aber gefragt habe, wie ich sie erreichen könne, fing er hysterisch an zu lachen und hat gesagt: ›Nur zu. Höchste Zeit, dass das Leben sie einholt.‹«

»Guter Gott. Er klingt ein bisschen verschroben.«

»Eher verbittert als verschroben, schätze ich.«

»Er vermutet also, dass diese Amanda nicht gerade begeistert sein wird, wenn Joe vor ihrer Tür steht. Vielleicht hat sie Kinder. Oder einen Mann, der keine Ahnung hat, dass sie ihr Baby zur Adoption freigegeben hat.«

»Nein, nichts dergleichen. Sie war noch nie verheiratet. Zumindest glaube ich das.«

»Du hast sie also gefunden.« Claire konnte ihre Verblüffung kaum verbergen.

»Beinahe. Joe hat gestern Abend bei ihr angerufen und eine Nachricht auf Band hinterlassen. Bis jetzt hat sie noch nicht zurückgerufen.« Mollys Begeisterung erlitt den ersten kleinen Dämpfer. »Aber ich bin mir ziemlich sicher, dass sie sich noch meldet.«

»Mensch, Molly, das ist ja echt spannend. Eine umwerfende Story.«

Molly konnte sich ein Grinsen nicht verkneifen. »Du hast das Beste noch nicht gehört. Nämlich wer Amanda Lewis ist.«

»Wer denn? Red schon, Molly, ich sterbe vor Neugier.«

»Stella Milton.«

Claire merkte, wie sich ihr Atem beschleunigte und es ihr vor Aufregung im Nacken zu prickeln begann. »Du meinst aber nicht *die* Stella Milton?«

»O doch. Ist das nicht der totale Hammer?«

Claire merkte, wie ihre Handflächen feucht wurden. Es war nicht nur der totale Hammer, sondern es war ein unglaublicher, sagenhafter, phänomenaler, karrierefördernder Knüller, wie er einem nur ein einziges Mal im Leben begegnet!

Doch dann überfiel sie das Grauen. Es war nicht nur die beste Story, die sie in ihrer gesamten Laufbahn je gehört hatte – es war zusätzlich eine, die sie nicht erzählen konnte. Sie zu erzählen hätte bedeutet, ihre älteste Freundin zu verraten. In einer dermaßen entsetzlichen moralischen Zwangslage hatte sie noch nie gesteckt.

Claire hörte, wie Joe die Wohnungstür aufschloss, und senkte die Stimme. »Und du bist dir wirklich sicher, dass sie Joes Mutter ist? Stella Milton, meine ich?« Bei jedem Wort spürte Claire, wie sich die Haken der Versuchung in sie bohrten.

»Im Grunde erst, wenn sie sich bei uns meldet. Aber ich *weiß* einfach, dass sie es ist. Ich spüre es in den Knochen.«

»Nicht unbedingt die zuverlässigste Quelle.«

»Außerdem ähnelt Joe ihr unheimlich.«

»Das stimmt sogar, wenn ich versuche, sie mir bekleidet vorzustellen.«

Wäre sie vernünftig gewesen, hätte Claire es dabei belassen, aber wie es ihrer Art entsprach, war sie einfach zu aufgewühlt. »Mein Gott, Molly, ich kann es gar nicht fassen.«

Geräuschvoll stellte Joe eine Flasche Wein auf die Arbeitsfläche und sah sie beide an. Ihr plötzliches Schweigen und das verstohlene Getue entgingen ihm nicht.

»Du hast es ihr gesagt, stimmt's?«, warf er Molly vor, und sein Gesicht war auf einmal eine Maske lodernden Zorns. »Du hast es allen Ernstes Claire gesagt.«

»Sie ist meine beste Freundin. Sie ist wie eine Schwester für mich. Wir haben einander immer alles erzählt.«

»Und die Tatsache, dass sie zufällig bei einer Zeitung arbeitet, hat in deinem Kopf nicht das leiseste Alarmglöckchen läuten lassen?«

Claire sprang auf und hoffte, dass er ihre Gedanken nicht lesen konnte. »Sei doch nicht albern, Joe.«

»Ich finde, du solltest dich entschuldigen. Was du da andeutest, ist eine unglaubliche Beleidigung für Claire.«

»Und ich finde, du bist unglaublich naiv. Claire von Stella zu erzählen ist wie ein Gramm Heroin bei einem Junkie herumliegen zu lassen. Es ist nicht mal fair ihr gegenüber.«

»Herrgott noch mal, Joe, Claire ist unsere Freundin. Sie weiß, wie heikel das alles ist. Du hast bis jetzt doch gar keinen richtigen Kontakt zu Stella Milton aufgenommen.«

»Eben. Die ganze Geschichte könnte sich als Hirngespinst entpuppen. Vermutlich bekomme ich einen Anruf von ihrem Agenten, der mir erklärt, es sei alles Blödsinn, und wenn ich sie nicht in Ruhe lasse, verklagt sie mich.«

Claire, die sich langsam extrem unwohl fühlte, angelte neben dem Sofa nach ihrer Tasche. »Hört mal, Leute, ich muss jetzt wirklich gehen. Mir ist gerade eingefallen, dass ich vergessen habe, die Katze zu füttern.«

»Du hast keine Katze.«

»Du weißt genau, was ich meine. Ich störe. Das ist eine

Sache zwischen euch beiden, und ich halte es für besser, wenn ich jetzt verschwinde.«

Molly nahm Eddie auf den Arm und hielt ihn fest, fast wie einen Talisman, etwas, das sie durch raues Gewässer steuern konnte. Sie hatte das Gefühl überschäumenden Glücks verloren, das ihr die Nähe zu Joe geschenkt hatte, und schuld daran waren ihre eigene Dummheit und Taktlosigkeit.

Claire hatte schon das halbe Zimmer durchquert, die Schultern vor Verlegenheit gesenkt, als das Telefon zu klingeln begann. Alle drei standen ein paar Sekunden wie angewurzelt da. Schließlich ging Molly an den Apparat. Sie hielt den Hörer auf Armeslänge von sich und versuchte Eddie daran zu hindern, sich das Kabel zu schnappen und daran zu knabbern.

Mit funkelnden Augen sah sie ihren Mann an. »Es ist für dich, Joe. Ich glaube, sie ist es.«

12. Kapitel

Hallo, ist dort Joseph Meredith?«

Joe schloss die Augen und stand wie gelähmt vor Angst da. Es war Stella! Ihre Stimme fesselte ihn in ihrer Fremdheit und Vertrautheit. Sie war es wirklich.

»Ja«, antwortete er und kämpfte dagegen an, dass seine Stimme wie verrückt zitterte. Er hatte keine Ahnung, was er als Nächstes sagen sollte. Gegenüber der Mutter, die er sich kaum auszumalen gewagt hatte, fühlte er sich wie ein vertrottelter Schuljunge.

Obwohl sie alles dafür gegeben hätte, zu bleiben, schlüpfte Claire leise zur Tür hinaus. Das war kein Moment, den man mit einem Außenstehenden teilte, ganz egal, wie gut man befreundet war. Doch gerade als sie die Tür öffnete, vernahm sie ein höchst ungewöhnliches Geräusch. Ein unverkennbares Schluchzen animalischen Schmerzes durchdrang den Raum. Claire dachte zuerst, es sei von Joe gekommen, doch Joes Gesicht war ruhig und gelassen. Es musste Stella gewesen sein.

Joe wusste nicht, wie er darauf reagieren sollte, aber dann meldete sich zu seiner großen Erleichterung eine warme, freundliche und wesentlich ältere Stimme. »Hallo, mein Name ist Beatrice Manners. Ich bin Stellas Mutter. Stella ist ein bisschen aufgeregt.«

Das Wissen, dass seine leibliche Mutter zu Tränen gerührt war, sei es nun ihret- oder seinetwegen oder einfach vor Erschütterung, ebnete den Weg zu Joes Gefühlen. Er empfand nicht die Wut, mit der er gerechnet hatte, sondern einen unerwarteten Beschützerinstinkt. »Hören Sie, sagen Sie ihr bitte, es tut mir Leid. Wir hätten das nicht in der Art angehen sollen, so völlig unvermittelt, es ist nicht fair.«

»Das Leben ist kaum jemals fair, oder, Joseph?« Der Klang der Stimme am anderen Ende der Leitung gefiel Joe. Auf einmal fiel es ihm wie Schuppen von den Augen, dass das ja seine Großmutter war. »Möchten Sie Stella noch einmal sprechen? Sie fühlt sich jetzt besser.«

»Ja, bitte.«

»Joseph.« In ihrer Stimme lag eine erzwungene Ruhe, die Ruhe der Willenskraft, die über die Gefühle gesiegt hat. »Es tut mir ja so Leid.«

»Das macht nichts. Es muss ein ganz schöner Schock gewesen sein. Für mich war es jedenfalls einer, als ich herausgefunden habe, wer Sie sind, das kann ich Ihnen sagen.«

Stella lachte. Es klang köstlich und heiser. »Das kann ich mir vorstellen. Also, wann sollen wir uns treffen?«

Joe spürte, wie seine Kehle trocken wurde und sich zuschnürte, so dass Antworten unmöglich war. In den letzten Tagen und Wochen hatte er sich ständig auf eine Enttäuschung vorbereitet, aber nicht auf lässige Akzeptanz.

Schließlich zwang er sich zu antworten. »Natürlich würde ich Sie gerne treffen.« Er hatte keine Ahnung, was er vorschlagen sollte. »Nächste Woche vielleicht?«

»Nächste Woche?« Aus Stellas Tonfall klang die Enttäuschung heraus. »Ich hatte an morgen gedacht.«

»Einverstanden. Dann morgen.« Erneut lag diese leise Panik in Joes Tonfall. »Was meinen Sie, wo wir uns treffen sollen?«

»Könnten Sie zu mir nach Hause kommen? Meine Wohnung liegt in Covent Garden. Es sei denn, Sie möchten lieber woandershin.«

Während sie aus der sicheren Distanz der Küche, wohin

sie sich zurückgezogen hatte, ihrer Tochter lauschte, schien es Bea, als hätte Stella ihr gewohnt herrisches Wesen abgelegt. Die neue Stella gefiel ihr entschieden besser.

»Nein, bei Ihnen ist mir recht.«

»Ein Uhr?«

»Okay.« Joe stand immer noch unter Schock. »Bis dann.«

»Moment noch«, sagte Stella lachend, und ihr bekannt verführerischer Charme brach wieder durch. »Sie haben gar nicht nach der Adresse gefragt. Es ist Old Flower Market 64. Die oberste Wohnung.«

»Dann bis morgen.« Joe wollte gerade auflegen, als Eddie aufwachte, der friedlich auf dem scharlachroten Sofa geschlummert hatte, auf das ihn Molly – damit er nicht herunterfiel – hinter einen Schutzwall aus Kissen gelegt hatte. Als wäre ihm plötzlich bewusst geworden, dass etwas Lebenswichtiges ohne ihn stattgefunden hatte, begann er lauthals zu brüllen.

»Was ist denn das?«, erkundigte sich Stella. »Das klingt ja wie ein wildes Tier.«

»So könnte man sagen. Das ist Eddie. Unser Baby. Er ist knapp sechs Monate alt.«

»Mein Gott.« Wenn eine Stimme erbleichen könnte, so hätte Stellas Stimme genau das getan. »Adieu, Joseph. Wir sehen uns morgen.«

»Ich glaube«, sagte Molly und nahm Eddie auf den Arm, um ihn zu beruhigen, »Stella hat gerade erst erfahren, dass sie Oma ist.«

Bea hatte in ihrem Lieblingssessel gesessen und sich gleichermaßen bemüht, nicht einzugreifen, aber auch kein Wort dieses außergewöhnlichen Gesprächs zu verpassen. »Was ist los?«, fragte sie ihre verblüffte Tochter. »Du siehst aus, als hättest du ein ganzes Firmament voller Gespenster gesehen.«

»Sie haben ein Baby. Du hast mir nichts von dem Baby gesagt.«

»Nein.« Bea stand auf und führte Stella an ihren Platz. »Tja, ein Schock nach dem anderen, wie ich stets empfehle. Die junge Frau hatte den Kleinen dabei, als sie das erste Mal nach dir gefragt hat. Er ist ein richtiger Wonneproppen. Ich durfte ein bisschen mit ihm schmusen. Ich glaube, sie hat gedacht, ich sei eine wahnsinnige Kindesentführerin, aber ich konnte einfach nicht anders. Er sieht genauso aus wie du.«

»Aber das heißt ja, dass ich Großmutter bin!« Stella hörte sich an, als hätte man soeben eine tödliche Krankheit bei ihr diagnostiziert. »Da jage ich einer Rolle hinterher, die an ein Mädchen von fünfundzwanzig Jahren vergeben wurde, und bin eine bescheuerte Großmutter!«

»Aber, aber«, tröstete Bea sie prustend, »denk doch nur an all die glamourösen Oma-Wettbewerbe, an denen du ab sofort teilnehmen kannst.«

»Sei bloß still, du alte Schachtel«, kreischte Stella und warf mit einem Kissen nach ihr, »und bring mir einen doppelten Wodka.«

Während sie die Peckham High Street entlangmarschierte, ließ Claire eine Reihe von Taxis an sich vorbeifahren und grübelte über das schlimmste Dilemma nach, mit dem sie je konfrontiert gewesen war. Da stand sie nun, hoch verschuldet und in Gefahr, ihren Job zu verlieren, und die unglaublichste Geschichte, die ihr je untergekommen war, lag zum Greifen nahe vor ihr, doch sie durfte nicht darüber schreiben.

Sie kam sich vor wie Charlie in *Charlie und die Schokoladenfabrik*, ein Kind, das Süßes liebt und in einem Wunderland der Leckereien herumspazieren darf, aber genau weiß, dass es katastrophale Folgen hat, wenn es irgendetwas davon isst.

Das Schlimmste war, dass es – ganz egal, wie sie sich entschied – auf jeden Fall Auswirkungen auf ihre Freundschaft hätte. Entweder würde sie Joe und Molly ganz aus dem Weg gehen müssen, sonst gewann ihr journalistischer Instinkt die Oberhand, oder sie würde die Freundschaft mit den beiden unter derart verkrampften Umständen fortsetzen, dass sich keiner von ihnen dabei wohl fühlen würde. Als sie schließlich doch ein Taxi herbeiwinkte, das sie in die überteuerte Zivilisation zurückbringen sollte, musste sie allerdings feststellen, dass ihr der moralische Mut dazu fehlte, so zu tun, als kümmere sie das alles nicht. Vor ihr lag eine Geschichte, für die sie einen *Mord* begehen würde, und als Verschärfung des Ganzen war sie die einzige Journalistin im wundervollen Großbritannien, die überhaupt davon wusste.

Sie kauerte sich auf den Rücksitz des Taxis und war noch niedergeschlagener als sonst. Nicht einmal das muntere Straßenleben, die betriebsamen Cafés, aus denen Musik erklang, oder die Eindrücke und Gerüche eines farbenfrohen Abends im südlichen London konnten sie aufheitern. Sie würde den Abend allein verbringen und versuchen müssen, nicht an die unglaubliche Enthüllung zu denken, deren Zeugin sie soeben geworden war.

Nach und nach beruhigte sich die Journalistin in Claire, und es gelang ihr, die passenderen Reaktionen einer Freundin zu entwickeln. Joe hatte von jeher etwas unbegreiflich Glamouröses an sich gehabt. Bereits auf dem College hatten sein gutes Aussehen mit den dunklen Haaren und seine Gewohnheit, sich schwarz zu kleiden, ihn herausstechen lassen. Merkwürdigerweise waren die schwarzen Klamotten, die bei jemand anderem höchst affektiert gewirkt hätten, bei

Joe in Ordnung gewesen. Natürlich war es von Vorteil gewesen, dass sie aus dem Second-Hand-Shop stammten und nicht von Armani.

Wenn man Bescheid wusste, konnte man die starke familiäre Ähnlichkeit zwischen Joe und Stella erkennen. Beide hatten Augen von einem verblüffend hellen Blau und leicht hervorstehende Brauen, die ihnen einen leicht verhaltenen Blick verliehen, der ebenso sinnlich wie schön wirkte. Außerdem besaßen beide eine Art natürlicher Anmut. Es war komisch, dass sie erst jetzt, seit sie wusste, dass Joe Stellas Sohn war, zum ersten Mal merkte, über wie viel hintergründige Sinnlichkeit er verfügte.

Das Taxi kam ruckartig zum Stehen, als ein Kind auf einem Fahrrad den Zebrastreifen knapp vor ihnen überquerte.

Claires Herz machte einen Satz. Die ganze Geschichte würde Joe verändern. Er würde es vielleicht nicht wollen, ja womöglich sogar darum kämpfen, mit beiden Füßen auf dem Boden zu bleiben, aber er könnte nichts dagegen tun. Bis jetzt hatte Joe mit angemessenem Einsatz seine Arbeit getan, Handbücher über Autos verfasst und in vorstädtischer Ruhe in einer bescheidenen Wohnung (auch wenn Molly ihre beträchtlichen Fertigkeiten eingesetzt hatte, um sie zu verschönern) im langweiligen, alten Peckham gelebt. Stella Milton entstammte einer Welt aus Glamour, Spannung und Kreativität mit schicken Restaurants, Premieren und berauschenden Kritiken. Ein Teil davon musste zwangsläufig auf Joe abfärben. Natürlich könnte es eine wunderbare Gelegenheit sein. Es könnte aber auch bedeuten, dass Joe von seiner eigenen Mutter verführt werden würde – wenn auch nicht im buchstäblichen, so doch im übertragenen Sinne.

Als Claire aus dem Taxi stieg und den Fahrer bezahlte,

musste sie daran denken, wie viel Liebe und Mühe Molly in diese Suche investiert hatte. Und sie hoffte inständig, dass sie das nicht eines Tages bereuen müsste.

Am nächsten Tag sah Molly zu, wie Joe sich fertig machte, um endlich seine leibliche Mutter kennen zu lernen. Sie fürchtete fast, ihr werde buchstäblich das Herz zerbersten. Er sah so gut aus, und seine unübersehbare Nervosität steigerte seine Anziehungskraft noch. Sie versuchte sich auszumalen, was Stella empfinden mochte – ob der Schock, auf einmal einen attraktiven Sohn zu haben, der unzweifelhaft ein erwachsener Mann war, ihr willkommen wäre oder sie abstoßen würde.

»Tschüs und viel Glück. Bleib ruhig, solange du willst. Hauptsache, ihr lernt euch kennen. Und vergiss nicht, dass wir nachher einen erschöpfenden Bericht haben wollen, stimmt's, Eddie?« Sie stellte sich auf die Zehenspitzen und küsste ihn. »Sie muss dich einfach lieben, schau dich doch nur an.«

»Letztes Mal hat es nicht funktioniert.«

»Und ich wette, das hat sie schwer bereut. Dies ist eine Art Neuanfang. Für euch beide.«

Joe beugte sich hinab und umarmte sie beide. »Auf jeden Fall seid ihr jetzt meine Familie. Meine eigene unangreifbare, kleine Zelle. Ich danke dir, geliebte Molly, dass du so viel für mich tust. All das wäre ohne dich und deine dickköpfige Entschlossenheit nie zustande gekommen.«

»Jetzt aber raus hier, sonst fange ich noch an zu heulen.« Nachdenklich sah sie ihm nach. Waren sie wirklich seine unangreifbare, kleine Zelle? Der abergläubische Anteil in Molly glaubte nicht daran, dass irgendetwas unangreifbar war. Erst recht nicht die Liebe.

Es war eine Rolle, auf die Stella Milton weniger als unzulänglich vorbereitet war. Der Inhalt ihres Kleiderschranks lag über das ganze Bett verstreut da, während sie hektisch versuchte, die angemessene Kleidung dafür auszuwählen, um zum ersten Mal seit über fünfundzwanzig Jahren ihren Sohn zu treffen. Die übertriebene Beschäftigung mit ihrem Äußeren, so begriff Stella, war sicher ein Mittel, um tiefer liegende Unsicherheiten zu kaschieren. In Wirklichkeit bewunderte sie ihre Mutter viel mehr dafür, dass sie es wagte, exzentrisch auszusehen und das zu tun, was ihr Spaß machte, als ihre eigenen Bemühungen, sexy und schick zu wirken. Aber trotzdem wollte sie sich, verdammt noch mal, von ihrer besten Seite zeigen. Sie wollte bezirzen und blenden, vermutlich weil das wesentlich weniger schmerzhaft war, als beurteilt zu werden.

Da es wieder ein herrlicher Sommertag war, entschied sie sich schließlich für eine weiße Leinenhose sowie ein locker fließendes weißes Seidentop mit tiefem V-Ausschnitt und dazu sündhaft teure weiße Turnschuhe, die mit echten Sportschuhen ungefähr so viel zu tun hatten wie die Automarke Jaguar mit dem pelzigen Tier, das man im Dschungel findet.

Sie musste sich eingestehen, dass sie unheimlich nervös war, und so brach sie ihre selbst aufgestellte eiserne Regel, vormittags keinen Alkohol zu sich zu nehmen, mit einem großen Kelch Champagner, um sich Mut anzutrinken. Als es endlich klingelte, leerte sie das Glas und fuhr sich mit der Hand durch ihr glänzendes, schwarzes Haar, das flott, aber leicht zerzaust aussah. Der große Moment war gekommen.

Der Anblick des hoch gewachsenen, dunkelhaarigen jungen Mannes, der vor ihrer Tür stand, ging Stella überaus nahe. Es war, als sähe sie in einen Spiegel. Joseph hatte ihre Augen und Wimpern, sein Gesicht war ebenso geformt wie ihres, und genau wie sie hielt er aus Schüchternheit den Kopf leicht zur Seite geneigt. In der Schauspielschule hatte sie hart daran arbeiten müssen, diese Gewohnheit auszumerzen. Seine Haare, die glänzten und fast schwarz mit einem kleinen Stich ins Pflaumenblaue waren, waren vom gleichen Farbton wie die ihren.

Stella rang darum, ein gelassenes Lächeln auf ihrem Gesicht zu wahren, während tief innen ihr Herz flatterte wie die Flügel eines eingesperrten Vogels.

Joe reichte ihr einen Strauß weißer Lilien. Sie atmete deren schweren Duft ein und versuchte, sich zu beruhigen. »Woher hast du gewusst, dass ich weiße Lilien am liebsten mag?« In ihrer Frage schwang ein kleines, gefühlsbedingtes Beben mit, von dem sie hoffte, dass er es nicht bemerkte.

Joe lachte. »Ehrlich gesagt hat die Molly besorgt. Sie hat ein Gespür für so was. Oder vielleicht hat sie auch irgendwo gelesen, dass du die magst. Es ist wirklich seltsam, einer Frau zu begegnen, bei der man das Gefühl hat, sie schon zu kennen, auch wenn das natürlich gar nicht stimmt. Vor allem«, fügte er verlegen hinzu, während sie ihn in die Wohnung führte, »wenn diejenige zufällig die eigene Mutter ist.«

Stella musste einen kleinen Anflug von Ärger darüber unterdrücken, dass seine Frau die Blumen für sie ausgesucht hatte. »Was möchtest du denn trinken? Ich muss gestehen, dass ich schon mit Champagner angefangen habe. Magst du welchen?«

Joe trank nur höchst selten Champagner. Im Grunde stand er mehr auf Budweiser, aber er bezweifelte, dass Stella das da haben würde. Die Wohnung war völlig anders, als er erwartet hatte. Sie war schön, pastellfarben und luxuriös, das ja, aber irgendwie hatte er sie sich bühnenreif und exotisch vorgestellt. Bei ihm zu Hause sah es theatralischer aus.

Nirgends waren irgendwelche Hinweise auf Stellas Beruf zu sehen. In seiner klischeehaften Vorstellung von der Wohnung einer Schauspielerin hatte er sich ausgemalt, dass die Wände mit Theater- oder Filmplakaten gepflastert wären – ein mehr oder weniger geschmackvoller Tempel für Stellas Ego. Doch in Wirklichkeit gab es nur sehr wenige Hinweise darauf, wer überhaupt hier wohnte, abgesehen davon, dass die Bewohnerin einen feinen, kultivierten Geschmack besaß, eine Menge Geld und keine Kinder. Die andere Überraschung war, dass nirgends Fotos zu sehen waren, weder von Stella noch von sonst jemandem. Die Ratemannschaft von »Schlüsselloch« hätte ihre liebe Mühe damit gehabt, herauszufinden, wessen Zuhause das war.

Stella hatte beschlossen, mit Joe auf die Terrasse zu gehen, und sie hatten das Wohnzimmer gerade halb durchquert, als er es sah und fast sein Getränk verschüttet hätte. Das einzige Erinnerungsstück, das sie aufgehängt hatte, war ein riesiges gerahmtes Poster, und zwar das gleiche, das er als Jugendlicher in seinem Zimmer gehabt hatte: Stella mit der Hand auf dem Reißverschluss ihrer schwarzledernen Motorradkluft, dem Reißverschluss, den jedes männliche Wesen über acht in England gerne aufgezogen hätte.

Während er nach all den Jahren wieder darauf starrte, befiel Joe ein unbehagliches Gefühl der Verwirrung. Er wollte gar nicht daran *denken*, was er vor diesem Poster getan hatte.

Stella führte ihn durch die Glastür auf ihre Dachterrasse hoch über Covent Garden. Der Duft des Jasmins war betörend, noch intensiver als der der Lilien. Auf drei Seiten war die Terrasse von Spalierwerk voller Kletterpflanzen umgeben, so dass sie an eine von Wohlgerüchen erfüllte Gartenlaube erinnerte. Man konnte kaum glauben, dass man sich mitten im Londoner West End befand. Der Blick über die

Dächer war sagenhaft. Die Leute, die weit unten durch die Floral Street zu Paul Smith oder Monsoon eilten, um ihre Einkäufe zu erledigen, hatten keine Ahnung, was für ein Paradies sich über ihren Köpfen verbarg.

»Also.« Stella füllte seinen Kelch nach, den er viel zu schnell ausgetrunken hatte. »Erzähl mir alles über dich. Und zwar in sämtlichen Einzelheiten.«

»Das ist schnell erledigt. Ich bin kein besonders faszinierender Mensch. Ich bin fünfundzwanzig… aber das weißt du ja.« Er errötete leicht, was ihn nur noch attraktiver machte – er war wirklich ein ausgesprochen hübscher junger Mann. »Zuerst bin ich in die Grundschule gegangen und dann aufs Gymnasium.«

»Du warst also intelligent.«

»Eher starr vor Angst. Meine Mutter…« Stotternd verstummte er und sah entsetzlich betreten drein, »…also meine Adoptivmutter Pat hätte mich umgebracht, wenn ich es nicht geschafft hätte.«

»Und was war mit deinem Adoptivvater? Was hat er dazu gesagt?«

»Andrew?« Joe lachte scheu. »Oh, bei uns zu Hause hatte Pat die Hosen an.«

»Und wo war das?«

»In Essex – Mere-on-Sea.«

Das amüsierte Stella offenbar. »Mein Sohn, der Junge aus Essex. Wie süß. Und, warst du glücklich?«

»Ich war eher introvertiert. Bin viel in meinem Zimmer gesessen. Ein miserabler Sportler. Ich habe sogar Fußball gehasst, und damit waren neunundneunzig Prozent jeglicher menschlichen Kommunikation schon gestorben. Ich glaube nicht, dass ich der Sohn war, den Mum – Pat, meine ich – sich vorgestellt hat.«

Stellas Herz machte einen Satz, und ihr wurde flau. Bei

der Vorstellung, dass diese grässliche Frau ihren schönen, sensiblen Sohn nicht zu schätzen gewusst hatte, befielen sie schwere Schuldgefühle.

»Keine Sorge, sie waren immer unheimlich nett zu mir«, versicherte er ihr, als läse er ihre Gedanken. »Ich war eben nur nicht ganz ihr Typ.«

»Tja, also meiner bist du jedenfalls.«

Joe ertappte sich dabei, dass er dämlich grinste.

»Und wann hast du die reizende Molly kennen gelernt?«

»Auf dem College. Ich war nach wie vor ziemlich schüchtern, und Molly hat beschlossen, sich meiner anzunehmen, so ähnlich wie bei ihren Studienprojekten.«

»Sie muss ein richtiges Energiebündel sein.«

»Ja, so ist meine Molly.«

Beschämt musste Stella feststellen, dass sie angesichts der Zärtlichkeit in Joes Stimme Eifersucht empfand. Gerade erst hatte sie ihre Muttergefühle entdeckt, und schon folgten die noch komplexeren Empfindungen einer *Schwieger*mutter. Stella war sich nicht sicher, ob sie darauf vorbereitet war. »Was hast du denn studiert? Hat dich dein Studium mit intellektueller Leidenschaft beflügelt?«

Joe prustete vor Lachen. »Das kommt bei Elektrotechnik eher selten vor. Da hängen nur Spinner rum, die davon träumen, ein zweiter Bill Gates zu werden, und dann als Computertechniker enden.«

»Aber du nicht?«

Joe sah etwas peinlich berührt drein. »Nein. Ich arbeite für einen Verleger, der Auto-Handbücher herausgibt. Alles, was du schon immer über deinen Ford Mondeo wissen wolltest.«

»Wie faszinierend.«

Joe forschte in ihrem Blick nach Sarkasmus, doch ihr schönes Gesicht war völlig ernst. »Sie sind in erster Linie für Bastler gedacht«, fügte er lahm hinzu.

Stella sah verständnislos drein. »Gibt es wirklich Leute, die ihre Autos selbst reparieren?« Die Kluft zwischen ihren beiden Welten hätte sich nicht besser illustrieren lassen. »Guter Gott. Und ich kann nicht einmal fahren.«

Diesmal war es an Joe, schockiert zu sein. Er konnte sich nicht vorstellen, dass es eine Welt gab, in der man ohne Führerschein überleben konnte. »Wie bewegst du dich dann fort?«

»Ich nehme mir ein Taxi«, antwortete Stella einfach, als sei das selbstverständlich. »Und wo wohnt ihr – du und Molly?« Stella merkte, dass sie jede Einzelheit wissen wollte, um sie sich für später zu merken.

»In Peckham.«

»Wie herrlich. Wie in *Die Ballade von Peckham Rye.*« Stella hatte nur eine vage Vorstellung davon, wo Peckham lag. Sie wusste lediglich, dass von ihren Freunden niemand dort wohnte. »Ist es schön dort?«

Joe sah sich im gediegenen Glanz von Stellas Umfeld um. »Na ja, nicht direkt *schön.* Aber die Aussicht ist ganz hübsch, wenn man die Hochhäuser ignoriert. Molly ist zu Hause, und wir müssen beide mit meinem Gehalt auskommen, daher sind wir ein bisschen abgebrannt und können froh sein, dass wir eine nette Wohnung haben.« Er hätte sich treten können, als er fertig war. Vermutlich hörte er sich an, als bäte er um Geld, Herrgott noch mal.

Stella holte eine zweite Flasche Champagner und machte sich so ungeschickt am Korken zu schaffen, dass Joe ihr zu Hilfe kommen musste.

»Jedenfalls bist du nicht so abgebrannt, dass du nicht wüsstest, wie man Champagnerflaschen aufmacht«, bemerkte Stella spitzbübisch.

»Vielleicht liegt es in den Genen.«

Schweigen senkte sich herab, als hätte jemand bei einem

Staatsbegängnis eine Gabel fallen lassen, und zerstörte ihren Versuch, Normalität vorzutäuschen.

»Warum hast du es getan?«, platzte Joe unvermittelt heraus. Das hatte er eigentlich nicht gewollt. Er hatte sich vorgenommen, dass sie einander erst kennen lernen sollten, bevor er irgendwelche heiklen Fragen stellte. Doch so lief es nicht. Es gab Gefühle, die nicht brav in ihrer Schublade liegen blieben. »Warum hast du mich weggegeben? Ich meine, du warst nicht pleite, und du hättest deine Mutter um Unterstützung bitten können.«

Die feinen Fältchen um Stellas Mund wurden tiefer. Einen Moment lang wirkte sie alt. »Ich hatte das Gefühl, keine andere Wahl zu haben. Ich war jung und naiv.« Joe konnte sich nicht vorstellen, dass diese weltgewandte Frau jemals naiv gewesen war. »Ich stand noch ganz am Anfang. Ich war nicht bereit, mich durch ein Kind anbinden zu lassen.« Ihr Blick hing Verständnis heischend an ihm, flehte darum, sie nicht einfach zu verurteilen. »Vermutlich klingt das in deinen Ohren egoistisch und herzlos.«

»Ein bisschen. Wir haben auch ein Baby. Ich könnte mir unter keinen Umständen vorstellen, es herzugeben, ganz egal, was passiert.«

»Das ist etwas völlig anderes. Du bist glücklich verheiratet. Ich war allein. Ich wäre mit einem Baby nicht zurechtgekommen.«

»Was war mit meinem Vater?«, wollte Joe wissen. »Hätte er dir nicht geholfen?«

Stella lächelte betrübt. »Ich fürchte, das konnte er nicht. Er wollte dich nicht anerkennen. Damals waren die Zeiten völlig anders, obwohl es noch gar nicht so lange her ist. Seitdem hat sich die Welt enorm verändert.«

Der Schmerz, der sich auf Joes Gesicht abzeichnete, bohrte sich kantig wie ein gezacktes Messer in sie. Brauchte er so dringend einen Vater? Nun hatte er nach all den Jahren gerade erst seine Mutter gefunden; das sollte doch fürs Erste genügen. Aber sie merkte, dass sie ihn schon wieder verletzt hatte, und versuchte, es wieder gutzumachen.

»Dass ich dich weggegeben habe«, sagte sie stockend, während ihre Gewandtheit sichtlich schwand, »heißt nicht, dass ich dich nicht geliebt hätte.« Joe zuckte die Achseln und sah weg. Sie konnte es ihm kaum verübeln. Dies war nichts, das man mit einer schnellen Entschuldigung in Ordnung bringen konnte. »Oder dass ich nicht im Lauf der Jahre unentwegt an dich gedacht hätte.«

»Aber du hast nie versucht, Kontakt zu mir aufzunehmen.« Die dürren Worte sollten ihr weh tun, und das taten sie auch.

»Komm mal einen Augenblick her.« Sie führte Joe wieder hinein und ins Schlafzimmer, an ihre Kommode. Sie fand das winzige Söckchen sofort. »Die Nonne im Kinderheim hat mir das gegeben. Es ist von deinem Fuß gefallen, als sie dich mitgenommen haben.« Sie zerdrückte es in der Hand. »Und dann sind da noch die hier.« Sie setzte sich auf das weiß bezogene Bett, fasste in ihren Nachttisch und entnahm ihm einen Stapel Briefe, die mit einem violetten Satinband zusammengebunden waren. »Jedes Jahr an deinem Geburtstag habe ich dir einen geschrieben. Es sind fünfundzwanzig Stück. Vielleicht würdest du sie gerne haben.«

»Mein Gott.« Joe nahm das Bündel Briefe in die Hand und rang mit den Tränen. »Du hast mich also doch nicht vergessen.« Sie waren in allen möglichen Formen und Formaten auf Papier in verschiedenen Farben geschrieben – manchmal eine Karte, manchmal ein Brief, verfasst mit einem Spektrum bunter Tinten.

Es war ein Gefühl, als erhielte man das wertvollste Weihnachtsgeschenk, das man sich vorstellen kann, nachdem man schon befürchtet hat, überhaupt nichts zu bekommen.

Stella streckte die Arme aus, und Joe legte die Briefe beiseite, setzte sich neben sie aufs Bett und klammerte sich an sie, als könne sie jeden Moment wieder aus seinem Leben verschwinden, woran er sie jedoch diesmal hindern werde. So verharrten sie fast eine Minute lang, die Glieder in einem grotesk unbequemen Winkel verrenkt. Schließlich sah Joe auf. »Hallo, Mum«, sagte er sanft und wischte die Tränen aus beider Gesichtern.

»Hallo, Joseph.«

Joes Gefühle wirbelten herum wie ein altes Flugzeug beim Looping. Sie liebte ihn. Sie hatte ihn weder vergessen noch weggeworfen wie einen Sack Müll. Sie hatte ihn vermisst, ihm an jedem Geburtstag geschrieben und nicht aufgehört, ihn zu lieben. Es war, als wäre ihm ein Stein von der Brust genommen worden, den er zeit seines Lebens mit sich herumgeschleppt hatte.

In diesem Moment kam ihm alles so einfach vor. Sie hatte ihn geliebt, und sie hatte einen Fehler gemacht. Jetzt konnte dieser Fehler korrigiert werden. Aber keiner von beiden konnte ahnen, wie viel Kummer noch vor ihnen liegen sollte.

Joe hatte noch nicht einmal die Tür hinter sich geschlossen, als Wirbelsturm Molly schon auf ihn zufegte.

»Na los, erzähl schon, erzähl mir jedes Wort, das zwischen euch gewechselt wurde!«

»Da gibt's nicht viel zu erzählen.« Joe grinste, da er wusste, dass Molly ihn für seine gespielt abgeklärte Art am liebsten erwürgt hätte. »Sie hat mich weggegeben, weil sie sich zu jung für ein Kind fühlte. Mein Vater wollte nichts von mir wissen, und sie stand kurz davor, als Schauspielerin Erfolg zu haben.«

»War es überwältigend? Hast du geweint? Ich habe jede Sekunde des Nachmittags an dich gedacht.«

Dankbar schloss Joe sie in die Arme. »Ach, Moll, wenn du doch nur dabei gewesen wärst. Das Beste war, dass sie mich nie vergessen hat. Sie hat ein winziges Söckchen aufgehoben, das ihr eine der Nonnen überlassen hat. Und sie hat mir jedes Jahr an meinem Geburtstag einen Brief geschrieben.« Er griff in die Jackentasche und fasste nach dem Bündel Briefe. In seinen Augen glitzerten ungeweinte Tränen. »Sie hat sie mir mitgegeben, damit ich sie lesen kann.«

»Soll ich dir eine Tasse Tee machen? Dann kannst du sie dir in aller Ruhe ansehen.«

»Molly, ich habe dich gar nicht verdient. Das ist alles dein Verdienst. Es ist, als wäre mein ganzes Leben ein großes Loch in mir gewesen, und dank dir wird es endlich gefüllt.«

In diesem Moment glaubte Molly, ihr müsse vor Erleichterung und Glück das Herz überschäumen. Als sie das Wasser aufsetzte, sah sie aus dem Augenwinkel, wie Joe sich leise in Eddies Zimmer schlich und das Baby aus seinem Bettchen nahm.

»Weißt du was, kleiner Edward? Auf dich wartet eine Überraschung. Nicht nur eine Oma, sondern zwei, und die wirst du schon sehr bald kennen lernen.«

Die Zärtlichkeit in Joes Stimme gab Molly das Gefühl, dass jede Wolke in ihrer Ehe verjagt worden war. Wenn Stella eine derartige Wirkung ausübte, dann musste sie Zauberkräfte besitzen. Die einzig verbliebene Wolke – und das war eine ziemlich dicke, die mit finsterer Schwärze drohte – war die Tatsache, dass Joe demnächst Pat würde sagen müssen, dass sie seine leibliche Mutter nicht nur gefunden hatten, sondern auch, als wer sie sich entpuppt hatte.

Doch bis dahin war noch Zeit. Zuerst würde Molly einfach das herrliche Gefühl genießen, dass alles genauso lief, wie sie es sich erhofft hatte.

Es war ein Gefühl, wie am Weihnachtsmorgen aufzuwachen, sagte sich Stella, oder vielmehr so, wie es an Weihnachten sein sollte, wenn man wusste, dass sagenhafte Freuden und Überraschungen vor einem lagen. Das Gefühl war zu viel für sie. Sie musste es teilen. Also rief sie Richard in Leeds an, um ihm zu erzählen, was passiert war. Er klang ebenso erfreut, wie sie es war, wenn auch etwas verblüfft über die Neuigkeit, dass sie einen Sohn hatte. Insgeheim war sie über seine Abwesenheit erleichtert, weil das bedeutete, dass sie ihre Zeit voll dazu nutzen konnte, ihren Sohn unter vier Augen kennen zu lernen. Nach dem Gespräch fuhr sie nach Sussex, um den Tag mit Bea zu verbringen.

Normalerweise behauptete Stella, Sonntage auf dem Land seien unerträglich langweilig, und ließ sich nur dazu herab, Bea in Brighton zu treffen, das eine Art London an der See war. Aber heute, da sie ebenso begierig darauf war, ein Loblied auf Joe zu singen, wie ihre Mutter, es zu hören, war ein Besuch bei Bea zu Hause unvermeidlich.

Aufgeregt stand Bea an der Tür und wartete darauf, dass ihre Tochter aus dem Taxi stieg. Nur wenige Frauen hätten ein weißes Leinen-Ensemble von Nicole Farhi mit einem schenkelhoch geschlitzten Rock, wie man ihn mitunter an Liz Hurley sieht, als angemessene Bekleidung für einen Sonntag auf dem Land betrachtet. Noch dazu gepaart mit hochhackigen Sandalen, die nur von hauchzarten Riemchen über den Zehen gehalten wurden. Ganz zu schweigen von dem großen Schlapphut und der Sonnenbrille. Aber schließlich musste Stella ja ihr Image als Femme fatale wahren.

Wie angestrengt das wirkt, dachte Bea. Wäre es nicht

schön, wenn sie sich einfach entspannen und wie alle anderen sein könnte? Aber eventuell hatte Stella halt nicht die Art von Erziehung gehabt, die sie dazu ermuntert hätte, wie alle anderen zu sein.

»Hast du Lust, im Garten zu sitzen?«, fragte Bea. »Unterm Apfelbaum ist ein hübscher Schattenplatz.« Stella achtete sehr darauf, nicht von der Sonne verbrannt zu werden. Die Sonne, so behauptete sie, war fast so schlecht für die Haut, als ob man mit einer pfirsichhäutigen Zwanzigjährigen auf einem Plakat abgebildet wurde. Beides ließ einen aussehen wie eine alte Schachtel.

Bea, die schon lange genug eine alte Schachtel war, um sich nicht mehr darum zu scheren, liebte die Sonne und konnte stundenlang daliegen, ihr das Gesicht zuwenden und ihre Strahlen aufsaugen wie eine Eidechse auf einer Luftmatratze.

»Also«, begann sie, nachdem sie ihre Tochter mit einer Bloody Mary auf einem Korbsessel untergebracht hatte, »jetzt erzähl mal. Und lass bloß nicht die kleinste Einzelheit aus. Ich will die vollständige, ungekürzte Geschichte hören. Wie war er?«

Ein Lächeln, das Ödipus zum Erröten gebracht hätte, legte sich auf Stellas Gesicht. »Er war absolut, total, komplett, sagenhaft umwerfend.«

»Weiter«, witzelte Bea. »Ein *paar* gute Eigenschaften muss er doch auch gehabt haben.«

Stella sah verständnislos drein, was Bea zu der Überlegung veranlasste, wie sie es geschafft hatte, eine Tochter zur Welt zu bringen, der jeglicher Humor fehlte. Womöglich hatte Gott all seine Gaben auf die äußere Gestaltung verschwendet.

»Wo ist er aufgewachsen, und wie waren seine Adoptiveltern?«

»Mein Gott, ausgerechnet in Essex. Die Eltern klingen grässlich. Langweilig wie ein Sonntag in Rochdale.«

»Aber nett?«

»Auf langweilige Art schon, aber er hatte nie das Gefühl, dazuzugehören.«

»Nein.« Bea erwog die Tragödie eines schönen jungen Mannes, der in ihrer eigenen Familie hätte aufgezogen werden sollen, umgeben von Liebe und Exzentrik. Waren sie in ihrer Familie jedoch überhaupt liebesfähig? Sowohl sie als auch Stella hatten – mehr als alles andere und auf jeden Fall mehr als Ehe und Häuslichkeit – ein Leben als Schauspielerin ersehnt. Vielleicht war Joseph mit den langweiligen Eltern in Essex im Endeffekt besser gefahren.

Es war ein wirklich wunderschöner Tag. Die Luft war frisch unter einem strahlend blauen Himmel und das Gras noch grün, nicht vertrocknet und braun, wie es im August so oft der Fall sein konnte, die seltenen roten Äpfel reiften über ihren Köpfen, und eine Ringeltaube brachte ihnen mit ihrem ruhigen »kuu-kuuuu-kuuu-kuu« ein Ständchen.

Die sonst so vorsichtige Bea empfand schlagartige Begeisterung darüber, dass ihre Familie drei neue Mitglieder hinzugewonnen hatte.

»Und was hast du ihm geantwortet«, fragte sie und musterte ihre glamouröse Tochter oder zumindest das, was sie unter dem Hut und hinter der Sonnenbrille von ihr ausmachen konnte, »als er dich gefragt hat, warum du es getan hast?«

»Woher willst du wissen, dass er das gefragt hat?«

»Natürlich hat er das gefragt, und wenn nicht, dann fragt er es demnächst. Was sollte ein Kind, das ausgerechnet von der Person, die es normalerweise liebt, abgelehnt und verlassen worden ist, denn sonst fragen wollen?«

»Das brauchst du mir nicht unter die Nase reiben, Ma.«

»Es stimmt aber, Amanda.« Der unerwartete Klang ihres richtigen Namens brachte Stella aus der Ruhe. Ihre Mutter hatte ihn seit fünfundzwanzig Jahren nicht mehr benutzt. »Eines Tages wirst du dich der Wahrheit stellen müssen, weißt du?«

»Ich stelle mich doch der Wahrheit.«

»Tatsächlich? Was hast du ihm denn gesagt?«

»Dass ich mich der Situation nicht gewachsen gefühlt hatte, ihn aber immer geliebt habe. Ich habe ihm das Söckchen gezeigt, das ich aufgehoben habe. Ich wollte ihm begreiflich machen, dass er mir immer etwas bedeutet hat.«

Bea streckte einen Arm aus und ergriff Stellas Hand. »Und meinst du, er hat dir geglaubt?«

»Ja.« Stella nickte. »Ich denke schon. Vor allem, als ich ihm die Briefe gegeben habe.«

Bea sah verständnislos drein. »Welche Briefe?«

»Die Briefe, die ich ihm jedes Jahr an seinem Geburtstag geschrieben und aufbewahrt habe, falls er mich eines Tages findet.«

»Oh, Liebes, das ist ja wunderbar.« Übermannt von Schuldgefühlen angesichts dessen, wie sehr sie die Empfindungen ihrer Tochter unterschätzt hatte, musste Bea ein Schluchzen unterdrücken. »Ich wusste gar nicht, dass du sie geschrieben hast.«

Stella wandte den Blick ab, um ihre Mutter nicht die Wahrheit erraten zu lassen. Ihr war klar gewesen, dass Joseph eine konkrete Sicherheit dafür brauchte, nicht vergessen worden zu sein, und das Mindeste, was sie tun konnte, war, sie ihm zu geben. Also hatte sie, bevor Joe zu ihr gekommen war, die fünfundzwanzig Briefe geschrieben. Sie hatte den ganzen Tag und die halbe Nacht dazu gebraucht. Und es hatte funktioniert. Er war vor Rührung fast zerflossen.

»Mein Gott, Ma.« Das ödipale Lächeln war zurückgekehrt. »Ich kann dir gar nicht sagen, wie hinreißend er war. Hoch gewachsen, süß und schüchtern. Ich kann es gar nicht erwarten, mit ihm auszugehen und ihn herumzuzeigen. Mein großer, erwachsener, gut aussehender Sohn.«

Entfernt, aber unüberhörbar, begannen in Beatrices Kopf die Alarmglocken zu läuten. »Sei vorsichtig, Liebes. Nicht jeder wird deine Gründe dafür verstehen, warum du dachtest, Joseph weggeben zu müssen.«

Und Joseph wäre mit Sicherheit einer davon, musste Bea sich selbst eingestehen, wenn die komplette Wahrheit je ans Licht kam. Sie würde eben darum beten müssen, dass dies nicht geschah.

13. Kapitel

Wie so oft wachte Molly als Erste auf und lauschte der frühmorgendlichen Stille. Es gab nichts Friedlicheres als ein Haus, in dem meistens Kindergeschrei ertönte, wenn das Kind schlief. Die Stille schien fast in sich widerzuhallen.

Einen Moment lang sah sie Joe beim Atmen zu. Seine langen, dunklen Wimpern bildeten zwei schwarze Wellen unter schwarzen Brauen. Er war attraktiv genug für ein männliches Model oder einen Filmstar. *Wie seine Mutter*, kam ihr der Gedanke, eine kleine Erschütterung in der Ruhe des Raumes. Im einen Augenwinkel hatte er einen kleinen, mattweißen Fleck, die Hinterlassenschaft des Schlafs, und sie hätte ihn gern sanft beiseite gewischt. Stattdessen begnügte sie sich damit, ihn zu studieren. Er war viel zu gut aussehend für sie, aber wundersamerweise hatte er sie zu seiner Auserwählten erkoren.

Molly streckte sich und lächelte vor sich hin. Ihre Wohnung mochte ja klein und schachtelartig sein, aber sie besaß einen gewissen Charme, und auch wenn sie nicht viel Geld hatten, kamen sie doch zurecht. Und nun, da sie seine Mutter gefunden hatten und diese ihn kennen lernen wollte, konnte alles nur noch besser werden.

Sie schlüpfte aus dem Bett und machte in einer schlichten weißen Teekanne Tee, goss Milch in das geradwandige Kännchen und nahm zwei weiße Becher aus dem Schrank. Auch wenn sie exotische Farben für ihre Dekorationen liebte, mochte sie manche Dinge lieber einfach.

Hinter ihr, im Flur, fiel die Post auf die Matte. Normalerweise wurde sie unten im Treppenhaus abgelegt. Anscheinend wollte ihnen ein netter Nachbar die Mühe abnehmen. Darunter fanden sich mehrere Werbesendungen, eine Rechnung und ein in kühner Handschrift beschriebener Umschlag. Molly lehnte ihn an das Milchkännchen und trug den Tee ins Schlafzimmer.

Joe schlug ein Auge auf und lächelte verschlafen. »Müssen wir schon aufstehen?«

»Ein bisschen Zeit haben wir noch. Ich bin früher aufgewacht.«

»Und der schlafende Löwe ist noch in seiner Höhle?« Er nickte in Richtung von Eddies Zimmer. »Das scheint mir doch eine ideale Gelegenheit zu sein …«

Molly stellte das Tablett ab, lachte und schlüpfte aus ihrem T-Shirt. Nun stand sie nur noch in ihrem knappen Höschen vor ihm.

»Komm her«, befahl er und sah sie an, als wäre sie das letzte Schokoladen-Eclair in der Konditorei.

Wie die meisten Eltern von kleinen Kindern verloren sie keine Zeit. Man wusste ja nie, wie lang einem blieb. Wenn es nur fünf Minuten waren, so mussten diese fünf Minuten sinnvoll genutzt werden.

Und diese fünf Minuten sollten zu den denkwürdigsten fünf Minuten in Mollys Erinnerung zählen.

Hinterher schenkte sie Tee ein und reichte ihm den handgeschriebenen Umschlag.

»Für dich.«

»Von Stella«, erklärte er.

»Das sehe ich. Du hast ja schon fünfundzwanzig andere.«

»Sie möchte mich zum Mittagessen einladen. Ins Ritz.«

»Weiß sie denn nicht, dass du arbeitest?« Molly versuchte, den Anflug von Ärger zu unterdrücken, den sie angesichts dieser königlichen Vorladung und vielleicht auch der Tatsache, dass sie ausgeschlossen blieb, empfand.

»Wir haben eine Mittagspause, weißt du, sogar in meiner bescheidenen Position.«

»Wenn man davon absieht, dass du in Croydon arbeitest. Offenbar hält sie das Leben wirklich für ein Stück von Noel Coward.« Molly konnte sich einen giftigen Unterton nicht verkneifen.

»Das ist aber nicht besonders nett.«

»Nein, ist es nicht«, gab Molly zu und ermahnte sich, nicht grob zu sein. »Gehst du hin?«

»Natürlich gehe ich! Wenn ich Graham erzähle, wer meine Tischdame ist, ist er so beeindruckt, dass er mir den Tag freigibt. Weißt du noch, wie er sogar diesen drittklassigen DJ angeschleimt hat, der zur Eröffnung des neuen Anbaus gekommen ist?«

»Erzählst du ihm auch, in welcher Beziehung du wirklich zu deiner Tischdame stehst?«

Er schüttelte den Kopf. »Ich sage ihm, ich hätte es bei einem Preisausschreiben gewonnen.«

»Herzlichen Glückwunsch.«

»Ach, komm, Molly. Ich bin noch nie im Ritz gewesen.«

Molly griente. »Dann bügle ich dir mal lieber ein Hemd. Nur eines noch.« Es wunderte sie, dass sich offenbar noch keiner von ihnen damit befasst hatte. »Irgendwann in nächster Zeit findet es jemand heraus. Vorher musst du unbedingt Pat und Andrew von der Neuigkeit berichten.«

Joe umarmte sie. »Ich weiß. Ich sag's ihnen am Sonntag, wenn wir zum Mittagessen bei ihnen sind.«

Molly nickte. Auf diesen Anlass freute sie sich weiß Gott nicht. Pat würde es weder Joe übel nehmen, dass er sich in Stellas Arme stürzte, noch Stella, dass sie die Arme nach ihm ausstreckte. Sie würde es Molly ankreiden.

Molly holte tief Atem und versuchte, sich nicht schuldig zu fühlen. Die arme Pat – das würde ganz schön hart für sie werden. In ihren Augen hatte sie zeit ihres Lebens ihr Bestes für Joe getan. Jetzt war eine andere aufgetaucht, die ihn ihr in einer Wolke aus Ruhm und Parfum von Christian Dior wegnahm.

Molly dämmerte so langsam, wie Pat sich tatsächlich fühlen musste.

Joes Büro befand sich in einem Industriegebiet südlich von Croydon, das bis vor wenigen Jahren noch unbebautes Land gewesen war. An guten Tagen brauchte er dorthin nur fünfundvierzig Minuten mit dem Auto, da es die entgegengesetzte Richtung zum Pendlerstrom war, der nach London hineindrängte. Obwohl der angrenzende Grüngürtel immer stärker zugebaut wurde, wirkte das Gebiet Gott sei Dank nach wie vor ziemlich ländlich. Joe hatte die Vorstellung, in einem Betondschungel zu arbeiten, noch nie behagt.

Heute blickte er von seinem Computerbildschirm auf und sah eine Kuh vor sich, die durchs Fenster glotzte und gemächlich wiederkäute.

»Tut mir Leid, wenn ich dich enttäuschen muss, Kumpel«, sprach Joe sie an, »aber Friesenkühe fahren keine Personenwagen.« Er wies auf das Handbuch, an dem er momentan arbeitete. »Obwohl sie vermutlich bessere Fahrer abgäben als die meisten Autobesitzer.«

»Führst du Selbstgespräche oder was?« Es war Graham, Joes Chef. Graham hatte die Bastler-Handbücher selbst entwickelt und war dadurch – wie er es ausdrückte – »einigermaßen wohlhabend« geworden, was in Joes Augen so ähnlich war, als ob man die Queen als »einigermaßen adelig« bezeichnet hätte. Graham war dick, fünfundfünfzig Jahre alt und kinderlos. Er hätte sich auf Jersey oder den

Cayman-Inseln zur Ruhe setzen können, aber er war ein Mann, der lieber arbeitete, als zu Hause zu sitzen, und der den Golfplatz lediglich als Gottes Wartezimmer betrachtete.

Nachdem sie sich am Markt durchgesetzt hatten, waren die Handbücher zu einem phänomenalen Erfolg geworden. Momentan herrschte massive Nachfrage nach dem Buch über einen neuen Personenwagen, der diese Woche auf den Markt kommen sollte.

»Was macht der Text? Wird er fristgerecht fertig?«

»Ich bleibe rund um die Uhr hier, damit er fertig wird.«

»Braver Junge. Bist genau wie ich«, lobte ihn Graham.

»Bevor du so tierisch reich geworden bist, meinst du!«

Graham lachte. Joe war sein Lieblingsmitarbeiter und schon fast wie ein Neffe für ihn, daher ließ er ihm alles durchgehen.

»Allerdings gibt es eine Bedingung.« Joe nutzte seinen Vorteil, solange die Zeichen günstig standen.

»Und was wäre das bitteschön?« Ab und zu tat Graham Joe gern einen Gefallen.

»Ich bin am Dienstag zum Mittagessen eingeladen worden.«

»Von einem unserer Händler?«

»Nein, ähm, na ja …« Joe zögerte und genoss den Augenblick. »Pass auf, Graham, du wirst es mir nicht glauben. Von Stella Milton.«

Graham prustete vor Lachen. In der ersten Werkstatt, wo er gearbeitet hatte, hatten sie ein Poster von Stella Milton hängen gehabt. Die Jungs hatten mit Pfeilen auf die Stellen geworfen, mit denen sie am liebsten in Fleisch und Blut Bekanntschaft geschlossen hätten. »Komm schon, jetzt mal im Ernst.«

»Das ist mein Ernst. Ich esse im Ritz mit ihr zu Mittag.«

»Und ich bin eine einbeinige Lesbe!« Wenn ihm diese

verrückte Geschichte von einem anderen Mitarbeiter aufgetischt worden wäre, hätte sich Graham geweigert, sie zu glauben. Aber Joe hatte seit jeher wie ein Silberlöffel in einer Nirosta-Kantine gewirkt. »Wie kommst *du* dazu, mit *der* essen zu gehen?«

»Ich hab's in einem Preisausschreiben gewonnen.«

»He, Leute, stellt euch vor, Joe hat mir nichts, dir nichts ein schickes Mittagessen mit Stella Milton gewonnen – ihr wisst schon, das ist die Sexbombe aus der Peugeot-Werbung. Was war es denn – eine dieser Preisfragen im Radio, wo man anrufen muss? Du Glückspilz!«

»Mann o Mann, Joe«, staunte Brian, der technische Leiter. »Ich hätte auch nichts dagegen, bei der mal einen Gang einzulegen!«

Joe merkte, wie er röter anlief als das rote Auto auf seinem Bildschirm. »Entschuldige bitte, Brian, ich muss mal kurz auf die Toilette.« Er hielt das nicht mehr aus.

»Aha!«, rief ihm Brian nach. »Wir können uns schon denken, warum! Vielleicht solltest du das hier lieber mitnehmen!« Er reichte Joe eine Hochglanz-Autozeitschrift. Auf dem Titelbild war das Foto von Stella aus der Peugeot-Werbung.

Joe warf einen Blick darauf und feuerte es dann in die andere Ecke des Raumes.

»Was ist denn in den gefahren?«, fragte Brian.

»Er hatte schon immer eine künstlerische Ader. Vielleicht findet er, du nimmst sein Glück nicht ernst genug.«

»Du meinst also, er geht da wirklich hin? Es ist nicht bloß dummes Gerede?«

»Joe neigt nicht zu dummen Scherzen.«

»Mann o Mann«, stieß Brian noch einmal hervor, hob die Zeitschrift auf und betrachtete das Titelbild. Ein Chauffeur hielt die hintere Tür auf, während Stella in einem Pelzmantel, unter dem sie nichts als Strümpfe, Strapse und knappe schwarze Dessous trug, aus dem Wagen stieg. *Bringen Sie Aufregung in Ihr Leben*, stand da. Der Witz der Anzeige bestand darin, dass die Szene auf dem Parkplatz eines Supermarkts spielte, der voller ganz normaler Kunden war.

»Na, egal.« Brian zuckte die Achseln und warf die Zeitschrift schmollend auf Joes Schreibtisch. »Eigentlich bin ich gar nicht neidisch auf ihn. Sie ist alt genug, um seine Mütter zu sein.«

Molly bügelte gerade mit besonderer Sorgfalt Joes Hemd, als er nach Hause kam, und fragte sich, wie es wohl wäre, ein Leben zu führen, in dem man an einem stinknormalen Werktag im Ritz zu Mittag aß.

Üblicherweise bügelte Joe seine Hemden selbst, nicht zuletzt deshalb, weil die Wäsche, wenn Molly sie gebügelt hatte, aussah, als hätte ein Elefant darin genächtigt.

»Das ist nett von dir«, sagte er. »Aber vielleicht übernehme ich das mal.«

»Weil du findest, dass es katastrophal aussieht, wenn ich es mache?«

»Weil ich finde, dass es katastrophal aussieht, wenn du es machst«, gestand er und lächelte sie zärtlich an.

»Und, wie hat Graham darauf reagiert, dass du morgen freihaben willst?«

Joe grinste. »Genau wie ich vorhergesagt habe. Erst wollte er es nicht glauben, aber dann hat er eingelenkt. Ich soll mir von ihr ein Autogramm auf eine Serviette geben lassen.«

»Dieser Graham ist ein Komiker!« Dann fiel ihr etwas anderes ein. »Ich hoffe nur, dass dich niemand erkennt.«

»Im Ritz?« Joe musste dermaßen lachen, dass er sich fast am Bügeleisen verbrannt hätte. »Bestimmt postieren sich

Brian aus der Technik und unser Motorradbote Jim an der Bar und warten nur darauf, bis sie mich entdeckt haben.«

»Die meine ich nicht. Ich meine jemanden von der Presse.«

Am nächsten Morgen sah sie ihm zu, wie er das Hemd anzog, das er selbst gebügelt und dessen Aussehen er damit enorm verbessert hatte. Das Erstaunliche war, dass Joe von Natur aus so wirkte, als wäre er in schicken Lokalen zu Hause.

»Jetzt weiß ich, warum ich mich immer unwiderstehlich vom teuersten Gericht auf der Karte angezogen fühle«, witzelte er. »Es liegt offenbar in den Genen.«

»Tja, dann lass mal deine Gene nicht mit dir durchgehen, indem du deine Kreditkarte zückst. Ein Mittagessen dort kostet vermutlich eine Wochenmiete. Amüsier dich gut. Und lass sie bezahlen.«

»Okay, ich sage ihr, meine unglaublich geizige Frau hätte darauf bestanden, dass ich die Hand fest in der Tasche lasse.«

Um Punkt zwölf bog Joe am Piccadilly um die Ecke und eilte die Stufen zum Vordereingang des Ritz empor, während er sich bemühte, den Eindruck zu erwecken, als wäre er schon hundertmal dort gewesen. Der livrierte Portier war zum Glück allzu sehr damit beschäftigt, ein Taxi für ein paar unsäglicherweise mit voller Jagdmontur bekleidete Deutsche zu finden, um ihn zu beachten.

Er fand sich in einer holzgetäfelten Empfangshalle wieder, deren Teppich so dick war, dass er das Gefühl hatte, darin zu versinken. Einen Moment lang blieb er unschlüssig stehen. Trotz seines umwerfend guten Aussehens verließ er sich bei gesellschaftlichen Anlässen stets auf Molly.

Die Dame an der Rezeption, eine Fünfzigerin, sah auf und erblickte einen jungen, ganz in Schwarz gekleideten Mann, der schweigend vor ihr stand und nervös wirkte. Er erinnerte sie an ein Amseljunges, das das Nest verlassen hat, aber noch nicht richtig fliegen kann.

»Kann ich Ihnen helfen?«, fragte sie und hätte ihm am liebsten selbst ein paar Flugstunden gegeben.

»Ich bin im Restaurant mit jemandem verabredet.« Er zögerte. »Mit Stella Milton, genauer gesagt.«

Die Empfangsdame bemühte sich, ihre Enttäuschung angesichts dieser massiven Konkurrenz zu verbergen. »Miss Milton ist bereits in den Speisesaal gegangen. Der Oberkellner bringt Sie gern an Ihren Tisch.«

Joe folgte der Richtung, in die die Frau gewiesen hatte, durch einen breiten Flur mit einer Bar auf beiden Seiten. Offenbar tranken alle Champagner. Er erkannte ein paar Politiker und einige Gesichter, die er im Fernsehen gesehen hatte. Als er endlich im Speisesaal anlangte, schnappte er vor Staunen nach Luft. Zwischen den aufwändigen Stuckarbeiten hingen herrliche Gemälde mit ländlichen Szenen. Es war fast, als speiste man in einem eleganten französischen Château.

Stella sah ihn, sprang auf und winkte, was sämtliche Essensgäste im Saal veranlasste, ihr Besteck abzulegen und Joe zuzusehen, wie er zögerlich auf sie zuschritt.

»Wie schön, dich zu sehen, Liebes«, sprudelte sie hervor. »Möchtest du einen Aperitif?«

Auf der anderen Seite des Restaurants wurde soeben Bob Kramer an seinen Platz an einem der Ecktische am Fenster geführt. Er war nicht nur deshalb hierher gekommen, weil es schön war und bei anderen Eindruck machte, sondern auch, weil das Preis-Leistungs-Verhältnis erstaunlich gut war. Die Küche hatte nicht allzu viel mit Nouvelle Cuisine und winzigen Portionen im Sinn, was ihm sehr entgegenkam. Und da es eher schön als schick war, riskierte man nicht, jedem Produzenten und Agenten der Stadt über den Weg zu laufen. Die letzte Person, mit der er hier gerechnet hätte, war Stella. Noch dazu eine strahlende Stella mit einem sagenhaft attraktiven jungen Mann, der halb so alt war wie sie.

Er beobachtete die beiden ein Weilchen hinter dem Umschlag seiner Speisekarte hervor. So hatte er Stella schon seit Jahren nicht mehr leuchten sehen. Der langweilige, aber nette Richard hatte jedenfalls nicht diese Wirkung auf sie. Aber wer war der junge Mann? Jedenfalls kein Schauspieler, sonst hätte Bob ihn gekannt. Sein glutvolles Aussehen erinnerte ihn an die Brüder Fiennes. Dunkle Augenbrauen und fast schwarzes Haar, nur dass dieser junge Mann statt der braunen Augen, die eigentlich zu erwarten gewesen wären, strahlend hellblaue besaß. Na ja, wen kümmerte schon, wer er war, solange er eine derartige Wirkung auf Stella ausübte?

Bob hatte keine Zeit, diese Frage weiterzuverfolgen, da der Geschäftsfreund, den er bequatschen wollte, eingetroffen war, und er nun permanent Blickkontakt halten musste. Er war ziemlich froh darüber, dass man ihn von dort, wo Stella und der junge Mann saßen, nicht sehen konnte. Und sonst beachtete ihn auch kein Mensch. Sämtliche Restaurantbesucher waren viel zu sehr damit beschäftigt, Stella und ihrem Verehrer mehr oder weniger heimliche Blicke zuzuwerfen.

Es war bereits nach vier, und die meisten Tische standen schon lange verlassen da, als Bob schließlich sein Palmpilot zuklappte und sich von seinem Gast verabschiedete. Früher einmal hatten sich Mittagessen in London gemütlich in den Nachmittag hineingezogen, belebt durch ein paar Flaschen Wein, auf die Brandy und Zigarren folgten, bevor man vor einem Drink um sechs kurz noch auf einen Sprung im Büro vorbeischaute, worauf wiederum meist ein Abendessen mit einem Klienten folgte. Heute nahmen die meisten Leute nicht einmal mehr eine Vorspeise, tranken Mineralwasser und lehnten den Nachtisch ab. Stattdessen bestellten sie einen koffeinfreien Cappuccino, ein Getränk, das in Bobs Augen lediglich für Säuglinge und kranke Kinder taugte, und das auch dann nur zum Frühstück. Das Ritual des Mittagessens konnte heutzutage vom Anfang bis zum Ende in nicht einmal einer Stunde abgewickelt werden. Und abends benahmen sich ziemlich viele seiner Klienten – selbst Schauspieler, Herrgott noch mal – wie Computerprogrammierer und bestanden darauf, dass sie nach Hause wollten, anstatt mit ihrem Agenten ausgiebig zu Abend zu essen. Langsam durfte Bob sich überlegen, ob er einem Club beitreten sollte, sonst müsste er – oh, welches Grauen – an manchen Abenden noch alleine essen.

Demzufolge war das Restaurant inzwischen fast leer, abgesehen von ihm selbst und auf der anderen Seite des Saals Stella und ihrem Begleiter. Also nahm er seine Zigarre und den Rest seines Drinks und ging auf sie zu.

»Stella, meine Liebe, wie wunderbar, dich zu sehen!«, gurrte Bob, als wüsste er nicht schon seit zweieinhalb Stunden, dass sie nur ein paar Meter von ihm entfernt saß.

»Bob! Na, so was!« Stella lächelte und ließ einen Hauch gut gelaunter Beschwipstheit erkennen. Den meisten Leuten wäre es nicht aufgefallen, aber Bob Kramer kannte Stella wesentlich besser als die meisten. »Joe, das ist Bob Kramer, mein Agent…« Sie lächelte erneut, diesmal verschmitzt wie eine Braut, die sich auf ihrer eigenen Hochzeit danebenbenimmt. »Bob, ich möchte dir Joseph Meredith vorstellen – meinen Sohn.«

14. Kapitel

Vor dem Ritz winkte Joe sich ein Taxi herbei. »Victoria Station, bitte.«

»Ich dachte, du wohnst in Peckham«, wunderte sich Stella.

»Ich fahre jetzt zur Arbeit«, erklärte Joe.

»Aber es ist halb fünf.«

Die Kluft zwischen ihren beiden Welten war gähnend weit: der Unterschied zwischen Menschen, die gern arbeiteten, und Menschen, die arbeiten mussten. Er hätte ihr erklären können, dass sich das Büro, wenn er jetzt hinfuhr, bald leeren würde, und er die ganze Arbeit, die er zu erledigen versprochen hatte, heute Abend fertig bekommen würde. Vermutlich würde sie ihn für verrückt halten.

»Die Leute in der realen Welt müssen sich ihre Brötchen verdienen, Stella«, bemerkte Bob.

»Ich arbeite oft abends, wenn ich in einem Stück auftrete«, verteidigte sich Stella in verletztem Ton. »Das ist auch nichts anderes.«

»Abgesehen von der Bezahlung, Schätzchen, und dem Taxi, das darauf wartet, dich hinterher nach Hause zu bringen«, erläuterte Bob.

Stella hielt sich am Arm ihres großen, attraktiven Sohnes fest. Im Grunde ihres Herzens wusste sie, dass sie ihn immer um sich haben wollte. Sie wollte mit ihm angeben und ihn allen ihren Freunden vorstellen. Am liebsten hätte sie laut gerufen: »Seht mal alle her. Ich habe ihn gemacht. Ist er nicht wunderbar?«

»Joseph …« Sie hatte beschlossen, ihn so zu nennen, weil es ihr das das Gefühl gab, als gehörte er zu ihr und als wäre er ein anderer Mensch als der Joe, der zu Molly gehörte. Sie wusste außerdem, dass sie es nicht ertragen könnte, sich von ihm zu verabschieden, ohne zu wissen, wann sie ihn das nächste Mal sehen würde. »Hör mal, ich bin nächste Woche auf einer Wohltätigkeitsveranstaltung im Britannia Theatre. Nichts Bombastisches, nur ein Essen und das Stück. Kommst du mit? Es ist am Donnerstag. Ich würde mich wirklich unheimlich freuen, wenn du kommen könntest.«

Joe zögerte. »Ich weiß nicht. Ich muss erst Pat und Andrew erzählen, dass ich dich gefunden habe. Es wäre schrecklich, wenn sie es aus der Zeitung erfahren würden. Molly und ich fahren am Wochenende nach Mere-on-Sea und erzählen ihnen, was passiert ist.«

Sich in die Lage derer zu versetzen, denen das Glück weniger hold war als ihr selbst, zählte nicht zu Stellas Gewohnheiten. Trotzdem kam ihr der Gedanke, wie unerfreulich es sein musste, damit konfrontiert zu werden, dass der Sohn, den man als seinen eigenen aufgezogen hatte, beschlossen hatte, seine leibliche Mutter zu finden. »Viel Glück. Wenn es etwas nützt, würde ich Pat gerne kennen lernen und ihr dafür danken, dass sie so gute Arbeit geleistet hat.«

Joe zögerte. Er war sich nicht sicher, ob Pat diese Geste zu schätzen wissen würde, auch wenn sie gut gemeint war. Pat würde vermutlich lieber so tun, als gäbe es Stella nicht, und alle ihre Filme bei Blockbuster Video boykottieren.

»Das ist nett von dir. Und vielen Dank noch für das Essen.«

Als er die Tür des Taxis öffnete, musste sie ihn schließlich gehen lassen. »Bis bald, Liebes.«

»So«, begann Bob, dessen unauffällige Anwesenheit neben sich sie kaum mehr wahrgenommen hatte. »Keine Leichen im Schrank, behauptet sie. Nicht einmal eine winzig kleine. Ich bin so langweilig wie die British Home Stores, behauptet sie. Nicht der kleinste Hinweis auf einen lange verschollenen Sohn, noch dazu einen phänomenal gut aussehenden.« Bobs Tonfall schnurrte vor Vermarktungsideen. »Mein Gott, Stella, hast du schon mal daran gedacht, was für eine sagenhafte Publicity dir diese Geschichte bringen könnte?«

Stella, die immer noch dem Taxi nachschaute, fand ihren Agenten auf einmal widerlich. »Hau ab, Bob, und vergiss einfach, dass ich dir je davon erzählt habe.«

Als Joe endlich nach Hause kam, erwähnte Molly das Mittagessen gar nicht, obwohl er wusste, dass sie darauf brannte, alles bis zur kleinsten Einzelheit zu hören.

Sie gab ihm lediglich einen Kuss und verkündete, dass sie kein Abendessen gekocht hätte, da sie annahm, er werde noch satt sein, nachdem er mittags wie Gott in Frankreich getafelt hatte.

In Wirklichkeit hatte Joe einen Bärenhunger und musste zum Laden gehen und Eier, ein paar müde wirkende Pilze und ein Büschel Koriander besorgen, das aussah, als hätte es mit dem Leben schon abgeschlossen. Er mischte alles zusammen und bereitete ein köstliches Omelett zu, das sie gemeinsam vor dem Fernseher verspeisten.

»Und, wie war's im Ritz? Warst du zu nervös, um etwas zu esssen?« Sie beäugte seinen Riesenberg Omelett.

»Ich habe sogar alle drei Gänge verdrückt. Und die Petit Fours. Und fast alle von Stella.«

Molly versuchte, sich nicht an der lässigen Verwendung des Namens Stella zu stören. Es klang nicht sehr nach »Mutter«. Aber schließlich sah Stella auch nicht besonders mütterlich aus.

»Wollte sie über uns Bescheid wissen? Über mich und Eddie?«

Das Komische war, so musste Joe zugeben, dass Stella ihn zwar über fast jeden Aspekt seines Lebens ausgefragt, aber sich weder an Molly noch an Eddie besonders interessiert gezeigt hatte. Er wusste, dass das Molly verletzen würde, und so führte er diesen Punkt nicht weiter aus. »Wir haben uns erst mal beschnuppert. Ich habe ihr von meiner Kindheit und Jugend in Mere und von Pat und Andrew erzählt und von meinem Job, der mich im Grunde langsam etwas anödet.«

Molly warf ihm einen schrägen Blick zu. »Davon hast du mir nie etwas gesagt.«

»Du hast mich auch nie gefragt. Ich dachte, du interessierst dich nicht besonders für meinen Job. Vielleicht habe ich selbst nicht gemerkt, dass er mich inzwischen langweilt.«

»Bis du Stella kennen gelernt hast«, fügte Molly hinzu.

»Vermutlich hat mir das einige Denkanstöße gegeben. Aber keine Sorge, Liebling, ich habe nicht vor, morgen zu kündigen und zu riskieren, dass wir demnächst auf der Straße sitzen. Es ist nur so, dass ich anfangen möchte, in die Zukunft zu denken. Ich hatte nie ernsthaft vor, mein Leben mit Handbüchern für Autobastler zu verbringen.«

Molly erkannte die Logik in seinen Worten, aber ihr Ärger darüber, dass die Idee erst mit Stellas Erscheinen in ihrem Leben aufgekommen war, ließ ihre Entgegnung schärfer klingen, als sie beabsichtigt hatte. »Und was ist mit Graham? Er verlässt sich auf dich.«

»Graham findet auch einen anderen. Ich bin nicht unersetzlich.«

Ein unbehagliches Schweigen machte sich zwischen ihnen breit. Molly hatte das Gefühl, dass dafür in erster Linie Stellas Auftauchen in ihrem Leben verantwortlich war. Wenn

Joe ihr früher gesagt hätte, dass er seine Arbeit langweilig fand, dann hätte sie mehr Verständnis gezeigt. Nun versuchte sie zumindest, nicht beleidigt zu sein. Schließlich hatte sie Stella Joe zuliebe gefunden. Es lag auf der Hand, dass es Auswirkungen haben musste, wenn er erfuhr, dass seine Mutter ein berühmter Filmstar war.

»Moll, außerdem ist etwas ganz Tolles passiert. Ihr Agent war auch da. Er kam herüber und hat sich vorgestellt, und weißt du, was Stella gemacht hat? Sie hat gesagt: ›Bob, ich möchte dir Joseph Meredith vorstellen – meinen Sohn.‹ Mein Gott, Moll, du hättest sein Gesicht sehen sollen!«

Auch Stella fiel es schwerer als erwartet, sich wieder in ihr gewohntes Leben einzufügen. Sie musste ein Drehbuch eines ausländischen Regisseurs lesen, der sich nächste Woche mit ihr treffen wollte, wenn er nach London kam. Aber eigentlich wäre sie am liebsten nur mit Joe zusammen gewesen. Außerdem war sie aufgefordert worden, für ein paar Amerikaner auf Tonband zu lesen, fand es aber leicht unverschämt, das von ihr zu verlangen. Der Regisseur sollte lieber ihre Filme anschauen und selbst beurteilen, was er von ihr hielt, oder sich wenigstens die Mühe machen, sich den Zusammenschnitt ihrer besten Arbeiten anzusehen. Sie auf Band lesen zu lassen war Drückebergerei.

Sie hatte versprochen, an der Auswahl der neuen Schüler ihrer ehemaligen Schauspielschule teilzunehmen, was sie alle paar Jahre aus Gefälligkeit tat. Ein Grund für diesen Freundschaftsdienst, so musste sie zugeben, war die masochistische Gelegenheit, die jüngsten und hübschesten der nächsten Generation von Schauspielerinnen in Augenschein zu nehmen und vielleicht sogar ein paar von ihnen zu entmutigen.

Aber heute war sie so ruhelos, als hätten sich sämtliche Fixpunkte ihres Lebens verschoben. Sie wollte nur darüber reden, wie wunderbar Joseph war. Sie spürte Beas Skepsis diesem Thema gegenüber, und Richard war nach wie vor verreist. Im Übrigen konnte sie von ihm auch nicht erwarten, dass er ein Loblied auf Joseph sang. Der Einzige, mit dem sie eventuell ihre gesteigerte Glückseligkeit teilen konnte, war Bob, ihr Agent, und so bekam er unerwarteten Besuch.

Bobs Büro lag in Chelsea am Hafen, in einer seltsamen Betonwüste, die einerseits glamourös, andererseits aber ein verlassener Außenposten war. Es war wie die Kulisse eines Films, dessen Budget direkt nach dem Aufbau gestrichen worden war, so dass alles wie von der Außenwelt abgeschnitten im luftleeren Raum hing – eindrucksvoll, aber nicht echt.

Stella schlenderte durch das riesige Atrium, das auch ein Designerzentrum beherbergte. Winzige Stoff- und Tapetengeschäfte sämtlicher berühmter Marken säumten den Korridor. Auf Stella wirkten sie zu unpersönlich nach Alter Welt, voller Troddeln und nachgemachter Gobelins, als wären sie Ausstatter für die Hallen von Luxushotels.

Bobs Büro war in beruhigender Weise wie Bob: protzig in einem ziemlich überholten Achtziger-Jahre-Stil. Jeder Zentimeter Wandfläche war mit Huldigungen an seine zahlreichen Klienten bedeckt. Stella fragte sich, was er mit den Lücken an der Wand machte, wenn ihn jemand verließ und zu einem anderen Agenten wechselte.

»Stella, das ist aber eine Überraschung! Wie schön!« Bob war gerade dabei, in der Vorabendausgabe des *Evening Standard* eine Kritik zu lesen, in der einer seiner Klienten massiv angegriffen wurde, und er war überglücklich, nun jemanden bei sich zu haben, der verstehen würde, wie unwissend, banausisch und *jung* dieser kleine Rezensent war. »Es ist doch ständig dasselbe mit diesen dämlichen Rezensenten! Schon wieder so ein Grünschnabel, der versucht, sich einen

Namen zu machen, indem er ein Stück vernichtet, das das Publikum gut zu finden gewagt hat!«

Das war eines von Bobs Lieblingsthemen. Stella brauchte eigentlich gar nichts dazu zu sagen. Allein ihre Anwesenheit genügte Bob schon.

»Hast du noch irgendwas Neues über die Besetzung von *Dunkle Nacht und Verlangen* gehört?«, unterbrach sie ihn schließlich.

»Es hat im Oktober hier Premiere, mit Roxanne Wood als Millie. Du möchtest es dir nicht vielleicht doch anders überlegen und eventuell die Mutter spielen? Das ist nämlich die Rolle, in der die eigentliche Substanz steckt. Nein, natürlich willst du nicht. Tu so, als hätte ich es nicht gesagt.«

»Ich tue so, als hättest du es nicht gesagt«, erklärte Stella eisig.

»Übrigens, diese Sache mit deinem Sohn – eine höchst ungewöhnliche Geschichte. Und er sieht so gut aus. Er kann nicht vielleicht schauspielern? Stell dir nur vor, ihr könntet Gertrude und Hamlet spielen …«

»Ich *spiele* keine Mütter, vergiss das nicht, und soweit ich weiß, hat Joseph nicht einmal je in einem Krippenspiel mitgewirkt.«

Ein scharfer Schmerz durchzuckte Stella. Sie wusste beim besten Willen nicht, ob Joseph seinen Namensvetter oder das dritte Schaf links gespielt hatte oder ob er sich ausgeschlossen fühlte, weil er überhaupt nicht zum Mitspielen aufgefordert worden war. Sie wusste nicht, ob er gern auf Bäume kletterte oder fernsah oder welchen Aufstrich er auf seinen Sandwiches bevorzugte. Sie hatte keine seiner kleinen Kümmernisse und keinen seiner Triumphe miterlebt. Sie kannte keines der familiären Etiketten und keinen der Mythen, die ebenso prägend für einen Menschen sind wie seine genetische Ausstattung. Joes gesamte Kindheit war ein unbeschriebenes Blatt für sie. Nur diese langweilige, gewöhnliche Pat, die Frau, der ihn Stella überlassen hatte, konnte die Bildunterschriften ins Fotoalbum von Joes Leben schreiben, und Stella, die dankbar hätte sein sollen, ertappte sich dabei, wie sie ihr deswegen zu grollen begann.

»Ich hatte nicht unbedingt an ein Stück gedacht«, sprach Bob weiter. »Aber wir sollten wirklich eine Fotositzung arrangieren. Ich wette hundert Pfund mit dir, dass dieser Junge genauso fotogen ist wie du. Das könnte dir ein völlig neues Lebensgefühl verschaffen. Sieh dir nur Jerry Hall und ihre Tochter Elizabeth an. Ich sehe euch schon auf dem Titelbild von *Vanity Fair* vor mir. Das ist genau das, was du brauchst, Stella-Schätzchen.«

Stella reckte ihren sehnigen Rücken, der bei den Dreharbeiten zu *Tote Männer weinen nicht* vor und hinter der Kamera Wirbel für Wirbel in höchst erotischer Weise von ihrem männlichen Partner geküsst worden war. »Die Fotomöglichkeiten interessieren mich nicht die Bohne.«

»Stella, Stella …«

Stella ignorierte ihn.

Bob seufzte. Es war ihm ein Gräuel, eine sagenhafte Gelegenheit ungenutzt verstreichen zu lassen. Vor allem, nachdem Stella es dringend nötig hatte. »Ich glaube, wir beiden sollten uns mal ernsthaft unterhalten. Du kennst doch den Film *Rock On* über diese alternde Rockband, in dem du die Freundin spielen wolltest? Ich habe dir nicht erzählt, was der kleine Scheißer von Jungregisseur gesagt hat, oder? Er meinte, er hätte schon als Teenager für dich geschwärmt, aber inzwischen seien die Falten um deinen Mund zu tief für die Kamera.«

»Hat er die Falten um den Mund von Patti Boyd gesehen? Oder um den von Marianne Faithfull?«, fauchte Stella. »Das nennt man Leben.«

»Darum geht es nicht. Sie soll immer noch ’ne geile Nummer sein.«

Nun hatte er Stellas Aufmerksamkeit. »Und ich nicht?«

Bob wünschte, er wäre nicht ganz so brutal gewesen. »Du hast die Rolle nicht bekommen«, erklärte er ihr.

»Die haben sie stattdessen einer hundsmiserablen Schauspielerin gegeben, die zehn Jahre jünger ist als ich, meinst du.«

Bob zuckte die Achseln. »Langsam zeichnet sich ein Muster ab, Stella. Inzwischen gibt es nicht nur eine Generation von Schauspielerinnen, die jünger sind als du, sondern zwei. Es tut mir Leid, Schätzchen, aber so ist es nun mal. Vielleicht sollten wir es auf dem Kontinent versuchen. Die Briten wollen ihre Schauspielerinnen ewig entweder als Damen oder als Schlampen. Hier hat man nichts für erwachsene Frauen übrig.«

»Möchtest du mir damit sagen, dass ich zu alt bin, um eine Schlampe zu spielen?«

»Du bist die sexyste Frau der Welt, aber selbst Aphrodite musste mit fünfundvierzig Kleider anziehen.«

»Sag mal, mein lieber Robert, wohin soll das alles führen, abgesehen davon, dass Aphrodite wieder in ihr Höschen schlüpft?«

»Zurück zu dir, Schätzchen. Einem geschenkten Sohn schaut man nicht ins Maul. Hier geht es um Doppelseiten. Lass nicht zu, dass jemand anders die Story publik macht, denn raus kommt sie allemal. Sie ist einfach zu gut, um übersehen zu werden. Verrat dein Geheimnis selbst. Ich arrangiere auch alles für dich.«

»Bob.« Wutschnaubend erhob sich Stella. »Du bist ein richtig mieses Schwein.«

»Natürlich bin ich das«, erwiderte Bob freundlich. »Deshalb bin ich ja ein so guter Agent. Denk mal drüber nach.«

Rasch wechselte er das Thema. »Übrigens, kommst du zu der Wohltätigkeitsveranstaltung nächste Woche?«

»Muss ich ja«, knurrte Stella und rauschte davon. Sie fügte nicht hinzu, dass sie Joseph gebeten hatte, sie zu begleiten. Schließlich hatte er noch nicht zugesagt, und vielleicht war es besser, wenn sie ihn von den verführerischen Tricks eines Bob Kramer fern hielt.

Fünf Minuten später trat sie gerade aus dem Lift, und ein Motorradbote, der sein Glück, an einem faden Donnerstagnachmittag zufällig Stella Milton zu begegnen, kaum fassen konnte, bat sie um ein Autogramm. »Signieren Sie meinen Helm, Stella, ja? Ich habe immer noch dieses Poster…«

»…von mir in der Lederkluft. Bitteschön.« Schwungvoll schrieb sie ihren Namen und wünschte fast, sie könnte einen Scheiterhaufen aus diesen Postern machen, halb erfreut, dass nicht jeder so dachte wie dieser ignorante Jungregisseur, der nicht über die Falten neben ihrem Mund hinausblicken und die erotische Frau dahinter erkennen konnte.

Tu dir selbst einen Gefallen, Stella, so schärfte sie sich ein, während sie davontänzelte und die Blicke des Motorradfahrers immer noch ihren Po liebkosten, und hör auf, dir dein eigenes Geschwätz abzunehmen.

Mit ironischem Grinsen beobachtete Bob die Szene von seinem Fenster aus. Stella hatte Recht: Ganz zum alten Eisen gehörte sie noch nicht.

»Hallo, Molly, Liebes.« Molly wunderte sich, dass sie mitten unter der Woche einen Anruf von Pat bekam. Pat rief normalerweise nie an, um ein bisschen zu plaudern. Molly nahm ihren beklommenen Tonfall wahr und brach in Panik aus. Hatte sie irgendwie von Stella erfahren, bevor sie es ihr selbst erzählen konnten?

»Alles in Ordnung?«, fragte Molly und setzte sich Eddie auf die Hüfte.

»Offen gestanden geht es Andrew nicht gut. Er hat einen tiefsitzenden Husten bekommen. Er hat sogar seinen geliebten Garten aufgegeben und sich ins Bett gelegt.«

»Dann muss es wirklich ernst sein.« Andrew war normalerweise ein tapferer Mann. Molly hatte noch nie gehört, dass er sich über irgendetwas beklagt hätte, nicht einmal damals, als er einen kleinen Schlaganfall erlitten hatte.

»Ich konnte ihn zumindest überreden, den Arzt anzurufen.«

»Können wir irgendwas tun? Ich meine, Joe ist in der Arbeit, aber Eddie und ich könnten kommen und helfen. Medikamente aus der Apotheke holen. Versuchen, Andrew aufzuheitern.«

»Danke für das Angebot, Liebes, aber er will es einfach nur ausschlafen. Ich rufe nur an, um euch zu sagen, dass ihr dieses Wochenende lieber nicht kommen sollt. Andrew möchte sich schonen, und wir wollen Eddie auch nicht in Ansteckungsgefahr bringen.«

Verdammt! Das hieß, dass sie Pat und Andrew die Neuigkeit nicht persönlich mitteilen konnten.

Molly überkam der fast übermächtige Drang, es ihr auf der Stelle zu verraten, doch sie musste ihn unterdrücken. Es war nicht ihre Sache, und außerdem würde Pat es nur als ein zusätzliches Vergehen betrachten, das sie Molly anlasten konnte, und Joe würde sie umbringen. Sie würden eben warten müssen.

Kaum hatte sie aufgelegt, als das Telefon wieder klingelte. »Hallo, Molly, hier ist Stella Milton. Ich wollte fragen, ob Joe die Wohltätigkeitsveranstaltung schon erwähnt hat, zu der ich ihn nächste Woche eingeladen habe.«

Molly wünschte, sie wäre ein Drachen und könnte Feuer

durchs Telefon spucken. Stella hatte sich nicht einmal dazu herabgelassen, sich ordentlich vorzustellen, sondern war einfach davon ausgegangen, dass Molly auf ihren Befehl hin parieren würde. Sie machte sich gar nicht erst die Mühe, Molly zu fragen, ob sie auf diese dämliche Veranstaltung voller kunstbeflissener Schauspieler kommen wollte, ja, sie machte nicht die geringsten Anstalten, Molly oder Eddie überhaupt kennen lernen zu wollen. Vermutlich machte es einen weniger alt, einen attraktiven Sohn am Arm zu haben, als die Frau des attraktiven Sohns und noch dazu das Baby des attraktiven Sohns.

»Dumme Kuh!«, zischte Molly den Hörer an, nachdem sie aufgelegt hatte. »Wenn ich dich doch nie gefunden hätte. Wenn doch Schwester Mary eine richtige Nonne gewesen wäre, die nicht einfach Einzelheiten ausplaudert, die sie gar nicht hätte verraten dürfen. Wenn doch Schwester Bernadette, die auf allen vieren die Böden schrubbt, Dienst gehabt hätte. Sie hätte nie eine Amanda erwähnt.«

»Was ist los?«, fragte Joe, als er nach Hause gekommen war, da er spürte, dass etwas nicht in Ordnung war. Aber man hätte schon taub, stumm und blind sein müssen, um *nicht* zu bemerken, dass Molly auf dem Kriegspfad war.

»Diese Wohltätigkeitsveranstaltung, auf die Stella dich eingeladen hat.«

»Die, zu der ich deiner Meinung nach nicht gehen soll, da mich jemand entdecken könnte?«

»Ja. Also, ich möchte auch mitkommen.«

Joe sah verblüfft drein. »Das freut mich, dass sie dich ebenfalls eingeladen hat.«

Diese verfluchte Stella, dachte Molly. Es kümmerte sie nicht, ob Stella sie dabeihaben wollte oder nicht. Ihr Geld war ebenso gut wie das eines anderen. Oder das wäre es zumindest, wenn sie Geld hätte. Außerdem konnte Stella nicht einfach Joe zu schicken Veranstaltungen abschleppen und Molly und Eddie die ganze Zeit wie Aschenputtel zu Hause sitzen lassen. »Du und ich, wir gehören auch dazu, nicht wahr, Eds?« Sie kitzelte ihm mit dem nackten Fuß den Bauch.

»Gah!«, stimmte das Baby zu und ließ zur Bekräftigung einen lautstarken Pups.

Die winzige Bar des Britannia Theatre war so überfüllt, dass es ein Ding der Unmöglichkeit schien, die paar Meter zum Tresen zurückzulegen. Es wirkte eher wie ein schlimmer Tag in der Tokioter U-Bahn, nicht wie ein kultivierter Empfang vor einem Theaterstück, und war ungefähr ebenso amüsant.

Joe hatte Stella endlich in der Ecke gegenüber entdeckt und schob Molly in ihre Richtung. Stella hatte das kleine Wunder zustande gebracht, einen der wenigen Tische im Raum zu ergattern. Sie trug ein schlichtes schwarzes Leinenkleid, das man fast als zurückhaltend hätte bezeichnen können, wenn es nicht einen derart tiefen Ausschnitt gehabt hätte, dass man sich fragte, wie ihre Zwillingsgipfel auch nur die entfernteste Chance hatten, verborgen zu bleiben. Nur für den Fall, dass ein Betrachter die Aussicht übersehen hätte, schaukelte ein edelsteinbesetztes Kreuz an einem langen schwarzen Band zwischen ihren Brüsten bei jeder Bewegung hin und her. Molly beschloss, nicht hinzusehen, um nicht hypnotisiert zu werden.

»Stella«, murmelte Joe, der nicht wusste, wohin er schauen sollte, »ich glaube, du hast Molly noch nicht kennen gelernt.«

Molly spürte, wie Stellas Blick sie mit der geballten Konzentration eines wilden Tieres fixierte. Gott sei Dank hatte sie sich mit Bedacht gekleidet. Wie seltsam, dachte Molly, dass sie mich bei all ihrem Ruhm und Glamour als Konkurrenz sieht. Doch ein kleiner Teil in Molly war froh. Sie hatte schließlich die Jugend auf ihrer Seite, obwohl das kaum mit Stellas Sinnlichkeit mithalten konnte.

»Freut mich sehr, Sie kennen zu lernen, Stella.«

»Ganz meinerseits, Herzchen.« Stellas Lippen schwangen sich zu einem kleinen, berechnenden Lächeln nach oben, das Molly keine Sekunde narren konnte. »Jetzt kommt und setzt euch.« Sie rutschte etwa sechs Millimeter zur Seite, so dass es den Anschein hatte, als quetschte Molly einen riesigen Hintern in die schmale Lücke, die Stella neben sich frei gemacht hatte.

»Na, Molly, was treiben Sie denn so den ganzen Tag, wenn Joe in der Arbeit ist? Jede Menge nette Mittagessen mit Freundinnen?«

Molly wurde wütend. Man merkte eindeutig, dass Stella Joe nie selbst versorgt hatte. »Ich liege auf dem Sofa, nasche türkischen Honig, trinke Maracujasaft und lese erotische Romane«, antwortete sie mit boshaftem Lächeln.

Stella lachte nervös. »Aber ich dachte, Sie kümmern sich um den ...«

»Ich glaube, das sollte ein Witz sein«, erklärte Joe.

Stella goss jedem von ihnen ein Glas Wein ein, pikiert, dass Molly nicht derart von Ehrfurcht überwältigt war, wie sie erwartet hatte. »Ich habe eine Flasche bestellt. Hier drinnen geht es vor der Vorstellung schlimmer zu als auf einem Schlachtfeld. Es ist aussichtslos, sich an die Bar durchkämpfen zu wollen. Wollt ihr wissen, wer wer ist?« Sie wies auf verschiedene Produzenten, Regisseure, Schauspieler und Schauspielerinnen, Bühnenbildner und andere Leuchten der Film- und Theaterwelt. Einer von ihnen drehte sich abrupt um und hätte Joe fast seinen Drink in den Kragen gekippt.

»Entschuldigung!«, sagte er. »Jetzt hätte ich Sie fast mit meinem Bier getauft.«

Verblüfft musterte ihn Joe. »Kennen wir uns nicht irgendwoher?«

Der Mann grinste. »Ich glaube nicht. Sie kennen mein Gesicht, aber nicht meinen Namen. Das passiert Schauspielern andauernd. Denken Sie sich nichts dabei.«

Joe trank einen Schluck Wein. »Ich weiß auch Ihren Namen. Sie sind hereingekommen, haben ein Handbuch über die Wartung Ihres Saabs gekauft und erklärt, Sie könnten nicht so lange warten, bis es im Buchhandel erhältlich ist.«

Der Mann musterte ihn mit neuen Augen. »Da haben Sie absolut Recht. Ein sagenhaftes Gedächtnis.« Er blickte zwischen Joe und Stella hin und her. »Und wer sind Sie?«

»Niemand, den du kennst, Neville«, erwiderte Stella, die das Gespräch offenbar unbedingt von Joes biederem Job ablenken wollte. »Ich wusste gar nicht, dass du Do-it-yourself-Fan bist.«

»Irgendwas muss ich ja mit der ganzen verdammten Zeit anfangen, die ich damit zubringe, in unserem albernen Pseudo-Beruf auf Rollen zu warten.«

»Du kannst jederzeit vorbeikommen und bei mir den Kundendienst machen«, erklärte Stella mit anzüglichem Lachen.

»Nein, mal im Ernst«, fuhr Neville fort und starrte Joe fasziniert an. »Wer sind Sie? Sie kommen mir so bekannt vor.«

Diesmal zwinkerte Joe Molly zu. »Ich bin der Sohn, den Stella im Weidenkörbchen im Fluss ausgesetzt hat, als ich noch ein Baby war. Eine kinderlose Debütantin hat mich gefunden und als Landadeligen aufgezogen.«

Neville schüttete sich aus vor Lachen und sagte: »Sie nehmen mich auf den Arm.«

»Ja, Neville, da hast du absolut Recht.« Stella warf Joe einen vorwurfsvollen Blick zu. »Er nimmt dich auf den Arm.«

»Noch Platz für einen Kleinen?«, unterbrach sie eine bekannte Stimme. Zu Stellas Ärger quetschte sich Bob Kramer auf den freien Stuhl an ihrem Tisch. Joe staunte, dass sich jemand von Bobs Ausmaßen überhaupt durch die Menschenmenge hatte drängen können.

»Das ist eine alte Technik, die ich von meinem früheren Chef gelernt habe. Man legt jemandem die Hand auf den Po, und entweder grinst er, oder er klebt dir eine. In dieser Umgebung grinsen die Leute normalerweise.«

»Du könntest an die Bar gehen und uns noch eine Flasche bestellen, Bob.« Stella zeigte auf den Tresen, wobei sie genau wusste, dass ihn Hin- und Rückweg eine halbe Stunde kosten würden. Sie wollte nicht, dass er Joe ins Rampenlicht lockte.

»Ich habe schon vorher angerufen und eine Flasche für jetzt und eine für die Pause bestellt.« Er fasste hinter sich auf ein Sims, wo eine Reihe Getränke standen, die mit Namenskarten versehen worden waren. »Das war ein schöner Bluff, den Sie da abgezogen haben«, sagte er gelassen zu Joe. »Haben Sie in der Schule mal geschauspielert?«

Joe zuckte die Achseln. »Das Übliche eben. Offen gestanden musste ich oft das Mädchen spielen.« Er setzte ein affektiertes Lächeln auf, und als er wieder zu sprechen begann, hatte seine Stimme einen lockenden, femininen Tonfall angenommen. »Ich ließ ihr keinen Ring: Was meint dies Fräulein?«

»O Gott.« Stella hielt sich die Ohren zu. »Nicht noch eine bescheuerte Viola. Ich muss mir morgen vierzig von der Sorte beim Vorsprechen in der Southern School anhören. Warum wählt jedes Mädchen, das Schauspielerin werden will, *Was ihr wollt*?«

»Ich wette, sie können mit meiner nicht mithalten«, warf Joe ein. »Meine Viola hat die Leute in Beifallsstürmen von den Sitzen gerissen. Genau wie meine Julia.«

»Das müssen die Wimpern sein«, vermutete Bob.

»Vergiss die Wimpern«, korrigierte Stella. »Es liegt in den Genen.« Sie fing sich wieder, bevor Neville fragen konnte, was sie meinte. »Vielleicht gab es in seiner Familie irgendwelche Schauspieler.«

»Netter Versuch, Stella«, flüsterte Bob, als sie aufstanden und sich in die Menge einreihten, die sich in den Theatersaal drängte.

»Ich weiß, was du vorhast, aber das kannst du dir gleich abschminken.«

»Ich habe keine Ahnung, was du meinst«, erklärte Bob unschuldig.

»O doch. Du führst etwas im Schilde. Ich weiß, wie dein Hirn funktioniert, du Reptil. Du versuchst, ihn zu ködern.«

»Pssst und viel Spaß beim Stück jetzt.«

Seit der Schule hatte sich Joe eigentlich nicht mehr fürs Theater interessiert, doch diesmal war es anders. Wie er da unter lauter Schauspielern saß und reihenweise berühmte Gesichter um sich sah, überkam ihn eine Woge der Erregung. Seit er erwachsen war, war er kaum mehr im Theater gewesen – die Karten waren viel zu teuer. Heute Abend sah er, wie gut die Schauspieler zusammenarbeiteten, die Perfektion ihres Timings, die Art, Dinge nicht nur durch Worte auszudrücken, sondern auch durch Körpersprache. Die Aufführung strahlte echtes Pathos und wahre Leidenschaft aus, und sie begeisterte ihn. Als der erste Akt zu Ende ging, war er geradezu enttäuscht.

Er sah sich um und bemerkte, dass Stella ihn beobachtete, ein kleines, zufriedenes Lächeln auf den Lippen. »Du bist mit ihnen da oben auf der Bühne gestanden, stimmt's?«, fragte sie mit leiser Stimme, in der weich die Freude darüber mitschwang, dass er so bezaubert war.

Joe lachte. Es war ihm peinlich, ertappt zu werden.

»Weißt du noch, wie du vorhin gesagt hast, die Schauspielerei sei genetisch bedingt? Glaubst du, es ist wirklich so?«

»Es gibt eine Menge Schauspieler-Dynastien, oder nicht? Die Woods ...« – sie versuchte, den Gedanken an ihre Rivalin Roxanne Wood zu verdrängen – »... die Redgraves und einige andere. Man könnte die Wände mit Schauspielerfamilien tapezieren.«

»Es ist also nicht nur das Umfeld?«, warf Molly ein. »Von der Wiege an mit Schauspielkunst überschüttet zu werden und *Macbeth* anstelle von Gutenachtgeschichten vorgelesen zu bekommen?«

»Pssst – sagen Sie das nicht hier«, tadelte Stella und drehte sich in der Enge ihres Sitzes dreimal um. »Das bringt Unglück. Nennen Sie es das schottische Stück. Das tun alle.«

»Okay«, sagte Joe, der belustigt zugesehen hatte. »Also sind es die Kontakte vielleicht ebenso wie das Verinnerlichen einer Atmosphäre.«

»Das trägt sicher alles gemeinsam dazu bei.« Stella packte ihn am Arm und glühte vor Stolz über sein plötzliches Interesse an ihrer Welt. »Aber ich glaube fest an die Gene. Gene sind für die meisten Dinge im Leben verantwortlich, ob uns das nun passt oder nicht.«

Obwohl sie es nicht aussprach, sah Stella die Gene als ihre Verbündeten. Sie waren schließlich das, was sie mit solcher Macht an Joseph band, trotz all der Jahre, die zwischen ihnen lagen.

Nach dem Stück gingen sie in ein Restaurant in der Camden Passage. Joe staunte, als er feststellte, dass ihr Grüppchen auf ein Dutzend Leute angewachsen war, Bob Kramer und ein paar bekannte Schauspieler eingeschlossen. Ebenso erstaunt war er darüber, dass das Personal des Restaurants, das sich zuerst wenig angetan von der Idee zeigte, aus dem Nichts einen Tisch für zwölf Personen herbeizuzaubern, wundersamerweise nachgab, als sie sahen, wer darunter war.

»Und – was halten Sie von Stella«, fragte Bob Molly, der bemerkte, dass der Platz neben ihr frei war und sich in einer seltenen Anwandlung von Freundlichkeit dorthin setzte.

»Sie erinnert mich an eine Gottesanbeterin«, sagte Molly leise und lächelte, um ihre Worte abzuschwächen. »Zum Glück ist Joe ihr Sohn und nicht ihr Geliebter.«

Bob lachte so laut, dass alle zu ihnen hinsahen. Stella sollte diese junge Frau lieber nicht unterschätzen. Doch das würde sie natürlich, da Stella Frauen stets unterschätzte.

Danach drehte sich das Gespräch überwiegend um Kollegenklatsch: wer gefragt und wer aus dem Rennen war und wer welche Rolle bekommen hatte, was in den Augen der Versammelten meist nach vollkommen unfairen Maßstäben geschah. Sie sprachen von jedem mit dem Vornamen, so dass Stella Joe im Flüsterton aufklären musste. Manche Namen kannte er allerdings selbst, zum Beispiel Peter Hall, David Hare oder Kenneth Branagh. Die meisten waren ihm jedoch fremd.

So sehr unterschied es sich auch wieder nicht von irgendwelchen anderen Fachsimpeleien, sagte er sich zwischen den Blini mit Ziegenkäse und dem gegrillten Tunfisch mit Kräuterpolenta. Nicht einmal seine eigenen Kollegen würden sich wesentlich anders anhören, wenn sie darüber klatschten, wie irgendein zwielichtiger Autohändler einen Vertrag ergaunert hatte, oder über die Schockwellen, die entstanden, wenn ein Autohersteller einen anderen übernahm. Das hier wirkte nur glamouröser und interessanter. Das konnte natürlich auch daran liegen, dass es tatsächlich glamouröser und interessanter war.

Joe sah von seiner Polenta auf und merkte, wie jemand von gegenüber ihn und Stella auffallend nachdenklich musterte. Es war Tom Wall, der phänomenal beliebte Schauspieler, der einen Filmdetektiv mimte. »Wissen Sie«, begann Tom trocken, »jetzt, wo ich Ihnen gegenüber sitze, finde ich, dass Sie einander unheimlich ähnlich sehen. Sind Sie sicher, dass Sie nicht irgendwie verwandt sind?«

»Waren Sie denn vorhin nicht in der Bar?«, schnurrte Stella. Ihre Stimme bebte vor boshaftem Humor, und sie wich Bob Kramers Blick aus. »Er ist mein lange verschollener Sohn. Ich habe ihn in einem Körbchen auf dem Fluss ausgesetzt.«

Joe spürte, wie sein Magen wilde Purzelbäume schlug, doch die Tischrunde prustete vor Lachen.

Abgesehen von Tom Wall, der leise schmunzelte. »Das könnte ich Ihnen fast abnehmen.« Er fasste mit einer Hand über den Tisch und berührte Joes Wange. »Seht mal, er ist immer noch nass.«

Stella schlug seine Hand mit etwas zu viel Wucht beiseite. Tom Wall, der als schriller Schwuler bekannt war, grinste nur anzüglich. »Sagen Sie, Joe Meredith, was sind Sie eigentlich von Beruf?«

Zum ersten Mal in seinem Leben zögerte Joe, bevor er antwortete.

Eine halbe Stunde später löste sich die Gesellschaft auf. Der Agent von irgendjemandem übernahm die Rechnung. Stella erklärte, dass der Agent dies tat, weil er Tom Wall dazu bringen wollte, seinen langjährigen Vertreter zu verlassen und stattdessen zu ihm zu wechseln.

»Das tut er natürlich nicht«, fügte Bob Kramer bissig hinzu, als sie das Restaurant verließen. »Ein Schauspieler wechselt seinen Agenten nur, wenn er auf dem absteigenden Ast ist und jemanden braucht, dem er die Schuld daran geben kann.«

Draußen bot Bob Stella an, sie nach Hause zu fahren, und sie akzeptierte.

»Adieu, Molly.« Sie musste sich recken, um ihrer hoch gewachsenen Schwiegertochter einen Kuss zu geben. »Adieu, Joseph. Vielen Dank fürs Kommen.« In ihrer Stimme lag ein Hauch von Demut und Dankbarkeit, wie ihn Bob noch nie zuvor bei Stella gehört hatte. Sie fasste nach oben und gab Joe einen Kuss. Dazu überschwemmte sie ihn mit einem sehnsuchtsvollen, liebenden Blick von derartiger Intensität, dass Bob ganz verblüfft war.

In diesem Moment leuchtete in der Gasse gegenüber ein Blitzlicht auf.

Stella fuhr herum und starrte in die Nacht wie ein Kaninchen, das vom Scheinwerferlicht geblendet wird. »Wer zum Teufel war das?«

»Vielleicht ein Bewunderer, jemand, der dich im Restaurant erkannt hat?«, mutmaßte Bob aalglatt.

»Das will ich verdammt noch mal hoffen.«

Doch Bob wusste, dass dem nicht so war. Sein Tipp an die *Daily Post* war es wert gewesen. Das würde Stella schon noch einsehen. Wenn sie sich nicht an der Wiederbelebung ihrer eigenen Karriere beteiligte, dann musste er das eben für sie übernehmen.

»Und, wie fandest du sie?«, fragte Joe Molly, als sie zur U-Bahn-Station gingen.

Molly beschloss, diplomatischerweise ihre wahren Gefühle für sich zu behalten. Ihre Schwiegermutter in kleine Fetzen zu zerhacken und sie den Krokodilen zum Fraß vorzuwerfen könnte als leichte Überreaktion eingestuft werden. »Ein bisschen überkandidelt, was?«

Joe grinste. »Ziemlich heftig, ja? Ich glaube, sie hat deinetwegen extra dick aufgetragen. Neulich war sie nicht so.«

Molly verkniff sich ihre andere Beobachtung, nämlich dass Stella eindeutig vollkommen uferlos und unrettbar in Joe vernarrt war.

»Und wie fandest du das Stück? War das nicht absolut sagenhaft?«

Das Leben bei der *Daily Post* war vor der ersten Redaktionskonferenz des Tages immer am hektischsten. Jede Abteilung rang um den Knüller des Tages, die Fortsetzung einer Geschichte oder eine Methode, mit der man allem, was einem unter die Finger kam, den speziellen Touch der *Post* verleihen konnte. In diesen Stunden war die Konkurrenz zwischen den verschiedenen Ressorts der Zeitung am massivsten.

»Komm heute lieber zur Konferenz«, bellte Tony missmutig und mit einem Auge auf der Uhr Claire an. »Dorothy liegt mit Grippe im Bett.«

Dorothy, die stellvertretende Feuilleton-Chefin, war eine alte Kämpferin, die zu ihnen gestoßen war, als die schottische Zeitung, für die sie gearbeitet hatte, von ihrer Gruppe übernommen worden war. Tony hatte sie behalten, weil sie die meiste Zeit so gelassen war wie ein Wal, der um besonnte Sandbänke planscht, sich aber bei gebotener Gelegenheit blitzschnell in Moby Dick verwandeln konnte.

In Claires Augen sah sie sogar aus wie der große, weiße Wal.

Rasch verpackte Claire ihre Ideen für die heutigen Feuilletonseiten verkaufsgerecht. Man hatte nur dreißig Sekunden, um dem Chefredakteur eine Idee vorzutragen, und selbst wenn sie ihm gefiel, warf er einem unmögliche Fragen an den Kopf, nur um einen auf die Probe zu stellen. Wenn er einen aber wahrnahm und ihm die Ideen gefielen, war es unheimlich witzig.

Dummerweise herrschte heute eine Krise in der Nachrichtenredaktion, weil eine wichtige Neuigkeit soeben erst bekannt geworden war. Der Chefredakteur galoppierte in nur etwas mehr als einer halben Stunde durch die Konferenz, viel zu beschäftigt, um sich groß um Feuilletonthemen zu kümmern. Die Leiter der verschiedenen Ressorts wollten schon alle davoneilen und die Geschichten einzelnen Autoren zuteilen, als ihr Gesellschaftskolumnist mit großem Tamtam die Besprechung unterbrach.

Rory Hawthorne war der bestbezahlte Klatschreporter von allen Zeitungen und mit Sicherheit der einzige Journalist, der schon fast so berühmt war wie die Leute, über die er schrieb.

»Hört mal alle her. Meine Quellen haben mir erzählt, dass Stella Milton mit einem jungen Mann gesehen wurde, der nur halb so alt ist wie sie, und letzte Nacht haben wir den Tipp bekommen, dass sie zusammen in einem Lokal in Islington sitzen. Bevor ihr euch alle wieder über eure kleinen Erdbeben in Brasilien hermacht, brauche ich eure Hilfe.«

Claire biss sich auf die Lippe und hoffte gegen jede Wahrscheinlichkeit, dass er nicht das sagte, was er ihrer Vermutung nach garantiert gleich sagen würde.

»Es ist lediglich ein Haken an der Sache.« Er hielt ein Schwarzweißfoto von Stella in die Höhe, auf dem sie umwerfend aussah und voller Leidenschaft in die Augen eines sagenhaft attraktiven, dunkelhaarigen jungen Mannes blickte. »Toller Schnappschuss, was? Das Problem ist nur, dass kein Mensch in unserer Abteilung weiß, wer er ist. Er ist kein Schauspieler, oder zumindest hat niemand je von ihm gehört. Ist er möglicherweise ein Fußballer oder irgendein neuer Popstar, der uns bislang entgangen ist?«

Der Sportredakteur schüttelte den Kopf. »Nie gesehen.«

Der Popmusik-Redakteur verzog das Gesicht. »Tut mir Leid. Null Ahnung.«

Der Showbusiness-Redakteur zuckte die Achseln. »Gut aussehender Junge. Aber ich kenne ihn nicht.«

»Was ist mit dir, Eric?«

»Keine Ahnung«, antwortete der Nachrichtenredakteur.

»Aber irgendjemand in London muss doch wissen, wer zum Teufel dieser Typ ist.«

Claires Herz schlug Purzelbäume. Es sprang regelrecht Trampolin. Ihr Mund war trocken und ihre Handflächen feucht. Wenn sie jetzt nichts sagte, würde Rory Hawthorne alles daran setzen, es herauszufinden. Allzu schwierig wäre das nicht. Wenn sie zugab, dass sie ihn kannte, und man ihr zugestand, den Artikel selbst zu schreiben, dann konnte sie es zumindest aus einer freundlichen Warte tun.

»Doch«, sagte sie ruhig, während sie hoffte, dass Molly sie verstehen würde. »Ich kenne ihn.«

»Und wer ist er?«

Sämtliche Anwesenden, und ganz besonders Tony, drehten sich um und gafften sie an.

»Er heißt Joseph Meredith. Und er ist nicht ihr Geliebter, sondern ihr Sohn. Sie hat ihn zur Adoption freigegeben, und er hat es vor kurzem geschafft, sie zu finden.«

15. Kapitel

Wahnsinn!«, sagte der Sportredakteur.

»Wahnsinn!«, sagte der Showbusiness-Redakteur.

»Wahnsinn!«, sagte der Nachrichtenredakteur.

»Bist du sicher?«, fragte Rory Hawthorne.

»Ja.« Claire wünschte, sie könnte diesen glorreichen Moment genießen, den sie sich so lange erträumt hatte. »Seine Frau Molly ist meine beste Freundin. Sie war es, die seine leibliche Mutter aufgespürt hat. Natürlich hatte sie keine Ahnung, dass es sich um Stella Milton handeln würde.«

»Das ist ja eine tolle Story«, sagte der Chefredakteur. »Rory«, wandte er sich an den Klatschkolumnisten, »gehen Sie der Sache nach, bevor es jemand anders tut.«

»Offen gestanden«, warf Claire ein, die sich immer noch fühlte wie in einem schrecklichen Albtraum, »finde ich, Sie sollten lieber mich die Geschichte bearbeiten lassen.«

Gott allein wusste, was Rory aus der Story machen würde. Eine Gottesanbeterin war im Vergleich zu ihm von großzügiger Gesinnung.

»Warum zum Teufel hast du *mir* nichts davon erzählt?«, zischte Tony ärgerlich, als sie den Konferenzraum verließen. »Du weißt doch, dass dein Job auf der Kippe steht. Das hier ist Dynamit. Und ich bin wie ein Depp dagestanden, weil ich nichts davon wusste.«

»Aus Loyalität«, erwiderte Claire. »Ein Wort, das garantiert nicht zu deinem Wortschatz zählt.« Tony besaß den Anstand, verlegen dreinzusehen. »Joe und Molly wollten nicht, dass es herauskommt, bis sie bereit dazu waren.«

Claire achtete darauf, nicht zu viel zu verraten. Darauf, dass es auch noch Pat gab, die Adoptivmutter, die sich vermutlich verletzt und getroffen fühlen würde, war bisher noch niemand von der Zeitung gekommen. Aber das würde nicht mehr lange dauern.

»Dann klemm dich lieber mal gleich dahinter«, versuchte Tom erfolglos das Ruder zu übernehmen.

»Ja.« Claire vertuschte ihr Zögern durch energischen Arbeitseifer. »Ich fahre gleich zu ihnen raus.«

Sie hatte keine Ahnung, ob Molly da war oder nicht, aber sie wollte in der Tratschmaschine des Großraumbüros keine Erklärungen abgeben. Auf der Taxifahrt quer durch London war ihr geradezu körperlich schlecht. Sie hatte aus Loyalität so gehandelt, aber würde Molly das genauso sehen?

Bei Claires Ankunft packte Molly gerade Eddies Babytasche zusammen, um mit ihm einen Ausflug zu machen.

»Claire! Wie schön! Wir sind gerade auf dem Weg in den Park. Willst du nicht mitkommen? Wir besorgen uns unterwegs ein paar Sandwiches.«

Claire hatte bis jetzt nicht gemerkt, was für ein herrlicher Tag es war. Ihre Welt war hermetisch von Gedanken an das Wetter oder das reale Leben abgeschnitten. Ein so langweiliges Projekt wie ein privates Picknick wäre für sie normalerweise genauso reizvoll wie ein Rendezvous mit dem Bohrer des Zahnarztes, doch heute war es Musik in ihren Ohren – zum Teil auch deshalb, weil sie wusste, dass sie Mollys heile Welt zertrümmern würde.

»Ich kann nicht, Moll. Pass auf, ich fürchte, es wird ernst. Irgendjemand hat der Zeitung gestern Abend den Tipp gegeben, dass es eine sagenhafte Story über Stella gibt. Die Zeitung hat einen Fotografen geschickt, und sie haben gerade herausgefunden, wer derjenige ist, der auf dem Foto neben ihr steht.«

»O Gott. Ich wusste, dass das passieren musste. Wer kann ihnen denn nur den Tipp gegeben haben?«

»Es musste früher oder später rauskommen. Stella hat überall mit Joe angegeben. Rory Hawthorne hat gesagt, man hätte sie im Ritz gesehen. Offenbar hing sie an seinem Arm, als wären sie …« Claire verstummte.

»Als wären sie was, Claire? Was genau willst du andeuten?«

»Ich deute überhaupt nichts an. Ich kenne Joe, vergiss das nicht. Das Problem ist Stella. Irgendjemand müsste ihr klar machen, dass das Drehbuch *Mutter ist die Allerbeste* heißt, nicht *Neuneinhalb Wochen.*«

»Und was genau ist deine Rolle bei dem Ganzen?«

»Jetzt, wo alles aufgeflogen ist, habe ich mich erboten, die Geschichte zu schreiben. Mir kannst du wenigstens vertrauen. Ich stelle sie im bestmöglichen Licht dar. Wenn wir sie nicht bringen, tut es ein anderes Blatt. Irgendwer hat geplaudert, Herrgott noch mal. Jemand will, dass die Geschichte publik wird. Wenn ich sie nicht schreibe, macht es Rory Hawthorne, unser Klatschkolumnist, und wenn Rory ans Werk geht, werdet ihr das deutlich zu spüren bekommen. Ich will versuchen, sie dem Chefredakteur als eine Art Triumph über die Tragödie zu verkaufen, dann ist der Tenor nicht so übel. Die einzige Alternative wäre ein greller Aufmacher nach dem Motto ›Filmstar ließ Baby aus Karrieregründen im Stich‹.«

Molly sonnte sich kurz in der Genugtuung darüber, dass Stella endlich dafür bezahlen würde. Doch dann riss sie sich am Riemen. Diese Art von Publicity würde allen Beteiligten schaden.

»Allerdings überlassen sie mir die Geschichte nur unter einer Bedingung.«

»Und zwar?« Claire hörte den Argwohn in Mollys Stimme.

»Dass Stella und Joe ihre Geschichte ausschließlich der *Post* erzählen.«

»Ich rufe Joe gleich an. Er muss versuchen, Stella zu erreichen. Eines noch: Wer könnte der Zeitung den Tipp gegeben haben?«

»Frag mich nicht. Das kann weiß Gott wer gewesen sein, sogar Stella selbst. Ich würde es ihr zutrauen.«

»Ach, komm! Stella ist die Böse in dieser Geschichte, falls jemand nach einem Schurken sucht. So naiv ist sie nicht. Die Sache könnte ihr massiv schaden.«

»Vielleicht bildet sie sich sein, sie sei schlau genug, um die Presse um den Finger zu wickeln.«

In Mollys Ohren klang das nicht wahrscheinlich. Stella hasste Journalisten. Auf einmal kam ihr ein Gedanke. Aber das würde Claire doch nicht tun?

»Du glaubst, dass ich es war, stimmt's?«, las Claire ihre Gedanken.

Schäbigerweise ließ Molly ihrem Ärger und ihrer Frustration darüber, dass vieles davon im Grunde ihre eigene Schuld war, freien Lauf. Sie war es gewesen, die Stella aus der Versenkung geholt hatte, und sie hätte Claire von vornherein nie davon erzählen dürfen.

»Und natürlich stand mein Job auf dem Spiel, nicht wahr?«, fuhr Claire fort. »Das gab mir Grund genug, um meine älteste Freundin zu verraten, was?«

»Na ja…« Molly begann zu begreifen, dass sie vielleicht mehr als nur ein bisschen unfair war.

»Schön. Wenn du mich so einschätzt, gut. Das Problem mit dir, Molly, ist, dass du nicht denkst, sondern einen verdammt noch mal wie eine Dampfwalze überrollst! Du bist ein emotionales Abbruchkommando. Dich hätten sie in Dresden einsetzen sollen, dann hätten sie sich ein paar Bomben gespart.« Claire schnappte sich ihre Tasche und stand auf. »Nur nebenbei bemerkt – ich hätte es der Zeitung jederzeit sagen können. Aber ich habe es nicht getan, weil ich trotz der Tatsache, dass es ein Knüller ist, wie er einem nur ein einziges Mal im Leben begegnet, dir gegenüber eine völlig unangebrachte Loyalität empfunden habe. Damit ist jetzt Schluss. Ich übergebe die Geschichte Rory Hawthorne, und dann gnade euch allen Gott. Erwarte bloß nicht, dass er deine Träume mit Samthandschuhen anfasst. Ach, und übrigens, an deiner Stelle würde ich Stella im Auge behalten. Soweit ich es beurteilen kann, entwickelt sie eine ungesunde Obsession gegenüber Joe, und du kannst mir glauben, dass Stella Milton keine halben Sachen macht.«

Sie knallte die Tür hinter sich zu und ließ Molly vernichtet und wütend zurück. Wie konnte Claire es wagen, sie eine Dampfwalze zu nennen! Sie setzte sich, nahm Eddie fest in die Arme und atmete tief durch, während sie versuchte, dem Duft seiner Babyhaut Gelassenheit abzuringen.

Während sie nach einem Stück Küchenkrepp suchte, um sich das Gesicht abzuwischen, klingelte das Telefon. Sie streckte schon die Hand danach aus, hielt dann aber inne. Stattdessen schaltete sich der Anrufbeantworter ein und zeichnete eine Nachricht auf. Der Anruf kam von Rory Hawthorne von der *Daily Post*, der sie dringend bat, ihn zurückzurufen.

Molly schloss die Augen. Sie hatte ein paar Artikel von diesem Rory gelesen. Faszinierend, wenn es nicht um einen selbst ging. Nichts machte ihm mehr Spaß, als den Promis den Perserteppich unter den Füßen wegzuziehen. Selbst wenn sie einen Groll gegen Stella hegte, so wollte sie sie doch keinesfalls öffentlich bloßgestellt und ihrer aller Leben ins Scheinwerferlicht gezerrt wissen. Sie würde Joe erreichen und ihn warnen müssen.

Doch Joe war nirgends zu finden. Ein reichlich verärgerter Graham kam an den Apparat und erzählte ihr, dass Joe vor etwa einer Stunde urplötzlich nach London abkommandiert worden sei und sie ihren Mann daran erinnern könnte, dass er einen Job hatte, allerdings nicht mehr lange, wenn er Graham sein Vertrauen zu ihm in dieser Form vergalt.

Siedend heiß fiel Pat ihr wieder ein. Wie lange würde es dauern, bis dieser grässliche Mann sie ausfindig gemacht hätte? Was würde das für eine Story abgeben: »Ich habe geknapst und geknausert, aber er hat mich zugunsten der berühmten Stella fallen lassen.«

Irgendwie würde sie Pat warnen müssen, selbst wenn das bedeutete, dass sie ihr selbst die Nachricht von Stellas Identität überbringen musste.

Molly sammelte Eddie auf und angelte nach ihren Autoschlüsseln. Zu dieser Tageszeit war der Verkehr schwächer als sonst, und die Fahrt nach Essex dauerte nicht einmal eine Stunde. Getrieben von dem Wunsch, vor Rory Hawthorne dort anzukommen, flog die Straße nur so an ihr vorbei.

Eigentlich war das hier Joes Aufgabe, und nicht, sofort zu springen, wenn Stella mit ihrem rotkralligen kleinen Finger winkte. Allerdings, so musste Molly der Ehrlichkeit halber zugeben, war Stella womöglich von dem gefürchteten Rory kontaktiert worden und hatte Joe gerufen, um mit ihm zu besprechen, was sie tun sollten.

Als sie ankam, war Pat gerade im Garten und hängte Wäsche auf.

»Schön, dich zu sehen, Liebes.« Ausnahmsweise klang Pat so, als ob sie es ehrlich meinte. »Wunderbarer Wind zum Trocknen.« Sie sah nach oben und musterte die ansehnliche Fläche leuchtend blauen Himmels über ihrer kleinen Doppelhaushälfte. »Es wundert mich nicht, dass du aus London raus musstest.« Zärtlich fasste sie Eddie unters Kinn. »Du solltest eigentlich splitternackt auf einer Decke liegen, junger Mann.«

»Da bleibt er nicht. Er hat das Krabbelfieber. Ein Glück, dass Andrews Dahlien noch nicht blühen. Wie geht es ihm eigentlich?«

»Viel besser. Er ist sogar in den Bowlingclub gegangen.«

Molly wusste nicht genau, ob sie erleichtert darüber sein sollte oder nicht, dass sie Pat für sich allein haben würde.

»Ich mache uns eine schöne Tasse Tee.«

Während Pat weg war, sah sich Molly verstohlen im Zimmer um. Überall waren Erinnerungen an Joe: die wie ein blauer Teddy geformte Karte, auf der sein Geburtsgewicht stand, seine Percy-Pinguin-Urkunden dafür, dass er eine Breite geschwommen war, Bescheinigungen über seine Leistungen bei den Wölflingen, Preise für einen Briefwettbewerb der Lokalzeitung und sämtliche Schulzeugnisse. Noch nie zuvor war ihr aufgefallen, was für ein Schrein für Joe das sonst ziemlich anonyme Wohnzimmer war.

Pat brachte den Tee auf einem Tablett mit einem weiß bestickten Deckchen herein. Sonst hatte Molly rein leinene, bestickte Deckchen wie das von Pat immer nur in Antiquitätengeschäften gesehen, aber Pat benutzte ihre tatsächlich. Hätte Molly sie besessen, wären sie schon voller Teeflecken gewesen, aber Pat hatte die Gabe, Tee einzuschenken ohne zu tropfen.

»Jetzt ist er schön durchgezogen.« Sie rührte den Tee in der Kanne um. »Meine amerikanische Besucherin aus der Kirchengruppe hat ›durchgebrüht‹ gesagt. Ist das nicht komisch?«

Molly sah zu, während Pat ahnungslos weiter plapperte. Wie hatte es auf sie gewirkt, einen Adoptivsohn wie Joe zu haben? Sie musste beobachtet haben, dass er herausstach wie eine Perle in einer Erbsenschote. In Aussehen und Wesensart war Joe wie ein Besucher von einem fremden Planeten. Bestimmt, davon war Molly überzeugt, hatte Pat sich gefragt, woher Joe kam und von welchen Menschen er abstammte. Warum er dieses außergewöhnliche Aussehen besaß, seine Introvertiertheit und die Neigung, lieber zu lesen als Rugby zu spielen.

Sie konnte den Zweck ihres Besuchs nicht mehr länger hinausschieben. »Offen gestanden, Pat, gibt es einen Grund dafür, dass ich heute hergekommen bin. Eigentlich wollte ich Joe auch mitbringen, aber ich konnte ihn nicht erreichen.«

»Was gibt es denn?«

»Du weißt doch, dass ich ihm bei der Suche nach seiner leiblichen Mutter geholfen habe?«

Pat fingerte an dem Deckchen herum. »Es warst einzig und allein du, die diese Suche betrieben hat, soweit ich gesehen habe«, verbesserte sie, so säuerlich wie die Zitronenplätzchen auf dem Teller vor ihnen. »Ich dachte aber, du hättest es wieder aufgegeben.«

»Nein«, fuhr Molly fort, so sanft sie konnte. »Ich habe nicht aufgegeben, sondern weitergesucht. Der Punkt ist, Pat…« Sie verstummte, und ihre Selbstsicherheit schwand, während sie wünschte, sie könnte nach London flüchten.

»Der Punkt ist was?« Pats Stimme klang leicht gereizt.

»Wir haben sie gefunden.«

»Aha.« Es war, als hätte Pat die Läden in einem tiefen Teil ihres Selbst zugeklappt, für den Fall, dass ein Wirbelsturm der Gefühle ausbräche und sie veranlasste, ihren Tee auf das Deckchen zu verschütten. »Und, war sie bereit, sich mit ihm zu treffen?«

Einen Moment lang war Molly versucht, mit der ganzen Geschichte herauszuplatzen: dass Stella nicht nur bereit war, Joe zu treffen, sondern restlos begeistert und hingerissen von ihm war und begonnen hatte, ihn halb London vorzuführen.

»Es war alles ein bisschen dramatisch«, erwiderte sie ruhig. »Du musst wissen, dass sich Joes leibliche Mutter als ziemlich berühmte Frau entpuppt hat.«

»So, so.« Pats Schultern wurden steif, als erwartete sie einen Schlag. »Und wer ist sie?«

Molly fasste ihren ganzen Mut zusammen.

»Stella Milton.«

Pat sah drein, als hätte sie der Blitz getroffen. »Doch nicht *die* Stella Milton? Die Schauspielerin? Von der hatte er ja sogar ein Poster in seinem Zimmer hängen.«

»Das hatten auch viele andere. Es ist verblüffend, aber sie ist es zweifellos.«

»Stella Milton«, wiederholte Pat leise. Und dann zeichnete sich eine Falte der Bitterkeit, so tief wie ein Graben, auf ihrer Stirn ab. »Wenn man sich vorstellt, was wir alles aufgegeben haben, wie wir geknapst und geknausert haben, uns jahrelang keinen Urlaub leisten konnten und alles gebraucht kaufen mussten, um ihn aufs Gymnasium schicken zu können – und dabei war Stella Milton seine Mutter.« Sie hielt inne, fixierte Molly plötzlich mit ihrem Blick und stellte ihr die Frage, die Molly sich selbst bereits zu beantworten versucht hatte. »Aber warum musste jemand wie Stella Milton ihr Baby weggeben?«

»Ich glaube, sie muss noch sehr jung gewesen sein. Es war wohl, bevor sie berühmt wurde. Eventuell wollten ihre Eltern sie nicht unterstützen, und sie hatte kein Geld.«

Bohrender Zweifel begann an Molly zu nagen, als sie das sagte. Hätte Bea wirklich ihre eigene Tochter hinausgeworfen und ihr verboten, jemals wieder vor ihrer Tür zu erscheinen, wie eine viktorianische Matriarchin? Molly dachte an die freundliche, liebenswerte, exzentrisch-extravagante Beatrice Manners und fand, dass es irgendwie nicht zusammenpasste. »Ehrlich gesagt, Pat, das weiß ich nicht.«

»Hör mal, es tut mir wirklich alles unheimlich Leid. Der Punkt ist, es gibt da einen Reporter namens Rory Hawthorne von der *Daily Post*, der hinter der Story her ist, und es könnte sein, dass er versucht, dich aufzuspüren. Es wäre vielleicht besser, wenn du nicht mit ihm sprechen würdest.«

»Besser für wen? Was ist, wenn ich mit ihm sprechen *will*? Wenn ich ihm sage, wie es war, all diese Opfer zu bringen, während Joes ›richtige‹ Mutter Champagner geschlürft hat? Dann würde sie nicht besonders gut dastehen, stimmt's?«

Erschrocken hörte Molly ihr zu. Ein leises Lächeln der Genugtuung erhellte Pats Miene. Sie genoss ihren Moment der Macht.

»Und, bist du jetzt auf Kosten deiner neuen Schwiegermutter in ein Leben mit Fünf-Sterne-Luxus katapultiert worden?«

»Sie interessiert sich nicht sonderlich für Eddie und mich«, gestand Molly. »Nur für Joe. Ich glaube, sie hat entdeckt, wie viel Freude es macht, einen attraktiven, jugendlichen Sohn zu haben, der ihr Leben ausfüllt.«

»Arme Molly.« In Pats Stimme lag ein Hauch des Triumphes. »Du hörst dich an, als hätte sie ihn dir weggenommen. Es hat sich wohl nicht ganz so entwickelt, wie du es dir ausgemalt hattest, was?«

»Ich glaube, wir gehen jetzt besser.« Molly sammelte Eddies Sachen zusammen und begann ihn für die Heimfahrt anzuziehen.

Eddie, der es genossen hatte, ohne Windeln strampeln zu dürfen, protestierte gegen seine plötzliche Rückkehr in das Gefängnis aus Pampers. Im Versuch, ihn zu beruhigen, schnallte Molly ihn in seinen Babysitz und verfluchte insgeheim die Tatsache, dass sie in ihrer Eile, hierher zu kommen, das Auto in der prallen Sonne hatte stehen lassen. Das glühend heiße Metall der Schnalle berührte Eddies zarte Haut, und er heulte vor Schmerz auf.

Molly, die selbst mit den Tränen rang, sprang ins Auto und brauste davon.

Aus ihrem kühlen Wohnzimmer blickte Pat ihr nach. Wenn sie ehrlich war, so hatte sie immer gewusst, dass Joe anders war als sie und Andrew: ruhelos, sensibel und voller unterschwelligem Widerstand gegen die spießigen Strukturen des Familienlebens, die sie ihm aufzuzwingen versucht hatte. Ihr Kummer darüber, dass sie kein eigenes Kind hatte, war so massiv gewesen, dass sie sich eingeredet hatte, er wäre genau wie ihr eigener Sohn, doch das war er nie gewesen, nicht richtig. Und jetzt wäre er möglicherweise überhaupt nicht mehr ihr Sohn.

Sie nahm das große Foto von seiner College-Abschlussfeier zur Hand, das auf dem Kaminsims prangte. Tränen brannten in ihren Augen, und sie spürte, wie sich in ihrem Hals ein so großer Kloß bildete, dass sie kaum mehr atmen konnte. Sie stellte das Foto wieder ab, sah aber nicht richtig hin, und so fiel es zu Boden, wo das Glas auf dem gefliesten Kamin zersplitterte.

Sonst die übereifrigste aller Hausfrauen, ignorierte Pat die Scherben und ging in die Küche. Auf der Arbeitsfläche standen ein Paket Zwieback und eine kleine Tüte Saft, die sie für Eddie bereit gestellt hatte, damit er ihn auf der Heimfahrt trinken konnte.

Auf einmal durchfuhr sie ein Gedanke, so schmerzhaft wie Sodbrennen. Was, wenn sie nicht nur ihren Sohn, sondern auch ihren Enkel an Stella verlor?

Ihre Verletztheit, die eine Zielscheibe brauchte, richtete sich bequemerweise gegen Molly. Es war alles Mollys Schuld. Wäre Molly nicht gewesen, wäre nichts von alledem passiert.

Als Molly in ihre Wohnung zurückkam, warteten bereits drei Nachrichten auf sie: eine von Joe und zwei weitere von Rory Hawthorne, in denen sich der Ton des Mannes von höflicher Beflissenheit zu unverhohlenem Ärger wandelte.

Auf einmal wurden Molly die Ausmaße des Ganzen irgendwie zu viel – die Tatsache, dass ihre Privatangelegenheiten an die Öffentlichkeit kämen und die Abgründe, für deren Auftun sie verantwortlich war, tiefer wurden und sie womöglich alle verschlängen. Sie legte sich auf die hellrote Decke, die sie mit so viel Liebe und Sorgfalt ausgesucht hatte, und weinte in deren wollige Weichheit.

Doch Molly Meredith war nicht der Typ, der lange am Boden blieb. Ihr Credo war, stets das Positive zu sehen. Wenn Gott ihr eine Heuschreckenplage geschickt hätte, hätte Molly herausgefunden, dass sie gut gegen Blattläuse waren.

Also riss sie sich zusammen und beschloss, dass die einzige Lösung Schadensbegrenzung war. Die Nummer von Claires Handy stand in ihrem Kalender, und sie rief sie sofort an.

»Claire, ich kann dir gar nicht sagen, wie Leid es mir tut. Ich muss verrückt gewesen sein, als ich dich verdächtigt habe. Dieses ganze Chaos ist meine Schuld.«

Claire lauschte, die Füße in den lächerlich hohen, unbequemen Schuhen auf den Schreibtisch gelegt. »Wie viele Anrufe von Rory Hawthorne waren denn nötig, um dich zu diesem Sinneswandel zu bewegen?«

»Okay, okay«, gab Molly zu und wischte sich die letzten Tränen des Selbstmitleids aus dem Gesicht. »Offen gestanden drei, ganz zu schweigen von dem Anruf, den meine Schwiegermutter in Essex bekommen wird, und Gott weiß wie vielen, die Stella bereits bekommen hat. Gibt es irgendeine Möglichkeit, wie du ihn aufhalten kannst?«

»Wie gesagt, nur wenn ihr mir alle ein Exklusiv-Interview zusichert. Dann kann ich versuchen, dem Vampir frisches Blut zu servieren. Dieser Mann gibt nicht so leicht auf, wenn er erst einmal eine Spur hat. Aus irgendeinem Grund hat er es zusätzlich auf Stella abgesehen. Mag sein, dass sie ihm kein Autogramm auf seinen Schniedel geben wollte, als er ein zarter Jüngling war.«

In Wirklichkeit war sich Claire überhaupt nicht sicher, ob sie das Interview führen wollte. Sie wusste nur zu gut, dass alles nach hinten losgehen konnte und dann jeder ihr die Schuld daran gäbe. Doch wenn Rory die Geschichte schrieb, würden sie sich bald alle am Spieß wiederfinden, wo sie mit einem Apfel im Po langsam gegrillt wurden.

»Danke, Claire. Keine Sorge, ich überrede Joe dazu.« Molly wünschte, sie wäre so zuversichtlich, wie sie klang.

»Tschüs dann. Ruf mich an, sobald alles klar ist.«

Claire nahm ihr Notizbuch und machte sich auf den Weg zu Tonys Büro. Irgendwie musste sie ihn davon überzeugen, dass sie die Geschichte mit möglichst viel Anteilnahme schildern sollten, anstatt Stella an die Gurgel zu springen. Es würde nicht leicht sein, aber ihre Freundschaft zu Molly hing davon ab.

Sie setzte sich Tony gegenüber und gab sich vollkommen selbstsicher. Sie sprach schnell und überzeugend. »Also: Es gibt zwei Wege, die wir bei der Stella-Milton-Story einschlagen können. Einmal Stella als die herzlose Hexe, die ihr Baby verlassen hat. Doch ich glaube, wir haben eine bessere Perspektive: Stella und ihr lange verschollener Sohn bei der tränenreichen, glücklichen Wiedervereinigung, exklusiv geschildert von der *Daily Post*, Fotos inklusive.«

»In meinen Augen«, redete sie einfach weiter, bevor er Einwände bringen konnte, »haben wir es mit einer Geschichte zu tun, die für unsere Zeit typisch ist. Sie zeigt, wie sich Einstellungen seit den fünfziger Jahren verändert haben. Damals wäre es noch eine Schande gewesen. Heute ist es ein Happy End.«

»Und deine Vorliebe für diese Sichtweise hat absolut nichts damit zu tun, dass du seit Urzeiten mit den Hauptdarstellern in dieser Geschichte befreundet bist?«, fragte Tony argwöhnisch.

»Absolut nichts«, behauptete Claire frech. »Sie haben nur eine Bedingung gestellt: dass du Rory Hawthorne von ihrer Fährte abziehst.«

»Das kann ich nicht. Das kann nur der Chefredakteur veranlassen.«

»Dann solltest du ihn besser dazu überreden.«

Sie hoffte inständig, dass Molly ihr auch liefern konnte, was sie versprochen hatte.

»Vergiss nicht, Claire«, fügte Tony hinzu, als sie schon fast den Raum verlassen hatte, »das ist ein dicker Fisch. Vermutlich der dickste, den du in deiner gesamten Laufbahn bekommen wirst. Und er ist dein Rettungsanker. Ohne ihn gehst du unter. Versau's dir nicht.«

»Vielen Dank, Tony«, murmelte Claire unhörbar. »Schön, dass du mich daran erinnert hast.«

Molly spürte Joe schließlich in Stellas Wohnung auf. Stella meldete sich erstaunlich heiter und unbelastet am Telefon, bevor sie Joe den Hörer reichte.

»Molly, Gott sei Dank.« Aus Joes Stimme klang zärtliche Sorge. »Ich habe schon versucht, dich zu erreichen. Du bekommst vielleicht einen Anruf von einem Journalisten.«

»Ich weiß. Rory Hawthorne. Er hat sich schon gemeldet. Dreimal. Aber ich habe nicht mit ihm geredet, sondern ihn auf Band sprechen lassen. Joey, ich hatte solche Angst, dass er Pat ausfindig machen würde, und dich habe ich nicht erreicht. Ich hoffe, ich habe das Richtige getan. Ich bin nach Essex gefahren und habe ihr gesagt, was passiert ist.«

»O Gott, die arme Mum. Wie hat sie es aufgenommen?«

»Sie war schockiert, das kannst du dir ja vorstellen, und ziemlich wütend, wie es vermutlich auch eine Menge anderer Leute sein werden, wenn sie sich fragen, warum jemand wie Stella ihr Baby weggeben musste.«

»Es tut mir wirklich Leid, dass du es ihr sagen musstest. Das wäre eigentlich meine Aufgabe gewesen. Ich rufe gleich bei ihr an und versuche, mit ihr zu reden. Danke, Moll. Das muss für dich ganz schön hart gewesen sein. Aber ich bin sicher, die Mistkerle verlieren bald das Interesse.«

»Außerdem habe ich mit Claire gesprochen. Sie meint, die einzige Chance, diesen Rory von der Geschichte abzuziehen, besteht darin, dass du und Stella einwilligt, euch von ihr interviewen zu lassen. Er ist offenbar ein absolutes Schwein und nur daran interessiert, andere zu ruinieren. Bei Claire wüsstest du wenigstens, dass du ihr vertrauen kannst.«

»Und natürlich wäre es für sie auch recht günstig.«

»Okay, Joe, dann lass dich ruhig mit Rory Hawthorne ein. Aber bete darum, dass er Pat nicht aufspürt. Das Rührstück, das sie mir vorhin aufgetischt hat, wie sie geknapst und geknausert haben, um dir eine gute Ausbildung zu ermöglichen, während Stella Champagner geschlürft und sich öffentlich ausgezogen hat, gibt bestimmt eine tolle Story ab.«

Sie knallte den Hörer auf, ohne die Ironie daran zu begreifen, dass sie ja Claires Beweggründe zunächst auch in Frage gestellt hatte.

»Ich finde, du solltest das Interview geben«, riet Bob Kramer Stella. Wenn sie sich nicht entscheiden konnte, wandte sich Stella stets an Bob. »So eine Katastrophe ist es nun auch wieder nicht. Ja, es ist sogar eine Gelegenheit.«

»In deinen Augen wäre auch ein Dritter Weltkrieg eine Gelegenheit«, bemerkte Stella bissig und schlug auf die Art die Beine übereinander, die Bob so beunruhigend fand. Gott allein wusste, was sie mit ihm anstellen würde, wenn sie erfuhr, dass er es gewesen war, der dem Fotografen den Tipp gegeben hatte.

»Es ist immer besser, selbst die Initiative zu ergreifen. Dann klingst du weniger defensiv und kannst die Geschichte außerdem von deinem Standpunkt aus schildern. Wenn erst einmal alle Blätter die Story bringen, hast du diese Möglichkeit nicht mehr. Dann bist du ihnen ausgeliefert. Pass auf, du hast die Wahl«, fuhr er gerissen fort. »Wenn du dich auf Hawthorne einlässt, bekommst du phänomenale Publicity, aber er ist weiß Gott nicht der Typ, der älteren Damen über die Straße hilft. Vielleicht wäre diese junge Frau eine bessere Wahl, wenn sie eine Freundin der beiden ist. Sie kann Altruismus und Eigennutz vermischen, das ist stets eine unschlagbare Mischung. Außerdem«, er musterte Stella verschmitzt, da er genau wusste, dass ihr Stolz auf ihren neu entdeckten Sohn ihre Achillesferse war, »ist es nicht nur eine Gelegenheit für dich. Joseph ist ein sagenhaft gut aussehender junger Mann, und er hat echte Präsenz. Vielleicht bekommt er ein paar Angebote, und du kannst all die Jahre wieder gutmachen, die du ihn in Schnarchstadt-an-der-See hast hocken lassen.«

Stella dachte darüber nach. Bob hatte nicht ganz Unrecht. »Na gut. Wir machen es.« Sie beäugte ihn mit scharfem Blick. »War das dein Ernst? Das mit Joseph?«

»Sicher. Möchtest du, dass ich mit der Zeitung verhandle?«

Stella schwankte. »Hier geht es nicht um Geld, Bob. Ich

will nicht dafür bezahlt werden. Ich will nur einfach meine Geschichte erzählen, berichten, was für ein Wunder es war, dass Joseph in mein Leben zurückgekehrt ist und dass ich ihn für alles entschädigen will, wenn ich kann.«

»Hervorragend. Es ist immer besser, wenn du sagen kannst, dass kein Geld den Besitzer gewechselt hat. Leute, die ihre Scheidungsdramen und Geschichten von sterbenskranken Kindern verkaufen, wirken wie miese Schweine.« In Bobs Augen schloss das allerdings eine kleine Provision für ihn selbst nicht aus, obwohl er nicht vorhatte, dies Stella gegenüber zu erwähnen.

»Dann arrangiere ich mal alles. Es sollte so bald wie möglich über die Bühne gehen.«

»Gut.«

»Stella ...« Bob zögerte kurz, da er nicht wusste, ob Stella die ganze Wahrheit vertrug. Sie hatte so viele Jahre damit zugebracht, andere Personen zu verkörpern und sich ihre eigene Version der Wirklichkeit zu zimmern, dass er sich nicht sicher war, ob sie sie noch erkennen konnte. »Du hast aber nicht noch mehr Leichen im Keller, oder? Denn weißt du, Herzchen, ich hasse Überraschungen, und außerdem könnte die Presse sie genau dann aufstöbern, wenn es richtig peinlich für dich ist.«

»Nein«, antwortete Stella und wandte den Blick ab, damit er ihre Augen nicht sehen konnte. »Reicht dir denn ein absolut hinreißender lange verschollener Sohn nicht?«

Es war erst früher Nachmittag, als Stella Bobs Büro verließ. Sie dachte über ihre Zusage nach, bei der Auswahl der neuen Kandidaten an ihrer alten Schauspielschule mitzuwirken. Als Vorgang war es faszinierend und nervtötend zugleich, aber absolut unerlässlich für die Zukunft der Branche. Im Übrigen wäre es praktisch, da sie dort in Sicherheit wäre und kein Journalist sie finden konnte.

Eine der Schauspiellehrerinnen, Suzanna Morgan, war Stellas eigene Lehrerin gewesen. Suzanna war einer dieser unberechenbaren, jähzornigen, warmherzigen und begeisterungsfähigen Charaktere und fand Theater um ein Vielfaches wichtiger als Religion und unendlich viel besser für die Seele.

Stella fielen Bobs Worte wieder ein, dass dies für Joseph ebenso eine Gelegenheit wäre wie für sie selbst. Er konnte doch mit der Arbeit an diesen langweiligen Autobüchern unmöglich zufrieden sein. Auf einmal hatte sie eine Idee, die ihr so bestechend erschien, dass sie sie noch im selben Moment in die Tat umsetzen musste. Sie rief sich ein Taxi und verlangte zur Southern School of Speech and Drama – von sämtlichen Schülern Southern genannt – gebracht zu werden.

Ihre alte Freundin Suzanna hatte schon die Hälfte der Kandidaten für diesen Tag durch, als Stella sich hinten in den Probenraum schlich.

Suzanna umarmte ihren berühmtesten Schützling. »Du warst doch erst für übermorgen eingeplant.«

»Ich weiß. Ich wollte dich etwas fragen. Du hast mit dem Vorsprechen schon angefangen, wie ich sehe.«

»Mhm«, antwortete Suzanna leicht ermattet. »Heute sind es noch dreißig. Aber es muss ja gemacht werden.«

»Na dann mal los.« Stella schlüpfte aus ihrer Jacke. Wenn sie erst einmal ihre Ray-Ban-Sonnenbrille abgelegt und die Lesebrille aufgesetzt hatte, sah sie aus wie eine der anderen Lehrerinnen.

Sie fing Suzannas Blick auf und verzog den Mund, um ihren Unwillen gegenüber ihrer neuen Bifokalbrille anzudeuten.

»Falls es Sie tröstet«, vertraute ihr eine andere Lehrkraft an, »Tina Turner hatte ihre bei der Grammy-Verleihung vergessen, und jemand musste ihr die Ergebnisse vorlesen.«

Stella lachte, ein wohlklingendes, sympathisches und ehrliches Lachen. »Da geht's mir doch gleich besser«, sagte sie. Jeglicher Vorbehalt angesichts ihres plötzlichen Auftauchens schwand dahin wie der Nebel, wenn die Sonne einen milchigen Mittwoch in Manchester bestrahlt.

Die nächsten drei Stunden hörte sich Stella zwanzig Kandidaten an, die vorsprachen. Die Jungen hatten allesamt »Road« von Jim Cartwright gewählt, eine Skizze über das Leben im Norden Englands. Der nordenglische Akzent sackte mitunter bedrohlich ab.

Wenn ein neuer Aspirant hereinkam, stellte sich Stella nur eine Frage: Besaß Joseph mehr Charisma und Präsenz als die anderen?

Am Ende der Vorsprechrunde, nach der nur eine Hand voll Kandidaten übrig blieben, die genug Ausstrahlung und Durchsetzungsvermögen besaßen, um sich für einen Beruf zu entscheiden, bei dem mehr als neunzig Prozent von ihnen ständig ohne Arbeit wären, nahm Stella Suzanna beiseite.

»Normalerweise bitte ich nie um einen Gefallen«, begann Stella.

»Dann lass es«, entgegnete die Ältere, typisch Suzanna. »Erspar dir die Enttäuschung, dass man ihn dir abschlägt.«

»Woher willst du wissen, dass nicht du diejenige bist, die etwas verpasst? Ich wollte dich fragen, ob du dir mir zuliebe jemanden ansehen würdest. Kein richtiges Vorsprechen, sondern nur ein Gespräch, und dass du dir vielleicht etwas von ihm vorlesen lässt. Und mir dann deine Meinung sagst.«

»Jemand, der gern auf die Schule kommen möchte?«

»Möglich, obwohl er älter ist als deine sonstigen Studenten.« Stella versuchte nicht an die Konsequenzen dessen zu denken, was sie da heraufbeschwor. »Aber fürs Erste nur, um zu sehen, wie er sich macht.«

»Was? Stella, das ist aber kein junger Geliebter von dir, den du bestechen willst, damit er bei dir im Bett bleibt?«

Stella prustete vor Lachen. »Das will ich nicht hoffen.«

»Dann sehe ich ihn mir natürlich an, aber es sollte bald passieren. Wir müssen nächste Woche entscheiden, wen wir aufnehmen.«

»Danke, Suze. Bist eine wahre Freundin.«

»Oder eine Vollidiotin. Ich werde einfach das Gefühl nicht los, dass du etwas im Schilde führst, Stella.«

»Ich?« Stella setzte das Lächeln einer Katze auf, die gerade alleine den gesamten Kaviar verdrückt hat. »Ich doch nicht, Suzanna.«

16. Kapitel

Das Interview mit Joe und Stella wurde mit Claire für den nächsten Tag vereinbart.

»Warum kommst du nicht auch mit?«, fragte Joe Molly. »Ich wäre für deine moralische Unterstützung dankbar. Du kannst auf und ab hüpfen und scharf den Atem einsaugen, wenn ich im Begriff bin, etwas besonders Blödes zu sagen.«

Molly musste zugeben, dass sie fast vor Neugier darauf platzte, was Stella sagen würde, und es keinen Sinn hatte, zu Hause zu sitzen und sich ausgeschlossen zu fühlen. Dazu kam noch der verlockende Gedanke, dass es Stella vermutlich lieber wäre, wenn sie nicht dabei war. Das Letzte, was sie zuließe, wäre, sich von Stella an den Rand von Joes Leben drängen zu lassen. Von nun an würde sie verlangen, an seiner Seite zu bleiben, im Mittelpunkt des Geschehens. Außerdem wollte sie die Geschichte von Anfang an mitkriegen. »Aber gern«, antwortete sie.

Stella hatte mit ihrem gewohnten Misstrauen gegenüber der Presse darauf bestanden, dass das Interview in der Anonymität eines Hotels stattfand. Sie hatte die anderen alle überrascht, indem sie sich weder für die Opulenz des Ritz noch den exotischen Reiz eines Hauses wie Blake's, die altbekannten Kulissen für Enthüllungen aus dem Showbusiness, entschieden hatte. Stattdessen hatte sie das minimalistische und hell erleuchtete Dekor von Smith's Hotel gewählt.

Claire war angemessen beeindruckt. Es war offenbar ein Treffpunkt, an dem es keine Verstecke gab, und sie hoffte, dies wäre ein gutes Omen für die Aufrichtigkeit des Interviews. Vielleicht hatte Stella tatsächlich beschlossen, endlich ein Zipfelchen ihrer Talmi-Seele zu zeigen.

Als Claire eintraf, fand sie Molly in der Bar vor, wo sie an einem Mineralwasser nippte. »Wo sind denn die anderen? Sie machen doch hoffentlich keinen Rückzieher?«

»Oben. Stellas Agent ist mit ein paar Klamotten gekommen, die Joe anziehen soll.«

»Oh, mein Gott«, seufzte Claire. »Es soll doch keine Modestrecke werden, sondern eine erbarmungslose Suche nach der Wahrheit.«

»Entschuldige bitte.« Molly musste unwillkürlich lachen. »Ich dachte, es sei ein Zeitungsinterview.«

»Lass uns mal hochgehen.« Claire hievte sie aus ihrem Stuhl. »Bevor Stellas Agent die Story genauso aufhübscht wie Joe.«

Molly klopfte an die Tür der Suite. Bob Kramer machte auf. Er trat einen Schritt zurück und grinste fies. »Sie sind gleich fertig. Ich habe von Paul Smith etwas für Joe herüberschicken lassen. Wir wollen doch, dass er sich von seiner besten Seite zeigt, oder?«

In diesem Moment trat Stella aus einem der beiden Schlafzimmer. Sie hatte für die Rolle der wieder vereinigten Mutter einen schlichten, aber fantastisch geschnittenen schwarzen Hosenanzug von Jasper Conran gewählt.

Doch wurde die Schlichtheit – typisch Stella – dadurch etwas geschmälert, dass sie nichts darunter trug.

Dann öffnete sich die Badezimmertür, und Joe erschien. In einem schmalen, graubraunen Anzug aus einem weich fallenden Stoff, den man am liebsten gestreichelt hätte, sah er umwerfend aus. Und noch etwas fiel Molly auf der Stelle auf. Sie hatte die leichte Verlegenheit erwartet, die er meist an den Tag legte, wenn die Aufmerksamkeit auf ihm oder seinem Aussehen lag. Doch stattdessen schien er seinen Auftritt zu genießen.

»Gut«, übernahm Claire forsch das Kommando. »Dann fangen wir mal an, sonst sind unsere Konkurrenzblätter noch schneller als wir, und das Ganze wird zur reinen Zeitverschwendung.«

Stella drapierte sich mit einer leicht aufsässigen Grimasse ans eine Ende einer asymmetrischen, weißen Chaiselongue.

»Wo soll ich mich hinsetzen?«, fragte Joe.

»Neben Stella, bitte.«

Joe nahm mit einer Spur seiner gewohnten Unsicherheit Platz, was Molly ungemein freute. Sie hätte es nicht ertragen, wenn er vor ihren Augen zu einem männlichen Model mutiert wäre.

Wie sie da so nebeneinander saßen, war die Ähnlichkeit frappierend.

»So.« Claire verschwendete keine Zeit. »Es stört sich doch niemand an diesem kleinen Ding, oder?« Sie schaltete einen winzigen Kassettenrecorder ein, kaum größer als eine Streichholzschachtel, und legte ihn auf den Tisch zwischen Joe und Stella.

»Es muss eine ganz schöne Überraschung gewesen sein, Stella Milton, als sich auf einmal aus heiterem Himmel Ihr erwachsener Sohn bei Ihnen gemeldet hat. Ein Sohn, den Sie – wie lange, fünfundzwanzig Jahre? – nicht gesehen hatten.«

Stella lachte klangvoll, herzhaft und als hätte sie Geburtstag. Es war ein Lachen, so fand Claire, in dem gefühlsbetonte Besitzansprüche mitschwangen.

»Es war absolut umwerfend!«, stimmte sie zu. »Vollkommen außergewöhnlich. Ich ging an einem ganz durchschnittlichen Abend mit dem Gefühl nach Hause, dass die Welt ein bisschen grau ist, und hörte meinen Anrufbeantworter ab. Und dann erklang diese Stimme.« Sie sah Joe an und lächelte, als wäre außer ihnen niemand im Raum. »Es war Joseph, einfach so, aus heiterem Himmel. Er sagte, dass wir eventuell miteinander verwandt seien und nannte mir sein Geburtsdatum. Es war, als hätte man eine Granate in mein Leben geworfen.«

»Das ist ein interessantes Bild. So, wie Sie es formulieren, klingt es aber eher bedrohlich als erfreulich.«

»Ja«, gab Stella zurück. »Es war bedrohlich. Ich weiß nicht, ob Joseph das bewusst war. Ich habe hart gearbeitet, um dorthin zu kommen, wo ich jetzt stehe. Ich wusste nicht, ob ich diese Störung wollte. Ob ich an das erinnert werden wollte, was vor so vielen Jahren geschehen ist.«

»Waren Sie wütend auf ihn, weil er es gewagt hat, Kontakt zu Ihnen aufzunehmen? Weil er in Ihr Privatleben eingebrochen ist?«

Molly blickte von Stella zu Joe. Er lauschte jedem ihrer Worte, als wäre es in Stein gemeißelt. Claire war eine erstaunlich geschickte Interviewerin.

»Ja. Aber erst, bis ich ihn kennen lernte. Wie könnte irgendjemand Joseph etwas übel nehmen? Sowie ich ihn gesehen habe, wurde mir klar, dass eigentlich er wütend auf mich sein müsste.«

Molly sah erneut Joe an, doch Claire musterte nach wie vor Stella. »Bereuen Sie die verschwendete Zeit denn nicht?«, wollte Claire wissen. »Die Jahre, die Sie mit ihm als Ihrem eigenen Sohn hätten verbringen können?«

Molly hielt den Atem an. Sie sah Stellas Miene an, dass ihr dieser Gedanke noch nie gekommen war und er erst jetzt, in diesem Moment, in ihr Bewusstsein drang. »Doch.« Stella drehte und wendete das Wort und studierte es von allen Seiten. »Ich glaube, es war eine entsetzliche Verschwendung.«

»Haben Sie sich im Lauf der Jahre«, fragte Claire weiter, »je Gedanken darüber gemacht, was es bei ihm auslösen könnte, dass er von seiner leiblichen Mutter weggegeben wurde? Ich meine, Sie waren schließlich kein mittelloser Teenager, sondern Sie haben ihn *freiwillig* hergegeben.«

Stella reagierte mit einem Schluchzen. Es hing in der Luft, in dieser schicken Umgebung so unangebracht wie ein Fleck auf einem Brautkleid. »Ja«, flüsterte sie schließlich, »natürlich habe ich mir Gedanken gemacht.«

»Deswegen hat sie mir ja die Briefe geschrieben«, warf Joe ein, seine Stimme voll zärtlicher Fürsorge.

»Was waren das für Briefe?«, drängte Claire sanft.

Joe antwortete, bevor Stella dazu kam. »Jedes Jahr an meinem Geburtstag hat sie mir einen Brief geschrieben. Sie hat sie alle aufbewahrt. Damit sie mir, falls ich eines Tages auftauchte, zeigen konnte, dass sie mich nie vergessen hatte.«

Joe bemerkte nicht, dass Stella unbehaglich hin und her rutschte. Aber Molly sah es.

Stella biss sich auf die Lippe, überwältigt von der Liebe, die sie in Joes Stimme vernahm, während sie wusste, dass sie sie nicht verdient hatte. Sie hatte diese Briefe selbstverständlich mit den besten Absichten verfasst, aber würde Joe sie verstehen, wenn er je herausfand, dass es gut gemeinte Täuschungen waren?

»Vielleicht ist dies der richtige Moment für die wirklich heikle Frage, Stella. Offensichtlich sind Sie begeistert davon, dass Joe in Ihr Leben zurückgekehrt ist. Das merkt jeder.« Der Blick, der zwischen Mutter und Sohn gewechselt wurde, hätte den hart gesottensten Zyniker davon überzeugt. »Also – warum haben Sie Joe weggegeben?«

Stella schwieg und rang mit einem inneren Dämon. Der Blick ihrer schönen Augen irrte umher wie ein gefangener Vogel, der gegen die Gitterstäbe seines Käfigs flattert. »Es war so anders damals… Sie können es sich gar nicht vorstellen.«

»Noch in den siebziger Jahren?«

»Noch in den siebziger Jahren. Die sexuelle Befreiung war für die meisten Menschen nichts als ein Schwindel. Wir waren alle so naiv. Ich war nicht reif genug, um Mutter zu sein. Geistig war ich noch ein Kind. Nicht einmal meine Eltern standen hinter mir. Außerdem wollte ich unbedingt Schauspielerin werden.« Sie wandte sich zu Joe, als wäre er der einzige Mensch im Raum. »Du musst mich verstehen, Joseph, ich konnte dich einfach nicht behalten, es war nicht machbar, aber das heißt nicht, dass ich dich nicht geliebt hätte.«

Molly spürte eine Träne, die ihr im Augenwinkel brannte, und wischte sie weg. Der aufrichtige Schmerz, den Stella nach wie vor empfand, verwandelte ihre Worte von einem Klischee in eine Wahrheit, die von Leid troff. Wenn sie vor fünfundzwanzig Jahren egoistisch gehandelt hatte, so hatte sie den Preis dafür jedenfalls bezahlt.

Molly war um Joes willen so wütend auf Stella gewesen und hatte sie für alle seine Probleme verantwortlich gemacht, dass sie nie einen Gedanken daran verschwendet hatte, wie es für Stella selbst gewesen sein musste, wie beängstigend, wie isolierend. Eine unbedachte Handlung, und das Leben änderte sich für immer. Es war nicht wie heute, wo allein erziehende Mütter und Familien mit nur einem Elternteil gang und gäbe waren.

Claire fuhr fort. »Ist es also eine Geschichte mit einem Happy End?«

»Auf jeden Fall«, schnurrte Stella. »Früher gab es nur mich. Jetzt habe ich einen großen, starken, gut aussehenden Sohn.« Sie lächelte Joe an wie eine Python, die ans Abendessen denkt. »Einen großen, gut aussehenden Sohn, der bald bei der Southern School of Speech and Drama vorsprechen wird«, fügte sie hinzu.

Joes Gesicht leuchtete auf. »Du meinst, sie haben sich bereit erklärt, mich vorsprechen zu lassen?«

Molly fühlte sich, als hätte sie eine Ohrfeige bekommen. Joe hatte ihr nicht einmal gesagt, dass er sich auch nur im Geringsten für die Schauspielerei interessierte, geschweige denn, dass ein Vorsprechen bei einer Schauspielschule geplant war. Und doch war dies eindeutig etwas, das er mit Stella besprochen hatte.

Claire hatte gerade ihre letzte Frage gestellt, als der Fotograf erschien. Er war etwa ein Jahr älter als Joe und stammte aus Norwegen. Obwohl er Bob Kramer zufolge momentan schwer angesagt war und von sämtlichen Szeneblättern mit Aufträgen überschüttet wurde, war der junge Mann in Panik ausgebrochen, als er gehört hatte, wen er fotografieren sollte. »Sie war das Idol meiner Jugend«, erzählte er unablässig jedem, der es hören wollte, »meine Ikone.«

Stella ging es runter wie Öl.

Während er seine Fotos schoss, zogen sich Claire und Molly ans andere Ende der Suite zurück. »Und, wie fandest du das Rührstück der heiligen Stella?«, fragte Claire leise.

»Ich fand sie glaubwürdig«, gestand Molly. »Mir war sie zwar nie besonders sympathisch, aber es hat mich wirklich ins Nachdenken darüber gebracht, wie schrecklich es damals gewesen sein muss. Wir haben es heute leicht. Und was meinst du?«

»Sie ist eine egoistische Kuh«, erklärte Claire im Flüsterton. »Sie hat etwa genauso viel Mitgefühl mit anderen Menschen wie ein betrunkener Autofahrer an einem feuchtfröhlichen Samstagabend. Und sie hat nicht einmal zur Kenntnis genommen, dass es dich und Eddie überhaupt gibt.«

Molly war, als hätte Claire ihr eine Zentnerlast von der Brust genommen, und sie könne auf einmal wieder atmen. »Weißt du was?« Sie schenkte sich und Claire je ein Glas aus der Miniflasche Weißwein aus der Minibar ein. »Du hast absolut verdammt Recht. Ich muss ihn von ihr weglotsen.«

»Ja.« Claire stieß mit ihr an. »Aber sie hat die Krallen schon ziemlich weit in ihn versenkt. Er hat ihr ein vollkommen neues Lebensgefühl verschafft. Gerade, als ihre nachlassende Karriere es gebrauchen konnte. Ich glaube, du bist ihr schnurzegal.« Sie nahm ihr Notizbuch und den Kassettenrecorder und wandte sich wieder an Stella und Joe. »Danke, Leute«, verkündete sie mit professionellem Lachen. »Das war wunderbar. Ich gehe jetzt und schreibe es auf. Soll ich irgendjemanden mitnehmen?«

»Ich hätte Lust auf Mittagessen«, verkündete Bob Kramer. »Was ist mit dir, Stella?«

»Mit Vergnügen. Solange Joseph mitkommt.«

»Tut mir Leid«, entschuldigte sich Joe und nahm Mollys Hand, während sie alle die Hotelhalle verließen, »aber ich muss zu Pat fahren und ihr erklären, was los ist.« Er sah Molly an. »Kommst du mit?«

Molly hätte ihn küssen können, vor allem, als sie Stellas Gesicht sah.

»Entschuldige bitte die Geschichte mit der Schauspielschule. Ich hätte es mit dir besprechen sollen. Ich wusste nicht, ob es wirklich klappen würde. Ich dachte, es sei nur eine verrückte Idee von Stella.«

Vor der U-Bahn-Station kamen sie an einem Blumenverkäufer vorbei. »Schau mal, Gartenwicken. Pats Lieblingsblumen.« Er suchte einen Strauß in Blassrosa, Blau und Fliederfarben aus.

»Joseph Meredith«, sagte Molly und umarmte ihn, schwindelig vor Erleichterung darüber, dass er seine wahren Verpflichtungen nicht vergessen hatte. »Hab' ich dir in letzter Zeit mal gesagt, dass ich dich liebe?« Sie zog ihn an sich, vor den Augen der kichernden Fußgänger vor dem

U-Bahnhof Tottenham Court Road, und küsste ihn auf die Lippen.

Als sie in Mere eintrafen, herrschte im Haus seltsame Ruhe. Normalerweise rackerte sich Pat mit irgendeiner anstrengenden Arbeit ab, wie etwa Bettwäsche mit der Hand zu waschen oder beim Frühjahrsputz die Fußleisten mit der Zahnbürste abzuschrubben. Stattdessen saß sie auf dem Sofa und sah sich das Nachmittagsprogramm im Fernsehen an. An einer derart fleißigen Person wie Pat war das so schockierend, als hätte sie nackt in der Einfahrt getanzt.

Pats Miene war ein Bild für Götter, als sie Joe und die Blumen sah.

»Hallo, Pat«, sagte Molly zögernd, während sie an ihre letzte Begegnung dachte.

Ihre Schwiegermutter nickte ihr zu. Möglicherweise war das ein Fortschritt.

Joe reichte ihr die Blumen, und Pat tat so, als suche sie hektisch nach einer Vase.

»Ich hole eine«, erbot sich Molly taktvoll.

Joe zog Pat sachte wieder aufs Sofa. »Ich wollte dir nur erzählen, wie dermaßen seltsam und ungewöhnlich die ganze Geschichte ist, aber ich wollte nicht, dass du das Gefühl hast, ich hätte euch vergessen oder könnte euch je vergessen. Ihr wart diejenigen, die mich aufgezogen und mir Liebe und Sicherheit gegeben haben. Das werde ich nie vergessen.«

Pats herabgezogene Mundwinkel wanderten zu einem kurzen Lächeln nach oben. Die arme Pat, dachte Molly, als sie mit den Blumen wieder ins Wohnzimmer kam. Sie erwartete vom Leben, dass es ihr übel mitspielte, und es entsprach stets ihren Erwartungen. Auf einmal erinnerte sie Molly an einen überaus ordentlichen Wellensittich, der seinen Käfig lupenrein sauber hält und auf einmal von einem strahlenden Paradiesvogel in Gestalt Stellas beiseite gedrängt wird, der sich in keiner Weise an Werte wie Sauberkeit und Ordnung hält, aber trotzdem die ganze Aufmerksamkeit bekommt.

»Ich möchte dich darauf vorbereiten, dass ich mit Stella ein Interview gegeben habe und es morgen in der *Daily Post* erscheint«, fuhr Joe fort.

Entsetzen zeichnete sich auf Pats Miene ab, gefolgt von unwilliger Fasziniertheit. »Was hat sie denn gesagt, warum sie dich zur Adoption freigegeben hat?«

»Dass sie mich weggegeben hat, weil sie sich ein Leben allein mit einem kleinen Kind und ohne jede Unterstützung nicht vorstellen konnte, als sie gerade am Anfang ihrer Karriere als Schauspielerin stand.«

»Hätten ihre Eltern ihr denn nicht helfen können?«, unterbrach Pat ihn scharf. »Viele Eltern haben das getan. Sie sind am Anfang vielleicht nicht gerade begeistert, aber meistens finden sie sich schließlich damit ab. Jedenfalls«, fuhr sie fort und musterte Joe eindringlich, »wenn die Mutter des Kindes ernsthaft entschlossen ist, es zu behalten.«

»Tja, ihre Eltern nicht«, nahm Joe Stella beharrlich in Schutz. »Sie wäre ganz allein gewesen, und das konnte sie nicht ertragen.«

Molly machte sich an den Blumen zu schaffen. In diesem Punkt stand sie auf Pats Seite. Sie konnte sich Bea einfach nicht in der Rolle des gefühllosen Elternteils vorstellen, in der sie Stella gezeichnet hatte.

Joe redete immer noch. »Ich wollte einfach sagen, Mum«, er betonte das Wort ausdrücklich, doch Pat wandte den Kopf ab, als hätte man ihr einen Stich versetzt, »dass ich dir nie genug dafür danken können werde, wie sehr du mich geliebt hast, und dass es mir Leid tut, dass das alles passiert ist.«

Joe sprang auf und umarmte Pat heftig, bevor sie dazu kam, sich zu beschweren, dass er ihre Frisur zerdrückte oder etwas umstoßen könnte. »Und ich hoffe, ich habe in diesem Interview nichts gesagt, das dich verletzen könnte.«

»Eigentlich bin ich ziemlich stark«, versicherte Pat, die auf einmal trotz ihrer geblümten Schürze würdig wirkte. »Und schließlich bin ich ja diejenige, die sich glücklich schätzen kann. Ihr Verlust war mein Gewinn. Ich hatte dich all die Jahre, vergiss das nicht.«

Molly merkte, wie ihr angesichts von Pats ruhigem Gleichmut die Tränen in die Augen stiegen.

Als sie nach Hause kamen, krähte Eddie, auf den die Nachbarin ein Stockwerk tiefer aufgepasst hatte, vor Begeisterung, als er seine Eltern sah.

»Ist so süß«, gurrte Mrs. Salaman, deren Englisch immer noch an Istanbul erinnerte. »Sie ihn bei mir lassen, wann Sie wollen. Ich habe Enkelin gleiche Alter. Vielleicht sie heiraten.«

»Ich fang' schon mal an, für die Hochzeit zu sparen«, lachte Molly.

Es war eine Erleichterung, wieder in ihrer einfachen, kleinen Wohnung zu sein, nur sie drei, ohne Schwiegermütter, seien es nun adoptierte oder leibliche, oder aufdringliche Journalisten. Molly ging herum und riss sämtliche Fenster auf, was allerdings den Effekt hatte, dass anstelle der Brise, auf die sie gehofft hatte, heiße Luft in Wellen hereindrängte. Die Hitze war derart massiv, dass ihr die Bluse unangenehm am Hals klebte und sie Anstalten machte, sie auszuziehen.

»Komm, ich helf' dir.« Joe stellte sich hinter sie und zog ihren Körper an seinen. Langsam machte er ihre Knöpfe auf und küsste sie dabei auf den Hals, bis er merkte, dass sich ihr Atem beschleunigte. Sie schloss die Augen und vergaß einen Moment lang alles, sogar Eddie. Jede Brustwarze fühlte sich wie eine Wunderkerze an, sprühend vor köstlicher Lust.

»Moment mal.« Erschrocken schlug sie die Augen auf. »Wo ist denn Eddie hingekommen?«

Joe drehte sie langsam um. Sie konnte spüren, dass sich seine Hose ausbeulte wie über einer Zeltstange. »Schau. Eingepennt auf dem Sofa. Ich schätze, er hat entweder eine Überdosis von den ›Teletubbies‹ oder von Mrs. Salamans Rumkuchen abgekriegt.«

»Du glaubst doch nicht im Ernst, dass sie ihm Rumkuchen gegeben hat?«

»Das will ich aber schwer hoffen.« Diesmal hob Joe sie ganz vom Boden hoch. »Da bleibt umso mehr Zeit für uns.«

Am nächsten Morgen wachte Molly früh auf, wie meistens vor den anderen, und reckte sich genüsslich. Jeder Zentimeter ihres Körpers glühte und vibrierte. Sie wollte Joe auf keinen Fall wecken, sondern nur fünf Minuten für sich haben, um das erotische Video von gestern Abend noch einmal in ihrem Kopf ablaufen zu lassen. Joe hatte sämtliche bewährten und bekannten Pfade verlassen und etwas wesentlich Anspruchsvolleres ausprobiert. Wenn er so weitermachte, würde sie noch mit Yoga anfangen müssen. Auf jeden Fall hatte er letzte Nacht ihren Lotos zum Blühen gebracht.

Ruckartig setzte sie sich auf. Heute war der Tag, an dem das Interview in der Zeitung erscheinen sollte. Molly schlüpfte aus dem Bett und in ihre Lieblings-Latzhose, Turnschuhe und ein weites Sweatshirt. Ihr Haar, das aus seinen gewohnten Fesseln befreit war und ihr wie eine rote Wolke den Rücken hinabhing, erinnerte sie erneut daran, wie Joe das Gesicht darin vergraben und es dann sorgfältig so arrangiert hatte, dass ihre Brüste durchsahen wie bei Lady Godiva.

Genug! Molly nahm ihren Geldbeutel und verließ die Wohnung. Der Zeitungsladen an der Ecke hatte hoffnungsvoll zu einem kleinen Stand mit französischen Backwaren erweitert und bot Croissants, Baguettes und Pain au chocolat an. Die Sachen waren zwar sündhaft teuer, fast so zäh wie Leder und mit einer Backmischung hergestellt, obwohl sie angeblich »frisch aus Frankreich« stammten, aber sei's drum. Heute war der richtige Tag, um die Normalität in den Wind zu schießen, und Molly kaufte gleich eine ganze Tüte voll. Sie konnte ja später am Mittagessen sparen.

Sie kaufte zwei Exemplare der *Post* und ging eilig in die Wohnung zurück, vor Aufregung ganz atemlos.

Joe schlief noch, und so deckte sie den kleinen Küchentisch, kochte Filterkaffee und schob die Croissants zum Aufwärmen in den Ofen. Sie zog sogar eine Sonnenblume aus dem ziemlich scheußlichen Trockenblumengesteck, das Pat letztes Jahr in ihrem Abendkurs für sie gemacht hatte, und stellte sie in die Tischmitte.

Sie hörte, wie Joe sich regte. Sein Gesicht erschien in der Tür, verschlafen und lächelnd. »Rieche ich da vielleicht Croissants? Bin ich gestorben und in den Himmel gekommen?«

»Im Himmel gibt's keine Croissants. Nur spirituelle Freuden.«

»Dann lebe ich vielleicht lieber weiter. Ich habe doch nicht Geburtstag?«

»Das war gestern Abend. Weißt du denn wirklich nicht, was für ein Tag heute ist?« Im Grunde gefiel es ihr sehr, dass er es vergessen hatte. Wenigstens überschlug er sich nicht vor Eitelkeit. Sie zeigte auf die Zeitung.

»O Gott.« Er zuckte zusammen. »Hast du es dir schon angesehen?«

»Ich dachte, das überlasse ich dir.«

Vorsichtig, als könne er einen Stromschlag bekommen, nahm Joe die Zeitung und blätterte sie durch.

»Es ist nicht drin«, sagte er und sah ungemein erleichtert aus. »Vielleicht ist eine bessere Story dazwischengekommen.«

Molly wusste von Claire, dass Zeitungen ihre eigenen Gesetze hatten, was manchmal bedeutete, dass Artikel nicht dann erschienen, wenn sie eigentlich geplant waren, aber sie wunderte sich trotzdem. Sie begann die Seiten des anderen Exemplars durchzublättern. Es fand sich groß aufgemacht mitten in der Zeitung auf einer Doppelseite – so groß, dass man es seltsamerweise leicht übersah.

Sie drehte das Blatt um, so dass Joe es sehen konnte. »Nicht drin, was? Was ist dann das? ›Wieder vereint … Sexy Stella und ihr lange verschollener Sohn … Die verführerische Schauspielerin Stella Milton erzählt, wie sie vor fünfundzwanzig Jahren, als sie mittellos, verzweifelt und erst zwanzig war, ihren neu geborenen Sohn zur Adoption freigab … Es verging kein Tag, an dem ich nicht an ihn gedacht hätte, erklärte die 44-jährige Stella. Und jetzt, wo er wieder da ist, habe ich das Gefühl, mir bricht das Herz vor Glück.‹«

Joe starrte auf die Worte, als hätte er sie noch nie zuvor gehört. Seine Augen funkelten glitzernd und feucht wie taubenetzte Spinnweben in der Sonne. »All die Jahre habe ich gedacht, ich sei meiner leiblichen Mutter völlig egal, Moll, und dabei hat sie jeden Tag an mich gedacht. Sie hat mir sogar diese Briefe geschrieben. Du weißt gar nicht, wie viel mir das bedeutet. Es ist, als hätte ich eine zweite Chance bekommen. Ich weiß, dass ich manchmal launisch war – da hattest du Recht, auch wenn ich es nicht zugeben konnte. Ich hatte so verdammte Angst, noch einmal verlassen zu werden. Aber es ist alles gut, Molly, alles wird gut. Und ich muss dir dafür danken, dass du erkannt hast, was ich brauche. Ich liebe dich so sehr.«

Er ging hinüber an Eddies Bettchen und kniete sich neben das schlafende Baby.

Molly stürzte beinahe zu ihnen hinüber und schlang die Arme um die beiden Menschen, die sie auf der ganzen Welt am meisten liebte, als wolle sie sie in einer Art magischem Kreis beschützen.

In diesem Augenblick schien alles vollkommen zu sein, genau wie sie es sich immer erträumt hatte. Und in diesem vollkommenen Moment ahnte Molly nicht einmal ansatzweise, dass schon bald sie es sein würde, die den Schlüssel zur Zerstörung dieser Harmonie in Händen halten sollte.

17. Kapitel

Einmal im Monat stand Anthony Lewis noch bei Dunkelheit auf und fuhr zum Antiquitätenmarkt nach Peacehaven. Alles andere als ein begeisterter Frühaufsteher, fiel es ihm zunehmend schwerer, sich aus dem Bett zu quälen, stapelweise Decken zum Schutz der Möbel, die er vielleicht kaufen würde, in seinen Lieferwagen zu legen und sich nach Peacehaven aufzumachen, während die ersten Sonnenstrahlen über die Felsen an der Küstenstraße fielen.

Der Antiquitätenmarkt wurde auf einer Fläche ehemaligen Ackerlandes abgehalten, das ein paar Kilometer landeinwärts lag und Händler aus ganz Europa anzog. Die wirklich seriösen Einkäufer trafen bereits im Schutz der Dunkelheit ein und kauften direkt von den Ladeflächen der Lastwagen, nur im Schein von Taschenlampen, was den Vorgängen ein Flair des Illegalen verlieh – das natürliche Vermächtnis der Schmuggler, die einst diese Küsten bevölkerten, ihre Konterbande in Höhlen versteckten und gelegentlich einen schon lange verstorbenen Bürger aus dem Grab rissen, um seine Leiche durch Schnaps zu ersetzen.

Nachdem er eine Stunde lang zwischen den Lastwagen herumgestöbert und einen großartigen Fund getan hatte, der garantierte, dass sich die Fahrt hierher gelohnt hatte, beschloss Anthony, seinem nach einem Abend im Pub verkaterten Kopf mit einem schwarzen Kaffee auf die Sprünge zu helfen. Neben ihm, auf dem noch taubedeckten Tresen des Imbisswagens, hatte jemand eine Zeitung vergessen, die feucht wie ein grauer Wal auf einem weißen Plastikmeer lag. Anthony wollte sie gerade aus ihrer misslichen Lage erlösen, als ihm die Hälfte von Stellas Gesicht ins Auge stach. Die andere Hälfte hatte als Teller für ein Specksandwich herhalten müssen und war bis zur Unkenntlichkeit verschmiert.

Er faltete die Seite auseinander. Die Geschichte, die er dort fand, verblüffte ihn dermaßen, dass er sich verschluckte und einen Mund voll Kaffee auf die Zeitung spuckte.

Diesmal war sie zu weit gegangen.

Er wischte die Kaffeeflecken weg, so gut es ging, und musterte Stellas schönes Gesicht. Das Foto war gut, nicht der vulgäre Versuch eines billigen Pin-up-Knipsers. Stella sah kühl aus dem Blatt heraus, das dunkle Haar umrahmte ihr Gesicht, und eine Hand umfasste den Arm des jungen Mannes neben ihr, des Sohnes, den sie zur Adoption freigegeben hatte. Die Ähnlichkeit war unheimlich. Und doch wirkten sie nicht wie Mutter und Sohn, sondern eher wie eine Art griechische Geschwister aus einem antiken Mythos, die sich ineinander verliebt hatten, nur um zu spät die tragische Tatsache zu erkennen, dass sie Blutsverwandte waren.

Anthony Lewis begann zu lachen. Nichts, was Stella tat, war je gewöhnlich, nicht einmal, ihren Sohn zu finden.

»Was für eine rührende Geschichte, Stella«, sagte er laut, »ein richtiges Märchen.«

Er tupfte die feuchte Zeitung mit einem Stück Küchenkrepp ab und steckte sie ein. Dann rannte er fast, mit langen, hüpfenden Schritten, während sein schwarzer Ledermantel hinter ihm her flatterte, auf seinen Lieferwagen zu. Ein wölfisches Grinsen erhellte seine sonst so düstere Miene.

»Hey, Ant«, rief ihm jemand aus einem der Lastwagen auf dem Gelände zu. »Anthony! Komm zurück!« Der Händler wandte sich zu seinem Nachbarn um. »Gerade hat er mir eine Kommode mit Aufsatz für fünfhundert Pfund abgekauft, und jetzt haut er ab, ohne sie mitzunehmen.«

Beatrice Manners war keine Freundin der *Daily Post*. Sie hatte zeit ihres Lebens den *Telegraph* gelesen und sah wenig Anlass, sich in ihrem Alter noch umzuorientieren. Auch die Zeitung war Teil ihres Morgenrituals. Wenn sie ihre Tasse Tee getrunken und die Milch vom Bauernhof geholt hatte, stellte sie sich ein Frühstück mit Vollkorntoast und Heidehonig zusammen, zu dem sie starken, schwarzen Kaffee trank und das sie entweder auf der Veranda hinter dem Haus oder im Garten unter einem der Apfelbäume einnahm, je nachdem, wie das Wetter war. In den Sommermonaten waren die Äpfel zu sehr das Ziel dicker, summender Wespen, die vom Apfelsaft berauscht kampflustig wurden und die Bäume eher als ihr Eigentum als das von Beatrice betrachteten, und so hielt sie sich an den Schatten der Rosskastanie.

Nun, da der September nahte, genoss Bea ihr Frühstück im Freien ganz besonders. Sie würde diese Gewohnheit bis weit in den Oktober hinein beibehalten. Selbst wenn Hochsommer war, empfand sie die Tage gegen Ende August stets als triste Zeit. Es kam Bea vor, als läute ein Totenglöcklein bereits das Ableben der Saison ein. Die schönsten Blumen waren verblüht, das Gras vertrocknet. Langsam freute sie sich auf frischeres, klareres Wetter.

Sie hatte gerade ihre zweite Scheibe Toast verspeist und ihren *Telegraph* ordentlich in praktische Teile gefaltet, als sie ein Gruß von jemandem aufschreckte, der an der Mauer aus Feuerstein und Lehm lehnte.

»Guten Morgen, Bea.« Zu Beas Missvergnügen war es Anthony Lewis. »Schöner Morgen, um im Garten Zeitung zu lesen. Ich dachte, du hättest vielleicht zur Abwechslung mal Lust auf ein anderes Blatt.«

Er schwenkte ein Exemplar der *Daily Post* in ihre Richtung.

»Das Schundblatt rühre ich nicht an«, bemerkte Bea hochmütig und blieb eisern sitzen.

Anthony grinste. »Heute könnte es dir aber sogar gefallen. Faszinierende Geschichte über Stella. Ein Werk wahren Einfallsreichtums. Stella ist auf der Bühne verschwendet. Sie hätte stattdessen Romane schreiben sollen. Eine derart lebhafte Fantasie. Und so ungemein rührend.«

Bea erhob sich und kam, so damenhaft sie konnte, durch den Garten geschwebt. Sie hatte Anthony noch nie besonders gut leiden können, und er war schon immer am gefährlichsten gewesen, wenn er diese schalkhafte Miene aufgesetzt hatte. Doch sie hatte ihn noch nie so von sich selbst überzeugt gesehen. Er benahm sich, als hätte er gerade einen Van Gogh in seiner Garage gefunden.

»Es interessiert mich wirklich nicht, vielen Dank«, erklärte sie deshalb unbeirrt und kehrte in die Sicherheit ihres Stuhls zurück.

Ärgerlicherweise legte er die Zeitung auf ihre Gartenmauer. »Lies mal, Bea. Bestimmt findest du an gelungener Fabulierkunst genauso viel Gefallen wie ich.«

Er wandte sich abrupt ab und überließ Bea dem Dilemma, ob sie das Blatt ignorieren oder aufstehen und es sich holen sollte.

Die Versuchung war zu stark für sie, obwohl sie wartete, bis Anthony außer Sichtweite war, um ihm nicht die Genugtuung zu gönnen, dass er sah, wie sie nachgab.

Langsam kehrte sie an ihren Platz zurück. Auf einmal fühlte sie sich alt, als hätte das Leben sie mit einer Schlacht zu viel konfrontiert. Die Zeitung war voller widerlicher Geschichten über lüsterne Lehrer, Riesenkürbisse, die aussahen, als müssten sie nach dem Pornographiegesetz verboten werden, und korrupte Politiker. Als sie zu dem Foto von Joe und Stella kam, schloss sie die Augen. Natürlich hatte sie gewusst, dass das passieren würde, seit Molly vor ein paar Monaten vor ihrem Haus aufgetaucht war.

Sie las das Interview zweimal.

Als sie fertig war, legte sie die Zeitung auf den Tisch. »Was für ein unglaublicher Stuss!«, vertraute sie mit lauter Stimme den betrunkenen Wespen im Apfelbaum an. »Ist meine Tochter denn vollkommen verrückt geworden?«

Sie summten zustimmend.

Bea stand auf und ging hinein, um einen Blick auf ihren Zugfahrplan zu werfen. Höchste Zeit, dass sie Stellung bezog. Es sei denn, es war bereits zu spät.

In Mere-on-Sea starrte Pat auf das Zeitungsfoto von Joe und Stella, auf dem sie einander in die Augen blickten. Andrew war losgezogen und hatte drei Exemplare erstanden.

»Was werden nur die Leute sagen?«, fragte sie, während ein brennender Schmerz ihr das Sprechen erschwerte. Joe und Stella sahen sich so phänomenal ähnlich, wenn man sie nebeneinander sitzen sah, dass es quälend war.

Man tat alles, was man konnte, um ein Kind zu lieben und zu pflegen, sagte sie sich bitter, sogar sich selbst vormachen, es sei das eigene. Und dann kam die Natur und knallte einem den Beweis dafür ins Gesicht, dass dem nicht so war.

Sie würde ihn verlieren. Was hatte sie schon für eine Chance gegen den Glamour und die Raffinesse einer Stella Milton?

Pat, die normalerweise eher zum Schimpfen und Grollen neigte, spürte den unwiderstehlichen Reiz glühenden Hasses. Welches Recht hatte diese Frau, diese egoistische, oberflächliche Frau, in ihrem Leben aufzutauchen und ihr Joe wegzunehmen?

Andrew streckte die Hand aus und ergriff die ihre. »Du bedeutest ihm mehr als sie. Du warst mit dem Heftpflaster da, wenn er sich das Knie aufgeschlagen hat, nicht sie.«

Pat wandte ihr Gesicht zur Wand. »Jetzt wird er mehr brauchen als Heftpflaster, um unversehrt zu bleiben.«

Andrew seufzte. »Molly tut mir Leid. Es ist bestimmt schwer, auf einmal festzustellen, dass man mit einer Rivalin wie ihr um die Gunst des Ehemannes wetteifern muss.«

Zum ersten Mal sah Pat wieder heiterer drein. »Ja, aber Molly ist doch selbst schuld, oder nicht? Das Mädchen muss lernen, sich nicht ins Leben anderer Leute einzumischen.«

»Sie hat es doch nur gut gemeint. Molly ist nicht der Typ, der sich zurücklehnt und zusieht, wie ein Mensch, den sie liebt, leidet«, führte Andrew aus und gestand sich selbst ein, dass er seine Schwiegertochter genau aus diesem Grund so gern hatte.

»Dann braucht sie sich auch nicht zu beklagen, wenn sie Ärger kriegt«, erwiderte Pat.

Ganz leise begann sie zu summen. Stella mochte ja wohlhabend und erfolgreich sein, doch das Recht stand auf Pats Seite. Und vielleicht würde sie das auch beweisen.

»Mein Gott, habt ihr das schon gesehen?« Joes Arbeitskollegen standen alle vollkommen perplex um die Zeitung herum.

Graham, Joes Chef, wusste nicht, ob er angesichts dieser neuen Enthüllung über die sagenhafte Abstammung seines Star-Mitarbeiters und – obwohl er das Joe noch nicht in aller gebotenen Deutlichkeit gesagt hatte – vorgesehenen Nachfolgers wütend oder beeindruckt sein sollte.

»Wisst ihr was? Ich hätte nichts dagegen, wenn sie *meine* Mutter wäre«, erklärte Brian, der technische Geschäftsführer. Als ihm klar wurde, dass er sie sich nicht direkt als *Mutter* wünschte, verstummte er.

»Es muss ein bisschen seltsam sein, findet ihr nicht? Ich meine, Mütter sind normalerweise keine heißen Miezen.«

»Also, meine jedenfalls nicht.«

»Glaubt ihr, er arbeitet jetzt weiter hier?«

»Natürlich arbeitet er weiter hier«, fauchte Graham gereizt. »Er muss ja wohl nach wie vor seinen Lebensunterhalt verdienen. Sie ist doch keine Millionärin.«

»Aber sie muss ganz schön was auf der hohen Kante haben.«

»Das heißt nicht unbedingt, dass sie anfängt, Joe und seine Familie zu unterstützen. Vermutlich bedeutet es nur, dass seine Weihnachtsgeschenke größer ausfallen. Wo ist der Kerl eigentlich?«

Genau in diesem Moment kam Joe herein, den Kopf leicht gebeugt, als erwarte er einen Schlag, und sah sie alle um die Zeitung herumstehen.

»Das ist ja der Hammer, Joe!«, riefen sie wie aus einem Mund. »Du bist vielleicht ein Heimlichtuer. Wie ist sie denn?«

»Sie ist eine sehr nette Frau.« Joes Ton legte nahe, dass damit die Geschichte für ihn abgehandelt war. »Also, wer hat die Illustrationen für das neue Vieira Coupé?«

Joes Kollegen sahen drein, als hätte man ihnen einen ausgesprochen saftigen Knochen weggenommen, aber sie kannten Joe gut genug, um zu wissen, dass es sinnlos war, ihm jetzt mehr aus der Nase ziehen zu wollen. Sie würden eben ein bisschen warten müssen, bis sie ein paar Leckerbissen zu hören bekamen.

Unterdessen stapfte Graham davon, halb beeindruckt, halb verärgert, und rief seine Frau an. Es kam nur selten vor, dass er etwas vor ihr wusste.

Ein herrlicher Gedanke kam ihm in den Sinn, doch er beschloss, ihn zunächst für sich zu behalten. Vielleicht würde Stella, jetzt, wo sie durch Joe den Kontakt hatten, einwilligen, für den Umschlag ihres Peugeot-Handbuchs zu posieren.

Bob Kramer ließ vor Freude über den Artikel die Fingerknöchel knacken. Die *Post* war natürlich ein mieses Blatt, aber die Geschichte würde in null Komma nichts die Runde durch die anderen Zeitungen machen. Das Foto war auch fantastisch. Ausnahmsweise hatten sie einmal keinen untalentierten Pseudokünstler engagiert, der nur auf möglichst viel unbedeckten Busen aus war, sondern jemanden mit wirklichem Stil. Es konnte sich mit Fotos aus Hochglanzmagazinen messen. Stella sah fabelhaft aus, doch die Offenbarung war Joe. Er hatte etwas an sich, das dunkel und voll unterdrückter Leidenschaft war und direkt von der Seite herunter wirkte und einen packte.

Bob war sonst ein überzeugter Vertreter der Philosophie, die anderen zu sich kommen zu lassen, doch ab und zu half er den Ereignissen gern auf die Sprünge. Heute sandte er einen Boten los, um einen Stoß Zeitungen zu kaufen, die er dann an verschiedene nützliche Personen schickte. Der Letzte unter ihnen war ihm in letzter Minute erst eingefallen – nämlich der Produzent von *Dunkle Nacht und Verlangen*, dem Stück, in dem Stella so sehnlichst mitzuspielen wünschte.

Vielleicht war Stella die Letzte, die den Artikel zu Gesicht bekam. Sie näherte sich der Welt gern spät und mit Muße. Wenn sie nicht gerade arbeitete, begann sie ihren Tag um halb elf, indem sie sich ein Glas heißes Wasser mit Zitrone oder, wenn sie etwas Aufbauendes brauchte, mit Ginseng zubereitete. Sie nahm es mit ins Bett zurück, wo sie dann die Fenster öffnete und der Welt zu ihren Füßen lauschte.

Stella erriet die Tageszeit allein anhand der Geräusche, die aus Covent Garden zu ihr nach oben drangen. Ihre liebsten Stunden lagen in der Stoßzeit, wenn sie hörte, wie alle zur Arbeit eilten und nur kurz innehielten, um ihren Caffelatte mit Magermilch bei Prêt à Manger zu erstehen oder die Zigaretten anzuzünden, die sie nur im Stehen vor ihren Büros rauchen durften. Ein bisschen später dann hörte sie Taxitüren zuschlagen, wenn die Chefs eintrafen. Wie Eustacia Vye, Thomas Hardys Heldin in *Die Rückkehr*, mochte Stella Werktage lieber als Wochenenden, da sie dann die Freizeit intensiver genießen konnte, die den meisten anderen Menschen nicht vergönnt war.

Heute würde sie an der Kandidatenauswahl der Schauspielschule teilnehmen, allerdings erst am Nachmittag. Es war später Vormittag, ja eigentlich schon Mittagszeit, als sie vor ihrem Haus ein Taxi anhalten hörte, und eine laute, herrische, ausgeprägt englische Stimme durch die Luft zu ihr nach oben drang. »Glutheißen Dank, junger Mann«, sagte diese, »dass Sie sich die Mühe gemacht haben, mir die Tür zu öffnen.«

Der beißende Sarkasmus in ihrem Tonfall ließ vor Stellas geistigem Auge ein lebhaftes Bild der Vorgänge auf der Straße entstehen. Ihre Mutter war im Anmarsch, und der Fahrer hatte es versäumt, ihr zu Diensten zu sein.

Rasch zog sich Stella an, da sie nicht wollte, dass Bea sie um zehn vor eins *en déshabillé* antraf. Sonst hielte sie ihr nämlich den altbekannten Vortrag darüber, dass man nach zehn im Morgenrock wie eine Schlampe wirkte. Da die meisten Rollen, die Stella spielte, Schlampen *waren* – wenn auch Schlampen mit Kultur und Klasse –, schien dies eine ausgesprochen sinnlose Kritik zu sein. Doch selbst in ihrem Alter war Stella die Meinung ihrer Mutter noch wichtiger, als sie sich anmerken lassen wollte, und so warf sie sich in Rekordzeit die Kleider über. Ihre Garderobiere wäre stolz darauf gewesen, dass die gefeierte Stella Milton sich in nicht einmal einer Minute eigenhändig anziehen, die Haare bürsten und sogar einen Hauch dunkellila Lip-Gloss auftragen konnte, bevor ihre Mutter hereingestürmt käme und Kritiksalven aus sämtlichen Rohren abfeuerte.

Stella ergriff die Initiative, indem sie die brillante Idee umsetzte, die Wohnungstür zu öffnen, noch bevor Bea klingeln konnte.

»Hallo, Ma.« Sie mimte einigermaßen glaubwürdig Begeisterung darüber, ihre Mutter zu sehen. »So eine nette Überraschung.«

»Von wegen nette Überraschung«, gab Bea barsch zurück. »Was zum Teufel bildest du dir eigentlich ein? Bist du denn jetzt komplett verrückt geworden?«

Stella komplimentierte sie rasch herein, dankbar, dass sie keine Nachbarn hatte, die hätten lauschen können.

»Ein Tässchen Tee?«

»Ich bin nicht zum Teetrinken gekommen. Du weißt ganz genau, warum ich hier bin.«

»Tu nicht so dramatisch, Ma. Wir sind hier nicht auf der Bühne des Chowringee Empire.«

Bea schlang ihren fliederfarbenen Pashmina-Schal um sich, den sie bereits vor vierzig Jahren in Pakistan gekauft hatte, nicht im Zuge der gegenwärtigen Pashmina-Welle, die Londons Trendsetter befallen hatte und sie zwang, so viel Geld für ein solches Stück auszuspucken, dass eine Familie in Pakistan monatelang davon leben könnte.

»Stella, ich meine es ernst.« Sie zog ein Exemplar der heutigen *Post* heraus. »Was in aller Welt hast du dir dabei gedacht?«

»Mach nicht so ein Theater, Ma. Ich musste mir die Presse vom Hals schaffen, also habe ich ein kleines Interview gegeben.«

»Es geht nicht um die Quantität«, zischte Bea, »sondern darum, was du gesagt hast. Das war doch die reine Erfindung.«

»Ich habe es ihm zuliebe getan. Er war unglücklich. Er sagt, seit er mich gefunden hat, kommt ihm sein Leben zum ersten Mal sinnvoll vor. Sieh ihn dir nur an – er ist doch fantastisch. Er hat nie in die Familie gepasst, die ihn adoptiert hat. Bestimmt waren es recht nette Leute, aber Joseph ist außergewöhnlich.«

Stella sah ihrer Mutter an, dass sie nicht überzeugt war. »Pass auf, Ma, ich habe es getan, weil es das war, was er gebraucht hat. Er ist nie darüber hinweggekommen, sich abgelehnt zu fühlen, und das war meine Schuld. Kannst du dir vorstellen, wie es war, das endlich zu erkennen?« Stellas Stimme erstarrte vor jähem Schmerz. »Diesen wundervollen jungen Mann anzusehen und zu spüren, wie sehr er gelitten hat, weil er sich von seiner leiblichen Mutter nicht geliebt fühlte, die ihn anscheinend weggegeben hat wie ein Bündel alter Lumpen. Ich musste ihm zeigen, dass es so nicht gewesen ist!«

»War es denn nicht so, Stella?«, fragte Bea ruhig.

»Nein, so war es nicht! Ich habe auch gelitten. Vielleicht sieht es jetzt danach aus, als hätte ich einen Fehler gemacht, aber damals kam es mir nicht so vor.«

»Und was ist mit diesen Briefen, die du ihm geschrieben hast?«

Stella zuckte so unmerklich zusammen, dass es den meisten Leuten nicht aufgefallen wäre. Aber Bea schon. »Du hast sie fingiert, stimmt's? Du hast dich nicht jedes Jahr hingesetzt und ihm einen Brief geschrieben. Du hattest ihn komplett vergessen.«

Stella sah drein, als hätte man sie geohrfeigt. »Ich geb's zu. Aber sie sind kein Schwindel. Sie drücken meine wahren Gefühle aus, das, was ich in Wirklichkeit geschrieben hätte. Ich habe sie nur eben nicht zu der Zeit geschrieben, zu der er es glaubt.«

Bea schloss die Augen und fühlte sich wie ein abgefahrener alter Reifen, der lange über seine normale Lebensdauer hinaus über die Straßen rollt. »Stella, was hast du nur getan?« Sie öffnete die Arme, und Stella ließ sich hineinfallen.

»Ich wollte eben alles für ihn wieder ins Lot bringen, Ma. Ich konnte das Leid nicht mit ansehen, das ich verursacht habe.«

Bea tätschelte sie, wie sie es getan hatte, als Stella noch ein kleines Mädchen war. »Wäre es denn nicht besser, wenn du einfach sagen würdest, dass es dir Leid tut, und du zugeben könntest, dass du einen Fehler gemacht hast, statt neue Lügen zu konstruieren?«

Endlich, nach all den Jahren, erkannte ihre Tochter nicht nur, dass sie jemanden mehr lieben konnte als sich selbst, sondern auch, dass Liebe untrennbar mit Leid verbunden war. Sie fragte sich, wie sie Stella die allerschlimmste Nachricht beibringen sollte.

»Schätzchen, ich weiß, dass du Joseph helfen willst, aber ich glaube nicht, dass das der richtige Weg ist. Weitere Lügen zu erfinden kann nicht die Lösung sein. Ich glaube, du solltest ein Weilchen wegfahren. Dann beruhigt sich vielleicht alles ein wenig.«

»Aber ich will nicht wegfahren! Ich habe ihn doch gerade erst gefunden.«

»Dann musst du zumindest aufhören, ihn wie ein Maskottchen mit dir herumzuschleppen. Er hat ein eigenes Leben und eine Familie. Stell dir nur vor, wie sich Molly dabei fühlen muss.«

»Sei doch nicht albern, Ma. Ich hab' ihn niemandem weggenommen.«

»Du bist dir deiner eigenen Macht nicht bewusst. Du bist reich und glamourös. Molly und Joe leben in einer kleinen Wohnung. Sie führen ein völlig normales Leben. Er hat einen ganz normalen Job.«

»Ich bin einsam, Ma«, stieß Stella hervor. »Es war so herrlich, ihn zu finden.«

»Und was ist mit Richard? Der Mann liebt dich, Gott allein weiß, warum. Bau dir eine vernünftige Beziehung auf und hör auf, bei Molly und Joe das fünfte Rad am Wagen zu spielen.« Bea wusste, dass das brutal war, doch es musste gesagt werden. »Und merk dir eines: Wenn du Joe ein zweites Mal verletzt, verzeiht er dir das *nie*.«

Stella vernahm, wie ein Anflug von Angst die Stimme ihrer Mutter verzerrte, und das erschreckte sie zu Tode. Bea war doch immer so stark gewesen. »Was ist denn, Ma?«

»Ich lese keine Zeitungen wie die *Daily Post*. Anthony hat sie mir vorbeigebracht. Er meinte, es könnte mich vielleicht interessieren.«

Stellas Schultern sackten zusammen. Die Sehnen an ihrem Hals zeichneten sich scharf ab, wodurch sie auf einmal um Jahre gealtert und überhaupt nicht mehr sexy aussah.

»Einverstanden. Ich werde versuchen, mich zurückzuhalten.«

Bea umarmte sie noch einmal. »Meine arme Stella. Ich bin sicher, so ist es das Beste. Und jetzt muss ich wieder zurück zu meinen Dahlien. Mittlerweile ist mir London geradezu verhasst.«

Als ihre Mutter gegangen war, setzte sich Stella auf ihren Balkon. Ihr war schlecht und schwindlig. Anthony war nicht so harmlos, wie er wirkte. Er konnte ihr massiven Schaden zufügen, wenn er wollte. Nun, da sie Joseph gefunden hatte, könnte sie es nicht ertragen, ihn wieder zu verlieren. Und das war genau, was passieren würde, wenn er die Wahrheit erführe. Zu ihrer Erleichterung war heute der Tag, an dem sie versprochen hatte, bei der Kandidatenauswahl der Southern-Schauspielschule mitzuhelfen. Das bedeutete einen ganzen Nachmittag in einem verdunkelten Theatersaal, weitab von neugierigen Blicken.

Während der Taxifahrt dachte sie unentwegt über Joseph nach. Ihre Mutter hatte Recht. Von jetzt an musste sie sich aus seinem Leben heraushalten.

Ihre alte Freundin Suzanna stürzte sich auf sie, kaum dass sie angekommen war. »Du bist mir vielleicht eine Heimlichtuerin!«, spöttelte sie. »Dieser junge Mann, den ich mir auf deine Bitte hin ansehen sollte – Joseph Meredith hieß er doch, stimmt's? Seltsamerweise hast du gar nicht erwähnt, dass er zufällig dein Sohn ist.« Sie schwenkte ein abgegriffenes Exemplar der *Post*. »Mein Gott, Stella, er sieht wirklich fantastisch aus. Wenn er wenigstens so gut spielen kann wie eine Papiertüte, dann will ich gerne sehen, was ich machen kann.«

Stella biss sich auf die Lippe. Sie hatte das Gefühl, dass dies zu den Dingen zählte, die Bea missbilligen würde. Sich einzubilden, dass sie die gute Fee spielen und Joe aus seinem normalen Leben retten könnte. »Tja, offen gestanden, Suze, wollte ich dich schon anrufen. Ich glaube, Joseph ist in Sachen Theater ziemlich abgekühlt und möchte sich lieber an einen Beruf halten, mit dem er wirklich seinen Lebensunterhalt verdienen kann.«

»Tatsächlich?« Suzanna wusste nicht, wann sie zuletzt so enttäuscht gewesen war. »Aber du hast doch gesagt, er sei Feuer und Flamme?«

»Schon. Aber ich fürchte, die Realität hat ihre eisigen Finger ausgestreckt, und ihm ist wieder eingefallen, dass er eine Familie und finanzielle Verpflichtungen hat.«

»Wie deprimierend.«

»Für seine Familie nicht. Danke, dass du eingewilligt hast, ihn dir mir zuliebe anzusehen. Ich weiß ja, wie viel du zu tun hast.« Suzanna kannte Stella gut genug, um die Sache fürs Erste auf sich beruhen zu lassen. Also lächelte sie zuckersüß, und die beiden setzten sich hin, um zwei Dutzend weitere Aspiranten für die wenigen heiß begehrten Plätze an der Schule vorsprechen zu lassen. Doch einige Stunden später, nachdem Stella gegangen war, packte Suzanne ihr Handy und kramte in ihrer Tasche nach ihrem vollgekritzelten, zerfledderten Adressbuch.

Sie fand Bob Kramers Nummer und wählte sie. »Bob, hier ist Suzanna von der Southern. Hören Sie, können Sie mich vielleicht aufklären? Stella war unheimlich erpicht darauf, dass ich mir diesen jungen Mann ansehe, der sich nun als ihr Sohn entpuppt hat. Jetzt hat sie es sich urplötzlich anders überlegt. Aber nachdem ich ihn in der Zeitung gesehen habe, bin ich überzeugt davon, dass er etwas Besonderes hat. Ich würde mich wirklich gern einmal mit ihm unterhalten, aber sie hat das Ganze abgeblockt.«

»Vergessen Sie Stella«, erwiderte Bob, mehr als nur leicht verärgert. »Sie ist nur gluckenhaft. Sie kommt schon wieder zur Vernunft. Sollte sie jedenfalls. Ich hatte inzwischen drei Besetzungschefs am Telefon und dazu noch den Oberkreativen von der Werbeagentur, die ihre Peugeot-Anzeige entworfen hat. Er hat sich eine Nachfolgekampagne einfallen lassen, in der sie mit Joe zusammen auftritt. Stella ist noch nicht davon überzeugt, aber Joseph könnte womöglich das Beste sein, was ihrer Karriere seit Jahren passiert ist.«

»Vielleicht hat sie Angst vor dem Gefühl, ihn zu benutzen?«

»Stella soll Angst davor haben, jemanden zu benutzen? Das wäre das erste Mal.«

»Oder es ist Mutterliebe. Die kann einem ins Gesicht fegen wie ein Tornado mit Windstärke zehn. Glauben Sie mir, ich weiß es. Ich habe drei Kinder. Ich kenne die Symptome.«

Bob dachte über diese ausgefallene Möglichkeit nach. Er hatte Stellas Talent seit jeher respektiert, aber nicht einmal ihre besten Freunde hätten sie als mütterlich bezeichnet. Das wäre eine neue und, ehrlich gesagt, verblüffende Seite an ihr.

Aber andererseits war es doch sicher auch eine Chance? Es dürfte seine Fähigkeiten nicht überfordern, Stella klar zu machen, dass dies auch für Joe eine Gelegenheit war, die sein Leben verändern konnte, und es unfair wäre, ihm im Weg zu stehen. Bob hatte keine Kinder, und er hatte auch nicht vor, je welche in die Welt zu setzen. Aber er war der Meinung, dass jede Mutter, vor allem eine neu entdeckte, die vieles wieder gutzumachen hatte, die Begabungen und Interessen ihres Nachwuchses fördern sollte, anstatt seine Talente zu sabotieren, bevor sie die Chance bekamen, sich zu entfalten.

Bob brauchte nur fünfzehn Minuten, um in ein Taxi zu steigen, zu Stellas Wohnung zu fahren und sie zum Nachmittagstee ins Waldorf Hotel abzuholen.

Er erschrak ein wenig über Stellas Aussehen, als sie ihm die Tür öffnete. Sie sah aus, als hätte sie geweint. Sie behielt ihre Sonnenbrille auf und ließ sich immer wieder die dunklen Haare ins Gesicht fallen, als wollte sie nicht, dass irgendjemand sie erkannte.

»Ich nehme an, du willst mir sagen, dass ich aufhören soll, mich lächerlich zu machen, genau wie meine Mutter es mir predigt. Okay. Ich hab's begriffen. Ich soll Joseph in Ruhe sein Leben weiterführen lassen und mich auf mein eigenes konzentrieren.«

»Also, offen gestanden, Herzchen, bin ich entschieden anderer Meinung. Mein Telefon hört gar nicht mehr auf zu klingeln vor lauter Angeboten für euch beide. Die Werbeagentur von der Peugeot-Anzeige möchte mit euch über eine gemeinsame Werbekampagne sprechen, und die Produzenten von *Dunkle Nacht und Verlangen* möchten sich mit dir treffen, weil – stell dir nur vor – Roxanne Wood schwanger ist …« Er schmunzelte und wartete auf ihre begeisterte Reaktion, ohne zu bemerken, dass diese ausblieb, bevor er zum Höhepunkt seiner aufregenden Enthüllungen gelangte.

»Und – du darfst gespannt sein – es kommt noch umwerfender. Der Präsident des Millennium-Film-Festivals hat mich heute Morgen angerufen. Sie möchten dich mit einem Sonderpreis ehren und dich bitten, bei der großen Eröffnungsfeier ein paar Worte zu sprechen. Du bist gefragter als je zuvor, Stella-Schätzchen!«

Aber all das erschien Stella wie ein schaler Triumph. Sie hätte überglücklich sein sollen, doch stattdessen hallte die Warnung ihrer Mutter in ihrem Kopf wider, dass sie sich aus Joes Leben heraushalten sollte, da ihnen sonst allen eine Katastrophe drohte.

Guter Gott, was sollte sie jetzt nur tun?

Bob war nicht umsonst seit achtzehn Jahren Stellas Agent. Er erfasste ihre Stimmungen noch vor ihr selbst.

»Pass mal auf, Stella, Joseph ist ein erwachsener Mann, nicht das kleine Baby, das du weggegeben hast. Er kann doch sicher seine eigenen Entscheidungen treffen?«

Stellas Schultern sackten zusammen. Sie wusste nur zu gut, was geschehen würde, falls man Joseph fragte. Wenn der Ruhm oder auch nur die leiseste Aussicht darauf kam und einem auf die Schulter klopfte, dann erklärte ihm kein Mensch, er solle sich trollen und warten, bis man dazu bereit war. Joseph würde da keine Ausnahme darstellen.

Joe war schon lange zur Arbeit gegangen, und Eddie krabbelte ohne Windeln auf dem Fußboden herum, als es an der

Tür klingelte und Claires Stimme durch die Sprechanlage nach oben drang.

»Ich wollte nur auf dem Weg in die Arbeit kurz vorbeischauen, um mich zu vergewissern, dass ihr beide noch mit mir sprecht.«

Als Claire außer Atem oben ankam, räumte Molly gerade die Reste ihres festlichen Frühstücks beiseite.

Claire schnappte sich ein übrig gebliebenes Croissant.

»Warte, ich mache dir eine Tasse Kaffee«, erbot sich Molly. »Und wie kommt es, dass Peckham auf deinem Weg zur Arbeit liegt, wo du doch am anderen Ende von London wohnst?«

»Okay, ich geb's zu. Ich hatte Angst, dass ihr es grässlich finden würdet. Ihr zwei seid mir sehr wichtig.«

Molly bekam ein schlechtes Gewissen, weil sie Claire anfänglich verdächtigt hatte, diesem Fotografen den Tipp gegeben zu haben. »Offen gestanden ging es Joe runter wie Öl. Er ist mit stolzgeschwellter Brust abgezogen, um sich von seinen Arbeitskollegen aufziehen zu lassen.« Spontan umarmte Molly ihre Freundin, überschäumend vor Erleichterung darüber, dass alles einen so guten Ausgang zu nehmen schien. »Es ist wie ein Wunder. Ich merke ihm richtig an, dass er sich in seiner Haut viel wohler fühlt, seit er weiß, dass Stella ihn geliebt und nicht einfach nur weggeworfen und vergessen hat. Das Komische ist, dass er ihr nicht einmal böse ist. Ich an seiner Stelle wäre es garantiert gewesen, aber Joe nicht. Er empfindet eine geradezu rührende Dankbarkeit.«

Claire stieß einen Seufzer aus, der fast wie ein angestochener Autoreifen klang. »Ich hoffe, sie hat es verdient. Stellas Geschichte hat irgendetwas an sich, das ich ihr nicht ganz abgekauft habe. Vielleicht ist sie einfach zu sehr Schauspielerin, als dass man ihr je glauben könnte, dass sie aufrichtig ist, selbst wenn sie es ist.«

Molly, die etwas Ähnliches empfunden hatte, wechselte abrupt das Thema. Sie wollte nicht, dass Claire der Sache nachging, egal, wie eng ihre Freundschaft auch war.

»Auf jeden Fall«, meinte Claire erleichtert, »gehe ich jetzt lieber und reihe mich unter die arbeitende Bevölkerung ein. Ich bin so froh, dass du und Joe noch mit mir redet.« Sie hielt inne, da sie Mollys Glück nicht sabotieren wollte. »Trotzdem ein Wort der Warnung. Ich möchte keinem den Spaß verderben, aber falls Stella etwas verbirgt, findet es hundertprozentig irgendein anderer Schreiberling heraus. Ich bezweifle, dass sich unsere Rivalen von der *Press* mit einem Happy End zufrieden geben werden, vor allem wenn es das Happy End der *Post* ist. Womöglich ist ab sofort die Jagdsaison auf Stella eröffnet.«

Als wollte es Claires Worte unterstreichen, klingelte das Telefon fast im selben Moment, als sie die Tür hinter sich geschlossen hatte.

»Hallo«, sagte eine unbekannte Stimme. »Ich bin Reporter bei der *Daily Press*. Könnte ich bitte Joseph Meredith sprechen?«

Molly knallte den Hörer auf und merkte, wie sie zitterte. Ihre selige Euphorie löste sich in Nichts auf und ließ sie düster ahnen, was sie von vornherein befürchtet hatte: dass es nicht so bleiben konnte.

Im Grunde gab es nur eine einzige Person in diesem ganzen Schlamassel, der sie rückhaltlos vertrauen konnte – die sie nicht belügen würde und die klug genug war, um ihnen allen durch den emotionalen Treibsand zu helfen, der sich um sie herum auftat.

Mit ihrer gewohnten Tatkraft sammelte Molly Eddie auf, schnappte sich im Vorübergehen noch eine Windel und seinen Sonnenhut und sauste mit dem Baby im einen Arm und seinem Buggy im anderen die Treppe hinunter. Sie machte sich gar nicht erst die Mühe, nachzusehen, wann ein Zug nach Brighton ging. Sie fuhren so häufig, dass sie bestimmt nicht lange warten müsste. Eddie war wie stets begeistert vom Bahnhof und betrachtete das Unterfangen als einen prima Ausflug.

Nach nicht einmal zwei Stunden saß Molly in dem kleinen Regionalbus, der sich durch die Täler nach Lower Ditchwell schlängelte. Eddie krähte vor Begeisterung »ooh« und »aah«, als könne jeden Moment der Wagen von Postman Pat in der Gegenrichtung über den Hügel gefahren kommen und sein Glück vollkommen machen.

Molly schnallte ihn in seinen Buggy, damit sie die letzten paar Schritte zu Fuß gehen konnten. Sie war froh, dass sie bald im schattigen Garten von Beas Cottage sitzen würde. Sie klingelte dreimal, doch niemand reagierte. Schließlich ging sie ums Haus herum, doch alles war verschlossen und verriegelt. Molly schnaufte laut auf, um sich die Tränen zu verkneifen. Es war erstaunlich, wie viel ihr Beas Rat mittlerweile bedeutete.

»Sie ist nach London gefahren«, sagte jemand ein paar Meter hinter ihr, jemand, der lässig an der steinernen Mauer lehnte. Es war Anthony Lewis, der Antiquitätenhändler. Molly hatte das Gefühl, dass er sie schon länger beobachtete. »Ich habe sie mit einem Taxi wegfahren sehen.« Das totenkopfartige Gesicht des Mannes war zu einem Grinsen verzogen, das – so argwöhnte Molly – sie wohl verunsichern sollte. Er sah wie ein ewiger Komparse aus, der auf einmal seine Gelegenheit erkannt hat, zum Star zu werden.

»Sie wissen nicht vielleicht«, fragte Molly zögerlich, »über die Buschtrommeln, wann sie zurückkommt?«

Nach wie vor schmunzelnd schüttelte er den Kopf, wobei seine glatten Haare hin und her schwangen. »Keine Ahnung. Kann ich Ihnen irgendwie weiterhelfen?«

Molly wäre vor instinktivem Widerwillen fast zusammengezuckt. »Nein, danke. Ich rufe sie an, wenn ich wieder zu Hause bin.« Ruckartig wendete sie Eddies Buggy und wäre fast im Laufschritt zur Bushaltestelle gerast.

»So ein niedlicher kleiner Junge«, bemerkte Anthony Lewis. »Der Bus kommt erst in einer halben Stunde zurück. Er fährt bis ganz ans Ende des Tals. Möchten Sie nicht vielleicht mit mir in den Laden kommen und dort warten, wo es kühler ist?«

Molly schüttelte den Kopf.

»Ich habe gehört, dass Sie Stella gefunden haben.« Sein Grinsen wurde noch breiter. »Wie hat sie es aufgenommen, als Sie ihr ihren lange verschollenen Sohn präsentiert haben?«

Molly fand seinen aufreizenden Tonfall unerträglich. Er unterstellte, dass jeder irgendwie fragwürdige Beweggründe hatte. »Sie war überglücklich. Sie hatte nie aufgehört, an ihn zu denken. Ja, sie hat ihn sogar dermaßen vermisst, dass sie ihm jedes Jahr an seinem Geburtstag einen Brief geschrieben hat.«

»Tatsächlich? Jedes Jahr? Na, das finde ich ja wirklich rührend.«

Als sie zwanzig Minuten später aus dem Busfenster blickte, war Anthony Lewis verschwunden, aber allein die Begegnung mit ihm hatte ihr die Fahrt schon vergällt. Er strahlte eine Art ansteckender Bitterkeit aus, die sie wünschen ließ, nichts mit ihm zu tun zu haben.

Zurück in Peckham, verschwitzt, müde und enttäuscht, waren zwei weitere Nachrichten auf ihrem Anrufbeantworter. Aber keine stammte von dem Reporter der *Daily Press*. Mit einem Gefühl böser Vorahnung, auf das sie nicht gerade stolz war, hörte sie sich beide an. Die eine war von Bob Kramer, Stellas Agent, und er bat Joe, ihn sobald wie möglich zurückzurufen, um einige äußerst viel versprechende Chancen zu erörtern, die sich ergeben hatten. Die andere stammte von einer Frau namens Suzanna Morgan von der Southern School of Speech and Drama, die Joe ebenfalls um Rückruf bat. Diese verdammte Stella! Es sah verdächtig danach aus, als ob sie ihre Finger im Spiel hätte. Die Idee mit der Schauspielerei ging einzig und allein auf sie zurück. Joe würde all diesen Angeboten niemals widerstehen können.

Molly machte sich eine Tasse Tee und erforschte ihr Gewissen. Es käme nicht völlig überraschend, wenn Joe langsam genug von seinem Job hätte, oder zumindest feststellte, dass er ihm zwar Sicherheit bot, ihn aber langweilte. Okay, er hätte dieses plötzliche Interesse an der Schauspielerei nicht entwickelt, wenn Stella nicht so dramatisch in ihr Leben geplatzt wäre, aber irgendeine Veränderung wäre sicher eines Tages eingetreten. Obwohl Molly gern auf Eddie aufpasste, liebte sie die Freiheit, die sie genoss, wenn Mrs. Salaman ihn ihr abnahm. Wäre es denn gar so schrecklich, wenn Joe es mit der Schauspielerei versuchte? Könnte sie nicht einen Platz für Eddie finden – vielleicht bei Mrs. Salaman, da sie ihn ja so zu vergöttern schien – und sich einen Teilzeitjob suchen?

Voller Abscheu musste sie daran denken, wie die Frau eines Kollegen von Joe immer wieder bei Graham angerufen und sich erkundigt hatte, wie ihr Mann in der Arbeit vorankam. Sie hatten sie alle deswegen verachtet und den Kollegen bedauert, weil er nur als Versorger gesehen wurde. Aber wurde Molly nicht langsam genauso? Eine Frau, die ihren Mann lediglich als jemanden betrachtete, der die Rechnungen bezahlte? Sie hatte solche Leute immer abstoßend gefunden.

Hätte Molly Bescheid gewusst, hätte sie mit Verwunderung festgestellt, dass auch Stella langsam daran zu zweifeln begann, ob sie Joe zur Schauspielerei ermutigen sollte.

Als Stella Joe kennen gelernt und bemerkt hatte, dass er so gut aussah und in seinem Job bei irgendeiner Autoratgeber-Klitsche verschwendet war und überdies in einer schäbigen Wohnung lebte, war ihr erster Instinkt tatsächlich gewesen, ihn zu retten. Doch Beas Besuch hatte sie nachdenklich gestimmt. Hatte die Schauspielerei sie selbst glücklich gemacht? Inzwischen war sie Mitte vierzig, hatte einerseits Angst, ihre Schönheit zu verlieren und andererseits davor, eine groteske, geliftete Parodie ihrer Selbst zu werden, und führte eine halbherzige Beziehung zu Richard, die vermutlich nur deshalb Bestand hatte, weil er sie anhimmelte. Er war das Einzige, was zwischen ihr und einem leeren Leben stand. Sie hatte sogar ihr Kind für die Schauspielerei aufgegeben.

Sie war von Leidenschaft getrieben worden, von Entschlusskraft und der Fähigkeit, stählerne Barrieren zwischen sich selbst und gewissen unangenehmen Wahrheiten aufzubauen. Joe war ganz anders. Er war ein gefühlsbetonter, manchmal allzu dünnhäutiger junger Mann, der einen Job und eine Familie hatte. Vielleicht waren diese Dinge, auch wenn sie still und unauffällig waren, im Grunde mehr wert als fünf Minuten Ruhm.

Daher hatte Stella beschlossen, ihn davor zu bewahren, sich von all diesem plötzlichen Interesse zu sehr blenden zu lassen. Außerdem war sie zu einem weiteren, wesentlich schmerzhafteren Schluss gekommen. Sie musste langsam, aber sicher in seinem Leben in den Hintergrund treten. Davor wünschte sie sich allerdings mehr als alles andere, dass er bei den Millennium Awards an ihrer Seite stünde, wenn die gesamte Branche ihr versichern würde, dass ihr Leben trotz all ihrer dummen Fehler einen Sinn hatte.

In Wirklichkeit musste weder Stella noch Molly Joe davon abhalten, ein Medienstar zu werden, weil Joe selbst nicht die geringste Lust dazu hatte.

»Sie können zum Titelbild des *Tatler* nicht nein sagen«, drängte Bob, dem schon leicht mulmig wurde.

»Nein?«, fragte Joe zurück und lächelte aufreizend. »Aber Sie haben mich nie gefragt, ob ich überhaupt Model sein will.«

Es gab nur ein Angebot, für das er sich begeistern konnte. Am nächsten Dienstag zog Joe statt seiner gewohnten Bürokluft schwarze Jeans und ein T-Shirt an.

»Was hast du vor?«, fragte Molly neugierig. »Willst du dich als Fassadenkletterer versuchen, oder bewirbst du dich für die Milk-Tray-Pralinenwerbung?«

Joe sah verlegen drein. »Ehrlich gesagt bist du ziemlich nahe dran. Ich habe einen Termin bei Suzanna Morgan an der Southern Drama School. Sie ist eine alte Freundin von Stella.«

Zu spät fiel ihm ein, dass das das Schlimmste war, was er hätte sagen können. Mollys Miene verschloss sich wie ein Fensterladen, der das Sonnenlicht aussperrt.

»Ach, komm, Moll, es ist eine sagenhafte Chance. Diese Werbefritzen erzählen mir ständig, dass ich ›Präsenz‹ besäße, was immer das auch ist. Ich habe schon in der Schule gern geschauspielert. Ich muss es einfach versuchen.«

»Sagt das Stella?«

»Ich bin mir nicht einmal sicher, ob sie davon weiß.«

»O Joe, Herrgott noch mal. Sei nicht so naiv. Stella hat doch das Ganze eingefädelt. Schauspielschulen zitieren nicht einfach jeden Tag Verfasser von Autohandbüchern zu sich und lassen sie vorsprechen. Die Frau war Stella vermutlich einen Gefallen schuldig.«

»Du könntest dich ein bisschen mehr für mich freuen«,

sagte Joe. »Aber mach dir keine Sorgen. Vermutlich kommt sowieso nichts dabei raus.«

»Langweilt dich deine Arbeit wirklich?«

»Man bekommt kaum den Nobelpreis dafür verliehen, dass man den Leuten erklärt, wie sie ihren Ford Mondeo warten sollen, oder?«

Er drückte Eddie einen Kuss auf seinen dunklen Schopf. »Du wünschst mir Glück, stimmt's, Meister?«

Bestürzt sah ihn Molly davongehen. So hatte sie es sich nicht vorgestellt. Joe hatte offenbar das Gefühl, schon mit fünfundzwanzig einen Kompromiss mit dem Leben geschlossen zu haben. Wie war bloß alles so verdammt kompliziert geworden?

Joe hatte nicht die geringste Ahnung, wie ein Vorsprechtermin ablief. Die einzige Vorstellung, die er davon hatte, stammte aus Filmen wie *A Chorus Line* oder *Fame*. Es wurde erwartet, dass er etwas vortrug, so viel war ihm klar. Würden sie ihm einen Text geben, oder sollte er selbst einen mitbringen? In der Schule hatte er nicht genug Theater gespielt, um über ein Repertoire zu verfügen, und das Letzte, was er wollte, war, mit altbekannten Shakespeare-Auszügen aufzuwarten.

Schließlich hatte er sich für Lyrik entschieden. Zumindest war er damit vertraut.

Die Southern School of Speech and Drama lag in Brixton, gleich neben dem Ritzy-Kino. Suzanna Morgan kam selbst, um ihn an der Pförtnerloge abzuholen. Sie führte ihn nach oben in einen kleinen Raum. Es war ganz anders, als er es sich vorgestellt hatte, keine Bühne, keine Reihen mit kritischen Beobachtern, sondern nur sie allein. Nach Stellas schicker Extravaganz war er außerdem von ihrer Erscheinung überrascht. Rein äußerlich hätte sie auch Beamtin sein können. Es schien sie zu verwundern, dass er erschienen war.

»Entschuldigen Sie bitte. Ich bin ein bisschen erstaunt. Soweit ich Stella verstanden habe, haben Sie es sich mit der Schauspielerei anders überlegt.«

Joe wirkte derart verdutzt, dass sie ihm zu Hilfe kommen musste. »Keine Sorge. Haben Sie etwas zum Vorlesen dabei?«

»Ich wollte keinen Shakespeare-Text nehmen«, erklärte Joe. »Ich dachte, ich versuche es mal mit Marvell.«

»›An seine spröde Herrin‹?«

Joe durchfuhr ein Hauch von Enttäuschung. Ihrem Ton nach zu urteilen hatte er ein Klischee gewählt. Ohne bewusst nachzudenken, kamen ihm die Worte eines seiner anderen Lieblinge in den Sinn, »Beim Zubettgehen« von John Donne, ein Gedicht, das weitaus deutlicher und erotischer war als das von Marvell, und er begann es vorzutragen.

»Komm, Liebste, komm! Mein Sinn steht nicht nach Ruhm«, begann er und verblüffte Suzanna mit seinem plötzlichen Tonfall sexueller Dominanz. »Ja, Untat wär's, hier keine Tat zu tun! ... Dem Drang der trunkenen Hände gib dich hin, vorn, hinten, unten, oben, zwischendrin ... O mein Amerika, mein Neu-Fundland! Mein Reich, sicher mit einem Mann bemannt ...«

Suzanna, die eigentlich geglaubt hatte, auf alles gefasst zu sein, die nahezu alles schon gehört und gesehen hatte, vom Sentimentalen bis zum Schockierenden, musste sich ihre Verblüffung eingestehen, genau wie das Objekt des Gedichts, das sie gerade hörte und dessen Worten Joseph Meredith einen mächtigen, verführerischen Charme verlieh.

Der schüchterne junge Mann, der er noch vor wenigen Minuten gewesen war, hatte sich in einen kraftvollen, bestrickenden Liebhaber verwandelt. Die Worte klangen in diesem engen, stickigen Raum genauso unwiderstehlich, wie sie damals, als sie geschrieben wurden, geklungen haben mussten.

»Das war aber nicht ›An seine spröde Herrin‹«, wandte sie ein, von seiner sexuellen Kommandotaktik beeindruckt.

Joe grinste. »Ich weiß, aber ich habe Ihnen angesehen, dass Sie kein großer Fan von Marvell sind, und da habe ich es mit etwas Handfesterem versucht.«

»So, so. Die üblichen Sachen beherrschen Sie also. Mal sehen, wie Sie mit einem Text von David Mamet zurechtkommen.«

Suzanna lauschte mit wachsender Begeisterung, während sie sich einschärfte, kein vorschnelles Urteil zu fällen. Okay, er war gut. Er schien auf Anhieb ein feines Gespür und eine große Bandbreite zu besitzen, außerdem – was am allerwichtigsten war – die Kraft, seine Zuhörer zu bewegen. Im Verein mit seinem lässigen Charme und dem umwerfenden Aussehen war er ein ziemlicher Knüller. Doch sie musste realistisch bleiben. Ein Gedicht von Donne zu rezitieren war kaum eine angemessene Prüfung für eine der strengsten Schauspielschulen des Landes. Er würde noch einmal kommen und im Beisein ihrer Kollegen einen konventionelleren Text sprechen müssen.

Allerdings hatte Suzanna im Lauf der Jahre über fünftausend Kandidaten zu sehen bekommen, und ihr Instinkt war untrüglich. Joe hatte zweifellos etwas Besonderes. Vielleicht hatte Stella ja Recht, und die Schauspielerei lag tatsächlich in den Genen.

»Gut. Danke, Joe. Ich fand Ihre Darbietung großartig, aber wären Sie bereit, noch einmal zu kommen und für mich und ein paar andere Leute zu lesen?«

»Offen gestanden wäre ich bereit, mehr oder weniger alles zu tun, was Sie verlangen«, gestand Joe entwaffnend.

Suzanna musste über die abgedroschene Anspielung auf

die Besetzungscouch lachen, die man hinter seinen Worten hätte vermuten können.

Zu ihrem großen Erstaunen liefen die einhundertachtundachtzig Zentimeter nahezu vollkommener Männlichkeit ihr gegenüber tatsächlich vor Verlegenheit rot an, als Joe ihren Gedankengang nachvollzog. »Ich hoffe, Sie haben nicht geglaubt, ich hätte gemeint …«

»Nein, Joe«, beruhigte sie ihn, »ich habe nicht geglaubt, Sie hätten das gemeint.« Eigentlich, sinnierte Suzanna – soweit sie sich erinnern konnte, fast zum ersten Mal –, war es geradezu bedauerlich, dass er das nicht gemeint hatte. »Wie wär's nächsten Montag um vierzehn Uhr?«

Joe wusste, dass er nein sagen sollte, da die Montage in seinem Betrieb die schlimmsten Tage waren und der frühe Nachmittag die hektischste Phase. Vielleicht war es ein Akt der Aufsässigkeit, ein halb-absichtlicher Sabotageversuch gegen die Normalität, der ihn zusagen und den Entschluss fassen ließ, die Sache später mit Graham zu klären.

Erst als Joe gegangen war, fiel Suzanna seine familiäre Situation wieder ein. Stella hatte gesagt, er sei verheiratet und hätte ein kleines Baby. Leider war es viel einfacher, wenn die Schüler Singles waren. Es war eine Sache, seine Leidenschaft für die Schauspielerei über alles andere zu stellen, aber es konnte verdammt hart sein, wenn man Familie hatte.

Zurück in ihrem Büro konnte sie es kaum erwarten, Stella anzurufen, auch wenn diese vielleicht nicht erfreut wäre.

»Stella, meine Liebe, ich musste dich einfach sprechen. Ich weiß, du wolltest, dass ich die Finger davon lasse, aber ich habe mir gerade deinen Joseph angesehen, und er war brillant. Er hat zwar keine richtige Szene oder so gelesen, nur ein bisschen Lyrik, und ich muss auch noch die Meinung meiner Kollegen einholen, aber ich glaube, er ist außergewöhnlich. Ich habe ihn gebeten, am Montag noch einmal zu kommen. Was sollte das heißen, dass er kein Interesse an der Schauspielerei hätte? Mir kam er ziemlich begeistert vor.«

Stella hätte beinahe den Hörer aufgeknallt. Wie konnte Suzanna es wagen, Joe vorsprechen zu lassen, obwohl sie sie doch gebeten hatte, es nicht zu tun? Doch jetzt war es eindeutig zu spät, und sie konnte ihre Neugier nicht leugnen.

»Okay, ich geb's zu«, gestand Stella. »Ich ... ich war diejenige, die es sich anders überlegt hat. Ich habe mich schon zu sehr in sein Leben eingemischt. Er hat eine Frau, ein Baby und einen festen Job. Vielleicht sollte er lieber daran festhalten.«

»Ach, komm, Stella, das meinst du doch nicht im Ernst. Wenn er das Schauspielvirus in sich trägt, wäre es ohnehin früher oder später ausgebrochen. Was, wenn er dazu bestimmt ist, ein Talent unserer Zeit zu werden?«

»Mit einer zerbrochenen Ehe und einem Kind, das er nie sieht?«

»O Stella, das sieht dir überhaupt nicht ähnlich! Du musst an Leidenschaft und Intensität denken, nicht an Hypotheken!«

»Und es könnte nicht vielleicht sein, dass du dich in ihm täuschst?«

»Nach fünftausend Bewerbern?«

Stella seufzte. Sie konnte den bevorstehenden Ärger förmlich riechen.

Am Tag von Joes zweitem Vorsprechen ging Molly selbst mit sich ins Gericht und schalt sich eine schlechte Ehefrau. Er war dermaßen Feuer und Flamme gewesen, dass sie sich der Realität stellen musste. Wenn Joe einen Platz an der Schule bekam und unbedingt Schauspieler werden wollte, würden sie eben versuchen, es möglich zu machen. Gut, sie hatte sich eigentlich selbst um Eddie kümmern wollen, aber vielleicht müsste sie Kompromisse eingehen. Wenn sie eine Teilzeitstelle annahm, während Joe auf der Schauspielschule war, könnten sie vermutlich abwechselnd auf Eddie aufpassen. Außerdem waren Schauspieler oft tagsüber zu Hause. Sie hatte schon einen oder zwei, deren Gesichter sie kannte, mit ihren Kindern im Park gesehen. Sehnsüchtig sah sie hinüber zu Eddie, der gerade lernte, mit einem Stapel Kissen im Rücken aufrecht zu sitzen. Im Grunde wollte sie ihn nur ungern einer Tagesmutter anvertrauen, aber vielleicht konnte sie zusammen mit Joe eine Regelung finden, wenn er aufgenommen wurde. Wer hatte denn schon behauptet, dass im Leben immer alles wie am Schnürchen lief?

Wie es ihrem Wesen entsprach, fühlte sich Molly gleich um Klassen besser. Bitterkeit und Selbsterforschung lagen ihr einfach nicht. Sie bückte sich, um Eddie aufzuheben, und fühlte sich wie ein altes Radio mit einer neuen Batterie. Als sie ihn hochhob, fiel sein Kopf schwer gegen ihre Brüste und ließ sie vor Schmerz laut aufstöhnen. Es war doch noch nicht Zeit für ihre Periode. Unbewusst fuhr sie mit einer Hand nach unten, um ihren Busen zu betasten.

Es konnte nicht sein. Lieber Gott, lass es nicht wahr sein, nicht… Doch ein Urinstinkt sagte ihr, dass es genau das war. Das Stillen gewährte einem zwar einen gewissen Schutz vor einer neuen Schwangerschaft, aber in letzter Zeit hatte sie Eddie häufig Fläschchen gegeben.

In der ersten Zeit mit dem neuen Baby, in der sie keine Nacht durchschlafen konnten, hatte Sex nicht allzu oft auf dem Programm gestanden – von ein oder zwei denkwürdigen Ausnahmen abgesehen. Sie hatte sich eigentlich eine Spirale einsetzen lassen wollen, aber dazu musste man in der richtigen Zyklusphase zum Arzt gehen, und das hatte sie schlicht und einfach vergessen.

Was hatten sie auf der Entbindungsstation nicht alle gelacht, als die Fachschwester für Familienplanung erschienen war, um den frisch gebackenen Müttern, denen nach überstandener Niederkunft noch der Kopf schwirrte, etwas über Empfängnisverhütung zu erzählen. Sie hatten sich allein bei der Vorstellung allesamt vor Lachen den Bauch gehalten – buchstäblich und im übertragenen Sinne. Keine von ihnen hatte vor, je wieder Sex zu haben. Wenn sie sich nur daran gehalten hätten.

Sie spürte, wie sich ein kalter Schweißfilm auf ihre Stirn legte und sich ihr Atem beschleunigte. Wenn sie Recht hatte und sie tatsächlich wieder schwanger geworden war, würde Joe dies als absichtlich gestellte Falle sehen, die ihm die Erfüllung seiner Träume unmöglich machen sollte.

18. Kapitel

Diesmal war die sonst so einfallsreiche Molly mit ihrem Latein am Ende. Wie sehr sie auch versuchte, positiv zu denken, die Lage war verfahren.

Völlig ratlos legte sie sich mit einer Wärmflasche und einer Packung Schokoladenkekse ins Bett, während Eddie glucksend auf dem Fußboden herumkrabbelte und versuchte, seine Bauklötze in den Mund zu stecken. Joe kam an diesem Abend früh nach Hause. Ein Blick auf seine Miene verriet ihr das Ergebnis. »Ich hab's geschafft«, rief er, hob Eddie hoch und schwenkte ihn herum. »Sie können mir ab Oktober einen Platz anbieten. O Molly, ich weiß, dass es schwer wird, aber ich kann bestimmt freiberuflich für Graham arbeiten. Heimarbeit ist momentan schwer im Kommen. Das kriegen wir schon hin. Ich arbeite für zehn.«

Oktober! Das war schon so bald, dass Joe nicht die geringste Aussicht auf eine Auszahlung hatte. Graham würde sich von ihm als jemandem, dem er vertraut hatte, im Stich gelassen fühlen. »Offen gestanden hat Graham ziemlich sauer geklungen, als er vorhin angerufen hat.«

»Ach, der beruhigt sich schon wieder. Ich mache ihm klar, dass es auch in seinem Interesse ist, keine Sorge.«

Joes Begeisterung war derart ansteckend, und er sah so gut aus in seiner Euphorie, dass Molly es nicht übers Herz brachte, ihm ihre Befürchtungen anzuvertrauen. Wie hatte sie nur derart leichtsinnig und dumm sein können?

Er setzte sich auf die Bettkante. »Es ist so unglaublich,

Molly. Ich habe ja in der Schule schon in ein paar Stücken mitgespielt, aber ich wusste nicht, dass ich echtes Talent habe. Die Leute von der Schauspielschule glauben wirklich an mich.« Auf einmal fiel ihm Mollys mangelnde Begeisterung auf. »Macht es dir wirklich so viel aus? Ich hätte ohnehin nicht ewig bei Graham arbeiten können, weißt du?«

»Es ist nur, dass alles so plötzlich kommt.«

Sein schlechtes Gewissen drängte Joe in die Defensive, und gerade, als Molly sich sagte, dass sie mehr Verständnis für ihn aufbringen müsse, ruinierte er alles. »Wir haben eigentlich nie darüber gesprochen, ob wir gleich Kinder haben wollen. Es ist einfach so passiert.«

»Eddie ist also einfach so passiert, meinst du.«

»Ja, und weil du dich selbst um ihn kümmern wolltest, bist du davon ausgegangen, dass ich eine Lebensstellung anstrebe, aber ich bin im Grunde nicht der Typ für eine Lebensstellung, oder?«

Endlich bemerkte Joe die Wärmflasche und die Kekse und wurde sich der Tatsache bewusst, dass seine sonst so aktive Frau im Bett lag. »Fühlst du dich krank? Soll ich dir irgendwas holen? Hör mal, ich weiß, dass es finanziell eng wird, wenn ich es mache, aber ich könnte mir auch einen Job für den Abend besorgen. Wir schaffen das schon.«

Wäre das Angebot für nächstes Jahr gewesen oder wenigstens erst in sechs Monaten, hätten sie noch Zeit gehabt, ein bisschen zu sparen. Ihre Einstellung zu Geld war – wie Joe es auszudrücken pflegte – stets gewesen: »Auf unser Einkommen und darüber hinaus!« Ihre Bank hatte die witzige Seite daran nicht gerade geteilt.

Sie setzte sich auf und wollte ihn schon fragen, ob die Möglichkeit bestand, dass die Schauspielschule ihm den Platz ein Jahr lang aufhob, bis sie alles geregelt hatten, doch da klingelte das Telefon, und sie vernahm Stellas zuckersüßes Säuseln, als sie Joe fragte, ob er sie zu den Millennium Awards begleiten würde.

Schlagartig wurde Molly alles zu viel. Irgendwie war dauernd sie diejenige, die es allen anderen recht machte und sich darum bemühte, dass deren Träume in Erfüllung gingen. Aber was war mit ihren eigenen Träumen? All die Gefühle, von Stella ausgeschlossen und übertrumpft zu werden, kochten in ihr über. Sie war überzeugt davon, dass Stella hinter Joes Plan steckte, seinen Job hinzuwerfen und Schauspieler zu werden, aber trotzdem hatte sie keinerlei konkrete Hilfe angeboten, wie es manche Großeltern taten. Sie hatte nicht einmal darum gebeten, ihren Enkel einmal kennen lernen und auf den Arm nehmen zu dürfen. Molly kam zu der erschreckenden Erkenntnis, dass sie Stella hasste und wünschte, sie hätte sie nie gefunden.

»Ja«, kreischte sie, als Joe sein Gespräch beendet hatte, derart untypisch für sie, dass Joe die Augen aufriss, »warum begleitest du deine geliebte Mutter nicht zu den Millennium Awards? Ach, warum ziehst du eigentlich nicht gleich bei ihr ein? Das wünscht sie sich doch in Wirklichkeit, oder? Dass ihr geliebter Sohn dorthin zurückkehrt, wo er gewesen wäre, wenn sie nicht vor fünfundzwanzig Jahren den kleinen Fehler begangen hätte, ihn wegzugeben. Dein neues Leben als Schauspieler wäre ja auch ohne die Belastung durch Frau und Kind wesentlich amüsanter. Schließlich hast du eine große Zukunft vor dir, da willst du ja keine ätzenden, alten Verpflichtungen am Hals haben, was?«

Sie packte ihre Wärmflasche und warf sie so fest nach ihm, wie sie konnte. Sie hatte schon immer gut zielen können, und so traf sie ihn an der linken Schläfe.

»Ach ja«, fauchte er mit blitzenden Augen zurück, »und davon habe ich ja jede Menge, was?« Mit schweren Schritten verschwand er in Eddies Zimmer, wo sie ihre Kleider aufbewahrten, da in ihrem Schlafzimmer nicht genug Platz für ein Doppelbett *und* eine Kommode war, und warf Kleidungsstücke in eine Sporttasche. »Gut. Ich befolge deinen Vorschlag. Zumindest wohnt sie nicht in diesem Scheiß-Peckham!«

Molly hörte, wie die Tür ins Schloss fiel, und schluchzte laut. Sie hatte nicht einmal gewagt, ihm von der neuesten und unerwartetsten seiner Verpflichtungen zu erzählen. Eventuell bildete sie es sich ja auch nur ein? Doch noch während sie sich mit diesem Gedanken zu beruhigen suchte, spürte sie die Empfindlichkeit ihrer Brüste, die sie nur allzu gut kannte.

Stella stand im grellen Licht ihres Badezimmers vor ihrem Lieblingsspiegel. Sie hatte die altmodischen Glühbirnen im Stil einer Theatergarderobe durch Halogenlampen ersetzt, die jede Falte ausleuchteten, als wäre es der Grand Canyon. Sie war splitternackt und hielt eine sehr überzeugende blonde Perücke in der Hand, die in einer hübschen Hutschachtel eingetroffen war, zusammen mit einer duftenden, einzelnen Rose und einem Exemplar des Texts von *Dunkle Nacht und Verlangen*. Die Produzenten des Stücks hatten sie eingeladen, sich in drei Tagen mit ihnen zu treffen.

Stella war in vieler Hinsicht selbst ihre schärfste Kritikerin. Sie wusste, ohne dass Bob es ihr hätte sagen müssen, dass sie nur noch wenige Filmangebote erhielt. Das Theater war zumindest für den Moment gnädiger. Sie schätzte, dass ihr als Bühnensirene noch ein paar Jahre blieben.

Immer noch vor dem Spiegel stehend, steckte sie ihr dunkles Haar hoch, wie sie es von den Maskenbildnern her kannte, stülpte eine enge Gummikappe darüber, um es zu glätten, und zog vorsichtig die Perücke darüber. Die Wirkung war phänomenal. Sie fühlte sich wie ein anderer

Mensch. Sinnlich, verworfen und sexuell unersättlich. Als sie die erste Zeile des Texts las, hatte ihre Stimme ganz dezent ein schmeichelndes und doch gefährliches Näseln angenommen, wie es dem Stil der Stücke von Tennessee Williams entsprach. Auch wenn sie selbst diese Meinung vertrat: Sie sah verdammt gut aus. Und überhaupt war dies keine Rolle wie ihre Julia vor so vielen Jahren, als sie splitternackt über die Bühne hatte schreiten müssen. Hier musste sie nur ihre Kleider ein wenig herabrutschen lassen, und niemand – ganz gewiss keine Schauspielerinnen, die zehn Jahre jünger waren als sie, wie Roxanne Wood – ließ seine Kleider gekonnter herabrutschen als Stella.

Sie lächelte freudig, als sie an Roxanne Woods Schwangerschaft dachte und daran, wie sich die jüngere Schauspielerin über deren ungünstigen Zeitpunkt geärgert haben musste. Doch dann schlich sich ein anderer, wesentlich unwillkommenerer Gedanke in ihre Überlegungen. Wer war die wahre Siegerin: Stella, die die Rolle, oder Roxanne, die das Baby bekam?

Stella grübelte noch darüber nach, als ihre Sprechanlage klingelte. Vermutlich ein Taxi, das sich in der Adresse geirrt hatte.

»Hallo, ist da Stella? Hier ist Joseph.« Joes Stimme brachte sie völlig aus der Fassung. »Könnte ich vielleicht raufkommen?«

»Ja, natürlich. Ich drücke den Knopf.«

Da sie sich total albern vorkam, raste sie ins Badezimmer und schnappte sich die Seidenbluse mit passender Hose, die sie zuvor angehabt hatte. Sie war zwar barfuß, hatte aber den letzten Knopf geschlossen, als sich die Aufzugtür öffnete.

Joe lächelte schüchtern, als er die wenigen Meter zwischen dem Aufzug und ihrer Wohnung zurücklegte.

»Du siehst umwerfend aus.« Das Staunen in seiner Stimme berührte sie so tief, dass sie es kaum ertrug. »Die blonden Haare verändern deine Augen irgendwie.«

Sie hatte immer noch die Perücke auf. »Ach, dieses dumme Ding!« Ohne nachzudenken zog sie sie herunter und stand nun mit sämtlichen Haaren unter der Gummikappe eingequetscht da. Niemand hatte sie je so hässlich gesehen, außer ihrer Garderobiere. »O Gott, ich muss ja aussehen wie aus *Alien*. Was man nicht alles für die Kunst tut.«

Sie war seltsam nervös und plapperte weiter. »Ich muss für ein Stück vorsprechen. In einer blonden Perücke. Mein Agent meint, ich soll nicht vorsprechen, da ich eigentlich zu viel Renommee dafür habe, aber so was ist mir schnurzegal, wenn ich eine Rolle haben will.«

Beunruhigt musterte sie seine Sporttasche. Vielleicht kam er nur auf dem Weg zum Fitness-Studio kurz vorbei. »Tut mir Leid, wenn ich so hereinplatze«, entschuldigte er sich mit einem derart entwaffnenden Lächeln, dass es selbst das Herz einer Politesse erweicht hätte. »Molly und ich hatten gerade einen entsetzlichen Krach.«

»Aha.«

Er folgte ihr hinein und stellte seine Tasche diskret an der Tür ab.

»Möchtest du ein Glas Wein?«

»Lieber ein Bier, wenn du welches da hast.«

»Mal sehen. Mein Freund Richard trinkt gelegentlich eines.« Sie machte den Kühlschrank auf und enthüllte dessen majestätische Leere. Zwei Flaschen Weißwein, eine Flasche Champagner und ein kleines Päckchen Feta.

»Es ist leider nur Wein da.« Sie folgte seinem erstaunten Blick. »Ich esse meistens auswärts, und meinen Kaffee trinke ich schwarz.«

Sie setzten sich auf gegenüberstehende Sofas, und Joe sinnierte darüber nach, wie verschieden ihrer beider Leben war – seines so häuslich und beengt, und ihres so vollkommen selbstbezogen und offen.

»Der Punkt ist, ich habe einen Platz an der Southern angeboten bekommen, und Molly glaubt, es sei alles deine Schuld.«

Verdammt. Suzanna hatte sich offenbar nicht die Bohne um Stellas Bitte geschert.

Stella empfand einen Anflug von schlechtem Gewissen. Ihre Mutter würde Molly Recht geben.

»Es ist aber Unsinn, wenn Molly die Schuld auf dich schiebt«, fuhr Joe fort. »Ich habe mich in meinem Job langsam zu Tode gelangweilt.«

»Wusste Molly das?«

Joe sah schuldbewusst drein. »Wir reden nicht viel über meine Arbeit.«

»Dann hat sie vermutlich das Gefühl, du hättest sie komplett überrumpelt.«

»Mag sein«, räumte Joe ein. »Aber Molly war sonst nie so. Früher hat sie an Leidenschaft und Spontaneität geglaubt.«

»Und dann habt ihr ein Kind bekommen.«

»Man kann doch wohl ein bisschen von beidem haben.«

»Frag mich nicht, Joseph. Ich habe die Freiheit gewählt, das weißt du ja. Aber ich bin mir nicht sicher, ob ich es empfehlen kann.«

»Ich dachte, wenigstens du würdest mich verstehen. Findest du denn, dass ich das Angebot ablehnen soll?«

Da war sie, die schreckliche Frage.

»Ich finde, du solltest Molly in deine Entscheidung einbeziehen. Dann sieht sie es auch anders. Eventuell gibt es eine andere Lösung. Sie betrachtet die Schauspielerei als mein Metier, und sie mag mich nicht besonders. Das kann ich ihr nicht verübeln.«

»Der Punkt ist …« Stella sah Joe an, wie schwer es ihm fiel, sie um einen Gefallen zu bitten, und dieses Wissen schmerzte sie. Sie war schließlich seine Mutter. Er sollte sie um alles bitten können. »Ich wollte dich fragen, ob ich ein oder zwei Tage bei dir schlafen kann.«

Stella rang mit einem Wust widerstreitender Gefühle – dem Verdacht, dass es Molly gegenüber nicht fair wäre, dem Unbehagen angesichts der Reaktion ihrer Mutter und ihren Bedenken, ob sie ihre geliebte Ungestörtheit opfern sollte. Doch ein Gefühl bezwang alle anderen. Es war wie eine mächtige und unaufhaltsame Flutwelle: das Verlangen, Joe für sich allein zu haben und zum ersten Mal in ihrer beider Leben für ihn zu sorgen.

»Einverstanden.« Sie kämpfte gegen ein verrücktes Gefühl der Erregung an, das sie bei der Aussicht, ihn bei sich zu haben, empfand. »Aber nur solange, bis du und Molly euch wieder versöhnt habt.«

»Danke, Stella. Das bedeutet mir viel.«

»Die einzige Bedingung ist, dass du jetzt gleich Molly anrufst und ihr sagst, wo du bist.«

Stella überlegte, ob sie Molly erklären sollte, dass Joes Auftauchen bei ihr ihrer Ehe gut tun würde, aber sie war sich nicht sicher, ob Molly das auch nur ansatzweise verstehen würde. In Mollys Augen wäre es nichts als Verrat. Doch damit würde Stella nun einmal leben müssen.

Als Claire unerwartet vorbeikam, war das wie ein Wunder, das der Himmel gesandt hatte. Molly hatte es nicht einmal geschafft, sich aus dem Bett zu schleppen, so verzweifelt war sie darüber, dass sie Joe selbst zu Stella geschickt hatte, wo sie ihn doch eigentlich von ihr fern halten wollte.

»Was ist passiert?«, wollte Claire wissen, sowie Molly ihr mit tränennassem Gesicht die Tür geöffnet hatte.

»Es ist wegen Joe.«

»Natürlich ist es wegen Joe«, versuchte Claire zu witzeln. »Wann wäre es nicht wegen Joe? Bei allen meinen Freundinnen ist es das Gleiche. Immer wenn sie restlos am Boden zerstört sind, *cherchez l'homme*. Was hat er denn diesmal angerichtet?«

»Er ist abgehauen, um bei Stella zu wohnen.«

»Was ist passiert?«, fragte Claire noch einmal, schloss Molly fest in die Arme und tätschelte ihrer Freundin die wilde rote Mähne.

»Er hat einen Platz an der Schauspielschule angeboten bekommen, und jetzt will er seinen Job hinwerfen. Das ist alles Stellas Werk, weil sie seinen Job bei Graham weit unter Joes Würde findet. Dann hat sie angerufen und ihn gebeten, mit ihr zu irgendeiner protzigen Preisverleihung zu gehen, und daraufhin habe ich die Nerven verloren. Ich habe sie dermaßen gehasst. Das Einzige, was sie will, ist, ihn überallhin mitzuschleppen und herumzuzeigen. Wir sind ihr schnurzegal, und Joe macht das widerspruchslos mit. Also habe ich ihm gesagt, er soll verschwinden und bei ihr einziehen und mich in Ruhe lassen!«

Claire führte Molly wieder ins Schlafzimmer. »Komm, lass uns ein Glas Wein trinken. Sorgen werden mit einem Glas Chardonnay in der Hand immer ein bisschen erträglicher.« Sie suchte in der kleinen, aber hübschen Küche nach zwei Gläsern.

Sie brachte sie ins Schlafzimmer und setzte sich auf Mollys Bettkante. Es war erstaunlich, wenn man sich vorstellte, dass Joe und Molly gemeinsam in diesem winzigen Bett schliefen. Inzwischen war es mit den Kennzeichen des Kummers übersät: nasse Taschentücher, Schokoladenkekse und ein schnurloses Telefon.

»Er hat mir vorgeworfen, ich würde mich einmischen. Er

hat behauptet, ich wäre diejenige gewesen, die darauf bestanden hat, Stella zu suchen.«

»Obwohl du das doch nie tun würdest, was, Molly?«

Mollys Fassung schwand erneut dahin.

»Entschuldige.« Claire nahm ihre Hand. »Das hätte ich nicht sagen sollen. Ich und meine große Klappe.«

»Sogar *du* hältst mich für eine Nervensäge, die sich überall einmischt.«

»Nein, das stimmt nicht. Ehrlich. Du bist eben tatkräftig, das ist alles. Die meisten Leute sitzen nur herum und wollen im Grunde gar nicht, dass sich jemals etwas ändert. Oder sie besitzen weder die Energie noch den Mut, etwas zu ändern. Du bist nicht so. Deshalb bist du ja so liebenswert, Moll.«

»Joe sieht das anders. Vielleicht wollte er ja auch nicht, dass sich irgendetwas ändert. Womöglich habe ich mir das nur eingebildet.«

»Joe ist ein wenig verträumt. Vermutlich hat er sich deswegen dich ausgesucht; damit du ihm dies und das abnimmst. Er wusste, wie du bist.«

»Und was habe ich getan? Ich bin schwanger geworden.« Sie wagte auch jetzt nicht, zu erwähnen, dass es schon wieder passiert war.

»Ja, aber das ist eben typisch Molly. Du wolltest ein Baby, also hast du eines bekommen. Schau mich und die meisten anderen Frauen aus meinem Bekanntenkreis an. Ich klammere mich an einen hoffnungslos verheirateten Mann, und die meisten meiner Freundinnen sind mit ihren Jobs verheiratet und grauenhaft neurotisch. Du warst diejenige, die losgezogen ist und sich geholt hat, was sie wollte. Du bist diejenige, die wirklich den Stier bei den Hörnern packt. Und Eddie ist ein Prachtjunge.«

»Ach, Claire.« Auf einmal fühlte sich Molly überhaupt nicht mehr als die Starke, die irgendetwas in Bewegung setzt.

»Ich dachte, Stella zu finden, wäre die Lösung sämtlicher Probleme.«

»Nichts kann je die Lösung sämtlicher Probleme sein. Außerdem ist es ja sagenhaft für Joe gewesen, dass ihr Stella gefunden habt. Das sieht doch ein Blinder. Er hat offenbar jahrelang gelitten, und du hast das für ihn bereinigt. Jetzt weiß er, dass sie ihn doch geliebt hat. Das hat man aus diesem Interview herausgehört. Deshalb war es ja so anrührend. Du hast ihm das größte Geschenk gemacht, das es überhaupt gibt. Ohne dich würde er immer noch mit einem riesigen, klaffenden Loch in seinem Inneren herumlaufen. Du bist wunderbar, Molly.«

»Und jetzt ist er zu ihr gegangen. Ich habe ihm an den Kopf geworfen, dass er ohne die Belastung durch Frau und Kind ein viel amüsanteres Leben führen könnte, und er hat mich beim Wort genommen.«

»Keine Sorge. Wenn man mit ihr zusammenlebt, erweist sich Stella mit Sicherheit als nervtötend. Sie hat sich noch nie für jemanden ein Bein rausgerissen – vermutlich weiß sie gar nicht, wie das geht. Sie hat einen bedauernswerten Freund in der Hinterhand, zu dem sie sich nicht ehrlich bekennt. Stella steht auf Bewunderung, nicht auf wahre Liebe. Das merkt Joe garantiert ziemlich schnell. Und sie verwöhnt ihn bestimmt nicht mit Hausmannskost oder macht ihm die Wäsche wie die meisten Mütter. Ich bezweifle, dass Stella überhaupt weiß, was ein Buntwaschgang ist.«

»Es gibt noch andere Methoden, jemanden zu verwöhnen.«

»Bestechung durch einen luxuriösen Lebensstil, meinst du?«

»Stellas Welt ist voller Premieren und Prominenter. Damit kann ich nicht konkurrieren. Joe will im Oktober seinen Job hinwerfen und auf die Schauspielschule gehen. Im Oktober!

Und wir haben nicht die Bohne an Ersparnissen. Das ist alles Stellas Werk. Sie hat ihm den Vorsprechtermin bei der Southern verschafft. Die ganze Geschichte riecht förmlich nach ihrem Einfluss. Sein Job war ihr von Anfang an zuwider. Sie formt ihn jetzt zu jemandem um, der als Stella Miltons Sohn standesgemäß ist.«

»Willst du wissen, was ich wirklich denke?« Claire wusste, dass sie sich jetzt weit vorwagte. Freundinnen wollten nicht immer die ungeschminkte Wahrheit hören. »Ich glaube, du musst ihn ein Weilchen ziehen lassen, um ihn zurückzubekommen. Wie steht's denn mit dieser Idee, auf die Schauspielschule zu gehen? Freilich wird es hart, das ist mir klar, aber Joe hat wirklich etwas Besonderes an sich. Damit hatte Stella Recht. Im Grunde war er nie dafür geschaffen, Handbücher für Autobastler zu verfassen.«

Claires Worte trafen Molly tief, aber sie begriff, dass der Schmerz daher rührte, dass sie mit etwas konfrontiert wurde, was sie bereits wusste. Hatte ihre eigene Sehnsucht nach einem Heim und nach Sicherheit sie veranlasst, die Augen vor der Wahrheit zu verschließen? Dass Joe mit seiner Arbeit nie richtig froh geworden war und dass das nichts mit Stella zu tun hatte?

»Er muss jedenfalls gut sein«, fuhr Claire fort. »Die Southern ist ein anspruchsvoller Laden. Sie würden niemals nur Stella zuliebe jemandem einen Platz anbieten. Dazu haben sie zu viel zu verlieren. Bist du eigentlich je auf die Idee gekommen, dass Joe wirklich Talent haben könnte?«

Entsetzt musste Molly feststellen, dass sie diese Möglichkeit nicht ernsthaft in Betracht gezogen hatte. »Vermutlich habe ich die Schauspielerei als Stellas Metier gesehen, und dass Joe damit anfangen will, kam mir vor, als zöge er kurzerhand Stella mir vor.«

»Vielleicht will er Schauspieler werden *und* dich behalten.

Ich kann mir allerdings vorstellen, dass es schwer wird. Du bist auf sein Einkommen angewiesen, oder? Und du wolltest dich ganztags um Eddie kümmern. Vielleicht kann Joe ja warten, bis Eddie ein bisschen älter ist.«

»Schön und gut, aber da wäre noch etwas.« Molly ließ sich schwer gegen die Kissen sinken. »Ich bin mir ziemlich sicher, dass ich wieder schwanger bin, und Joe weiß es noch nicht einmal.«

»Ah.« Claire stieß einen tiefen Seufzer enttäuschter Solidarität aus. Dafür wusste nicht einmal sie eine Lösung. »Du Ärmste, jetzt steckst du wirklich in der Scheiße, was?«

19. Kapitel

Claire hatte Recht. Joe fand es befremdlich, bei Stella zu wohnen.

Er lag in frischer Baumwollbettwäsche in Stellas luxuriösem Gästezimmer, konnte nicht schlafen und lauschte nach Eddie. Sie fehlten ihm beide. Aber er wusste, dass er die Sache klären musste. Insgeheim hoffte er, Molly werde anrufen, und doch war ihm klar, dass sie dazu vermutlich zu stolz wäre. Er war jetzt erwachsen und konnte weder von Molly noch von Stella erwarten, dass sie ihm die Entscheidungen abnahmen.

Es lag jetzt an ihm.

Stellas Leben unterschied sich komplett von seinem. Er hatte sich selbst zwar nie für besonders häuslich gehalten, aber zumindest konnte er ein Omelett backen. Stella hatte nicht einmal Eier. Sie hatte auch nie Milch oder Brot da. Joe hätte nicht gedacht, dass es eine Welt gab, wo man jede Mahlzeit außer Haus einnahm, sogar das Frühstück. Aber Stella erklärte, dass sie ohnehin nie frühstückte.

Ein paar hundert Meter weit weg entdeckte er einen Tesco-Supermarkt, von dessen Existenz Stella nie gehört hatte und wo er ein paar Grundnahrungsmittel erstand.

»Du bist wirklich umwerfend«, staunte Stella, und ihre Stimme troff von Bewunderung und Verblüffung, als hätte er soeben anstelle eines bis zum späten Abend geöffneten Supermarkts die Quellen des Nils entdeckt.

»Isst du denn nie zu Hause?«, fragte er und schob Feta

und Champagner beiseite, um Milch, Butter und Käse unterzubringen.

»Nur, wenn es unbedingt sein muss. Entweder bin ich auf Diät, dann nehme ich sowieso nichts zu mir, oder ich esse auswärts.«

Joe machte ein Päckchen Clusters auf und suchte nach einer Müslischüssel.

»So was besitze ich nicht«, erklärte Stella fröhlich. »Nimm eine Tasse.«

Sie stibitzte eine Hand voll. »Die schmecken ja herrlich.«

Joe wanderte mit seinem Frühstück in der Tasse umher und musterte Stellas teuer und minimalistisch eingerichtetes Wohnzimmer. Sie hatte weniger Nippes herumstehen als alle anderen Leute, die er kannte. Molly war das exakte Gegenteil. Sie nahm überall Souvenirs mit, angefangen von Strandgut bei ihren Ausflügen nach Southend Pier bis hin zu Bierdeckeln aus den Kneipen, in denen sie als Studenten getrunken hatten. Einmal hatte sie ihm gestanden, dass sie die Kondompackung vom ersten Mal, als sie sich geliebt hatten, aufgehoben hatte.

Hinten in einem von Stellas wunderbar gearbeiteten Einbau-Bücherregalen bemerkte er das winzige Söckchen, das einmal ihm gehört hatte. Stella hatte es in einen zierlichen, gläsernen Rahmen gesteckt. Das Bild von Eddies flaumigem, dunklem Schopf kam ihm in den Sinn, und jetzt, wo er das zarte Söckchen betrachtete, sehnte er sich danach, seinen kleinen Sohn im Arm zu halten.

Ruckartig wandte er sich zu Stella um, da ihm plötzlich eine drängende Frage gekommen war. »Du hast nie viel über meinen Vater gesagt. Fast, als gäbe es ihn gar nicht.«

Stella erschrak und kippte sich das Glas mit dem Orangensaft, den Joe gerade gekauft hatte, über ihren weißen, seidenen Morgenmantel. Sie sah beiseite und wich seinem Blick aus. Jetzt hätte sie es ihm eigentlich sagen müssen, aber sie konnte nicht ertragen, wie sehr er sie dann hassen und dass sie ihn womöglich verlieren würde, wo sie ihn doch gerade erst kennen und lieben lernte. Wenn sie schwere Entscheidungen zu treffen hatte, war Stella seit jeher feige gewesen und den Weg des geringsten Widerstands gegangen. Genauso verhielt sie sich auch jetzt.

»Es hat ihn auch fast nicht gegeben.« Ihre Stimme war so leise, dass Joe sie kaum verstand. »Es war nur eine kurze Affäre. Ich war so jung und unerfahren, dass ich gar nicht begriff, was vor sich ging, bis es zu spät war.«

»Wusste er Bescheid?« Joe hatte ganz vergessen, dass er noch den Rahmen mit dem winzigen Söckchen in der Hand hielt. »Über mich, meine ich.«

Stellas Stimme schien noch mehr zu verlöschen, als hätte jemand die Lautstärke heruntergedreht. »Ich habe ihm nichts davon gesagt. Ich fand, es war meine Entscheidung.« Ihr Blick fixierte Joe. »Es tut mir ja so Leid. Er wäre auch kein besonders guter Vater gewesen.«

»Genau wie ich.«

Der Schmerz in seiner Stimme traf Stella wie die Klinge eines scharfen Messers. Das war ihre Schuld. Dieses Gefühl von Verlust, Versagen und Verzweiflung in Josephs Tonfall. Sie hatte ihre Entscheidung getroffen und nicht damit gerechnet, Schuldgefühle zu empfinden. Vor so langer Zeit hatte alles so unkomplizert ausgesehen. Die Mutterschaft war einfach nichts für sie. Nichts als Tropfen und Triefen und Erschöpfung.

Letztlich war ihr der Entschluss, ihn herzugeben, relativ leicht gefallen. Natürlich hatte es zu Beginn weh getan, doch im Lauf der Jahre war nur gelegentlich ein kurzes, verkraftbares Stechen aufgetreten – jedenfalls nichts, das sie auf das hier hätte vorbereiten können.

Erst als sie Joseph kennen und lieben gelernt hatte, war die Flut umgekehrt und hatte sie überschwemmt. Zum ersten Mal in ihrem Leben erkannte sie die Ausmaße dessen, was sie getan hatte.

Die Erkenntnis, dass sie vor Joseph nie jemanden geliebt hatte, nicht einmal ihre eigene Mutter, traf sie wie ein schrecklicher Blitzschlag. Liebe tat weh, das erkannte sie nun, und daran führte kein Weg vorbei. Sie wollte auf Joseph zugehen und ihn festhalten, damit ihn nie wieder irgendetwas verletzen konnte.

Plötzliche Übelkeit wallte in ihr auf. Es gab etwas, das er nicht wusste und das ihn in der Tat massiv verletzen könnte. Sie hoffte inständig, dass er nie davon erfuhr.

»Was möchtest du denn heute unternehmen?«, fragte sie und lenkte das Gespräch rasch weg von den beängstigenden Stromschnellen. »Oder musst du samstags in die Arbeit?«

»Nein. Nur wenn es eine Krise gibt.«

»Dann lass uns zusammen Mittag essen. Danach können wir dir etwas zum Anziehen für die Preisverleihung morgen kaufen. Es sei denn, du hast einen Smoking in deiner Sporttasche.«

»In meinem Leben brauche ich keinen Smoking.«

Diese nur allzu wahre Tatsache erinnerte ihn an Molly und das Leben, das er führte. Auf einmal fehlten ihm ihr Optimismus und ihre Fähigkeit, so viel aus so wenig zu machen. Mittlerweile wäre sie bestimmt aufgewacht und hätte Eddie zu sich ins Bett geholt.

Ohne Stella etwas davon zu sagen, ging er an das zweite Telefon und wählte Mollys Nummer. Verblüfft musste er feststellen, dass sich der Anrufbeantworter meldete. Seine Enttäuschung darüber, anstelle von Mollys Stimme seine eigene zu hören, war niederschmetternd. Er brachte es nicht über sich, eine Nachricht zu hinterlassen, hoffte jedoch albernerweise, dass Molly 1471 wählen und so herausfinden würde, dass er es gewesen war. Womöglich rief sie ihn dann sogar zurück.

Aber Molly war entweder nicht da oder zu wütend, und es erfolgte kein Rückruf.

»Okay«, sagte Stella fröhlich. »Können wir gehen?« Sie versuchte, das prickelnde Gefühl lächerlicher Erregung zu unterdrücken, das sie dabei empfand, nun allein mit ihrem Sohn auszugehen und ihn ganz für sich zu haben.

Sie ignorierten den Aufzug, liefen die Treppen hinunter und auf die Piazza hinaus. Es war später Vormittag, und das Viertel wimmelte bereits von Leuten auf Einkaufsbummel und Touristen, die die Marktstände nach dämlichen Souvenirs absuchten, sich bei Hobbs neu einkleideten oder bei Blush braune Papiertüten mit herrlichen, schäumenden Badesalzen füllten.

Sie aßen Croissants von einem Stand, und Stella führte ihn ins Tiefgeschoss, um ihm den herrlichen Laden mit den mechanischen Spielsachen zu zeigen. Eine Traube kleiner Jungen hielt die Nasen gegen das Fenster gepresst und erinnerte sie schmerzhaft daran, wie Joe in diesem Alter gewesen sein könnte.

Dann zogen sie Arm in Arm über die Piazza. Stella war in ihrem ganzen Leben nie glücklicher gewesen.

Während sie so dahinschlenderten, fiel Joe erschrocken auf, dass er noch nie zuvor mit Stella eine Straße entlanggegangen war. Es war eine merkwürdige Erfahrung. Sie fiel jedem auf. Manche Leute zeigten offen, dass sie sie kannten, andere blickten verstohlen beiseite oder stießen ihre Begleiter an.

Stella sah stur geradeaus.

»Der Trick besteht darin, niemals jemandem in die Augen

zu sehen«, flüsterte sie. »Auf diese Weise kann man so tun, als geschähe das alles gar nicht.«

»Hast du dich je daran gewöhnt?«, fragte Joe entsetzt.

Sie lachte ihr sexy Lachen. »Offen gestanden gefällt es mir ganz gut. Ist das nicht ein grässliches Geständnis?« Noch während sie es aussprach, erkannte Stella, dass es die traurige Wahrheit war.

Das Mittagessen machte großen Spaß. Stella lachte und trank und flirtete manchmal halb mit Joe und manchmal mit den Kellnern, die etwa in seinem Alter waren. Zuerst hatte er das verwirrend gefunden – sie war schließlich seine Mutter –, bis er begriff, dass Flirten schlicht und einfach Stellas normales Kommunikationsmittel war. Es war, so erkannte er, eine weitere ihrer Distanzierungsmaßnahmen. Sie ließ sich nicht gern auf etwas Ernsthaftes ein. Vielleicht reservierte sie das für ihre Arbeit.

Es war fast vier Uhr, als sie schließlich das Restaurant verließen.

»Gut«, sagte Stella und nahm seinen Arm. »Wo sollen wir anfangen? Wenn du keinen Smoking hast, würde ich dir gern einen kaufen.«

»Ich würde mir lieber einen leihen. In meinem Leben häufen sich die Gelegenheiten für einen Smoking nicht gerade.«

»Aber nur, wenn ich dir dann etwas anderes kaufen darf.«

Es war ein seltsames Gefühl, mit Stella einkaufen zu gehen. Pat hatte ihn immer mit Andrew und einer ausführlichen Beschreibung dessen, was sie erstehen sollten, zu Burton's geschickt. Molly kaufte ihm grelle, aber witzige Krawatten, um seinen Hang zu Schwarz aufzulockern, aber sonst dachte er kaum je über seine Aufmachung nach.

Der Kostümverleih befand sich in der Exeter Street. Sein Fenster war mit einer Art James-Bond-Szenerie dekoriert, in der eine männliche Kleiderpuppe in weißer Smoking-Jacke neben einer rührend auf Ursula Andress getrimmten Puppe mit einem Messer im Bikini posierte. Die Puppe war so alt, dass neben ihr sogar Ursula Andress jung ausgesehen hätte.

»Nein«, erklärte Stella, »weiße Smokingjacken sind zu abgeschmackt. Wie wär's mit einem Kilt?«

Joe schüttete sich aus vor Lachen. »Ich bin ungefähr so schottisch wie Roastbeef und Yorkshire Pudding! Kommt nicht in Frage!«

»Dann also doch ein langweiliges, altes Dinner-Jackett. Okay.«

Der Verkäufer warf einen Blick auf Joe und strahlte. Er hatte nur selten Kunden, die seinen liebevollen Blick für Details und kreative Eleganz verdient hatten. Heute war offenbar sein Glückstag.

»Er glaubt, er hat das große Los gezogen«, flüsterte Stella. »Die meisten seiner Kunden sind wahrscheinlich schlaffe alte Männer.«

Zur großen Enttäuschung des Verkäufers lehnte Joe das Seidenensemble mit Schottenkaro ebenso rundweg ab wie das Rüschenhemd mit Satinweste im Stil des frühen neunzehnten Jahrhunderts und entschied sich stattdessen für einen schlichten schwarzen Smoking, ein weißes Hemd und eine blaue Fliege. »Einen Moment bitte, gnädiger Herr«, bat der Verkäufer. »Nur noch ein kleines Accessoire.« Er kam mit einem indigoblauen Kummerbund wieder. »Genau die gleiche Farbe wie die Augen des gnädigen Herrn«, säuselte er. »Wenn ich das sagen darf.«

»Sie dürfen nicht.« Joe sah drein, als wolle er vor Verlegenheit seinen Geist aushauchen.

»Von mir aus gern«, gurrte Stella. Sie stand neben ihm, den Blick auf sein Spiegelbild fixiert. Sie sah sich neben ihm, und die Ähnlichkeit zwischen ihnen raubte ihr fast den Atem.

Es hätte die reine Freude sein sollen: eine Mutter und ihr Sohn, so ähnlich, als wären sie in derselben Form gegossen worden. Doch stattdessen war es quälend. Fünfundzwanzig Jahre lang hätte sie es genießen können, ihn aufwachsen zu sehen, hätte für ihn da sein können, wenn er sich das Knie aufgeschlagen hatte. Die ganze Zeit, während Joe seine Persönlichkeit aufbaute, hätte sie Teil seiner emotionalen Landschaft sein und ihn besser kennen lernen können als jeder andere Mensch. Aber sie hatte all das weggeworfen wie eine Wilde, die einen wertvollen Stein wegwirft, ohne dessen Wert wahrzunehmen. Wenn sie nur die Jahre hätte zurückspulen können – es wäre jeden Preis wert gewesen. Jetzt, fünfundzwanzig Jahre später, erschien es ihr wie der tragischste Verlust, den sie sich vorstellen konnte.

Um ihren Schmerz zu verbergen, tat sie so, als betrachte sie eine Vitrine mit Manschettenknöpfen. Ein Paar, auf dem die beiden griechischen Masken von Tragödie und Komödie abgebildet waren, fiel ihr ins Auge. Irgendwie symbolisierten sie ihren inneren Aufruhr. Sie bat den Verkäufer, sie herauszuholen.

»Hier«, sagte sie zu Joe, »genau das, was du für morgen brauchst.« Sie zog seinen Ärmel zurück, um das Knopfloch seines geliehenen weißen Hemds zu finden. Dabei kam ein kleiner Fleck an der Innenseite seines linken Handgelenks zum Vorschein, diese etwas dunklere Hautstelle, die sie seit fünfundzwanzig Jahren nicht mehr gesehen hatte.

Stella glaubte, sie müsse im wahrsten Sinne des Wortes sterben. Der Schmerz, der durch sie pulsierte, hinderte sie am Atmen und am Sprechen. Sie wurde zu diesem Moment zurückkatapultiert, als man ihr zum ersten Mal ihr Baby in die Arme gelegt hatte. Sie hatte ihn unwillig genommen, da sie keine Bindung zu ihm entwickeln wollte, und dann, fast gegen ihren Willen, hatte sie seine Decke aufgeschlagen und seine dunkle Perfektion erblickt, den schwarzen Haarschopf, die umwölkten, marineblauen Augen, die langen Wimpern und dieses winzige Mal innen an seinem Handgelenk.

Ein weiterer, noch schmerzhafterer Stachel bohrte sich in die offene Wunde ihres Verlusts. Warum hatte er Molly wirklich verlassen und war zu ihr gezogen? Hatte ihr Egoismus ihn zu einem Menschen gemacht, dem es schwer fiel zu lieben – genau wie ihr?

Sie würde ihn für alles entschädigen. Sie würde ihn dermaßen lieben, dass der Schaden, den sie vor all diesen Jahren angerichtet hatte, unter der reinen Kraft ihrer Hingabe heilen musste. Doch in einem verborgenen, aufrichtigen Teil ihrer Selbst, vergraben unter den Schichten der Selbsttäuschung, wusste sie, dass das Leben nicht derart einfach war.

Sie zwang sich, die Manschettenknöpfe zu schließen und seinen Ärmel herabzuziehen, um den kleinen Fleck auszulöschen.

»Toll. Vielen Dank.« Joe küsste sie auf die Wange, ohne den tiefen Strom ihres Schmerzes wahrzunehmen. »Vielen Dank, Stella. Die sind sagenhaft.«

Mit leichtem Schrecken fiel Stella plötzlich auf, dass er sie immer Stella nannte, nie Mum oder Mutter.

Draußen auf der Straße wandte Joe sich zu ihr. »Keine Widerrede, ich will dir auch etwas schenken. Treffen wir uns doch in etwa einer Stunde in deiner Wohnung wieder.«

Stella spazierte über die Piazza und grinste wie ein Idiot. Sie blieb sogar stehen und sah sich die in einer Reihe agierenden Roboterimitatoren an, fünf oder sechs an der Zahl, alle in verschiedenen Farben bemalt, von Kalkweiß bis hin zu Bronze und Silber. Was für eine Art, seinen Lebensunterhalt zu verdienen! Stundenlang stocksteif dazustehen und nur die winzigsten, kaum wahrnehmbaren, ruckartigen Bewegungen zu machen, um zu demonstrieren, dass sie lebten, und das alles für ein paar magere Pennys und den zweifelhaften Glanz des Gefühls, Entertainer zu sein. Und das war der Weg, zu dem sie Joe in ihrem Egoismus geraten hatte.

In einer kleinen Seitenstraße stieß sie auf ein italienisches Feinkostgeschäft, das sie noch nie gesehen hatte – vielleicht weil sie keine Lebensmittel einkaufte und überallhin mit dem Taxi fuhr. Schlagartig kam ihr die Idee, dass sie und Joe heute Abend zu Hause bleiben und sie tatsächlich für ihn kochen könnte. Stellas Vorstellung von Kochen, das muss gesagt werden, erschöpfte sich allerdings darin, von jeder Salami, die sie hatten, etwas zu erstehen, dazu je ein Scheibchen von acht verschiedenen Käsesorten, vier Sorten Oliven, sonnengetrocknete Tomaten und Ciabattabrot.

»Also«, erklärte sie, während ihre Augen glitzerten wie die eines Priesters im Spirituosenladen. »Was können Sie denn für den Hauptgang empfehlen?«

»Wir haben schöne, frische Pasta«, antwortete der junge Mann hinter der Theke, dem beim Gedanken daran, wen er gerade bediente und was für eine tolle Geschichte er hinterher erzählen konnte, bereits das Wasser im Mund zusammenlief. »Für wie viele Personen denn?«

»Nur zwei.«

»Wir haben auch eine feine Puttanesca-Soße, hausgemacht«, empfahl er. »Sie wissen ja, Puttanesca heißt…« Er hielt inne und wurde rot, als er begriff, in welche Bredouille er sich gebracht hatte.

»Hure«, ergänzte Stella. »Meine gewohnte Rolle.« Das stimmte nicht ganz, doch es entsprach dem Bild, das die Öffentlichkeit von ihr hatte. »Ich nehme einen Becher davon und zwei Portionen Tiramisu, bitte.«

Stella nahm ihre zwei überquellenden Tüten und bahnte sich den Weg durch die Touristenmassen, die Theater- und

Konzertbesucher von auswärts und die Schulmädchen, die sich kichernd auf der Piazza herumtrieben. Der Gedanke, dass sie jemanden hatte, der bei ihr wohnte, den sie bekochen und für den sie vielleicht sogar Hemden bügeln konnte, erfüllte sie mit überschwänglichen Glücksgefühlen.

Zu Hause fand sie einen Stapel Einladungen vor, die meisten von Leuten oder Organisationen, die sie gar nicht richtig kannte, die aber scharf darauf waren, dass Stella ihre Party schmückte. Wie herrlich, dass sie sie allesamt ignorieren und den Abend mit Joe verbringen konnte.

Er war noch nicht zurück, als sie nach Hause kam, und so konnte sie ihre Einkäufe unbemerkt auspacken und später als Überraschung präsentieren. Sie konnte kaum glauben, wie viel Spaß es machte, eine Schürze anzuziehen und ein Essen für jemand anderen zuzubereiten.

Sie war gerade dabei, Oliven, Salami und Käse auf einer Platte anzurichten und dabei vor sich hin zu pfeifen, als sie abrupt innehielt. Das Lied, das ihr soeben in den Sinn gekommen war, war »Molly Malone«. Die Freude rann aus ihr wie Wein aus einem zerbrochenen Glas. Joe dürfte eigentlich nicht hier sein. Sie war schon wieder egoistisch und bewies keine echte Liebe. Noch nach dieser langen Zeit nahm sie nur und gab nicht.

Das Telefon klingelte und durchdrang ihre Gedanken wie das Jaulen einer Sirene. Einen Moment lang kam es ihr so laut vor, dass sie wie gelähmt dastand.

Es war ihre Mutter.

»Stella, um Gottes willen, was treibst du eigentlich?« Beas Tonfall übermittelte die Vorwürfe trotz der großen Distanz so deutlich, als stünde sie nur einen Schritt neben ihr. »Molly hat mir gerade erzählt, dass sie und Joe sich gestritten haben und er jetzt bei dir wohnt. Das ist absolut falsch. Eine Mutter sollte sich nie zwischen Mann und Frau stellen. Ich weiß, dass es herrlich für dich war, Joseph zu finden, aber du musst ihn nach Hause schicken.«

In Stella, die diesen Entschluss um Haaresbreite selbst gefasst hätte, regte sich unvermittelt der Widerstand. Warum bildete ihre Mutter sich ein, sie hätte das Recht, ihr zu sagen, was sie tun sollte, oder Stella für unfähig zu halten, selbst eine moralische Entscheidung zu treffen?

»Ich gehe morgen mit ihm zu den Millennium Awards. Es ist mein großer Abend, und ich will, dass er ihn mit mir teilt. Im Moment bin ich nicht bereit, darüber hinaus zu denken.«

»Überleg es dir doch noch einmal, Stella, Liebes. Du bist viel zu glamourös und weißt nicht, was für eine Wirkung du ausüben kannst. Joe und Molly waren zufrieden damit, ein normales Leben zu führen. Du verdrehst diesem Jungen den Kopf. Molly hat mir erzählt, dass er jetzt den Tick hat, Schauspieler werden zu wollen.«

»Es ist mehr als nur ein Tick. Ich habe sogar versucht, es ihm auszureden, aber Suzanna Morgan sagt, er hätte echtes Talent. Vielleicht tue ich ihm einen Gefallen.«

»Vielleicht auch nicht. Fünfundneunzig Prozent aller Schauspieler sind arbeitslos, das weißt du ganz genau, und die erfolgreichen werden zu Soziopathen wie du und ich, die durch die Weltgeschichte ziehen und ihre Kinder weggeben. Selbstverständlich beunruhigt es Molly, dass er Schauspieler werden will. Die Schauspielerei ist eine Krankheit. Ich bin ausgesprochen froh, dass ich darüber hinweg bin.«

»Schwachsinn.« Das nahm Stella nicht unwidersprochen hin. »Wenn dir das National Theatre eine hübsche kleine Gastrolle anbieten würde, würdest du sie mit Handkuss annehmen. Ja, du würdest sogar akzeptieren, wenn dir der Bexhill Pavillion die Witwe Twankee anböte.«

»Darum geht es nicht, Stella. Es geht darum, dass du dich zwischen Joe und Molly stellst.«

»Aber es ist so herrlich, ihn hier zu haben.«

»Das hättest du dir überlegen sollen, bevor du ihn weggegeben hast«, erklärte Bea schonungslos. »Du musst ihn zu Molly zurückschicken. Molly gibt ihm die Beständigkeit, die du ihm verweigert hast. Sie ist eine einfallsreiche junge Frau, und sie liebt ihn.«

»Ich weiß nicht, ob ich das kann.«

»Stella, Liebes, wenn es eines gibt, was ich gelernt habe, dann ist es, dass jemanden zu lieben bedeutet, das Beste für diesen Menschen zu tun, ganz egal, wie weh es tut.«

»Ach, komm, Ma«, erwiderte Stella giftig. »Hör bloß auf, wie eine Glückwunschkarte zu reden.«

Das Gespräch wurde dadurch beendet, dass Joe mit einem großen, hübsch verpackten Geschenk hereinkam. »Ma, ich muss Schluss machen«, flüsterte Stella. »Joseph ist wieder da. Ich werde mir deine Worte durch den Kopf gehen lassen, ich versprech's.«

Bea saß in Lower Ditchwell auf ihrem Stuhl unter dem Apfelbaum und dachte angestrengt nach. Stella hatte noch nie so selig geklungen. Es hatte den Anschein, als hätte sie endlich bemerkt, dass es einen glücklicher machte, jemand anderen zu lieben als sich selbst. Was für eine Katastrophe, dass dies fünfundzwanzig Jahre zu spät eingetreten war.

Bea dachte über die beiden Frauen in Joes Leben nach: seine Mutter und seine Frau. Wie unfair, dass Molly im Glamour-Wettbewerb von Stella ausgestochen wurde. Noch schlimmer war allerdings, so sinnierte Bea trübsinnig, dass sie Stella verdächtigte, es geradezu zu genießen, Molly so mühelos zu übertrumpfen. Doch in Wirklichkeit war Stellas Glamour ein Deckmantel für ihre Schwächen. Molly, die sich nicht die Mühe machte, ihre äußere Erscheinung ins beste Licht zu rücken, war in Wirklichkeit hinter der Fassade die Stärkere. Irgendwie musste Bea einen Weg finden, Joseph die Augen dafür zu öffnen, was er bereits besaß.

Auch Molly war eine schöne Frau; nur spielte sie dies ständig herunter. Vielleicht sollte sie aufhören, ihre Reize unter diesem lausbubenhaften Anstrich zu verbergen, damit Stella sich ein bisschen ins Zeug legen musste. Joe musste unbedingt endlich bemerken, dass nicht Stella sämtliche Trümpfe in der Hand hielt.

Während sie so in ihrem schattigen Garten saß, in den sie sich absichtlich zurückgezogen hatte, um sich statt um die Egos von Schauspielern um Blumen zu kümmern, kam Bea eine Idee, die sie laut auflachen ließ. Sie mochte ja eine traurige alte Schachtel sein, die sich im tiefsten Sussex vergrub, aber sie verfügte nach wie vor über ihre Kontaktleute, und nicht alle von ihnen waren tot. Noch nicht.

Bea kramte ihr altes Adressbuch hervor. Sie musste unter allen Umständen einen Tisch bei den Millennium Awards ergattern, um an der Ehrung teilzunehmen, die ihrer Tochter zugedacht werden sollte – und um dafür zu sorgen, dass Molly Gelegenheit bekam, Joe daran zu erinnern, dass sie nicht nur seine Frau, sondern auch eine faszinierende junge Schönheit war.

Doch zuerst musste sie etwas finden, das Molly tragen konnte, etwas, das dermaßen umwerfend und doch dezent war, dass es Stella in den Schatten stellte, was – wie sie Stella kannte – kein leichtes Unterfangen war.

Spontan rief sie noch einmal bei Stella an.

»Stella, Liebes, ich weiß, dass morgen dein großer Abend ist, und ich wollte dir gern ein Bukett zum Anstecken schicken. Was willst du denn anziehen? Du hast dich doch sicher schon entschieden.« Da Kleider Stellas Leidenschaft waren, konnte man wohl davon ausgehen, dass sie wochenlang über diese Frage nachgedacht hatte.

Stella fand den plötzlichen Wandel im Ton ihrer Mutter von streng zu zuckersüß höchst verdächtig. Bea benahm sich wirklich ausgesprochen merkwürdig. »Mein rotes Satinkleid«, antwortete Stella zögerlich.

»Das rücken- und seitenfreie, das nur an ein paar Stellen von einer Kette zusammengehalten wird? Oder das rücken- und seitenfreie mit dem Nackenband?«, erkundigte sich Bea, während sie darum rang, nicht allzu fröhlich zu klingen. Es spielte im Grunde keine Rolle, welches der beiden es war; beide waren herrlich geschmacklos. Es war seltsam, wie Stella ein unfehlbares Händchen für Tageskleidung besitzen konnte und trotzdem bei jeder großen Abendgesellschaft daneben griff und einem Hang zum Vulgären nachgab.

»Das mit dem Nackenband.«

»Möchtest du eine Orchidee? Oder eine weiße Kamelie wie Greta Garbo?«

»Ma, ich möchte ja nicht unhöflich sein, aber Ansteckbuketts sind seit der Krönung aus der Mode. Man trägt sie nur noch zu Hochzeiten in Sidcup.«

»Aha. Möchtest du dann lieber einen Blumenstrauß für deine Wohnung?«

»Das wäre sehr schön.« Stella nahm sich vor, nicht so ungnädig zu sein. »Danke, Ma, das ist wirklich eine nette Idee.«

Bea bekam leise Gewissensbisse. Dennoch, so sagte sie sich, benahm sich Stella absolut unsensibel, und dem musste ein Riegel vorgeschoben werden.

Die nächste Stunde verbrachte Bea damit, Dutzende von Leuten anzurufen und daran zu erinnern, dass sie ihr einen Gefallen schuldig waren, und wichtige Figuren aus der Filmindustrie darauf hinzuweisen, dass ihre Väter oder Mütter ihre Busenfreunde gewesen waren (selbst wenn sie sie in

Wirklichkeit nicht hatte ausstehen können). Schließlich bekam sie, was sie wollte.

Jetzt musste sie nur noch Molly überreden.

Molly war an diesem Tag schon durch alle Gemütszustände getaumelt, von Wut bis zu Verzweiflung. Sie hatte sogar mit dem Gedanken gespielt, einen Ziegelstein durch Stellas Fenster zu werfen, nur lagen Stellas Fenster so hoch oben, dass er vermutlich wieder heruntergefallen und Molly selbst getroffen hätte. Durch die Ankunft Claires, die eine Flasche Wein und eine Schachtel feministische Glückskekse dabei hatte, von denen jeder einzelne ein garantierter Tiefschlag war, wurde sie von ihren radikaleren Fantasien erlöst.

Als es klingelte, hoffte Molly inständig, es möge Joe sein, verschämt und reumütig mit einem Blumenstrauß und seiner Sporttasche.

Der letzte Mensch, den sie erwartet hätte, war Stellas Mutter, die eine Art Reithose und ein Rüschenhemd trug und dazu einen Schlapphut aus Stroh. In der Hand hielt sie einen Kleidersack aus Plastik. Sie lächelte selig.

»Hallo, Molly, meine Liebe. Ich weiß, dass Sie nicht mit mir gerechnet haben. Eine kleine Überraschung. Darf ich reinkommen?«

»Natürlich.« Molly machte einen Schritt zurück, Eddie auf den Hüften. »Das ist meine Freundin Claire, die das Interview mit Joe und Stella in der Zeitung gemacht hat.«

»Erfreut, Sie kennen zu lernen.«

Beas Ankunft wirkte erstaunlich aufheiternd. Trotz ihrer exzentrischen Aufmachung strahlte Beatrice Manners bodenständige Vertrauenswürdigkeit aus. In Beas Gegenwart bekam man – so ähnlich wie in diesen tröstlichen Agatha-Christie-Geschichten mit Miss Marple – sofort das Gefühl, dass sich nun alles zum Besten wenden werde.

»Wie halten Sie sich in diesem schrecklichen Chaos, meine Liebe? Ich bin ja so froh, dass Ihre Freundin bei Ihnen ist.« Das ehrliche Mitgefühl in Beas Stimme gab Molly den Rest. Die Tränen strömten ihr über das Gesicht, verwischten ihre Wimperntusche und ließen sie vor Kummer Schluckauf bekommen.

»Ehrlich gesagt haben wir uns gerade überlegt, ob wir Stella einen Ziegelstein durchs Fenster werfen sollen.«

Bea streckte die Arme aus, und Molly vergrub sich in der knochigen Umarmung der Älteren.

»Da habe ich eine bessere Idee«, verkündete Bea. »Meine Tochter benimmt sich schändlich, und ich kann mich gar nicht genug für ihr Verhalten entschuldigen. Aber es ist an der Zeit, dass wir etwas unternehmen. Diese ganzen Albernheiten ziehen sich schon zu lange hin.« Sie zog die Jacke aus und führte die beiden zum Sofa. »Was für ein schöner Raum. Sie haben einen wunderbaren Geschmack.« Sie senkte die Stimme. »Einen viel besseren als Stella. Aber jetzt hören Sie zu, Molly, es ist höchste Zeit, dass Sie und ich uns wehren. Ich muss Stella zwar zugute halten, dass sie eine aufrichtige Zuneigung zu Joseph entwickelt hat, aber wie es typisch für sie ist, bildet sie sich ein, er sei geschenkverpackt exklusiv an ihre Adresse geschickt worden. Sie hat schlicht und einfach vergessen, dass es Sie gibt. Und ich glaube, wir sollten Stella – auch wenn das unter der Gürtellinie ist – an Ihre Existenz erinnern, indem Sie ihr klar machen, dass Sie keine Frau sind, die sich einfach beiseite schieben lässt, wenn es ihr passt.«

»Weiter so«, feuerte Claire sie an und hob den Arm zum Siegesgruß à la Che Guevara.

»Sie meinen, ich darf den Ziegelstein doch werfen?«, fragte Molly hoffnungsvoll und sah wieder froher drein.

»Ich kann Sie voll und ganz verstehen, aber ehrlich gesagt

hätte ich einen raffinierteren – und tödlicheren – Plan.« Sie machte den Kleidersack auf und entnahm ihm zwei Kleider. Eines davon war aus blasser, cremefarbener Seide, die in weichen, schimmernden Falten fiel. »Das hier ist für mich. Es ist von Givenchy. Ein Original. Das weiß ich, weil ich es mir 1940 habe machen lassen. Es hat schon damals dreitausend Pfund gekostet, aber wenn man bedenkt, wie oft ich es mittlerweile getragen habe, ist es vermutlich preisgünstiger als ein Fummel von Miss Selfridge.«

Dann zog sie ein zweites Kleid heraus. Es war schwarz und schmal, ein perlenbesticktes Etuikleid mit nur einem Träger. »Auf dem Bügel sieht es nach nicht viel aus, aber glauben Sie mir, wenn ein Körper drinsteckt, ist es der Knüller. Vor allem bei Ihrem Körper. Ich war busentechnisch immer zu flach und musste Schaumgummieinlagen tragen. Probieren Sie es doch mal an.«

Bea nahm Eddie aus Mollys Armen und setzte ihn auf den Boden. Dann reichte sie ihm den hölzernen Stock mit dem Fuchskopf aus Elfenbein am Griff, den sie mitgebracht hatte. »Das müsste ihn beschäftigen – wenigstens ein paar Minuten lang. Und jetzt schlüpfen Sie schon rein, Molly, nutzen Sie die Gunst der Stunde.«

Zuerst verlegen – schließlich kannte sie Bea kaum – zog Molly ihre Caterpillar-Boots, die Latzhose und schließlich das einfache weiße T-Shirt aus. Leicht errötend stand sie in BH und Höschen da.

»Wenn man durch so viele Länder gezogen ist wie ich, wo man sich in hundserbärmlichen Kabuffs in Windeseile zu jedem Akt umziehen muss, bekommt man mehr Brüste zu sehen als der Chefredakteur des *Playboy*.« Bea zwinkerte anzüglich. »Und zwar nicht nur Busen. Bald weiß man auch, wer eine echte Blondine ist und wer nicht. Ich fürchte, ein BH kommt bei diesem Kleid nicht in Frage.«

Molly streifte wie befohlen ihren BH ab und zwängte sich in das Kleid. Es ging ohne weiteres bis zu ihren Hüften und hing dann fest. »O Gott, ich habe seit Eddie dermaßen zugenommen, dass ich mir vorkomme wie ein Nilpferd, das versucht, in ein Tutu Größe sechsunddreißig zu schlüpfen.«

Bea sah einen Moment lang ratlos drein, doch dann hellte sich ihre Miene auf, und sie fasste ins Futter des Kleids und entfernte zwei Sicherheitsnadeln. »Das ist mir gerade wieder eingefallen. Ich war in Indien und hatte massiven Durchfall. Danach fiel mir das Kleid förmlich vom Leib.«

Ohne die Nadeln glitt das Kleid über Mollys Hüften, als wäre es für sie gemacht. Bea zog den Reißverschluss hoch und trat zurück, um sich eine Meinung zu bilden.

»Mein Gott. An mir haben die Leute stets nur das Kleid angesehen. An Ihnen werden sie den Körper bemerken. Sie sind eine ausgesprochen umwerfende junge Frau, wissen Sie. Zumindest werden Sie es sein, wenn wir hier fertig sind.« Sie zog die doppelte Haarklammer heraus, mit der Molly ihr volles Haar in Schach hielt, so dass die Locken in roten Wellen um Mollys leicht mit Sommersprosssen gesprenkelte Schultern fielen.

»Mein Gott, Moll«, staunte Claire verblüfft, »du siehst genau wie Rita Hayworth aus!«

Molly beäugte sich selbst im Spiegel und schnappte nach Luft. So hatte sie in ihrem ganzen Leben nicht ausgesehen. Das hautenge Kleid, das die eine Schulter frei ließ, klebte förmlich an ihr und stützte auf geheimnisvolle Weise ihre neuerdings so üppigen Brüste, ohne dass sie einen BH gebraucht hätte. Ihr offenes Haar verlieh ihr eine Aura von schwelgerischer sexueller Verheißung. Sie sah aus wie eines dieser Modelle von Burne-Jones, von denen Maler des neunzehnten Jahrhunderts mit erotischen Ränken versklavt und dazu verleitet wurden, ihre anständigen Frauen und Familien zugunsten eines Lebens gefährlicher Leidenschaft zu verlassen.

»Ich weiß, moderne junge Frauen wie Sie finden das möglicherweise alles ein bisschen vorsintflutlich, aber es ist an der Zeit, dass Sie Ihren Sexappeal einsetzen und Joe daran erinnern, dass Stella die Erotik nicht für sich gepachtet hat.«

»Ich habe nie geglaubt, dass ich Sexappeal hätte«, lachte Molly, von ihrer neuen Erscheinung ebenso fasziniert wie Bea. »Ich bin die resolute Molly, die immer alles regelt.«

»Und jetzt sehen Sie mal, wie weit Sie damit gekommen sind«, spöttelte Bea. »Höchste Zeit für ein neues Image. Wie wär's mit der Männer verschlingenden Molly oder in diesem Fall vielleicht der Schwiegermutter verschlingenden Molly?«

»Es ist trotzdem seltsam, oder nicht?«, sagte Molly mit gerunzelter Stirn. »Ich meine, es hat ja fast den Anschein, als träte ich in einen sexuellen Wettstreit um Joe.«

»Das ist das Einzige, worauf Stella reagieren kann. Das Traurige bei Stella ist allerdings, dass ich fürchte, sie *hat* gar keine echten sexuellen Empfindungen. Bei Stella sieht man das, was man *nicht* kriegt.«

Bea hob Eddie hoch und hielt ihn Molly entgegen. »Na, was hältst du vom neuen Look deiner Mutter? Zum Fressen, stimmt's?«

Da streckte Eddie seine kleinen Händchen nach den Brüsten seiner Mutter aus.

»Tut mir Leid«, lachte Bea fröhlich. »Das hätte ich wohl besser formulieren müssen, was? Meinen Sie übrigens, ich könnte heute Nacht hier bleiben? Es kommt mir maßlos aufwändig vor, nach Sussex und wieder zurück zu fahren.«

»Beatrice«, sagte Molly dankbar und meinte jedes Wort ernst, »es wäre mir ein Vergnügen.«

Und das war es. Der Wein war alle, und so marschierten

Bea und Claire zum Laden an der Ecke und schafften es, Mr. Sawalha zwei halbwegs anständige Flaschen zu entlocken, von denen niemand vermutet hätte, dass er sie überhaupt vorrätig hätte.

»Sie standen in der hintersten Ecke«, berichtete Claire. »Ich glaube, er hing richtig an ihnen, doch als Bea ihm von ihrem Erfolg in *Salad Days* im Rangoon Palace erzählt hat, weigerte er sich, uns irgendwas von dem Fusel auf den Regalen zu verkaufen und bestand darauf, dass wir die hier nehmen. Ich glaube, sie sind wirklich ziemlich gut.«

Molly plünderte ihren Kühlschrank und beeindruckte sich selbst damit, dass sie eine Nudelsoße aus dem Ärmel schüttelte, indem sie ein Pfund Tomaten und die letzten schlaffen Basilikumblätter aus dem Topf auf ihrem Fensterbrett verwendete. Es erinnerte sie an das Gedicht von Keats, das sie so liebte: »Isabella oder der Basilienstock«. Lorenzo, der Geliebte der armen Isabella, war von ihren eifersüchtigen Brüdern ermordet worden, und sie schnitt seinen Kopf ab und pflanzte ihn in einen Topf mit Basilikum. Vielleicht sollte Molly das Gleiche mit Stellas Kopf tun. Diese grausige und doch aufheiternde Vorstellung hielt sie bei Laune, während sie die Zwiebeln hackte – wobei sie ausnahmsweise einmal nicht weinen musste – und zu allem Überfluss auch noch Koriander hineinwarf.

»Ich hoffe, ihr mögt Pasta«, rief Molly fröhlich, als sie wieder zu den anderen ins Wohnzimmer kam.

»Meine Liebe, wenn Sie so viel herumgekommen sind wie ich, können Sie alles essen. Currygerichte in Indien, Dim Sum in China, Nudeln in Singapur, Dörrfisch in Thailand und Schafsaugen in Afghanistan. Ich habe mehr Außenposten des Empire besucht als Dr. Livingstone.«

»Sie müssen ein faszinierendes Leben geführt haben«, sagte Claire.

»Ja. Aber eigentlich wollte ich das gar nicht. Mir wäre es lieber gewesen, wenn George hier einen Job bekommen hätte, aber seine Bandbreite war nicht groß. Als Musikkomödien gefragt waren, war auch George gefragt. Also waren Auslandstourneen unsere einzige Möglichkeit, Geld zu verdienen. Ich habe mir eingebildet, das Bestmögliche getan zu haben, aber für Stella war es nicht gut. Sie war ein einsames Kind, und jetzt ist sie eine einsame Erwachsene, trotz all ihrer Fans.« Bea hob ihr Glas. »Nicht so wie Sie und ich. Wir sind mit Energie und Tatkraft gesegnet. Wenn wir uns einsam fühlen, tun wir etwas.«

»Schade, dass das, was wir tun, nicht immer besonders vernünftig ist«, seufzte Molly. »Wie zum Beispiel lange verschollene Mütter zu suchen.«

Bea nahm ihre Hand. »Vielleicht wäre ohnehin etwas geschehen. Joseph muss erst noch herausfinden, was er vom Leben will.« Sie zwinkerte anzüglich. »Wir müssen nur sichergehen, dass wir ihn in die richtige Richtung stupsen. Und wenn das irgendjemand kann, dann Sie. Ich finde, Joseph kann sich sehr glücklich schätzen.«

Auf einmal euphorisch geworden, hob nun auch Molly ihr Glas. »Tja, es ist verdammt noch mal an der Zeit, dass er das kapiert.«

Bea schmunzelte hocherfreut. Endlich klang ihre Schwiegerenkelin danach, als würde sie aktiv eingreifen. »Darauf trinken wir, oder nicht, Claire? Und außerdem«, fuhr sie fort und setzte das Lächeln auf, das sie für Widrigkeiten zwischen Shanghai und Neufundland reserviert hatte, »glaube ich, dass Mr. Sawalha es gutheißen würde, wenn wir die zweite Flasche auch noch öffneten.«

Als Molly am nächsten Tag Mrs. Salaman, die Nachbarin eine Etage tiefer, bat, auf Eddie aufzupassen, reagierte sie mit enormer Begeisterung, und Molly fand sich in der ungewohnten, aber herrlichen Lage, sich nachmittags um halb drei wie ein Starlet auf dem Titelbild von *Hello!* aufdonnern zu können.

»Sind Sie sicher, dass wir nicht vollkommen lächerlich aussehen werden?«, fragte sie Bea ängstlich.

»Warten Sie's ab«, riet Bea.

»Du wirst sie alle umhauen.« Claire nahm Molly in die Arme. »Wenn ich doch nur dabei sein und es sehen könnte.«

»Ich mache Fotos«, versprach Bea.

An diesem Nachmittag zu den Millennium Awards zu gehen war eines der seltsamsten und doch aufregendsten Erlebnisse, die Molly je gehabt hatte. Mit einem Taxi gelangten sie zur Hintertür des Grosvenor House Hotels in der schicken Park Lane, wo eine lange Schlange von Limousinen ihre berühmten Insassen vor einem Meer von Fotografen entließ, die sich gegenseitig anrempelten, um die besten Bilder zu erhaschen.

Zögerlich streckte Molly einen Fuß aus dem Taxi, vor ihr ein langer, roter Teppich, der sich scheinbar meilenweit bis zum Hoteleingang erstreckte. Auf der einen Seite wartete ein Riesentrupp Fotografen – an die zweihundert Leute. Auf der anderen Seite stand eine Reihe von Fernsehkameras mit den dazugehörigen Moderatoren, die aussahen, als kämen sie frisch aus dem Kindergarten. Auf einmal wusste Molly, wie Moses zumute gewesen sein musste, als Gott ihm einen Weg durchs Rote Meer bahnte. Im Gegensatz zu Moses musste Molly gegen die Versuchung ankämpfen, sich sofort wieder ins Taxi zu verziehen und in Ägypten zu bleiben.

»Lächeln!«, zischte Bea, mit den Anforderungen, die an Prominente gestellt wurden, eher vertraut, und nahm sie fest am Arm.

Die Kameras blitzten, obwohl die Fotografen, so weit Molly wusste, absolut keine Ahnung hatten, wer sie war.

»Könnten wir ein paar von der jungen Dame allein haben?«, fragte ein junger Paparazzo in der ersten Reihe.

Bea zog sich zurück und lächelte hocherfreut. »Na los, Molly, vergessen Sie nicht, weshalb Sie hier sind. Posieren Sie, als hinge Ihr Leben davon ab!«

Auf einmal kam Molly das ganze Unterfangen unglaublich komisch vor: die Albernheit des Ruhms und die Gier, die diese Männer – denn es waren nur Männer – nach frischem Fleisch hatten, ohne sich ernsthaft dafür zu interessieren, wer sie war. Sie begann zu posieren, als wäre sie wirklich ein Starlet, erpicht darauf, in den Klatschspalten zu erscheinen.

»Toll!«, gratulierte einer von ihnen. »Schultern zurück! Schwenken Sie die Haare ein bisschen; wir wollen sehen, wie Sie Ihre herrlichen Haare schütteln!«

Molly gehorchte.

»Was haben Sie gesagt, wer Sie sind?«, fragte einer von ihnen, als sie mit dem Knipsen fertig waren.

Bevor Molly dazu kam, die Wahrheit zu gestehen, hatte Bea einen Geistesblitz. »Sie ist die Schwiegertochter von Stella Milton. Die Frau von Stellas lange verschollenem Sohn. Sie haben vermutlich in der Zeitung davon gelesen.«

Beim plötzlichen Hinweis auf eine Story, was gleichbedeutend mit Verkäuflichkeit war, begannen sie alle erneut hektisch zu fotografieren.

In diesem Moment fuhr die luxuriöseste aller Luxus-Limousinen vor, und die Fotografen rissen ihre Objektive herum, um den vermeintlichen Knüller des Tages zu erwischen. Unter regelrechtem Blitzlichtgewitter stieg Stella lächelnd aus dem Wagen.

Roter Satin war nicht gerade die günstigste Farbe für den späten Nachmittag, noch dazu kombiniert mit einer Sonnenbrille. Stella war offenbar vor kurzem beim Friseur gewesen, und ihre Haare, normalerweise von einem weichen

Dunkelbraun, hatten einen harten Blaustich angenommen. In der blendenden Nachmittagssonne erinnerte sie mehr als nur ein bisschen an Morticia Addams.

»Stella! Stella!«, kreischten die Fotografen. »Hierher!«

Mit übertriebener Ruhe und absichtlich trägen Bewegungen, die jedem klar machen sollten, dass sie es war, die die Kontrolle ausübte, wandte Stella den Kameras zuerst die eine und dann die andere Seite ihres Gesichts zu.

»Ein paar Aufnahmen mit Ihrem Sohn, Stella!«

Stellas Lächeln absoluten Besitzerstolzes, während sie die Arme um Joe schlang, löste in Molly, die nach wie vor von ihrer Schwiegermutter unbemerkt geblieben war, den Wunsch aus, sie zu ohrfeigen.

»Und wie wär's«, schlug einer der mutigeren Fotografen vor und wandte sich wieder Molly und Bea zu, »mit einem kleinen Schnappschuss mit Ihrer schönen Schwiegertochter?«

In diesem strahlenden, verrückten Augenblick wusste Molly, dass es doch einen Gott geben musste. Stellas Gesichtsausdruck würde sie ihr Leben lang nicht vergessen. Es war ein berauschender Cocktail aus sprachlosem Erstaunen und starrem Entsetzen mit einem kleinen Spritzer Eifersucht.

»Molly!«, rief Joe völlig perplex aus. »Was in aller Welt machst du denn hier? Und wo hast du dieses sagenhafte Kleid her?«

»Wir haben es ausgeliehen«, behauptete Bea fest, bevor Molly verraten konnte, dass es aus Beas altem Fundus stammte.

»Aber warum bist du hier?«

Mollys Selbstvertrauen wuchs von Sekunde zu Sekunde. »Natürlich um dich zu treffen und um zu erleben, wie meine Schwiegermutter ihren Preis verliehen bekommt.«

»Offen gestanden«, verkündete Bea nun großspurig, »wurden wir von Sir Ronald Wood eingeladen.«

Stella blieb der Mund offen stehen. Sir Ronald Wood war der große alte Mann des britischen Theaters, der Vater der neuerdings schwangeren Roxanne, die Stella in *Dunkle Nacht und Verlangen* zu ersetzen hoffte. »Aber den kennst du doch überhaupt nicht.«

Weitere berühmte Gesichter erschienen hinter ihnen, und sie mussten den Stau auflösen, den sie auf dem roten Teppich verursachten. »O doch«, erklärte Bea und lächelte provokant. »Wir standen uns sogar einmal ziemlich nahe.« Sie verschwieg geflissentlich, dass sie gebettelt, ihm schöngetan und letztlich sogar eine ziemlich üppige Spende an die Theatrical Benevolent Society gemacht hatte, um zwei Plätze an Sir Ronalds Tisch zu ergattern, und dass Roxanne und ihr Mann nie wieder mit Bea sprechen würden, da sie feierlich ausgeladen worden waren. »Wir sehen uns dann hinterher bei der Feier. Weißt du, Stella«, fügte sie hinzu, »Rot steht dir eigentlich nicht. Darin siehst du aus wie ein Flittchen auf dem Sofa.«

»Und du bist so sauer wie ein vergorenes Joghurt!«, fauchte Stella. »Du solltest dich mal selbst im Spiegel anschauen, du alte Schachtel!«

Bea und Molly rauschten in den Ballsaal und nahmen sich beim Hineingehen jede ein Glas Champagner. Molly versuchte nicht zu gaffen, als ein berühmtes Gesicht nach dem anderen an ihr vorbeizog und einige auch stehen blieben, um Bea kurz zu begrüßen.

»Das muss ich öfter machen«, bemerkte Bea sarkastisch, »solange ich noch lebe und es genießen kann.«

Auf der anderen Seite des Saals standen Stella mit zorniger und Joe mit verlegener Miene. Zu Beas Entzücken sah er ständig zu Molly hin, als wolle er unbedingt mit ihr sprechen, wüsste aber nicht, was er sagen sollte.

Als Bea in ein weiteres Gespräch mit einem lange verschollenen Bekannten verwickelt war, ging Molly zu ihm hinüber.

»Es tut mir Leid. Das war alles Beas Idee.«

»Du hast aber ausgesehen, als hätte es dir Spaß gemacht.«

»Hat es auch. Ich meine, das ist nicht meine Welt, aber es ist amüsant, es mitzuerleben.«

»Du siehst umwerfend aus.«

»Danke. Das gehört alles zu Beas Plan, Stella zu ärgern und euch beiden zu zeigen, dass ich nicht nur eine unscheinbare kleine Hausfrau bin, die man überfahren kann.«

Joe setzte eine ernste Miene auf. »Ich glaube nicht, dass irgendjemand, der dich kennt, dich für eine unscheinbare, kleine Hausfrau halten würde – am allerwenigsten ich.« Molly merkte, wie sie grinsen musste. Und dann verdarb er alles. »Vielleicht eher ein thermisches Zielsuchgeschoss ...«

Auf einmal kochte Molly vor Wut. Joe schien während der Tage, die sie getrennt verbracht hatten, nicht viel gelernt zu haben. »Ach, lass mich doch in Ruhe. Ich *tue* wenigstens etwas. Du erzählst mir, dass du in deiner Arbeit für Graham unglücklich bist, aber ich habe erst Stella finden müssen, bevor du das gemerkt hast. Ich war stets die Resolute in unserer Beziehung, weil du nur mit dem Strom schwimmst. Sogar dieses Vorsprechen bei der Schauspielschule hat nur stattgefunden, weil Stella es für dich arrangiert hat. Du hast mich und Eddie offenbar sitzen lassen, obwohl nicht einmal das klar ist, und bist schnurstracks zu Mama gerannt, um dich anhimmeln zu lassen. Meine Motive waren wenigstens vernünftig. Deine kommen mir nur egoistisch vor.«

Das Kleid half. Die Haare auch. Beides gab Molly den Mut, sich dramatisch auf dem Absatz umzudrehen und ihn wie einen begossenen Pudel stehen zu lassen.

»Gut gemacht«, lobte Bea, als sich Molly an ihrem Tisch

auf den Stuhl neben ihr fallen ließ. »Das wird ihm eine Lehre sein.«

Molly warf einen Blick zu Joe hinüber. Er stand mutterseelenallein da und schien sich so unbehaglich zu fühlen wie sie. Am liebsten wäre sie aufgestanden und zu ihm gelaufen, hätte seine Hand genommen und mit ihm den Ausgang angesteuert. Aber sie hatte schon zu oft die Entscheidungen fällen müssen. Diesmal war er an der Reihe. Er musste klar und deutlich sagen, dass er sie und Eddie wollte.

Joe sah drein, als ginge ihm womöglich der gleiche Gedanke durch den Kopf, und Mollys Stimmung stieg wie die Bläschen in ihrem Champagnerglas, doch gerade als Joe einen Schritt auf sie zugehen wollte, verkündete der Moderator, dass die Millennium Awards jetzt offiziell beginnen würden.

Stella war schon von jeher der Meinung gewesen, dass es viel zu viele Preisverleihungen mit viel zu viel Schulterklopfen und Prahlerei gab, aber heute Abend, mit so vielen bekannten Gesichtern und Joe an ihrer Seite, hätte sie nichts dagegen gehabt, wenn es ewig gedauert hätte. Sogar ihr Ärger über das empörende Benehmen ihrer Mutter, die sich eine Einladung erschlichen hatte und nun an einem der einflussreichsten Tische in dem riesigen Saal Hof hielt wie eine alternde Kurtisane, hatte sich gelegt.

Berühmte Gesichter summten wie kriecherische Fliegen um den Dunstkreis der Woods. Den gesamten Abend über würden ständig wieder Bilder von dem mit Stars besetzten Tisch von den Fernsehkameras eingefangen werden. Tja, ihnen allen stand eine Überraschung bevor, die das selbstgefällige Lächeln von ihren Gesichtern fegen würde.

Stella musste zugeben, dass Molly ziemlich attraktiv aussah. Sie musterte ihre eigene Erscheinung in der Spiegelsäule hinter sich.

Diese verdammte Bea – sie hatte wie immer Recht: Rot war eine zu auffällige Farbe. Bei einer Gelegenheit wie heute hätte sie wie eine ehrbare Ehefrau auftreten sollen, nicht wie eine verworfene Geliebte.

Morgen würde ihre Aufmachung in der Presse und im Nachmittagsfernsehen zerrissen werden. Als die bedauernswerte Sarah Killen, eine zweite aufregende Schauspielerin in Stellas Alter, ein atemberaubendes Minikleid getragen hatte, das zugegebenermaßen nicht mehr viel der Vorstellungskraft überlassen hatte, hatten die Zeitungen doppelseitige Fotos gebracht und die Leser befragt, ob sie nicht schon zu alt war, um sich so etwas erlauben zu können.

Verunsicherter, als sie zugeben wollte, nahm sich Stella ein Glas Wein und beugte sich zu Joe hinüber. »Jetzt dauert es nicht mehr lang.«

Doch in Wirklichkeit zog sich der Reigen der Preisverleihungen über eine Stunde lang hin. Schließlich war Stellas großer Moment gekommen. Sie hörte, wie der Moderator die Preisverleihung anzukündigen begann: »Und nun, um zum Jahrtausendwechsel ein Zeichen zu setzen und Großbritannien als unerlässlichen Teil Europas zu feiern, möchte die Filmindustrie einem ihrer reizvollsten – und langlebigsten – Exporte gratulieren …«

»Bei ihm klingt das, als wäre ich Corned Beef«, zischte Stella, was Joe zum Kichern veranlasste.

»… dem bekannten Star aus Film und Fernsehen, unserer beliebten – Stella Milton!«

Stella erhob sich anmutig, ignorierte die Tatsache, dass lediglich ein paar hauchdünne Bändchen, die schon an ihren Verankerungen zerrten, ihr Kleid hielten, und stöckelte auf die Bühne.

»Bevor wir Ihnen den Preis überreichen, Stella, würden wir gern ein paar kurze Ausschnitte aus den Filmen zeigen, die Sie berühmt gemacht haben«, erklärte der Moderator und grinste in einem fehlgeschlagenen Versuch, kess zu wirken. »Gelegentlich allerdings auch berüchtigt.«

Stella versuchte nicht hinzusehen, als die Ausschnitte erschienen. Sie wusste genau, welche kommen würden: *Familienbande*, *Die französische Geliebte* und natürlich *Trügerische Kurven*. Da waren sie wieder, die Brüste, die in Leder gehüllt eine Million verkaufter Poster möglich gemacht hatten.

»Dieser Film«, fuhr der Moderator galant fort, »wurde, auch wenn man es kaum glauben mag, vor fast zwanzig Jahren gedreht. Und nun möchte ich Ihnen, Stella, dafür, dass Sie unserer Branche durch Ihr Mitwirken, Ihren Glamour und Ihr Talent mehr Glanz verliehen haben, den Millennium Award überreichen. Herzlichen Dank, Stella Milton!«

Als sich der Applaus gelegt hatte, lächelte Stella. »Ich dachte, ich würde heute Abend für treu geleistete Dienste meine goldene Uhr überreicht bekommen. Aber so alt bin ich noch nicht, wissen Sie.« Sie wandte sich direkt zu den Kameras. »Tut mir Leid, Jungs, wenn ich eure Ablaufpläne ein bisschen durcheinander bringe, aber ganz gegen meine Gewohnheit möchte ich jetzt eine Rede halten.«

Die Kameraleute vom Fernsehen sahen sich nervös an. Es war eine Live-Sendung, die auf die Sekunde genau in einen Zeitrahmen passen musste. Das würde haarig werden.

Stella ignorierte sie. »Es freut mich ganz enorm, diesen Preis zu bekommen, weil ich in meiner Karriere unglaublich viel Glück gehabt habe. Wenn man eine so erfolgreiche Laufbahn beschreiten will wie ich, muss man Opfer bringen. Doch es hat ein Opfer gegeben, das nicht nur mich allein betroffen hat. Als ich die ersten Schritte als junge Schauspielerin getan habe, wurde ich ungeplant schwanger und habe meinen kleinen Sohn zur Adoption freigegeben.« Die Leute an den entferntesten Tischen, die gerade noch am Plaudern gewesen waren, verstummten sofort. »Ich könnte behaupten, ich hätte es für meine Kunst oder die Anforderungen eines kreativen Lebens getan, doch in Wirklichkeit war es reiner Egoismus. Aber ich hatte mehr Glück, als ich verdient habe. Mein Sohn hat mich gefunden, und ich habe eine zweite Chance bekommen.«

Stellas Stimme brach vor Gefühl, und sie hielt sich zur Stütze am Pult fest. »Deshalb möchte ich heute Abend aus tiefstem Herzen meinen Sohn um Verzeihung bitten und ihn auffordern, hier auf die Bühne zu kommen, damit ich ihm diesen Preis widmen kann: Joseph Meredith, dem Sohn, mit dem wieder vereint zu werden ich gar nicht verdient habe.«

Joe spürte, wie sich jedes Augenpaar im Raum auf ihn richtete, und die Welt erstarrte einen Moment lang, als ihm klar wurde, dass er keine andere Wahl hatte, als auf die Bühne zu klettern. Er stolperte auf das Podium zu, gefolgt von einem Kameramann, der jede seiner Bewegungen aufzeichnete, während im Saal die Leute zu klatschen begannen. Als er die Bühne erreicht hatte, war der Applaus bereits tosend.

Stella, die am Rand des Podiums wartete, drehte ihn herum, damit ihn alle sehen konnten. »Mein wunderbarer Sohn Joseph Meredith. Joe, wirst du mir je verzeihen können?«

Selbst der Produzent der Live-Übertragung, dessen Zeitplan von Stellas Ausbruch restlos zerstört worden war, sah wie gebannt zu. »Auf jeden Fall hat sie ein Gefühl für theatralische Auftritte, das muss man ihr lassen.«

Überall in dem großen, glitzernden Saal sprangen die Gäste auf und jubelten.

Trotz ihrer Wut auf Stella und ihrer Enttäuschung über Joe wurde Molly zusammen mit den anderen auf der Flutwelle der Gefühle davongetragen. Es war, als wären die Tausende im Saal und die Millionen, die zu Hause zusahen, allesamt an dieser Mutter-Kind-Zusammenführung beteiligt und hätten persönlich Anteil daran.

Nur eine Person saß wie versteinert auf ihrem Stuhl, unbemerkt in der emotionalen Intensität, die in der Luft hing.

»O Gott, Stella«, murmelte Bea unhörbar vor sich hin und wischte sich die Tränen vom Gesicht, die sie allerdings nicht vor Rührung, sondern aus böser Vorahnung weinte. »Du unfasslich dummes Mädchen. Warum musst du immer alles zu weit treiben?«

20. Kapitel

Aus allen Ecken des weitläufigen Saales strömten Gäste, viele von ihnen genauso berühmt wie sie, an Stellas Tisch und umarmten und küssten sie oder gratulierten ihr.

Joe fand sich von wildfremden Leuten mit Tränen in den Augen umarmt, die ihn behandelten, als wären sie selbst lange verschollene Verwandte von ihm.

Bob Kramer war einer der ersten, der herbeigeeilt kam. »Brillant, Stella, brillant. Sogar der Regisseur von *Dunkle Nacht und Verlangen* hatte Tränen in den Augen, und außerdem freut er sich ungemein darauf, dich zu sprechen. Herzlichen Glückwunsch!«

Mitten in der allgemeinen Begeisterung fiel Molly auf, wie bleich Bea wirkte, wie zart und plötzlich ganz alt. Ohne ihre unbeugsame Willenskraft sah sie fast gebrechlich aus.

»Kommen Sie, Beatrice«, sagte Molly leise. »Ich finde, wir sollten gehen. Möchten Sie mit zu mir kommen und dort übernachten?«

»Ich möchte lieber nach Hause fahren, vielen Dank, meine Liebe. In einer halben Stunde fährt mein Zug, und am Bahnhof wartet ein Taxi auf mich. Wenn mir Stella doch nur gesagt hätte, dass sie das vorhat.«

»War das ein so großer Fehler? Warum denn?«

Doch Bea schwieg.

»Aber dann darf ich Sie wenigstens zur Victoria Station begleiten«, erklärte Molly. Sie blickte sich nach Joe um, doch er war umringt von einer Traube hingerissener Berühmtheiten. Molly bemerkte, dass er wenigstens so viel Anstand besaß, etwas überfordert und nicht besonders glücklich dreinzusehen.

»Stella hat uns ausgestochen, meine Liebe«, sagte Bea und sah zu dem Grüppchen hinüber. »Aber auf eine Art und Weise, die sie noch bereuen wird.«

»Wie kann sie es wagen!« Wütend schaltete Pat den Fernseher aus, um das Bild von Stella und Joe in enger Umarmung auszulöschen. Der Gedanke, dass es zu Millionen von Menschen übertragen wurde, alle ihre Bekannten eingeschlossen, ließ Pat vor Schmerz und Demütigung in sich zusammensinken. »Sie hat ihn weggegeben! Sie hat ihn vor die Tür gesetzt, weil er ihrer Karriere im Weg stand! Das ist nicht fair, es ist verdammt noch mal nicht fair!«

Das Leid in der Stimme seiner Frau rührte an Andrews mitfühlendes Herz. War es falsch von ihm gewesen, Molly bei der Suche nach Joes Mutter zu helfen? Aber woher hätte denn auch nur einer von ihnen wissen sollen, dass sich die Sache so entwickeln würde? »Es war ihm ein Bedürfnis, sie zu finden, Schatz. Da hatte Molly schon Recht. Joe ist trotz all der Liebe, die du ihm gegeben hast, nie richtig glücklich gewesen. Ein Teil von ihm ist immer in der Reserve geblieben. Vielleicht hilft es ihm wirklich, dass sie es nun so in aller Öffentlichkeit gesagt hat.«

»Er braucht keine Hilfe; ihm geht's bestens. Langsam klingst du schon wie Molly. In deinen Augen war sie sowieso von vornherein der Nabel der Welt.«

Andrew versuchte die Arme um sie zu legen. Der Körper seiner Frau bebte in ihrem unförmigen Kleid. Sie hatte in letzter Zeit zugenommen und das Interesse an Kleidern verloren. »Hör mal, Pat, Liebes, ich weiß, dass es schwer ist, aber du hast es Molly nie angerechnet, dass sie Joe ebenso liebt wie du. Deshalb habe ich ihr geholfen. Sie wollte, dass Joe sich von seiner leiblichen Mutter akzeptiert fühlt.«

»Tja, nun ist er akzeptiert worden, also müsste sie eigentlich überglücklich sein, oder?« Pats Stimme klang wie eine Rasierklinge, die einen wertvollen Stoff zerschlitzt. Sie versuchte einen beklommenen, mit Schluckauf vermischten Seufzer zu unterdrücken. »Ach, Andrew, Stella kann ihm so vieles bieten. Sie kommt da einfach in sein Leben geschneit, und auf einmal ist alles in Butter, und diese ganzen Jahre – das Windelnwaschen, die Nachtwachen bei ihm, wenn er krank war, und das ständige Sparen – nichts davon zählt jetzt noch. Wahrscheinlich hat er uns schon ganz vergessen.«

»Joe doch nicht. Er ist ein guter Junge. Bestimmt fängt er sich wieder. Er liebt dich auch, Pat.«

»Meinst du? Vermutlich schämt er sich eher für mich. Stella Milton lebt wahrscheinlich in einem Palast. Schau uns doch an, Andrew, in unserem schäbigen, kleinen Bungalow. Wir haben seit dreißig Jahren nichts Neues mehr gekauft.«

»Dann sollten wir vielleicht jetzt damit anfangen.« Andrew ließ sich nicht anmerken, wie sehr es ihn verletzte, dass seine Frau eine so niedrige Meinung von dem Leben hatte, das sie sich gemeinsam aufgebaut hatten. Aber schließlich war er von jeher zufriedener mit seinem Los gewesen als Pat. Sie war von ruheloser Sehnsucht nach einem namenlosen Regenbogen erfüllt gewesen. Andrew fragte sich zwangsläufig, ob es etwas mit ihrer Kinderlosigkeit zu tun hatte, und er spürte, wie Trauer darüber, dass er ihr nie ein eigenes Kind hatte schenken können, sein Herz bedrückte.

»Stell dir nur vor, wie sich Molly dabei fühlen muss«, sagte er.

Pats Miene verschloss sich. Ihr einst so hübsches Gesicht sah nun verkniffen und abweisend aus. »Molly hat lediglich das bekommen, was sie sich selbst eingebrockt hat.«

»Pat, Liebes«, versuchte es Andrew noch einmal in einem Anflug von Verzweiflung darüber, dass sich alles so ganz anders entwickelte, als er gehofft hatte, »versuch doch mal ein bisschen mehr Verständnis aufzubringen. Molly liebt Joe genauso sehr wie du.«

»Ja? Dann hat sie aber eine seltsame Art, es zu zeigen«, fauchte Pat und schüttelte die Kissen ihres braunen Gobelinsofas auf, wie sie es seit dreißig Jahren jeden Abend tat. »Weißt du was? Eigentlich hat mir dieses Sofa nie gefallen.«

Es lag Andrew auf der Zunge, zu sagen: »Dann kauf ein neues, Schatz.« Doch es war nicht das Sofa, das den Makel in Pats Leben darstellte; es war etwas anderes, etwas, das auch eine nagelneue dreiteilige Sitzgarnitur nicht beheben konnte.

An diesem Abend herrschte großer Andrang im Sun in Splendour in Lower Ditchwell – das heißt, es waren zehn statt drei Gäste da. Die frühen Sonntagabende waren nicht gerade die beste Zeit des Pubs. Obwohl die Tür einladend offen stand, genossen die meisten Leute lieber den Spätsommerabend im Freien, anstatt in dieser uralten Kneipe mit ihren rauchgeschwärzten Bohlen und dem unebenen, roh gefliesten Boden zu sitzen. Das Pub kam im Herbst und im Winter wieder zu seinem Recht, wenn der durchdringende Geruch von Holzrauch und der Reiz eines heißen Whiskys mit Gewürzen die Massen hereinströmen ließ wie zu einer heidnischen Zeremonie.

»Sag mal, Ant«, sagte der griesgrämige Wirt zu einem seiner wenigen treuen Stammgäste, »ist das nicht die alte Schachtel, die da unten an der Ecke wohnt? Diese Schauspielerin?« Er zeigte auf ein Fernsehbild, das Bea in vollem Putz bei der feierlichen Preisverleihung zeigte.

»Ja, stimmt«, bestätigte Anthony Lewis und rutschte in

eine günstigere Position, damit er den Bildschirm besser sehen konnte. »Schon wieder ein Haufen idiotischer, affiger Preise. Demnächst verleihen sie sich gegenseitig noch eine Statuette für den besten Filmfurz. Mein Gott, schau sie dir nur an. Die Elite unserer Kulturschaffenden, Herr im Himmel. Und wofür ist es diesmal? Hilfe für Albanien? Verkauft euren Hund und nehmt stattdessen einen Flüchtling auf?«

»Es schimpft sich Millennium Awards. Sieh mal, da ist diese Sexbombe Stella Sowieso.«

»Milton«, ergänzte Anthony. Er richtete sich auf, um zuzusehen, wobei sämtliche Spuren seiner zynischen Lethargie verschwanden.

»Hier steht, sie soll einen Preis bekommen, weil sie unser sexyster Exportartikel ist.«

»Jammerschade, dass sie sie nicht komplett exportiert haben.« Anthony sah zu, wie Stella auf das Podium stieg, um ihren Preis entgegenzunehmen, und prostete ihr insgeheim mit seinem Whisky zu. Sie trug ein offenherziges rotes Kleid. Stella liebte es, bis an den Rand der Parodie die Verworfene zu mimen, und doch gelang es ihr stets, im Rahmen zu bleiben. Verflucht noch mal, sie war so reizvoll wie eh und je, obwohl Anthony schon lange begriffen hatte, dass diese Einladung weder ihm noch sonst einem Mann galt. Es war eine allgemeine, unpersönliche Einladung und als solche vollkommen hohl. Er bezweifelte, ob Stella jemals einen Mann in das, was man wohl ihr Herz nennen musste, eingeladen hatte.

Er sah zu, wie sie ihren Preis entgegennahm und dann einen jungen Mann zu sich winkte, der an einem der Tische saß.

Anthony kam auf seinem Barhocker ins Wanken und hätte beinahe sein Glas umgekippt. Die Ähnlichkeit in Fleisch und Blut, viel eindringlicher als auf einem flachen

Zeitungsfoto, war verblüffend. Das gleiche fast schwarze Haar, die indigoblauen Augen mit den langen, dunklen Wimpern und der gleiche Hang, einem irgendwie geradewegs in die Augen zu blicken. Und doch nahm Anthony eine Unsicherheit an Joseph wahr, die Stella nie geplagt hatte. Trotz seines phänomenalen Aussehens schien sich der junge Mann in seiner Haut nicht besonders wohl zu fühlen. Angesichts der Umstände seiner Geburt nur allzu verständlich.

Unerwartete Wut, die tief in Anthony unter Schichten von Selbsthass und einem Schutzwall aus Zynismus geschwelt hatte, loderte plötzlich in ihm auf, und er fegte sein Glas vom Tresen.

»Herrgott, Ant«, schimpfte der Wirt, »pass doch auf, was du mit deinem Glas machst.«

»Herrgott, Ant«, echote der Star. »Herrgott!«

»Du kannst von Glück sagen, dass ich es nicht in den Scheiß-Fernseher geworfen habe.« Anthony stieg von seinem Barhocker. »Entschuldige die Sauerei«, sagte er, machte aber keine Anstalten, die Scherben aufzuheben. Er konnte nicht mehr auf den Bildschirm schauen. Der Anblick von Stella und Joe, wie sie eng umschlungen dastanden, war zu viel für ihn. »Bis dann.« Er trottete aus dem Pub, während sein langer Ledermantel geräuschvoll hinter ihm her wehte. Irgendwie erinnerte er den Wirt an eine verletzte Krähe.

»Möchte mal wissen, was unseren alten Ant gepackt hat«, murmelte der Wirt vor sich hin. »Irgendwas scheint ihn an dieser Stella Milton zu kratzen. Hoffentlich ist er keiner von diesen perversen Fans. Manchmal ist er reichlich seltsam.«

»Reichlich seltsam«, wiederholte der Star klug und nickte mit seinem schwarzen Kopf, als wüsste er genau, worin der Zusammenhang zwischen der Szene auf dem Bildschirm und dem unsteten Antiquitätenhändler aus Lower Ditchwell bestand.

Zurück im Laden wählte Anthony die Nummer, die Molly ihm dagelassen hatte, als alles begonnen hatte. Ihr Anrufbeantworter schaltete sich ein, und fast hätte er wieder aufgelegt. Natürlich war sie nicht zu Hause. Die Preisverleihung wurde ja live übertragen.

»Hallo«, sagte er zögerlich, »hier spricht Anthony aus Ditchwell.« Er merkte, dass er sich wie ein dämlicher Anrufer in einer Radiosendung anhörte, und riss sich zusammen. »Ich hätte gern in einer dringenden Angelegenheit Joseph Meredith gesprochen. Wenn möglich, noch heute Abend. Es spielt keine Rolle, wie spät es wird.«

Den Rest des Abends tigerte er nervös in seinem kleinen Wohnzimmer mit der Balkendecke auf und ab, als wäre es eine Gefängniszelle. Er wünschte sich, Stella hassen zu können, wie er es schon viele Male zuvor versucht hatte, doch in Wirklichkeit war sie trotz der langen Zeit, die zwischen ihnen lag, ein Teil von ihm, wie ein Virus, das durch sein Blut pulsierte und bis ins Innerste seines Herzens drang.

Es war schon fast Mitternacht, als Molly Eddie bei Mrs. Salaman abholte. Ihre nette Nachbarin hatte erklärt, er dürfe gern über Nacht bleiben, aber Molly brauchte seinen kleinen, warmen Körper zum Trost. Er war momentan das Einzige, was sie aufrecht hielt.

Geistesabwesend drückte sie die Taste ihres uralten Anrufbeantworters, um ihn abzuhören. Eddie musste am Lautstärkeregler gedreht haben, und so füllte Anthony Lewi's‹ Stimme plötzlich den Raum wie die des Zauberers von Oz.

Eddie erschrak und gab ein Wimmern von sich, so dass ihn Molly trösten musste. Was in aller Welt wollte dieser Mann? Er sagte, sie sollten ihn zurückrufen, egal, wie spät es war. Molly sah auf die Uhr. Es war Viertel vor zwölf. Hatte er wirklich so spät gemeint? Sie vermutete allerdings, dass Anthony Lewis eine Nachteule war. Mit seinem langen, hageren Körper und dem herabhängenden Haar erinnerte er sie an einen Vampir, gespielt von Alice Cooper.

Sie war zu müde, um sich weiter den Kopf darüber zu zerbrechen, und so wählte sie seine Nummer.

Er meldete sich fast sofort.

»Hallo, Mr. Lewis. Sie haben eine Nachricht für uns auf Band gesprochen. Joe ist leider nicht hier. Er wohnt für ein paar Tage bei Stella.« Sie hoffte, dass ihre Stimme nicht ihren Ärger und ihre Enttäuschung über die beiden verriet.

»Heimgekehrt zu Mama, was? Da möchte ich ja gern die Fliege an der Wand sein.«

»Ich auch«, gestand Molly vorschnell.

»Sie sind von der sagenhaften Stella ein bisschen ausgebootet worden, stimmt's? Das macht sie mit jedem. Aber ich kann Ihnen zu der Gelegenheit verhelfen, ausnahmsweise einmal sie in den Schatten zu stellen. Können wir uns morgen in Brighton treffen?«

»Warum denn unbedingt in Brighton?«

»Neutrales Gelände.«

Mollys Neugier gewann die Oberhand. »Einverstanden.«

»Ein Uhr. Vor der Palace Pier. Ich lade Sie zum Essen ein.«

Natürlich konnte Mrs. Salaman ausgerechnet an diesem Tag nicht auf Eddie aufpassen. Molly müsste ihn eben mitnehmen. Die Pier würde ihm sowieso gefallen.

Zu ihrem großen Erstaunen schlief Molly gut und wachte erst nach neun auf. Es war noch genug Zeit, um Eddie zu wecken, ihn zu füttern, seine Windeltasche mitsamt Saft, einem Fläschchen und Babynahrung zu packen und sich auf den Weg zur Victoria Station zu machen. Obwohl die Urlaubssaison vorüber war, strahlte der Bahnhof immer noch etwas Fröhliches aus, da eine Gruppe junger Leute in albernen rot-weiß-blauen Schürzen, Baskenmützen und mit zu

Zöpfen geflochtenen Zwiebeln um den Hals unter leicht verlegenen Blicken Gratis-Croissants verteilten. Eddie war begeistert.

Molly gestand sich ein, dass sie Brighton liebte. In ihren Augen musste man schon ein komischer Kauz sein, um es nicht zu lieben. Manche Leute nannten es London-an-der-See, nicht zuletzt, weil es im Gegensatz zu gewöhnlichen Küstenstädten schick und kultiviert war. Aber es war weit mehr als das. Es war ein richtiger Ort. In mancher Hinsicht schick, in anderer schäbig. Eine Küstenstadt mit Stil. Irgendwie war es dem Zustrom von Obdachlosen und Arbeitslosen entgangen, die in anderen Küstenorten herumhingen. Oder falls es seinen Anteil abbekommen hatte, dann integrierte es sie mit mehr Geschick – unter anderem deshalb, weil Brighton genau wie Kalifornien voller Menschen war, die auf der Suche nach etwas Besonderem dorthin gezogen waren, auf der Suche nach einem Lebensstil, der weder städtisch noch provinziell war. Brighton war eben einfach Brighton.

Es erstaunte sie, dass er bereits am Eingang zur Pier auf sie wartete. Sie hatte ihn eher für jemanden gehalten, der sie warten lassen würde. Er strahlte eine Art unterdrückter Erregung aus, die sie massiv verunsicherte.

»Sollen wir auf die Pier gehen?«, fragte er.

Molly, die sich nach wie vor fragte, warum er eigentlich angerufen hatte, nickte.

Der Wind war kalt und erfrischend, und Eddie lehnte sich aus seinem Buggy, um durch die Ritzen zwischen den Brettern aufs Meer zu schauen. Diese Ritzen hatten Molly als Kind eine Heidenangst eingejagt. Sie war fest davon überzeugt gewesen, sie würde durch sie hindurchfallen und ertrinken. Mit zwölf Jahren hatte sie sich dazu überwunden, hindurchzusehen und sich gezwungen, tapfer zu sein, eine

Eigenschaft, von der sie vermutete, dass sie sie bald wieder brauchen würde.

»Sie fragen sich, warum ich Sie hergebeten habe.«

»Ein bisschen schon.«

»Sie haben die bewegende Szene bei der Preisverleihung gestern Abend gesehen?«

»Ich war dabei.«

»Sie Glückliche. Und, waren Sie auch zu Tränen gerührt wie der Rest der Nation?«

»Offen gestanden ja, obwohl ich die beiden kalt lächelnd erwürgen könnte. Ich glaube, ich habe erst in diesem Moment gemerkt, wie es für Stella gewesen sein muss, als sie mit nur zwanzig Jahren mutterseelenallein ganz am Anfang ihrer Schauspiel-Karriere stand und dann auf einmal feststellte, dass sie schwanger war und niemanden hatte, der ihr beigestanden hätte.«

Anthony Lewis lachte. Es war ein seltsames, krächzendes Geräusch, das einen Hustenanfall nach sich zog. Er behob ihn, indem er sich eine Zigarette ansteckte. »Nur leider«, sagte er, zog den Rauch tief ein und behielt ihn in der Lunge, »war Stella nicht einsam, bettelarm und ohne jemanden, der sie unterstützt hätte, auch wenn dieses Bild noch so rührend sein mag.«

»Was meinen Sie damit? Worauf wollen Sie hinaus?«

»Ich meine damit«, antwortete Anthony und lehnte sich gegen das Geländer an der Seite der Pier, »dass Stella mit mir verheiratet war.«

Molly hatte das Gefühl, als hätte sie jemand in die Magengrube getreten. »*Verheiratet?*« Einen Augenblick lang fürchtete sie, sich über das Geländer lehnen und übergeben zu müssen. »Stella hat Joe weggegeben, obwohl sie *verheiratet* war?«

Molly konnte sich nicht einmal ansatzweise vorstellen,

wie irgendjemand unter solchen Umständen sein Baby hergeben konnte. Das wäre ja, als würde sie Eddie weggeben, weil sie und Joe Schwierigkeiten hatten.

»Aber was ist denn passiert?«

»Ich habe damals am Theater gearbeitet – nicht besonders erfolgreich, das muss man zugeben, aber wir haben nicht am Hungertuch genagt. In Wirklichkeit wollte Stella nie Kinder. Sie hat eine Zeit lang an Magersucht gelitten und dachte, sie sei unfruchtbar. Als sie gemerkt hat, dass sie schwanger ist, war sie völlig entsetzt.«

»Aber Sie mussten doch sicher Ihre Zustimmung zu der Adoption geben?«

Zum ersten Mal verlor Anthony seinen großspurigen Kampfgeist. »Ich dachte, es wäre die einzige Chance, um unsere Ehe zu retten. Ich wusste, dass Stella nicht zur Mutter getaugt hätte. Sie mochte Kinder ja nicht einmal. Sie war vollkommen auf ihre Karriere fixiert. Wenn Sie eine Hand auf Stellas Ehrgeiz gelegt hätten, wäre sie verbrannt. Ich weiß es. Ich habe es auf die harte Tour erfahren müssen.« Die Bitterkeit in Anthonys Ton durchtränkte die Luft zwischen ihnen. Konnte es sein, dass er sich das alles ausgedacht hatte? »Sie hätte abgetrieben, wenn es möglich gewesen wäre, aber sie hat erst zu spät erfahren, dass sie schwanger ist. Sie hat ihre Periode immer völlig unregelmäßig bekommen, und so hat sie sie nicht vermisst. Sie ist einfach ganz lang nicht auf die Idee gekommen, dass sie schwanger sein könnte. In Wirklichkeit hat Stella nie auch nur eine Sekunde lang in Erwägung gezogen, Joe zu behalten. Sie konnte ihn gar nicht schnell genug loswerden.«

Molly beugte sich vor und klammerte sich an das Geländer, um sich zu stützen. Wenn Joe das erführe, würde es ihn vernichten. Endlich hatte er sich ein Selbstbild aufgebaut, in dem er ein Baby gewesen war, das geliebt worden war und das Stella nur weggegeben hatte, weil sie es nicht bewältigte.

»Aber wie konnte Stella dermaßen lügen? Ihr muss doch klar sein, dass alles ans Licht kommen kann.«

»Vermutlich glaubt sie es selbst. Stella lebt in einer Traumwelt. Deshalb ist sie ja eine so gute Schauspielerin. Sie redet sich wirklich selbst ein, sie wäre die Figur, die sie spielt – Nonne, Hure, Julia, ganz egal. Sie glaubt womöglich, es sei tatsächlich so gewesen. Wenn es nicht unangenehmerweise mich gäbe.«

Molly bückte sich und schlang die Arme um ihren kleinen Sohn. Es war eine Geste, die einerseits Beschützerinstinkte ausdrückte und andererseits reines Bedürfnis war. Stella hatte allen Ernstes ihr Baby weggegeben, als sie mit dessen Vater verheiratet war. Die Wahrheit traf sie mit erdrückender Wucht. Der Mann, der neben ihr stand, war Joes Vater!

Er ging neben ihr in die Hocke, und als läse er ihre Gedanken, nahm er Eddies kleine Hand in seine. »Vermutlich bin ich nicht der ideale Opa.«

Seine Miene war unbeschreiblich traurig, und zum ersten Mal fragte sich Molly, wie all das für ihn gewesen sein musste. Stella mit ihrem Ehrgeiz und ihren Hirngespinsten musste für vieles geradestehen. »Sie lieben sie immer noch, stimmt's? Nach allem, was sie getan hat.«

Anthony Lewis erhob sich rasch wieder.

»Genau wie Sie Joseph lieben. Wir Ärmsten. Okay, ich muss los. War nett, Sie noch einmal getroffen zu haben. Ich wusste, seit Sie das erste Mal in meinen Laden gekommen sind, dass das alles rauskommen würde. Sie sind nicht der Typ, der ohne weiteres aufgibt. Sie sind eine sehr resolute junge Frau.« Zu ihrem Erstaunen grinste er sie wölfisch an. »Ganz ähnlich wie Stella. Ich glaube, als Nächstes sollten Sie Stella auf ihrem eigenen Terrain zur Rede stellen. Konfrontationen mochte sie noch nie. Stellas Stärke ist die Manipulation.«

Molly sah ihm nach, als er davonging, während es in ihrem Magen rumorte. Dann ging sie neben Eddies Buggy in die Hocke und vergrub das Gesicht in den Händen. Es stimmte, dass nichts davon herausgekommen wäre, wenn sie nicht gewesen wäre. Joe hätte aufgegeben. Sie war diejenige gewesen, die in ihrer unsensiblen Überzeugung, dass sie es am besten wusste, die Suche weiter betrieben hatte.

Wie ein zusätzlicher Messerstich traf sie die Erkenntnis, dass sie jetzt, da sie die Wahrheit über Stella wusste, entscheiden musste, was sie damit anfing. Wenn sie es Joe erzählte, würde das all seine Illusionen zerstören und ihn vielleicht zu ihr zurückbringen, aber es konnte ihn ebenso gut vernichten.

Ganz ungewohnt für sie lag ihre übliche Gewissheit in Trümmern am Boden. »O Gott«, murmelte sie in ihr feuchtes rotes Haar, das sie wild umflatterte, »was in aller Welt soll ich denn jetzt machen?«

Neben ihr umfasste eine kleine Hand eine Locke ihres Haars und zog sachte daran. Sie sah auf in Eddies besorgtes, kleines Gesicht mit den unglaublich langen Wimpern, ein winziges Ebenbild seines abwesenden Vaters. Sie dachte an das Baby in ihrem Bauch und an dessen ungewisse Zukunft. Joe war ohne die Liebe seiner Eltern aufgewachsen, aber das Letzte, was sie zulassen würde, war, dass dieses Schicksal auch Eddie ereilte.

21. Kapitel

Der Bahnhof von Brighton wimmelte von Menschen, aber Molly war in Gedanken so mit Anthonys Empfehlung beschäftigt, Stella zur Rede zu stellen, dass sie es nicht einmal bemerkte.

Ohne bewusst eine Entscheidung zu fällen, stand sie auf einmal vor dem Fahrkartenschalter und verlangte ein Ticket nach Ovington. Von dort konnte sie den Bus nach Ditchwell nehmen. Bea wüsste sicher, was zu tun war. Bea würde ihr zuhören und sie beraten. Der einzige Mensch, auf den sie sich in diesem ganzen Chaos noch verlassen konnte, war Bea.

Auch Beatrice Manners besaß ein Gespür für die dunklen Wolken, die im Anzug waren, und hatte sich in altbewährter Weise davor gewappnet, indem sie gärtnerte. Stockrosen ließen sich weder scheiden, noch hatten sie Abtreibungen oder Affären. Der Rittersporn streute seine Samen in den Wind, und damit hatte sich's. Ein wirklich beneidenswerter Zustand. Ja, im Grunde erschien ihr die sich selbst vermehrende Pflanze, die nicht einmal ein männliches Exemplar ihrer eigenen Spezies benötigte, wie die Krone der Schöpfung Gottes. Ein Jammer, dass er Mist gebaut hatte, als er sich an die Menschen machte.

Der plötzliche Anblick Mollys, deren rotes Haar heftig im Wind flatterte und die Beas Urenkel in seinem Buggy vor sich herschob, erfreute Bea nur so lange, bis sie Mollys Miene sah. Sie erinnerte Bea an einen niedergeschlagenen präraffaelitischen Engel.

»Was ist los, Molly? Kommen Sie, und setzen Sie sich.« Bea zeigte auf die rustikale Holzbank unter der Kastanie. Ihre Blätter begannen schon zu fallen. Sie wusste, was für ein Gefühl das war.

»Als ich nach der Preisverleihung nach Hause kam, war eine Nachricht auf Band.«

»Von Anthony Lewis?«

»Woher wissen Sie das?«

Bea streifte ihre Gartenhandschuhe ab und setzte sich neben Molly auf die Bank. »Ich habe mir schon gedacht, dass dieses Rührstück von gestern Abend bei Anthony das Fass zum Überlaufen gebracht hat. Anthony ist kein schlechter Mensch, aber er ist verbittert. Ich wusste, dass er das Gefühl haben würde, als striche ihn Stella einfach aus ihrer Vergangenheit, und dass er schließlich rebellieren würde. Gott weiß, warum Stella das nicht selbst erkannt hat.«

»Es stimmt also? Die beiden waren verheiratet?«

»Ja. Er machte damals einen sehr viel versprechenden Eindruck, allerdings hat er sich nicht übermäßig angestrengt. Anthony ist nicht besonders beharrlich. Außer vielleicht in Sachen Stella.«

»Was meinen Sie, was ich tun soll?«

»Ich finde, Sie sollten Stella sagen, dass Sie Bescheid wissen und es Joseph erzählen werden, wenn sie es nicht als Erste tut. Es kommt sowieso früher oder später heraus, nachdem alle möglichen Journalisten herumwühlen, und es wäre besser, wenn er es von Stella erführe. Falls sie ihm dann endlich die Wahrheit sagt. Soll ich mich um Eddie kümmern, wenn Sie hinfahren? Ja, überhaupt – warum bleiben Sie nicht alle beide ein oder zwei Tage hier? Sie könnten den Zug nehmen und in knapp zwei Stunden bei Stella sein.«

Langsam wurde es kalt, und Mollys berühmte Energie machte Anstalten, als wolle sie aus einem unsichtbaren Riss in ihrem Körper ausströmen. Molly wusste nicht, ob sie für eine Szene mit Stella noch genug Feuer in sich hatte. Zumindest flößte ihr der Gedanke Mut ein, hinterher zu Bea fahren zu können.

»Fahren Sie schon«, drängte Bea sanft.

»Was, wenn sie nicht da ist?«

»Sie ist da. Sie hat mich vorhin erst angerufen. Ich sage ihr, dass Sie kommen.«

»Ich weiß nicht, ob ich Eddie hier lassen soll.«

Strahlend vor großmütterlicher Anhimmelung hob Bea Eddie hoch. Er strahlte zurück. Es gab keine Entschuldigung, nicht zu fahren.

Die nächste Stunde verging in einer Wolke der Angst für Molly. Wie konnte sie zu Stella durchdringen? Hinter ihrer sinnlichen Fassade bestand Stella aus reinstem Stahl.

An der Victoria Station opferte sie ein Pfund für einen Besuch der Luxustoiletten, um sich frisch zu schminken und zu kämmen. Sie kam sich vor, als machte sie sich für ihre Hinrichtung zurecht.

»Ach, Herrgott noch mal«, sagte sie streng zu ihrem Spiegelbild, was die Frau neben ihr schuldbewusst zusammenzucken ließ, »sie ist nicht das Monster aus *Alien*. Sie ist nur deine Schwiegermutter.«

»Offen gestanden«, vertraute ihr die andere an, »ist *meine* Schwiegermutter das Monster aus *Alien*. Zeigen Sie's ihr!«

»Mach' ich«, versprach Molly.

Stella, von Bea vor Mollys bevorstehendem Besuch gewarnt, hatte auch für diese Rolle das passende Kostüm gewählt, oder vielmehr ihre Edelkluft gegen etwas Dezentes eingetauscht, was sogar noch eindrucksvoller wirkte. Nirgends war auch nur ein Fitzelchen ihres gewohnten Schwarz zu sehen und auch keine grellroten Lippen oder hohen Absätze. Stella hatte – aus reiner Berechnung, davon war Molly überzeugt – sich äußerst nüchtern gekleidet: weiße Sweat-Hosen und ein weißes Oberteil mit Kapuze. Dazu war sie barfuß und trug keinerlei Make-up. Sie sah aus wie jemand, der gleich ein Zimmer in einer teuren Klinik beziehen wird.

»Möchten Sie eine Tasse Kräutertee? Meine Mutter hat mir gesagt, dass Sie mich sprechen wollen. Gut, hier bin ich.«

Molly sah sich nach einem Hinweis auf Joes Anwesenheit um, ja sogar nach Joe selbst. Doch es war nichts zu sehen.

Sie beschloss, keine Zeit zu verschwenden. »Als ich von der Preisverleihung nach Hause kam, war eine Nachricht für Joe auf Band, und weil er nicht da war, habe ich den Anruf erwidert.«

»Tüchtig wie immer.«

Mollys Kinn schnellte in die Höhe. Unter keinen Umständen würde sie sich von Stella herablassend behandeln lassen. »Der Anruf stammte von Anthony Lewis.« Sie machte eine Kunstpause. »Ihrem Mann.«

»Exmann«, verbesserte Stella ungerührt. »Und was für alberne Märchen hat Ihnen Anthony aufgetischt?«

Stellas mangelhafte Verbindung zur Realität war zu viel für Molly. »Stellen Sie sich eigentlich nie der Wahrheit über sich selbst, Stella?«, fauchte sie. »Sie waren *verheiratet*, als Sie Joe bekommen haben. Ehepaare geben normalerweise ihre Kinder nicht zur Adoption frei. Für mich ist es unvorstellbar, unter solchen Umständen ein Baby wegzugeben. Sie waren weder mutterseelenallein noch bettelarm oder außerstande, es zu bewältigen. Sie hätten sich von Bea oder von Anthony unterstützen lassen können. Sie wollten nur einfach kein Kind, daher haben Sie Joe mir nichts, dir nichts weggegeben. Das passt nicht ganz zu den Aussagen, die Sie gegenüber der *Daily Post* und den Millionen Ihrer Fans im Fernsehen gemacht haben, oder? Ganz zu schweigen von Joe selbst. Was wird er wohl empfinden, wenn er das erfährt? Sie sind eine dumme Kuh, Stella, obwohl das eine Beleidigung der Kühe ist. Die geben ihre Kälber wenigstens nicht freiwillig her.«

Stella lauschte, und ihre Entrüstung wuchs. Was wusste denn Molly mit ihren unerschütterlichen Gewissheiten und ihren stümperhaften Versuchen, die Übel der Welt auszumerzen, von den Entscheidungen, die Stella hatte treffen müssen? Die einzige Entscheidung, die Molly je zu treffen gehabt hatte, war doch, in welcher Farbe sie ihre enge, kleine Wohnung tapezieren sollte.

»Sie haben eine derartige Abneigung gegen mich, dass Sie jedes Wort von Anthony begierig aufgesaugt haben«, entgegnete Stella. »Oder nicht? Sie können es gar nicht erwarten, mich als herzloses Miststück abzustempeln. Anthony hat sich bei der Aussicht, Vater zu werden, auch nicht gerade überschlagen. Er kann Kinder nicht ausstehen. Und nur zu Ihrer Information: Meine hilfsbereite Mutter war in Djakarta und stand in *Private Lives* auf der Bühne. In Ihren Augen ist ja alles so einfach, was? Little Miss Molly mit den überquellenden Brüsten und dem beschränkten Horizont. Erdmutter und Hausfrau. Sie wollten nie mehr als das, stimmt's? Sie haben sich Joe mit vierundzwanzig geschnappt und ihn darauf getrimmt, ein braver, zuverlässiger Ehemann zu werden, der genauso langweilige und engstirnige Vorstellungen hat wie Sie.«

Molly zuckte unter der Grausamkeit von Stellas Anschuldigungen zusammen. Hatte ihr Joe das erzählt? Und falls er ihre erste Schwangerschaft so empfunden hatte, was in aller Welt würde er dann von einer zweiten halten?

»Seien wir doch mal ehrlich, Molly – wie haben Sie es denn aufgenommen, als Joseph beschlossen hat, nicht mehr Ihr Versorger sein zu wollen, sondern sich als Schauspieler zu versuchen? Das hat Ihre spießigen Hausfrauenträume durcheinander gebracht, stimmt's? Sie sind nicht damit klar gekommen, dass Joseph mehr vom Leben wollen könnte als Sicherheit. Und zu Ihrer Information: Es ist nicht einmal einem herzlosen Miststück wie mir ganz leicht gefallen, mein Baby wegzugeben. Ich habe mich vor Sehnsucht nach Joseph in den Schlaf geweint, aber ich war Schauspielerin, und meine Ehe war am Zerbrechen, und ich wäre nicht dorthin gekommen, wohin ich wollte, wenn ich mich um ein Kind hätte kümmern müssen.« Sie richtete das Leuchten ihrer strahlend blauen Augen auf Molly. »Das verstehen Sie nicht, was? Sie können nicht begreifen, dass Erfolg im Beruf genauso wichtig sein kann wie Windeln und Krabbelgruppe. Sie haben nie die Freude darüber empfunden, das, was Sie tun, brillant zu beherrschen, gelobt und gefeiert zu werden und das Gefühl zu haben, dass es niemand anders ebenso gut könnte wie Sie. Vor allem, wenn man noch zu jung ist, um zu wissen, dass dieses Gefühl nicht von unbegrenzter Dauer ist.« Ihre Stimme bebte wie eine exakt gestimmte Geige, als sie daran zurückdachte, wie berauschend alles gewesen war, als sie angefangen hatte. »Natürlich habe ich es später bereut, als ich erkannt habe, dass die Schauspielerei nur einen Teil des Lebens ausmacht, und ich keinen anderen Lebensinhalt hatte. Doch da war es zu spät.« Sie sah Molly unverwandt an. »Bis Sie mir eine zweite Chance gegeben haben. Können Sie sich vorstellen, wie es war, als er wieder in mein Leben getreten ist und mich nicht gehasst hat? Es war wie ein Wunder! Ein Traum, der in Erfüllung gegangen ist.«

Die glühende Reinheit von Stellas Egoismus war zu viel für Molly. »Sie sind wirklich erstaunlich, wissen Sie das, Stella? Sogar nach all diesen Ereignissen denken Sie nur an sich. *Ihre* Opfer, *Ihren* Ehrgeiz. Aber was ist mit Joe? Ich habe versucht, Sie zu finden, weil ich dachte, es würde Joe helfen, der Ihretwegen nie das Gefühl hatte, dazuzugehören, der derartige Angst davor hat, abgelehnt zu werden, dass er es nicht geschafft hat, jemanden wirklich zu lieben – vielleicht nicht einmal mich oder seinen eigenen Sohn! Begreifen Sie nicht, Stella, dass er das wiederholt, was Sie ihm angetan haben?«

»Sie wollen, dass ich ihn nach Hause schicke, stimmt's?« Stella wandte sich ab, und mit Verblüffung erkannte Molly, dass ihre Wangen nass von Tränen waren. »Sie wissen nicht, wie es in den letzten paar Tagen gewesen ist. Ihn einfach hier zu haben, mich um ihn kümmern zu können, beim Schlafengehen zu wissen, dass er am nächsten Morgen da sein wird. Es ist die schönste Zeit meines ganzen Lebens.«

»Aber Sie haben ihn uns weggenommen, Stella.« Mollys Stimme klang nun nicht mehr wütend. Nur müde. Und ängstlich. »Wir lieben ihn auch.«

»Und Sie wollen, dass ich ihn zurückgebe.« Es war eine Feststellung – schwer, tonlos und beklommen.

»Sie müssen ihm die Wahrheit über Anthony sagen, wissen Sie«, erklärte Molly ruhig. »Denn früher oder später erfährt er es ohnehin.«

»Von Ihnen?« Stella erinnerte Molly an die Göttin in *Herrscherin der Wüste*, die vor aller Augen zur Greisin wird.

»Nicht unbedingt. Aber es kommt zwangsläufig eines Tages heraus.«

»Ich liebe ihn mehr als alles andere auf der Welt«, sagte Stella ruhig. »Ich könnte es nicht ertragen, wenn er sich jetzt gegen mich stellen würde.«

Ausnahmsweise kam Mollys Selbstsicherheit einmal ins Wanken. Alle ihre Instinkte schrien nach Offenheit, danach, sich den Wahrheiten zu stellen und keine Geheimnisse zu hüten. Aber wohin hatte sie das geführt? »Dann müssen Sie entscheiden, was das Richtige ist. Um ehrlich zu sein, ich bin mir nicht mehr sicher. Ich habe selbst ziemlichen Mist gebaut. Vielleicht steht es mir gar nicht zu, Ratschläge zu erteilen. Ich weiß nur, dass ich ihn liebe und er mir unheimlich fehlt.« Den Tränen nahe wandte sie sich ab. Auf keinen Fall würde sie vor Stella die Nerven verlieren.

Stella starrte sie an. »Sie wirken sehr still. Was ist denn aus Molly der Rakete geworden?«

»Vielleicht hat sie ein Eigentor geschossen, indem sie sich auf die Suche nach Ihnen gemacht hat.«

»Vielleicht.«

»Und jetzt hat sie noch eines geschossen. Ich bin wieder schwanger und habe es Joe noch nicht einmal gesagt.«

»Was für eine Überraschung für ihn. Genau wie beim letzten Mal.« Stellas Stimme barg einen leisen Unterton überheblichen Hohns. Als wäre eine ungeplante Schwangerschaft das Letzte, was Stella passieren könnte.

Molly war kurz davor, sie zu ohrfeigen. »Und was würden Sie mir raten, Stella? Es abtreiben lassen oder warten, bis es geboren ist und es dann praktischerweise weggeben, wie Sie es getan haben? Was ist Ihre wohl überlegte Meinung in diesem Fall?«

Molly wartete die Antwort nicht ab. Es war idiotisch von ihr gewesen, sich einzubilden, sie könne an Stellas noblere Instinkte appellieren.

22. *Kapitel*

Claire druckte ihren Text aus und las ihn durch. Seit das Interview mit Joe und Stella erschienen war, schien ihre Position bei der Zeitung gesicherter zu sein. Tony hatte aufgehört, ständig platte Anspielungen darauf fallen zu lassen, dass sie ganz oben auf der Entlassungsliste stand, und gelegentlich – so auch heute – wurde sie sogar gebeten, für die stellvertretende Feuilleton-Chefin einzuspringen, die sich krank gemeldet hatte. Ein großes Privileg, das wusste Claire genau. Langsam wurde sie fast gelassen. Was natürlich absolut unklug war.

Die Redaktionskonferenz war stets schnell, hitzig und anstrengend, heute noch mehr als sonst. Sie wurde in einem Sitzungszimmer neben dem Büro des Chefredakteurs abgehalten, und die Atmosphäre war meist geschwängert von Aggression, Konkurrenzkampf und Paranoia. Obwohl das Zimmer groß war, war es schwer, all diese Egos in einem geschlossenen Raum unterzubringen.

Alles lief glatt, ohne dass irgendein Ressort allzu sehr versucht hätte, die Ideen eines anderen madig zu machen. Trotzdem war Claire von Rory Hawthornes selbstgefälliger Art verblüfft. Schweigend verfolgte er die gesamte Konferenz, und erst als alle schon gehen wollten, ließ er sich endlich dazu herab, das Wort zu ergreifen.

Claire machte sich sofort auf Ärger gefasst. Rorys Gesicht, das normalerweise lediglich schmierig war, hatte einen völlig neuen Ausdruck von Selbstzufriedenheit angenommen.

»Nur noch eine Kleinigkeit«, begann er und schwenkte allen anderen seinen mysteriösen Leckerbissen vor der Nase herum. »Ich glaube, ihr könntet euch für eine Neuigkeit interessieren, die gerade erst hereingekommen ist.«

Alle setzten sich wieder hin.

»Diese Geschichte, die du über Stella Milton und ihren lange verschollenen Sohn geschrieben hast, Claire-Schätzchen, die Geschichte, die du aufgrund deiner intimen Verbindung zu den Hauptpersonen an meiner statt hast schreiben dürfen...«

Claire setzte sich auf, als hätte ihr jemand mit einer Nadel in den Po gestochen. Die Stimme des Kerls geiferte nur so vor Hintergedanken.

»Ja?«, erwiderte der Chefredakteur an ihrer Stelle, während er mit seinem Filzstift spielte, etwas, das er nur tat, wenn ihn ein Thema besonders interessierte, was er aber um keinen Preis zeigen wollte. »Claire hat ein gutes Interview geführt. Es hat unsere Leser zu Tränen gerührt. Und das Interesse der anderen Medien war enorm.«

»Nur schade, dass es eine höchst bedeutsame Tatsache ausgelassen hat.«

»Und die wäre?«

»Dass Stella Milton ihr Baby nicht weggegeben hat, als sie bettelarm und allein war, wie sie es Claire in so rührender Form erzählt hat. Sie hat es weggegeben, als sie verheiratet war und in absolut bequemen finanziellen Verhältnissen lebte.«

Verheiratet? Claires Herz hämmerte dermaßen, dass sie kaum mehr denken konnte.

»Sie glaubte einfach, dass ein Kind ihrer Karriere im Weg stehen würde«, fuhr Rory selbstzufrieden fort.

»Woher zum Teufel willst du das wissen?«, fuhr Claire ihn an.

»Ihr Exmann hat vorhin angerufen und uns die Geschichte angeboten.«

Der Chefredakteur wandte sich an Claire. »Na, was sagen Sie dazu?«

Claire hatte das grässliche Gefühl, dass es stimmte. Irgendetwas war an Stellas Enthüllungen gewesen, das nicht ganz zusammengepasst hatte. Und das war es nun offenbar. »Reiner Schwachsinn.« Sie rang sich einen kämpferischen Tonfall ab. »Woher willst du wissen, dass dieser Typ nicht irgendein Spinner mit einem Groll gegen Stella ist?«

»Er hat gesagt, dass er uns gern die Beweise dafür zeigen wird.«

Claire hätte sich am liebsten zusammengerollt. Der arme Joe – das würde ihn vernichten. Aber sie würde auf keinen Fall Rory gegenüber ihre Mutmaßungen äußern. »Ich finde trotzdem nicht, dass wir es bringen sollten. Wenn dieser Mann tatsächlich mit Stella verheiratet war, wäre seine Zustimmung erforderlich gewesen, um Joe zur Adoption freizugeben. Warum hätte er die geben sollen?«

Der widerliche Rory Hawthorne sah immer noch überlegen drein. »Er sagt, weil er geglaubt hat, das wäre die einzige Möglichkeit, Stella zu halten.«

»Dann war er aber kein großartiger Vater, oder?« Claire suchte verzweifelt nach Einwänden, um die Geschichte zu entkräften.

»Es geht hier nicht um die väterlichen Qualitäten dieses Mannes«, fiel ihr der Chefredakteur gereizt ins Wort. »Es geht darum, ob seine Behauptungen zutreffend sind.«

Claire ging weiter in die Offensive. Schließlich stand auch ihr guter Name als Journalistin auf dem Spiel.

»Ich finde, du brauchst mehr Quellen, die seine Aussage stützen. Stella verklagt uns, wenn wir etwas Falsches drucken.«

Der Chefredakteur beäugte Claire scharf, um ihre Motive abzuschätzen. »Also gut. Rory, Sie gehen der Geschichte dieses Mannes nach. Was ist mit Stellas Mutter, dieser Uralt-Schauspielerin? Und die Adoptiveltern – die könnten auch etwas wissen.«

»Die befrage ich«, erbot sich Claire. Sie wusste aufgrund von Mollys Äußerungen, dass Pat womöglich ihr Herz ausschütten würde, und das erst recht in den geschickten Händen von Rory Hawthorne.

»Nein danke, Claire«, widersprach der Chefredakteur kühl. »Sie schreiben weiter an der Geschichte, die Sie gerade in Arbeit haben.«

In diesem Moment wusste Claire, dass sie in der Bredouille steckte. Sie konnte es kaum erwarten, den Raum zu verlassen und Molly zu warnen. Sie musste es über ihr Handy von der Damentoilette aus tun. »Moll, hier ist Claire!«

Molly beendete ihre Durchsuchung der Stellenanzeigen. »Was ist los? Warum klingst du, als stündest du mitten in einem Hallenbad?«

»Das spielt keine Rolle. Molly, es wird ernst. Sie rücken Stella auf den Pelz. Sie hatte einen Ehemann, diese dumme Kuh. Sie war allen Ernstes *verheiratet*, als sie Joe weggegeben hat. Und sie hat in diesem Punkt gelogen. Der Ehemann versucht seine Geschichte unserem Blatt zu verkaufen. Die Sache wird hässlich, Molly. Jetzt wollen sie Stella wirklich zerfleischen. Die komplette Herzloses-Miststück-Nummer. Rory Hawthorne ist schon auf dem Weg nach Essex, um Andrew und Pat aufzuspüren.«

Einen Moment lang gestattete sich Molly den Luxus, sich vorzustellen, wie Stellas Karriere in Trümmer fiel, ihr wahrer Charakter enthüllt und sie von jedem verabscheut und geschmäht werden würde. Doch fast im selben Augenblick holte sie der Gedanke, wie sich all das auf Joe auswirken würde, auf den Boden der Tatsachen zurück. »Mist. Pat ist ohnehin schon schlecht auf Stella zu sprechen. Sie würde vermutlich mit Begeisterung dazu beitragen. Ich glaube, ich fahre lieber auch schnell zu ihr raus – und zwar verdammt schnell.«

»Ich fahre dich«, erbot sich Claire. »Rory ist gut, aber womöglich kann ich ihm dazwischenfunken.«

»Danke, Claire. Du bist eine wahre Freundin.« Da kam Molly ein Gedanke. »Sag mal, riskierst du damit nicht einiges?«

»Vergiss es. Langsam frage ich mich schon, ob ich überhaupt für den Journalismus geeignet bin. Offenbar verfüge ich über einige normale menschliche Instinkte wie Mitgefühl und Respekt. Hoffnungslos. Wir sehen uns in einer halben Stunde. Ich komme mit dem Taxi, und damit können wir dann nach Essex rausfahren.« Da dies womöglich ihre letzte Aktion war, konnte sie sie genauso gut mit Stil erledigen.

Während sie auf Claire wartete, hinterließ Molly zwei warnende Nachrichten auf Stellas Anrufbeantworter – eine für Stella und die andere für Joe, in der Hoffnung, dass er sie irgendwie bekäme.

»Ich hoffe nur, dass Rory uns nicht überholt«, flehte Claire, während sie sich durch den Mittagsverkehr Ost-Londons kämpften. »Er ist ein fixer Bursche. Der Typ wäre sogar im Stande, Dagobert Duck ein paar Scheinchen abzuschwatzen.«

Das Erste, was sie vor Andrew und Pats bescheidenem Bungalow sahen, war Rory Hawthornes Alfa Romeo Spyder.

»Mist!«, schimpfte Claire. »Mist, Mist, Mist.«

Andrew öffnete ihnen die Tür. Er sah besorgt und unglücklich aus.

»Sagen Sie ihm nichts«, raunte Claire und bahnte sich den Weg ins Wohnzimmer, wo Pat bereits einen Teewagen mit Kaffee und teuren Keksen auf weißen Spitzendeckchen aus Papier beladen hatte. Rory Hawthorne saß mit aufmunternder Miene neben ihr.

»Molly! Was machst du denn hier?« Vor Erstaunen hätte Pat beinahe ihre Tasse fallen lassen. »Ich habe nicht im Mindesten mit dir gerechnet. Das ist Mr. Worthington. Er ist ein alter Schulfreund von Joseph.«

»Ein Schulfreund, was?«, zischte Claire. »Und was für eine Schule war das genau, Mr. Worthington?«

Rorys Augen wurden schmal. »Du willst deine Laufbahn als Journalistin offenbar beenden?«, zischte er boshaft. »Denn nach diesem Auftritt ist es damit vorbei.«

»Mr. Worthington ist in Wirklichkeit Reporter bei der *Daily Post*, Pat«, erklärte Molly. »Er heißt Rory Hawthorne und arbeitet an einer Enthüllungsgeschichte über Stella Milton.«

Rory Hawthorne war ein gewiefter Journalist, und er begriff auf der Stelle zwei Dinge: Die Adoptivmutter mochte Molly nicht, und – was noch besser war – sie verabscheute Stella. Vielleicht war doch noch nicht alles verloren.

»Wir haben gerade erfahren«, fügte er aalglatt hinzu, »dass Stella Milton allen Ernstes verheiratet war, als sie ihren Sohn zur Adoption freigegeben hat, und wir finden, dass dies ihre rührende Geschichte, sie wäre als ledige Mutter nicht zurechtgekommen, ziemlich in Frage stellt.«

»Das ist ja übel!« Pat war ehrlich entsetzt.

»Offenbar fürchtete sie, Joe werde ihrer Karriere im Wege stehen. Wir – das heißt die Zeitung – wollten Sie gerne fragen, ob Sie an einer Gelegenheit interessiert wären, Ihre Seite der Angelegenheit zu schildern. Ich meine, es muss doch hart für Sie gewesen sein, mit wenig Geld Stellas Sohn aufzuziehen, während sie gleichzeitig reich und berühmt geworden ist. Und jetzt lässt sie sich überall mit ihm fotografieren. Ja, ich habe gehört, dass er sogar zurzeit bei ihr wohnt und nicht bei seiner Familie. Wann hat er sich denn eigentlich das letzte Mal bei Ihnen gemeldet?«

Pat stand auf und ging zum Fenster, während sie den Vorschlag des Mannes erwog. Da war sie – ihre Chance, zu sagen, wie es ihr ergangen war, als die glamouröse, egozentrische Stella in ihrem Leben aufgetaucht war und Joes Zuneigung an sich gerissen hatte.

Aber Rory, der die Spannung nicht aushielt, verkalkulierte sich.

»Natürlich«, fügte er hinzu, als wäre es das Normalste auf der Welt, »erwarten wir nicht, dass Sie uns Ihre Zeit umsonst opfern. Wären zweitausend Pfund vielleicht angemessen?«

Molly schloss die Augen. Sie konnte es Pat schwerlich verübeln, wenn sie sich an Stella rächen wollte. Sie und Andrew hatten zu kämpfen gehabt, manches entbehren müssen und einige Opfer gebracht, um Joe das Bestmögliche zu geben, und es musste schrecklich gewesen sein, zuzusehen, wie Stella erneut in sein Leben geschwebt kam und ihn ihnen wegnahm.

Sie wusste nur zu gut, was für ein Gefühl das war.

Pat wandte sich von ihrer Betrachtung des Gartens ab. Ihr welkes Gesicht sah um Jahre jünger und ihr Rücken irgendwie aufrechter aus. Pat das Tränentier schien komplett verschwunden zu sein.

Sie macht es, dachte Molly.

»Stellen Sie sich vor, Mr. Hawthorne«, erwiderte Pat mit mehr Mumm, als Molly je an ihr erlebt hatte, »ich habe vor drei Tagen von meinem Sohn Joseph gehört. Und nein danke, ich möchte meine Geschichte nicht erzählen, nicht einmal für zehntausend Pfund. Ich kann mir nur zu gut vorstellen, was Sie daraus machen würden. Ich konnte die *Daily Post* noch nie leiden. Nichts als Geschwätz und Anspielungen. Andauernd bringen Sie irgendwelchen Klatsch und behaupten gleichzeitig, so etwas zu verurteilen. Andrew und ich mögen ja unbedeutende Leute sein, aber wir haben unsere Maßstäbe. Wir regeln diese Angelegenheit auf unsere Weise, vielen Dank.«

Sie hielt ihm seine Jacke hin.

Rory Hawthorne sah Claire an, als wäre sie etwas Widerliches, das an seiner Schuhsohle klebt. »Du hörst noch von der Sache.«

»Ja«, stimmte ihm Claire freundlich zu. »Das denke ich mir.«

»Gut gemacht, Schatz«, gratulierte Andrew seiner Frau, sobald Rory gegangen war. »Du hast ihm richtig die Meinung gegeigt.«

»Das hab' ich, was?«, freute sich Pat grienend. »Aber glaub bloß nicht, dass Stella so ohne weiteres davonkommt. Höchste Zeit, dass ich der Frau selbst mal ein paar wahre Worte sage. Könntest du mich zum Bahnhof bringen? Ich fahre jetzt nach London, und ich komme nicht eher zurück, als bis ich sie gesprochen habe.«

»Sie brauchen keinen Zug«, erklärte Claire schmunzelnd. »Ich habe ein Taxi draußen stehen. Wir nehmen Sie mit.«

Pat nickte. Auf einmal erinnerte sie Molly an Königin Victoria in ihren späteren Lebensjahren: klein, verwelkt und rundlich, aber mit unglaublicher innerer Willenskraft. »Ich muss nur noch ein paar Sachen holen, die ich mitnehmen will.«

Die Fahrt nach London verlief schweigsam und angespannt. Niemand hatte Lust, zu fragen, was Pat tun würde, falls Stella nicht zu Hause war oder sich weigerte, sie zu empfangen.

Binnen kurzer Zeit hatten sie die Gebiete aus Einkaufszentren und Baumärkten erreicht, die die Ausläufer der Großstadt markierten. Fast eine ganze Stunde später langten sie in Covent Garden an.

»Sollen wir dich nach oben begleiten?«, fragte Molly, als sie Stellas Haus am Old Flower Market erreicht hatten.

»Nein danke. Das ist etwas, was ich lieber allein erledigen möchte.«

Pat drückte den Summer an Stellas Sprechanlage. Niemand antwortete. Sie wartete zehn Sekunden und versuchte es erneut. Stella musste ausgegangen sein. Pat merkte, wie ihr Mut davonzuströmen begann wie das Meer bei Ebbe. Was glaubte sie eigentlich, wer sie war – sie, ein Niemand aus Mere-on-Sea –, dass sie sich mit Stella, der Sex-Göttin anlegen wollte?

»Ja?«, meldete sich schließlich eine Stimme. »Was ist denn? Könnten Sie bitte aufhören, meine Klingel zu massakrieren?«

Pat hatte nicht einmal gemerkt, dass sie den Klingelknopf die ganze Zeit gedrückt gehalten hatte.

»Hier ist Mrs. Patricia Meredith.« Pat wünschte, sie hätte das »Mrs.« weggelassen. Das klang ja, als müsste sie sich in einem jämmerlichen Ringen um Status darauf stützen.

»Wie bitte? Wer?«

Sie hatte schon hinzufügen wollen »Joseph Merediths Mutter«, doch nun wählte sie ihre Worte sorgfältig. »Joseph Merediths Adoptivmutter.«

»Aha«, sagte die ferne Stimme. »Dann kommen Sie wohl lieber rauf.«

Als sie die Treppe hinaufstieg, wünschte Pat, sie hätte etwas Schickeres angezogen, aber was hätte das nützen sollen?

Für jemanden wie Stella Milton würde sie nie etwas anderes darstellen als eine Null aus der Provinz. Trotzdem hätte es ihr vielleicht etwas mehr Mut für die bevorstehende Schlacht verliehen.

In Fleisch und Blut war Stella Milton eine Enttäuschung. Sie war weder wie eine Edelkurtisane noch wie eine sexbesessene Schulleiterin oder eine in Leder gehüllte Motorradbraut gekleidet. Verwirrenderweise trug sie gar einen weißen Frotteebademantel. Ohne Schuhe war sie kaum größer als Pat. Pat fühlte sich auf unerklärliche Weise betrogen, aber auch ermutigt. Bei der Fahrt des Frauenvereins zu *Evita* waren ihr glamourösere Erscheinungen begegnet.

»Entschuldigen Sie bitte, dass ich Sie nicht gehört habe. Ich war unter der Dusche. Ich gehe in einer Stunde aus.«

Pat holte Atem. Eine Stunde wäre lang genug. Vielleicht müsste Stella ausnahmsweise einmal ihre kosmetischen Bemühungen abkürzen.

»Darf ich mich setzen?«

»Natürlich.«

Pat setzte sich vorsichtig hin, fühlte sich jedoch in dieser ultraschicken Umgebung ebenso fehl am Platz wie ein Wackelhündchen in einem Mercedes. »Vorhin ist ein Reporter zu mir nach Hause gekommen, der der Geschichte nachgeht, dass Sie Joe weggegeben haben, obwohl Sie verheiratet waren.«

Zu Pats Genugtuung löste sich Stellas Versuch, sich überlegen zu geben, schlagartig in Luft auf. Sie sah drein, als hätte man sie getreten. »Ihr Mann hat seine Geschichte der *Daily Post* verkauft, und sie wollten lediglich die Fakten überprüfen. Der Reporter hat mich außerdem gefragt, wie ich mich dabei fühle, dass ich Ihr Kind aufgezogen habe, während Sie reich und berühmt geworden sind.«

Pat genoss ihren theatralischen Auftritt genauso, wie Stella ihre Bühnentriumphe genossen hatte.

»Und wie haben Sie reagiert?«

»Unmissverständlich«, antwortete Pat ruhig. »Ich habe ihm geraten, er solle sich zum Teufel scheren.«

Stella biss sich auf die Lippe, da sie sich angesichts der Würde dieser unscheinbaren Frau auf einmal ganz demütig fühlte. »Soll ich mich dafür bei Ihnen bedanken?«

»Ich weiß nicht, ob Sie das noch möchten. Wissen Sie, ich habe es zwar dem Mann von der Zeitung nicht erzählt, aber ich erzähle es stattdessen Ihnen, weil es eine Privatangelegenheit zwischen Ihnen und mir ist. Sie haben Joes Leben schon einmal zerrüttet, indem Sie ihn weggegeben haben – das ist verzeihlich, weil Sie noch jung waren und wir alle Fehler machen, selbst wenn Sie verheiratet waren. Aber jetzt tun Sie es wieder. Und diesmal gibt es keine Entschuldigung. Haben Sie je darüber nachgedacht, ernsthaft nachgedacht, welchen Schaden Sie anrichten, nur damit Sie das Vergnügen genießen können, einen erwachsenen Sohn zu haben?«

Stella saß Pat wie versteinert gegenüber, so als könne sie sich nie wieder bewegen.

»Sie haben Joe weggegeben. Niemand hat Sie dazu gedrängt. Sie waren keines dieser armen Mädchen, die ich kannte, die von ihren Familien unter Druck gesetzt wurden und zu hören bekamen, dass sie bloß nicht mit einem Kind nach Hause kommen sollten. Diese Mädchen wussten nicht, wohin sie sich wenden sollten, weil sie erst siebzehn waren und kein Geld hatten. Infolgedessen gaben sie ihre Babys weg, und das brach ihnen das Herz. Sie waren nicht so. Sie waren zweiundzwanzig und verheiratet. Sie haben Joe weggegeben, weil es Ihnen so gepasst hat. Genauso wie es Ihnen gepasst hat, ihn wieder zu sich zu nehmen.«

»Was hätte ich denn sonst tun sollen? Ich habe ihn nicht einfach wieder zu mir genommen«, entgegnete Stella ruhig. »Ich hätte mich nie auf die Suche nach ihm gemacht. Ich fand nicht, dass ich das Recht dazu gehabt hätte. Er war derjenige, der nach mir gesucht hat, vergessen Sie das nicht. Oder vielmehr Molly.«

Pat wartete, bis sie zu Ende gesprochen hatte. »Ich verstehe, was für eine gute Geschichte es für die Presse abgegeben hat, dass Joe seine Mutter gefunden und sie sich als eine schöne und berühmte Frau wie Sie entpuppt hat. Ein richtiges Märchen mit einem Happy End. Nur nicht für mich. Für mich war es, als würde er alles ablehnen, was ich ihm gegeben habe. Sie wissen nicht, was für ein Gefühl es ist, ein Kind aufzuziehen, oder, Stella? Es heißt, einiges aufzugeben und auf manches zu verzichten, damit man ihm eine neue Schuluniform kaufen kann. Es heißt, nicht in Urlaub zu fahren, damit man ihm eine gute Ausbildung finanzieren kann. Es heißt, an seinem Bett zu wachen, wenn es krank ist, auch wenn Sie selbst so hundemüde sind, dass Sie im Stehen einschlafen könnten. Sie wissen nicht einmal, dass Joe Meningitis hatte, oder? Ich bin bei ihm im Krankenhaus geblieben, habe zwei Wochen auf einem Klappbett genächtigt, fast nichts gegessen und kaum ein Auge zugetan, weil ich Angst hatte, dass er sterben würde, und dann war er über den Berg, und wissen Sie, was das Erste war, was er gesagt hat, das Allererste?«

Ein rauer Schmerzenslaut, der so ähnlich klang wie ein Schluckauf, entrang sich Pat. »Er hat die Augen aufgeschlagen und ›Hallo, Mama‹ gesagt. Aber ich bin nicht seine Mama, oder? Nicht mehr. Sie haben mir das weggenommen, und dafür hasse ich Sie. Für Sie ist er doch nichts weiter als ein hübsches Gesicht, das Sie auf eine Premiere mitnehmen können. Es schmeichelt Ihrem Ego. Sie lieben ihn nicht.« Pat spuckte die Worte beinahe aus. »Sie wissen nicht einmal, was das Wort Liebe bedeutet.«

Stella entgegnete nichts. Mit einem Rücken, der so steif

war wie ein Brett, trat sie ans Bücherregal und nahm das winzige Söckchen heraus. »Was wissen Sie schon von mir? Monatelang, nachdem ich ihn weggegeben habe, habe ich mit dem hier geschlafen. Ich habe es mir dicht ans Gesicht geschmiegt. Monatelang hatte ich seinen Geruch in der Nase, sauber und milchig und ein klein wenig antiseptisch.« Sie hielt sich das zarte Strickwerk unter die Nase und atmete tief ein, als berge es nach fünfundzwanzig Jahren immer noch dasselbe traurige Aroma. »Ich konnte nur schlafen, wenn ich sein Söckchen bei mir hatte. Ich habe es nie gewaschen. Nicht ein einziges Mal in fünfundzwanzig Jahren.«

Pat lauschte ungläubig. »Aber wenn Sie Joe solche Gefühle entgegengebracht haben, warum haben Sie ihn dann weggegeben?«

»Weil die Gefühle erst danach gekommen sind.«

»Aber Sie hatten drei Monate Zeit, um es sich anders zu überlegen. Ich kann mich an jede Minute erinnern. Es waren die schlimmsten drei Monate meines Lebens. Jedes Mal wenn es an der Tür geklopft hat, dachte ich, Sie hätten es sich anders überlegt und seien gekommen, um ihn mir wegzunehmen.«

»Zuerst war es gar nicht so schrecklich. Ich habe mich auf die Schauspielerei gestürzt. Ich hatte gerade dieses sagenhafte Angebot bekommen, die Julia zu spielen. Die erste nackte Julia.«

Sie lächelte mit bitterer Ironie angesichts der Erinnerung. »Typisch Stella Milton. Das war meine erste echte Chance. Als es vorüber war, wurde mir klar, was ich getan hatte, doch es war zu spät. Sie hatten Joseph. Und meine Ehe mit Anthony zerfiel vor meinen Augen. Also habe ich eben mein Leben weitergeführt. Ich hatte viel Arbeit. Es gab nie irgendwelche Lücken. Ich habe einfach das Loch, das Joseph hinterlassen hat, mit Schauspielerei gefüllt.«

»Ich habe Ihnen etwas mitgebracht.« Pat fasste in ihre große Tasche und zog ein Fotoalbum heraus. »Eigentlich wollte ich Ihnen damit all das unter die Nase reiben, was Sie verpasst haben. Seine ersten Schritte. Jeden Geburtstag. Wie er Schwimmen gelernt hat. Seine Auftritte im Schultheater. Er war ein lieber Junge und mein ganzer Stolz.«

»Und ich habe ihn Ihnen weggenommen.«

Pat sah Stella unverwandt an. Sie strahlte auf einmal eine Würde aus wie eine mittelalterliche Heilige, die weiß, dass das Recht auf ihrer Seite steht. »Dann sollten Sie ihn vielleicht besser zurückgeben. Nicht mir, sondern Molly und Eddie. Die beiden sind seine Zukunft. Sie und ich, wir sind nur die Vergangenheit. Die beiden sind seine echte Chance auf Glück. Molly wusste, dass es riskant war, sich auf die Suche nach seiner leiblichen Mutter zu machen, und dass ich es ihr übel nehmen würde, und sie hatte Recht – ich war ihr deswegen böse. Aber sie hat ihn genug geliebt, um dieses Risiko auf sich zu nehmen. Jetzt sind Sie an der Reihe. Bitte sehr«, sagte sie und reichte Stella das Album. »Das können Sie behalten.«

Stella war verblüfft. »Aber das können Sie mir doch nicht überlassen. Es ist Josephs ganze Kindheit.«

»Ich hatte die Wirklichkeit, vergessen Sie das nicht. Sie haben wenigstens die Fotos verdient. Und jetzt ist es höchste Zeit, dass ich gehe.«

Stella wandte das Gesicht zur Wand. Ihr Schmerz war zu groß, um zu sprechen. Sie war nicht mal fähig, sich zu verabschieden. Pat klaubte ihre Sachen zusammen. »Ich finde alleine hinaus.«

Nachdem Pat weg war, begann Stella, in dem Album zu blättern, das die Kindheit dokumentierte, die sie verpasst hatte. Als sie fertig war, erhob sie sich langsam, wobei sie sich wie eine alte Frau fühlte, und öffnete die Tür zu ihrem Gästezimmer.

Überall lagen Joes Sachen. Sie fand seine Sporttasche und begann sie zu packen. Socken, Unterwäsche, Jeans und zuletzt ein Stapel Polohemden. Sie nahm ein indigoblaues in die Hand, so tiefblau wie der Ozean und von der gleichen Farbe wie Joes Augen. Wie in einer Wiederholung ihrer früheren Geste mit dem Babysöckchen hielt sie es sich ans Gesicht. Es wunderte sie, dass der Stoff feucht war, bis sie sah, dass es ihre eigenen Tränen waren, die ihn benetzten.

Als sie zum letzten Mal das Gesicht darin vergrub, hörte sie, wie sich Joes Schlüssel im Schlüsselloch drehte.

Es kam ihr vor wie eine Todesstrafe.

23. Kapitel

Joe stand in der Tür von Stellas Wohnung, eine Augenbraue spöttisch-fragend hochgezogen. »Suchst du meine Schmutzwäsche? Ich sehe dich ja nicht unbedingt als Persil-Mama.«

»Offen gestanden«, antwortete Stella und erwiderte sein Lächeln, obwohl ihr innerlich sterbenselend war, »habe ich gerade deine Sachen zusammengepackt. Höchste Zeit, dass du nach Hause gehst, mein Lieber. Es hat großen Spaß gemacht, Mutter und Sohn zu spielen, aber ich bin im Grunde kein mütterlicher Typ.«

Sein verletzter Blick bohrte sich in sie, doch sie wandte sich ab und fuhr fort, Sachen in seine Tasche zu legen. »Außerdem hat Bob angerufen. Man hat mir eine Tournee angeboten.« Sie versuchte sich etwas einfallen zu lassen, das überzeugend klänge. »In *Ernst sein ist alles*. Edinburgh, Scarborough, Bristol und Guildford. Sagenhafte Gage. Zu gut, um abzulehnen.«

Wenn Joe sie nie gefunden hätte, so wurde Stella schmerzlich klar, hätte sie nie erfahren, was ihr entgangen war.

Sie hätte ihr routiniertes, bequemes Leben voller kultivierter Vergnügungen und sicherer, hohler Bewunderung weitergeführt. Sie hätte all diesen Schmerz nicht empfinden müssen, die tägliche Sehnsucht danach, ein Teil von Josephs Leben zu sein, seine Wäsche zu waschen, die Dinge einzukaufen, die er gern aß, und einfach von seinem offenherzigen Lächeln empfangen zu werden, anstatt in eine schöne, aber leere Wohnung nach Hause zu kommen.

Doch ihre eigene egoistische Handlungsweise von vor so vielen Jahren hatte sie um diese alltäglichen Freuden gebracht, um den lockeren, vertraulichen Umgang zwischen Mutter und Sohn. Sie konnte niemand anderem einen Vorwurf machen.

Das Schlimmste von allem war, zu wissen, dass Joe ihr mittlerweile vertraute und ihr vielleicht sogar verziehen hatte. Und jetzt müsste sie all das wieder aufs Spiel setzen.

»Wann fährst du denn?«, fragte Joe.

»Heute Abend. Es ist alles ein bisschen überstürzt. Die Hauptdarstellerin hat Mumps bekommen, die Ärmste, höchst unglamourös, und ich springe für sie ein. Richard kommt zurück und hütet die Wohnung.« Den letzten Satz hatte sie hinzugefügt, falls Joseph fragen sollte, ob er dableiben könne.

»Das war's dann, oder?« Die Bitterkeit in seinem Tonfall brannte sich wie Säure in Stella.

»Nur fürs Erste. Joseph, bevor du gehst, muss ich noch mit dir reden.«

»Das klingt aber bedrohlich.«

Sie setzten sich auf die Dachterrasse. Der Jasmin war verblüht, und in der Luft hing ein trauriger Geruch nach Herbst. Stella schloss die Augen und genoss die letzten Momente ihres gemeinsamen Glücks.

»Also«, begann Joe in schroffem und verletztem Tonfall, »worüber wolltest du mit mir reden?«

»Es gibt da noch etwas, was ich dir verschwiegen habe.«

»Etwa noch mehr finstere Geheimnisse?«, fragte er argwöhnisch.

»Nur das eine. Ich hatte selbstsüchtigerweise gehofft, es nicht preisgeben zu müssen, aber da gibt es einen Journalisten, der Nachforschungen anstellt.« Sie nahm seine Hand und drückte sie zwischen ihren beiden, bis es fast schmerzte. »Ich liebe dich, Joe, und ich will, dass du das nie vergisst.«

»Und was wird dieser Journalist publik machen?«

»Dass ich nicht unter zwanzig und allein stehend war, als ich dich zur Adoption freigegeben habe.« Sie wappnete sich, fast als erwarte sie einen Schlag. »Ich war zweiundzwanzig und verheiratet.«

»Du warst verheiratet? Mit meinem Vater?«

»Ja. Obwohl ich wusste, dass unsere Ehe zu Ende war, als ich merkte, dass ich schwanger war. Das Ganze ist ein katastrophaler Fehler gewesen.«

»Und ich war wohl ein noch katastrophalerer Fehler«, warf Joe bitter ein. »Das Baby, das dich in der Ehe gefesselt hätte.«

Stella nickte grimmig.

»Also hast du mich weggegeben. Und was hat er dazu gesagt, mein Vater? Hat er denn nicht versucht, dich davon abzuhalten? Er hätte dich doch bestimmt daran hindern können?«

»Er wollte unsere Ehe retten. Er hätte alles getan, was ich verlangt hätte.«

»Sogar euer Kind wegzugeben.«

»Sogar das. Ich war die Böse, nicht er. Ich war so jung und unglücklich. Ich wollte einfach nur raus. Raus aus Ditchwell. Weg von Anthony. Das Einzige, was ich wollte, war Schauspielerin werden. Ich würde alles dafür geben, um die Jahre zurückzudrehen, dich selbst aufgezogen und dir die Liebe gegeben zu haben, die du verdient hast.«

Sie verzehrte sich danach, tief in diese dunkelblauen Augen zu tauchen, die ihren eigenen so ähnlich waren, und in seine Seele, während sie auf Vergebung hoffte, doch Joe hatte sich bewusst abgewandt. Auf einmal schien es ihr lebenswichtig zu sein, dass er sich anhörte, was sie zu sagen hatte – nicht ihretwegen, sondern um seines zukünftigen Glücks willen. »Joseph, hör mir zu. Ich habe dich mit Molly erlebt. Ich merke dir an, dass du es nicht schaffst, ihrer Liebe ganz zu trauen, dass du sie zu verrückten Extremen treiben musst, um es zu beweisen, und ich weiß, dass das alles meine Schuld ist. Ich habe dich abgelehnt, und jetzt traust du niemandem mehr, nicht einmal Molly. Aber denk darüber nach. Überleg dir, was für ein Risiko sie eingegangen ist, indem sie mich gesucht hat. Und sie hat es für dich getan. Molly liebt dich, Joseph, und du musst zu ihr zurückkehren. In euer beider Interesse – mach nicht die Fehler, die ich gemacht habe, und führe kein ebenso leeres, einsames Leben.«

»Du hast doch Richard.«

»Zu dem ich mich nie bekenne.«

»Molly hat sich nicht besonders darum bemüht, mich zurückzubekommen.«

»Weil eigentlich du versuchen solltest, *sie* zurückzubekommen. Hergott noch mal, gib's doch zu. Du bist im Unrecht. Fahr hin und bitte sie, dir zu verzeihen, bevor es zu spät ist. Ich liebe dich, Joseph, und ich gebe das nur widerwillig zu, aber niemand könnte dich mehr lieben als Molly.«

Endlich wandte Joe ihr wieder das Gesicht zu, und sie erkannte, dass in seinen Augen ungeweinte Tränen glitzerten. »Ich liebe sie auch, aber ich habe so entsetzliche Angst, sie könnte mich verlassen, dass ich sie als Erster verlassen musste.«

»Wenn überhaupt irgendetwas sicher ist«, erklärte Stella, die begriffen hatte, dass das der Wahrheit entsprach, »dann, dass Molly dich nicht verlassen wird.« Sie berührte seine Wange und fragte sich, ob Molly sie für ihren nächsten Satz umbringen würde. »Erst recht nicht jetzt, da sie wieder ein Baby erwartet.«

Stella wusste nicht, ob er sie überhaupt verstanden hatte.

Er gab nichts zu erkennen, sondern nahm seine Tasche und ging auf die Tür zu. Es war, als könne er, nachdem er seine Entscheidung getroffen hatte, keine Sekunde mehr warten. Sie musste ihn aufhalten, solange sie sich noch traute. »Ein letztes Geständnis. Diese Briefe, die ich dir gegeben habe: Ich habe sie nicht in deiner Jugend geschrieben, sondern in der Nacht, bevor ich dich zum ersten Mal getroffen habe. Der Zeitpunkt war vielleicht geschwindelt, aber jedes Wort, das ich in den Briefen geschrieben habe, ist die Wahrheit.«

Zu Stellas großer Verblüffung bog sich Joe vor Lachen, und seine Augen sahen aus wie das Meer, nachdem ein Sturm abgezogen ist. »Weißt du, woran du mich erinnerst? An eine dieser russischen Puppen. Man glaubt, man ist zur Wahrheit durchgedrungen, zur echten Stella, doch es springt ständig noch eine raus. Warum hast du vorgegeben, du hättest jedes Jahr einen geschrieben?«

»Weil ich irgendwie beweisen musste, dass ich dich nicht vergessen hatte und dass du geliebt und gewürdigt wurdest.«

Einen Moment lang musterte er sie, als wolle er sich ihre Augen für immer einprägen. »Schon gut. Ich fühle mich geliebt und gewürdigt. Mittlerweile.«

Stella strahlte vor Freude und Erleichterung. »Übrigens möchte ich kategorisch darauf bestehen, dass du jetzt bei der kleinsten russischen Puppe angelangt bist.«

»Na, Gott sei Dank. Adieu, Stella …«

Er raste die Treppen hinunter, zu aufgeregt, um noch auf den Aufzug zu warten.

Langsam ging Stella in ihre Wohnung zurück, wo das Telefon klingelte wie aus einer anderen Welt. »Ja?«, fragte sie abwesend und kam sich vor wie ein alter Reifen, aus dem die Luft entweicht.

»Stella!« Bob Kramers Stimme überschlug sich. »Was zum Teufel treibst du eigentlich? Du solltest jetzt im Probenraum von St. Anne's sein und dich mit den Produzenten von *Dunkle Nacht und Verlangen* treffen. Sie hocken seit einer halben Stunde auf ihren teuren Ärschen herum und warten auf dich.«

»Mist, Mist, Mist«, wiederholte Stella wie ein Mantra. Monatelang war sie hinter dieser Rolle her gewesen, hatte ihren Südstaatenakzent aufpoliert und versucht, den genauen Grad der neurotischen Bedürftigkeit auszuloten, den die Rolle verlangte.

Sie hatte sich auf diese letzte Hürde zusätzlich mit einem chemischen Peeling oder ein paar Injektionen in die Lippen vorbereiten wollen, wie sie sich eine Freundin von ihr in Paris hatte machen lassen. Tja, sie müsste die Produzenten eben durch die pure Kraft ihrer schauspielerischen Begabung überzeugen.

Sie genehmigte sich noch zehn Minuten, um die blonde Perücke zurechtzurücken und ihr Make-up aufzufrischen. Auch wenn sie selbst das dachte, sie sah wirklich nicht schlecht aus. Nicht wie dreißig, aber auch ganz und gar nicht ihrem wahren Alter entsprechend. Was sollte sie anziehen? Sie entdeckte eine durchsichtige Bluse mit Rüschenbesatz am Vorderteil, die schon bessere Tage gesehen hatte, aber das hatte schließlich auch die Figur in *Dunkle Nacht*.

Wenigstens hatte sie in Sachen Taxi Glück. Fast direkt vor ihrer Wohnung erwischte sie eines und ließ sich auf dessen Rücksitz sinken.

St. Anne's Place lag nur fünf Minuten entfernt in Soho, gleich an der Hinterseite der St. Anne's Church. Stella nutzte die letzten Minuten, um den Text noch einmal durchzulesen.

Bob, der wie ein aufgeregter Wellensittich wirkte, wippte ungeduldig auf und ab. »Du kommst gerade noch rechtzeitig.«

»Okay«, erklärte Stella und spürte, wie die Kraft sie durchströmte. Das würde gut laufen; sie fühlte es.

Sie las die erste Szene, in der die von ihr gespielte Figur ihren unzulänglichen Ehemann verhöhnt, indem sie ihm ihre sexuellen Fantasien schildert, und dann eine zweite, in der sie praktisch auf offener Bühne ihren Schwager verführt. Sie sah, wie der Besetzungschef und der Produzent ihr fasziniert zusahen. Die beiden fraßen ihr aus der Hand.

Und dann kam aus dem Nichts der ablenkende Gedanke an Joe, der inzwischen zu Hause angelangt sein musste und vielleicht sein Baby umarmte, das Baby, das sie noch nie in den Armen gehalten hatte.

Stella hielt mitten im Text inne. »Eine Frage.« Sie musterte den Produzenten mit einer Art Adlerblick. »Wie alt ist meine Figur schätzungsweise?«

»Einunddreißig, zweiunddreißig«, antwortete er, »aber neben der Promiskuität finden sich auch Spuren von Unschuld. Manchmal kann sie wie ein junges Mädchen wirken.«

»Meine Herren«, verkündete Stella und streifte zuerst die Perücke und dann die Gummihaube ab, die ihr Haar verbarg, und zog an den Haarklemmen. »Es tut mir Leid. Ich kann das nicht mehr spielen. Wissen Sie, es ist nämlich so: Ich bin verdammt noch mal Großmutter!«

Während die drei Männer sie schockiert anstarrten, brach Stella in Gelächter aus. In diesem verrückten Moment wurde ihr klar, dass sie sich in ihrem ganzen Leben nie freier gefühlt hatte. Weg war die zwanghafte Beschäftigung mit Diäten und Falten und das ständige Grübeln darüber, wie sie wohl in den Augen anderer Leute aussah. Von jetzt an würde sie essen, was zum Teufel sie wollte, und anziehen, worauf sie gerade Lust hatte.

Als sie eilig den Probenraum verließ und in ihr neues

Leben schritt, hörte sie, wie ihr Agent das aussprach, was sie alle dachten. »Gott behüte mich«, rief er der Davoneilenden nach, »vor komplett durchgeknallten Schauspielerinnen.«

Erschöpft trottete Molly die letzten Stufen zu ihrer Wohnung hinauf. Sie wollte nur noch auf dem scharlachroten Sofa liegen und den Kopf unter ein Kissen stecken. Wenn sie gewusst hätte, dass sich alles so entwickeln würde, hätte sie nicht im Traum daran gedacht, sich auf die Suche zu machen.

Gleich hinter der Tür lag eine Nachricht von Mrs. Salaman, in der sie ihr mitteilte, dass sie Eddie mit nach unten genommen hatte.

Molly wusste nicht einmal, ob sie genug Energie besaß, um ihn abzuholen. Die Wohnung wirkte kalt, und sie versuchte, die Atmosphäre und sich selbst aufzuheitern, indem sie die tiefrot leuchtenden Lampen auf beiden Seiten des Sofas und das gasbetriebene Kaminfeuer einschaltete. Doch obwohl es in der Wohnung heller wurde, hob sich Mollys Stimmung nicht. Eine halbe Stunde später saß sie immer noch da, als es an der Tür klopfte.

Es war Mrs. Salaman mit einem gebadeten und strahlenden Baby in den Armen. »Er gehört, Sie wieder daheim. Er will zu Mama.«

Molly nahm Eddie ihrer Nachbarin ab und hielt ihn fest. Zumindest hatte *er* die Macht, sie aufzuheitern. Mit einem blauäugigen, strahlenden Bündel wie ihm konnte die Welt nie ganz trostlos sein.

»Außerdem«, fuhr Mrs. Salaman fort und grinste dabei über beide Wangen, als hätte sie im Lotto gewonnen, »ich habe Überraschung für Sie. Ständig ich erzähle meine Sohn von ihre Wohnung, dass es aussieht wie in schönem Harem, wie in Istanbul. Und jetzt mein Sohn will sein Restaurant neu dekorieren, aber er hasst Designer. Er sagt, das alles Schwule, also ich ihn heute hergeholt, und er ganz begeistert. Sagt, es ist ideal. Genau richtig für sein Restaurant. Er wartet unten und will Sie sprechen.«

Molly war über die Maßen gerührt. Sie wusste, dass Mrs. Salamans Sohn ein Restaurant in der High Street besaß, aber sie hatte keine Ahnung gehabt, dass es so gut ging und er sich eine Renovierung leisten konnte.

»Er hat Platz für hundertfünfzig Leute«, verkündete Mrs. Salaman stolz. »Und bald er macht auf eine zweite. Er will fünftausend Pfund ausgeben.« Sie zwinkerte. »Sie können ausgeben, wie Sie wollen. Mein Sohn ganz schlecht mit Quittungen.«

Molly schluckte, und in Gedanken verkleidete sie bereits das Restaurant mit meterweise exotischem – aber billigem – Stoff vom Markt. Sie hatte es hier geschafft, also warum nicht auch in größerem Rahmen in einem Restaurant? Obwohl sie über wenig Erfahrung verfügte, wusste Molly, dass das etwas war, was sie beherrschte.

»Vielen Dank, Mrs. Salaman. Wenn es Ihrem Sohn ernst damit ist, mache ich es gern!« Sie gab der alten Dame einen Kuss, woraufhin diese pinkfarben anlief. »Würden Sie dann bitte noch eine halbe Stunde auf Eddie aufpassen, solange ich mit Ihrem Sohn rede?«

Zum ersten Mal seit langer Zeit war Molly guter Dinge und voller Tatkraft. Vielleicht war sie ja deshalb so besessen davon gewesen, Stella zu finden, weil sie selbst eine Aufgabe brauchte. Womöglich wäre es für alle Beteiligten ungefährlicher gewesen, wenn diese Aufgabe darin bestanden hätte, das Restaurant Derwisch neu zu dekorieren, statt Stella Milton aufzuspüren.

Joe war total außer Atem, als er die letzten Treppen zu seiner Wohnungstür hinaufraste. Er hatte den ganzen Weg von der U-Bahn im Laufschritt zurückgelegt, und in einem letzten Aufwallen von Vorfreude nahm er jeweils drei der steinernen Treppen auf einmal.

Er beschloss, nicht zu klingeln, sondern selbst aufzuschließen.

In Gedanken hatte er sich ausgemalt, dass er Musik hören würde, vielleicht U2, Mollys Lieblingsband, und Eddie dabei strampelnd auf seinem Schaffell lag.

Die Stille und Verlassenheit der Wohnung wirkte auf ihn wie ein brutaler Tritt in den Magen. Und dann überkam ihn unerklärlicherweise kalte Angst. Womöglich hatte Molly wirklich die Nase voll gehabt. Vielleicht war sie einfach gegangen – er hatte keine Ahnung, wohin – und hatte Eddie mitgenommen.

In diesen Minuten der Panik erkannte er, dass ein Leben ohne Molly farblos und leer wäre. Sie war der Felsen, von dem aus er es wagte, in gefährliche Gewässer zu schwimmen, und ohne sie würde er sich fühlen wie ein Ertrinkender.

Dann entdeckte er die Spuren eines Kaminfeuers hinter dem Rost, und eine gewaltige Welle der Dankbarkeit brach sich über ihm. Sie war nur kurz weggegangen. Neben dem Kamin, im Schein einer der roten Lampen, sah er die Lokalzeitung liegen, aufgeschlagen bei den Stellenanzeigen. Sie hatte eine Reihe von Angeboten für Teilzeitjobs angestrichen.

Joe setzte sich und schloss die Augen. Vielleicht hatte er sich mehr wie Stella benommen, als er gedacht hatte. Stella schien nur an sich selbst zu denken, und das hatte er auch getan. Er hatte nie ernsthaft darüber nachgedacht, was Molly vom Leben wollte, dass es ihr Herzenswunsch war, sich selbst um Eddie zu kümmern und jede winzige und doch gigantische Veränderung an ihm wahrzunehmen sowie ihre ureigenen Werte an ihr Kind weiterzugeben. Wie hatte er nur daran denken können, seinen Job aufzugeben und die Schauspielschule zu besuchen, ohne Molly auch nur zu fragen? Er hatte geschrien, dass sein Leben voller Verpflichtungen sei, als stellten diese eine Last dar, aber in Wirklichkeit mochte er sie. Molly und Eddie waren ein Teil von ihm.

Seine Stimmung hob sich, als es an der Tür klingelte, und er rannte los, um aufzumachen. Draußen stand Mrs. Salaman und hielt ihm Eddie entgegen. »Oh«, sagte sie entschuldigend, schaffte es jedoch gleichzeitig, ihm einen scharfen Blick weiblichen Argwohns zuzuwerfen. »Ich dachte, Molly ist da.«

»Ich warte auf sie«, erklärte er verlegen und nahm seinen Sohn in die Arme. Spontan fügte er hinzu: »Mrs. Salaman, entschuldigen Sie bitte die ganzen Unannehmlichkeiten, die ich verursacht habe. Vielen Dank, dass Sie Molly ausgeholfen haben.«

»Pfff«, machte die Nachbarin mit der geballten Ladung an vernichtendem Sarkasmus, den sie der Männerwelt entgegenbrachte. »Sagen Sie nicht mir. Sagen Sie lieber Molly.«

»Wo ist Molly denn?«

»Unterwegs mit meinem Sohn, besprechen, wie sie sein Restaurant neu dekoriert. Ich Sie kommen gehört und gedacht, es ist Molly.«

Als sich die Tür hinter ihr schloss, trug Joe das Baby ins Wohnzimmer und legte sich aufs Sofa, während er seinen kleinen Sohn an sein pochendes Herz drückte. »Tut mir Leid, kleiner Mann, aber ich verspreche, dass sich von jetzt an hier alles ändern wird. Ich habe euch doch beide so lieb.«

Das leise Klicken der Wohnungstür verriet ihm, dass Molly zurückgekommen war. Sie stand da und musterte die beiden. In den Händen hielt sie einen großen Bildband, und ihre Miene war ernst.

Er streckte einen Arm aus, während er mit dem anderen nach wie vor das Baby fest hielt, und drückte sie beide an die Brust. »Kannst du mir jemals verzeihen, dass ich ein so egoistischer Trottel war?«

Molly zögerte nur den Bruchteil einer Sekunde, dann fasste sie einen Entschluss.

»Kommt darauf an, ob du wirklich keiner mehr bist.«

»Es tut mir Leid. Die Idee mit der Schauspielschule war verrückt. Ich rufe gleich Graham an. Ich muss wahnsinnig gewesen sein, mir einzubilden, ich könnte einfach so alles hinschmeißen. Es war nur eine dumme Spinnerei.«

»Das will ich aber nicht hoffen, weil ich nämlich gerade einen Fünftausend-Pfund-Auftrag an Land gezogen habe, bei dem ich ein Restaurant neu dekorieren soll, und wenn es gut läuft, vielleicht sogar ein zweites. Ich bekomme noch Schuldgefühle, es sei denn, es ist für einen guten Zweck.«

Joe lachte und streichelte ihr wildes, rotes Haar. »Molly, du bist erstaunlich.«

»Darauf kannst du Gift nehmen«, bekräftigte sie. »Ein Jammer, dass du so lange gebraucht hast, bis du es erkannt hast. Wie hat denn Stella die Sirene darauf reagiert, dass du so plötzlich an den heimischen Herd zurückkehrst?«

»Sie geht auf Tournee.« Er hielt inne, da ihm die Motive seiner Mutter auf einmal fragwürdig vorkamen. »Zumindest hat sie *behauptet*, sie ginge auf Tournee. Außerdem hat sie gesagt, obwohl sie mich liebt, könne mich niemand so sehr lieben wie du, und dass du und Eddie mich brauchen würdet.« Er verstummte und wandte den Blick nach unten. »Und das neue Baby auch.«

Mollys Hand fuhr an ihren Bauch, doch ihr Gesicht strahlte. »Tja, schön für Stella! Wer hätte gedacht, dass sie noch einen derart bodenständigen Realitätssinn entwickeln würde?«

»Ich liebe dich, Moll. Danke, dass du so tapfer bist.«

»Oder so dumm. Bist du dir sicher, was das Baby angeht? Ich meine, du hast es dir eigentlich nicht ausgesucht.«

Molly glaubte, ihr Herz müsse vor Erleichterung und Freude explodieren, als sie seinen Blick sah. »Dann suche ich es mir jetzt aus. Komm her, und ich beweise es dir.«

Zum Glück war Eddie endlich eingeschlafen und konnte sachte auf sein Schaffell gelegt werden. Daher bekam er nicht mit, wie das scharlachrote Sofa für Zwecke benutzt wurde, für die es von seinem Designer eindeutig nicht entworfen worden war.

Beatrice Manners stand an ihrem Küchenfenster und beobachtete zwei Rotdrosseln und eine Wacholderdrossel, die sich über das Fallobst von ihrem Bramley-Apfelbaum zankten, als sie zu ihrer Verblüffung auf einmal ein Londoner Taxi vor ihrem Haus abbremsen und Stella mit zwei riesigen Koffern aussteigen sah.

»Ich habe Joseph zu Molly nach Hause geschickt«, verkündete Stella heiter. »Und ich dachte, du und ich könnten uns einen wohl verdienten Urlaub gönnen. Eine ausgedehnte Mittelmeer-Kreuzfahrt vielleicht? Oder den Nil rauf und runter? Auf jeden Fall etwas reichlich Zeitraubendes, damit wir so lange weg sind, bis sie sich wieder zusammengerauft haben.«

»Wie lang hattest du gedacht?«

»Etwa drei Monate müssten reichen.«

»Wer bezahlt?«, fragte Bea argwöhnisch.

»Ich, du alter Geizkragen.«

»Ich dachte, du hasst Kreuzfahrten«, schmunzelte Bea. »Nichts als alte Leute.«

»Du könntest mir Bridge beibringen.«

»Stella.« Bea konnte sich das Grinsen nicht verkneifen. »Ich glaube, diese neue Rolle halte ich nicht aus. Du bist die glamouröseste Frau deiner Generation, keine arme Rentnerin, die sparen muss.«

»Wohin dann?«

»Ehrlich gesagt wollte ich schon immer nach Las Vegas.«

»Dann also nach Las Vegas. Ich rufe gleich mein Reisebüro an und buche alles.«

Sie stellten Stellas Koffer in den Wintergarten, während sie den Anruf tätigte.

»Stella?« Mit stiller Zufriedenheit musterte Bea ihre Tochter.

»Ja?«

»Das ist schön von dir.«

»Keine Ursache. Ich hatte einen Urlaub nötig.«

»Das meine ich nicht.«

»Ich weiß schon, was du meinst. Und jetzt los, pack deine Sachen, bevor ich es mir anders überlege. Und während du deinen Pass suchst, schaue ich schnell auf einen Sprung bei Anthony vorbei.«

»Da wird er sicher staunen.«

»Mein Besuch ist schon lange überfällig. Ich war nicht nett zu Anthony.«

Aus ihrem Schlafzimmer im ersten Stock sah Bea Stella nach, wie sie unter dem dunkler werdenden Himmel die Dorfstraße entlangging.

Es war bereits Ende Oktober. Bea liebte den Winter hier: die Fasane, die von den kahlen Feldern in ihren Garten gewandert kamen, um im frühmorgendlichen Dunst nach Futter zu suchen; den kanadischen Wildgänsen zu lauschen, die in der Dämmerung über ihr schrien; und das Ritual, ihre sommerlichen Freilandpflanzen ins Gewächshaus zu bringen, wo sie unter Glas bis zum Frühling warten mussten. Dieses Jahr würde sie all das verpassen, aber sie konnte sich keinen besseren Grund dafür denken.

Sie unterbrach die Reisevorbereitungen, um einen kurzen Anruf zu erledigen, und packte dann ihre Koffer fertig, während sie vor sich hin summte und an den warmen Winter in Nevada dachte. Vielleicht würde sie sich sogar eine lila Tönung machen lassen, damit sie zu all den anderen alten Damen passte.

Stella musterte das Schild, das außen an Anthonys Laden hing und verkündete, dass er »In fünf Minuten zurück« sein werde, und ignorierte es. Vermutlich wollte er damit nur Kunden abschrecken.

Die Tür ließ sich ohne Schwierigkeiten öffnen, doch das Innere des Ladens war kalt und düster und erinnerte Stella entfernt an ein Bestattungsinstitut.

»Hallo?«, rief sie und spähte in den matt erleuchteten Durchgang, der zu seiner Werkstatt führte. Überall stapelten sich Möbelstücke: Kommoden, lackierte Schränkchen mit Spiegeln, an denen schon das ganze Silber abblätterte, und ein riesiger französischer Kleiderschrank aus Holz, der mit Verzierungen aus Bambus überladen war.

Anthony Lewis kam mit einer Holzschleifmaschine in der Hand heraus. Er hatte sich die Haare schneiden lassen. Die Kurzhaarfrisur stellte eine große Verbesserung gegenüber der schlaff herabhängenden, schulterlangen Mähne dar, die er zuvor getragen hatte.

»Hallo, Anthony.«

»Mein Gott«, stieß Anthony hervor und hätte die schwere Maschine beinahe fallen lassen. »Stella.«

Sie sah absurderweise genauso aus wie früher. Aufgedonnert und glamourös und eine Spur hochnäsig. In dieser Umgebung genauso fehl am Platz wie ein Silberfuchsmantel in einem Wohlfahrtsladen. »Ich nehme an, du bist gekommen, weil du mich davon abhalten willst, mit der Presse zu sprechen«, orakelte er.

»Vermutlich kannst du meinen Charakter zwangsläufig besser beurteilen als jeder andere, aber das ist falsch. Du kannst deine Geschichte mit meinem Segen verkaufen. Dafür, dass ich mich so abscheulich verhalten habe, hast du eine Belohnung verdient. Offen gestanden bin ich gekommen, um mich zu entschuldigen. Seit Joseph in mein Leben getreten ist, habe ich in einer Art Trance gelebt, weil ich solche Angst davor hatte, dass er die Wahrheit erfährt. Deshalb habe ich all diese verrückten Dinge gesagt. Es muss dich sehr verletzt haben, auf diese Weise aus der Geschichte ausgeblendet zu werden.«

»Manchmal hasse ich dich, Stella.«

»Das kann ich verstehen. Ich bin mir selbst nicht immer der liebste Mensch.«

»Noch erfolgreich?«, fragte er trotz allem.

»Es geht bergab. Aber das ist mir egal. Es kommt mir eher wie ein Erfolg vor.«

»Du bist nach wie vor wunderschön.«

»Danke, Anthony. Aber leider nicht auf der Leinwand. Meine Schönheit sieht man sich am besten von den hinteren Rängen aus an – möglichst mit einem Opernglas.«

Anthony lächelte. »Früher hattest du keinen Humor.«

Sie nahm die übrig gebliebene Schäferin von dem Figurenpaar, dessen andere Hälfte er zu Boden geschmettert hatte. »Die ist hübsch.«

»Es waren einmal zwei. Jetzt gibt es nur noch die eine.«

»Wie im Leben.« Sie beugte sich vor, um das zarte Porzellan zu mustern.

»Du hast ein graues Haar.« Er klang verblüfft.

»Ich habe einen ganzen Haufen davon. Schließlich bin ich fünfundvierzig.« Sie fing seinen Blick auf und lachte. »Okay, ich meine siebenundvierzig.«

»Wie ist er? Unser Sohn?«

»Er ist wundervoll. Aber belastet. Allerdings ist es inzwischen besser geworden. Zumindest hat er eine Frau, die ihn mehr liebt als alles andere auf der Welt.«

»Joseph ist ein Glückspilz.«

»Ja. Joseph ist ein Glückspilz. Adieu, Anthony, es tut mir Leid, dass ich keine bessere Ehefrau war.«

»Offen gestanden warst du eine absolut beschissene Ehefrau. Aber denkwürdig.«

»Vielleicht sollte das auf meinem Grabstein stehen.«

»Warum? Du willst doch nicht etwa sterben, oder?«

»Nein, nur nach Las Vegas fahren.«

Anthony sah ihr nach, als sie ging, und wünschte, er könnte sie tatsächlich hassen. Seine Rache war zum Greifen nahe gewesen, aber wie es für Stella typisch war, hatte sie sie ihm einfach entwunden. Und es störte ihn nicht einmal.

Als sie weg war, nahm er die Schäferin zur Hand, die sie soeben betrachtet hatte. Einen Augenblick lang hielt er sie über den Steinfußboden. Es wäre ein symbolischer Akt, sie beide zu verlieren. Keine Stella mehr in seinem Leben. Stattdessen stellte er die Figur auf ein hohes Regalbrett, wo sie in einem Strahl abendlichen Sonnenlichts glänzte.

Und dann rief er die *Daily Post* an.

Claire packte all ihre Habseligkeiten aus ihrem Schreibtisch in einen Plastikbehälter. Die *Daily Post* hielt eine Reihe dieser leuchtend bunten Kisten bereit, unter den Journalisten als »Rausschmeißer« bekannt, weil man eine bekam, wenn man gerade gefeuert worden war.

Wenn sie ehrlich war, kümmerte es Claire eigentlich nicht.

Sie hatte genug von Tony und seiner mangelnden Fantasie, die er nicht nur im Bett an den Tag legte, und die ganze Geschichte um Stella ließ sie den Journalismus inzwischen mit anderen Augen sehen. Man bekam nicht oft Einblick in beide Seiten einer Geschichte und konnte so feststellen, dass die Fakten komplizierter waren, als es in Zeitungsartikeln je zu lesen sein durfte.

Zugegebenermaßen bedeutete der Zusammenstoß mit Rory Hawthorne, dass sie gekündigt wurde und keine Abfindung bekommen würde, aber Claire war etwas Komisches passiert. Sie verspürte den Drang, in ihre Heimatstadt zurückzukehren. Die Werte ihres Vaters wirkten auf einmal wesentlich anziehender als die Oberflächlichkeit, die in London angesagt war. Vermutlich würde sich diese Stimmung nicht lange halten, aber zumindest konnte sie ihre Wäsche in Ordnung bringen, bevor sie es sich wieder anders überlegte.

Rory Hawthorne sah ihr mit Genugtuung zu. »Beeil dich, Claire-Schätzchen. Die Security-Leute können jeden Moment hier sein. Ich würde ja gern einen Abschiedsdrink mit dir nehmen, aber ich glaube nicht, dass du dazu noch Zeit hast.«

Den Bruchteil einer Sekunde fühlte sich Claire versucht, ihm die gesamte Kiste an den Kopf zu donnern. Doch elegant reichte sie ihm stattdessen die Venusfliegenfalle, die auf ihrem Schreibtisch gestanden hatte. »Die ist für dich, Rory. Sie frisst gern lebende Wesen. Genau wie du.«

Sie wurde vom Klingeln des Telefons auf ihrem Schreibtisch unterbrochen. Sie hoffte, es wäre nicht Tony, der anrief, um sich bei ihr zu entschuldigen, diese Ratte.

»Hallo. Ich möchte bitte Rory Hawthorne sprechen. Sofort.« Claire kannte die Stimme am anderen Ende nicht und dachte sich zuerst nicht viel dabei. Doch die nächsten Worte weckten ihre ungeteilte Aufmerksamkeit. »Sagen Sie ihm, hier ist Anthony Lewis, und ich möchte meine Geschichte zurückziehen. Sagen Sie ihm, ich habe das Ganze erfunden.«

Claire grinste und genoss den Augenblick. »Anruf für dich, Rory«, flötete sie fröhlich und nahm um mehrere Zentner erleichtert ihre Kiste. Wenn sie ein Taxi nähme, könnte sie auf dem Nachhauseweg noch bei Molly vorbeischauen.

Als Stella zum Cottage zurückkam, hatte Bea bereits fertig gepackt. Sie saß an ihrem Obstbaum-Sekretär und schrieb eine Liste für ihre Putzfrau, auf der alles stehen musste, was in ihrer Abwesenheit in Haus und Garten zu erledigen war. Beim Erscheinen ihrer Tochter sah sie auf. »Das Reisebüro hat zurückgerufen. Der Flug geht morgen früh. Was macht Anthony?«

»Sah wesentlich besser aus als sonst. Er hat sich endlich die Haare schneiden lassen und diesen grässlichen Ledermantel abgeschafft.«

»Vielleicht hat er beschlossen, dass es an der Zeit ist, nach vorn zu blicken.«

Zum Abendessen verzehrten sie die Reste aus dem Kühlschrank, und Bea sorgte sich, wie ihre Putzfrau mit den Topfpflanzen zurechtkommen würde.

Um zehn Uhr waren sie bettreif. »Geh du schon rauf«, schlug Stella vor. »Ich koche uns noch Kakao.«

»Stella Milton mit einer Tasse Kakao um zehn im Bett?«, fragte ihre Mutter entrüstet. »Bist du dir sicher, dass du nicht auch noch ein Bettjäckchen und eine Ovomaltine möchtest?«

Stella wartete, bis Bea nach oben verschwunden war, bevor sie noch ein letztes Telefongespräch führte.

Pat war gerade dabei, den Frühstückstisch für den nächsten Morgen zu decken. Danach würde sie die Kissen auf dem

Sofa aufschütteln – kleine, tröstliche Rituale, die ihr Sicherheit gaben und das Gefühl verliehen, alles unter Kontrolle zu haben. Sie konnte nie schlafen, wenn nicht alles aufgeräumt und für den nächsten Tag vorbereitet war.

»Hallo, Pat. Hier ist Stella. Ich dachte nur, es würde Sie eventuell interessieren, dass Joe wieder nach Hause gegangen ist. Meine Mutter und ich wurden zwingend abberufen. Auf eine Reise nach Amerika. Wir werden einige Zeit weg bleiben.«

»Dann wünsche ich Ihnen eine angenehme Reise.«

»Das verdanke ich zum größten Teil Ihnen. Ihre Großzügigkeit mit dem Fotoalbum hat mich vor lauter Verlegenheit dazu veranlasst. Obwohl Selbstaufopferung ihre unerwarteten Freuden mit sich bringt. Ich komme mir vor wie Bogey in *Casablanca*.«

Pat lachte und verabschiedete sich.

Sie würde den Rest wohl doch erst morgen aufräumen. Der nächste Tag würde anbrechen, ob die Kissen nun aufgeschüttelt waren oder nicht. Ja, womöglich ginge sie sogar los und kaufte eine nagelneue, dreiteilige Sitzgruppe.

Am nächsten Morgen sagte Stella Adieu zu Lower Ditchwell, als gerade das blassrosa Glühen des Sonnenaufgangs begann, die alten pastellfarbenen Mauern zu beleuchten. Der Taxifahrer murrte angesichts der Berge von Gepäck und sagte, wenn er gewusst hätte, dass sie auswandern wollten, wäre er mit einem Kleinbus gekommen. Stella kam es vor wie das Ende einer Ära. Ihr kam in den Sinn, dass Lower Ditchwell zu schön war, um echt zu sein.

Echte Orte brauchten genau wie echte Menschen ein paar Mängel. Sie hatte lange gebraucht, um das zu erkennen.

Am Flughafen Gatwick wimmelte es von Reisenden, die beim Anblick von Stella Milton, Arm in Arm mit einer älteren Frau in Reithosen und Rüschenbluse, wie angewurzelt stehen blieben. Noch erstaunter waren sie darüber, dass Stella die diskrete Bequemlichkeit der VIP-Lounge abgelehnt hatte und sich im Hauptterminal unters Volk mischte.

Als sie schließlich am Flughafen angekommen waren, hatte Stella schlagartig ein Gefühl von Ernüchterung und Enttäuschung befallen. Sie hatte sich nicht von Richard verabschiedet, und Joseph war zu Molly zurückgekehrt. Bob Kramer würde vermutlich nie wieder mit ihr sprechen. Auf einmal sah Stella deutlicher vor sich, was sie aufgab, als was sie gewann.

Bea musterte sie. »Überkommt dich die Reue? Eine gute Tat bleibt nie ungestraft, hat Oscar Wilde gesagt.«

Aus dem Lautsprecher drang unverständliches Quaken, und Stella mühte sich ab, es zu verstehen. »Komm schon, Ma, ich glaube, das ist unser Flug, den sie da aufrufen. Zwei alte Schachteln wollen Vegas unsicher machen. Wir sind jetzt alles, was wir haben.«

Aber Bea sah sich nervös um. »Sonst willst du doch immer eine der Letzten sein«, erinnerte sie Stella. »Hast du eigentlich Richard angerufen?«

»Ich rufe ihn an, wenn wir angekommen sind.«

»Nein, das tust du nicht. Du rufst ihn jetzt an. Dort drüben an der Säule ist ein Telefon.«

Bea begann ihre zahlreichen Kosmetikkoffer, Board-Cases und Bonbontüten sowie ihren riesigen Schlapphut zusammenzusammeln, was nervtötend lange dauerte.

Ein paar Minuten später gesellte sich Stella mit einem Schmunzeln im Gesicht wieder zu ihr. »Er hat ja gesagt«, vertraute sie Bea an.

»Wozu? Zu der großen Ehre, deine Blumen gießen zu dürfen? Dieser Mann ist zu gut für dich.«

»Bei mir einzuziehen, wenn wir wieder da sind.«

»Stella, Liebes.« Beas Miene verzog sich zu einem breiten Lächeln. »Das ist eine herrliche Idee!«

»Ich weiß. Jammerschade, dass ich so lange gebraucht habe, bis ich es herausgefunden habe.«

Mittlerweile waren sie die Letzten in der Schlange. Widerwilig nahm Bea ihren Kosmetikkoffer, der groß und alt genug war, um schon auf der *Titanic* dabei gewesen zu sein, und so gingen sie gemächlich in Richtung Passkontrolle.

Kurz darauf entstand auf der anderen Seite der Abflughalle ein kleiner Aufruhr. Joe, Molly und Eddie, der in seinem Buggy saß und eine Luftschlange in der Hand hielt, rannten durch die leere Halle, gefolgt von Pat und Andrew und der jungen Frau, die Stella für die *Daily Post* interviewt hatte.

»Also wirklich!« Stella sah Claire angewidert an. »Ihr Reporter habt aber auch überhaupt keine Achtung vor dem Privatleben anderer Leute, was?«

»Überhaupt keine«, stimmte ihr Claire fröhlich zu. »Deshalb gebe ich den Job auf und fahre nach Hause.«

»In Wirklichkeit ist sie rausgeflogen«, erklärte Joe, »weil sie Rory Hawthorne daran hindern wollte, dich bloßzustellen.«

»Mein Gott, das tut mir Leid. Anscheinend habe ich sämtliche Beteiligten ins Chaos gestürzt.«

»Ich hätte unter keinen Umständen darauf verzichten wollen«, versicherte Claire.

»Gott sei Dank haben wir euch noch erwischt«, sagte Joe atemlos. »Sonst hätte Molly mich umgebracht!«

Weder Bea noch Stella brauchten weitere Erklärungen dafür, dass Molly und Joe ihre Reibereien beigelegt hatten. Wie sie einander mit heimlicher, leicht befangener Erleichterung ansahen, war Beweis genug.

»Joe fängt nächste Woche an der Schauspielschule an«,

verkündete Molly stolz. »Sein Chef war sagenhaft. Er hat eingewilligt, Joe genug Arbeit auf freiberuflicher Basis zu geben, um uns über Wasser zu halten. Allerdings unter einer Bedingung«, fügte sie lachend hinzu. »Wir müssen das Baby Graham nennen!«

»Aber da Molly ohnehin der festen Überzeugung ist, dass es ein Mädchen wird, macht uns das keine allzu großen Sorgen. Es wäre uns wesentlich lieber, wenn es eine Stella würde, stimmt's, Moll?«

»Viel zu theatralisch«, bemängelte Stella. »Ich würde mir etwas Hübsches und Bodenständiges aussuchen wie Jane oder Mary. Oder«, sie wandte sich zu Pat, »was noch besser wäre: Der Name Patricia hat mir schon immer gefallen.« Die beiden wechselten ein heimliches Lächeln.

Während Joe Beatrice ihren Kosmetikkoffer abnahm und sie alle in Richtung Flugsteig losmarschierten, nahm Molly Stella am Arm und hielt sie einen Moment lang auf. »Ich wollte mich dafür bedanken, dass Sie Joe wieder zu uns nach Hause geschickt haben.«

Stella zuckte die Achseln. »Er wäre ohnehin gekommen. Ich habe ihm nur Beine gemacht. Danke, dass ich ihn mir ausleihen durfte. Es waren die besten Tage meines Lebens. Nicht, dass ich sie verdient hätte...«

Die Passkontrolle lag direkt vor ihnen, und Bea rief Stella zu, dass sie sich beeilen solle, da sie sonst das Flugzeug verpassen würden.

Spontan löste Molly die Gurte von Eddies Buggy und drückte das Baby fest in Stellas Arme.

Die intellektuelle Sexgöttin der britischen Bühne hielt ihn, als wüsste sie nicht, was sie mit ihm anfangen sollte. Dann legte sie seine Wange an ihre und blickte ihm tief in die blauen Augen. »Hallo, kleiner Eddie«, sagte sie. »Ich bin deine Oma.«

Molly sah, wie sich Stella hinter ihrer Sonnenbrille etwas aus den Augen wischte.

»Ich muss gehen.« Vorsichtig gab sie das Baby zurück. »Das ist unser letzter Aufruf. Die anderen Passagiere werden uns umbringen. Ach, übrigens, Joseph, habe ich es dir schon erzählt? Ich habe eine herrliche neue Rolle.«

»In diesem Stück, auf das du so scharf warst?«

»Nein, die habe ich abgelehnt. Bob war fuchsteufelswild. Ich meine in der Realität. Ich habe beschlossen, mich meinem Alter entsprechend aufzuführen.«

»Also, ich jedenfalls nicht«, empörte sich Bea. »Und jetzt komm, sonst schaffen wir es zu unseren Lebzeiten nicht mehr nach Vegas.«

»Nur eines noch«, rief Stella und warf Joe ihren Schlüssel zu. »Meine Wohnung steht drei Monate lang leer, falls ihr dort wohnen und eure so lange vermieten wollt. Ein kleiner Beitrag zu euren Lebenshaltungskosten.«

Alle winkten, als Stella und Bea endlich durch die Passkontrolle gingen und auf ihr Flugzeug zusteuerten.

»Weißt du«, gestand Molly mit Eddie im Arm. »Eventuell könnte ich ja doch mit Stella auskommen.«

»Vor allen, solange sie fünftausend Kilometer weit weg ist«, ergänzte Joe.

Molly lachte. Dank Stella gehörte Joe wieder ihr. Außerdem strahlte er eine sorglose Leichtigkeit aus, die sie noch nie an ihm erlebt hatte. »Na ja, wer weiß? Womöglich sogar, wenn sie gleich um die Ecke wohnt.«

Maeve Haran
bei Blanvalet

Und sonntags aufs Land

Roman. 416 Seiten

Eigentlich hält Catherine Stone sich für eine Frau von klarem Verstand und liberalen Erziehungsmethoden – bis ihre 18-jährige Tochter Rachel beschließt, sich statt aufs Abitur auf den Verlust ihrer Jungfräulichkeit vorzubereiten. Und als Großmutter Lavinia auch noch zu einer militanten Bürgerinitiative überläuft und mit ihrer großen Jugendliebe einen zweiten Frühling feiert, gerät die Familie gründlich in Turbulenzen …

»Warmherzig, witzig und höchst unterhaltsam!«
Publishers Weekly